KB163072

당연한 소리지만
연방은 오겠지.
문제는 그게
언제일지다."

“당

"이거,

자는 동안에
안 무너지면
좋겠는데."

유녀전기
Dum spiro, spero
—上—

〔13〕

카를로 젠
Carlo Zen

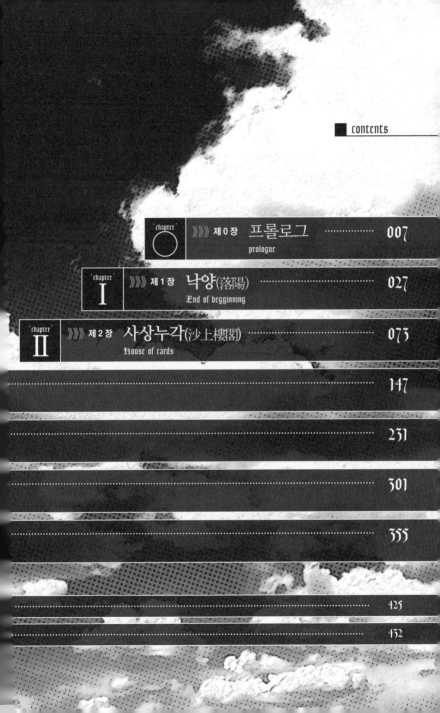

contents

상관도

제국

【참모본부】

제투아 대장 '전무/작전' ──────── 우거 대령

└──── 레르겐 대령

〔샐러맨더 전투단 통칭 : 레르겐 전투단〕

┌─제 203 마도대대 ─────────────

타냐 폰 데그레챠프 중령

└── 바이스 소령

├── 세레브랴코프 중위

├── 그란츠 중위

└── (보충) 외스테만 중위

알렌스 대위 '기갑'

메베르트 대위 '포'

토스판 중위 '보병'

연방

서기장 (아주 착한 사람)

　　로리야 (아주 착한 사람)

┌**【다국적 부대】**──────────────────────────┐

　미켈 대령 **'연방 – 지휘관'** ────── 타네치카 중위 **'정치장교'**

　드레이크 대령 **'연합왕국 – 지휘관'** ───────── 수 중위

└──────────────────────────────────┘

이르도아 왕국

가스만 대장 **'군정'** ───────────── 칼란드로 대령 **'정보'**

자유공화국

드 루고 사령관 **'자유공화국 주석'**

제 0 장

프롤로그

Prologue

한스 폰 제투아 대장은 아주 유쾌했다.

아주, 아주, 아주, 유쾌했다.

이른바 상쾌한 기분, 의기양양, 말 그대로 태평함을 노래하듯이 참모본부의 무미건조한 바닥을 경쾌하게 딛고, 들뜬 마음으로 멋들어지게 스텝을 밟으며, 마치 우담바라를 본 것처럼 기쁨을 폭발시켰다.

"흠흠. 거참."

나잇값도 못 한다는 자각은 있다. 하지만 신년 이후 계속된 우울함이 한 줄기 시원한 바람에 날아간 기분으로, 인상을 펴고 입에서 기쁨의 말을 자아냈다.

"활로가 보인다. 참으로, 정말이지 멋진 일이야!"

온몸은 답답함에 시달리고, 어깨는 견딜 수 없이 무거운 짐을 짊어지고, 기계로 위장을 졸라대기라도 하는 듯한 고통을 삼키고, 목구멍에서는 오로지 신음만이 솟구칠 뿐인 곤경에서, 그저 폭력장치로서의 자신을 한층 예리하게 특화시키면서, 필요에 봉사하는 참모장교로서 조국을 위해, 필요하다면 전 세계와도 싸우는 '대마왕 제투아'로서 세계를 속이고 계속 연기하며.

"보였다."

움켜쥔 것은 한 줄기 희망이다. 고작 한 줄기. 좁은 길.

"아, 그렇고말고. 하지만 보였다."

길이 왜 이토록 좁을까. 노인은 그 결과에 이르는 자신의 잘못을 알고 있다.

제투아는 일단 연방군의 전략공세 타이밍을 잘못 계산했다.

"위기에 이른 것은 내 잘못이다. 인정하자. 내 잘못이었다. 연방의 결의와 얼라이언스의 물적 지원을 완전히 과소평가했었다. 물동을 아는 인간으로서 참 한심하기 그지없는 일이로군."

오산의 결과는 파국으로 직행하는 추락. 자신의 실수 때문에 지키고자 했던 세계가 무너지기 직전까지 몰렸다.

그 벼랑 끝에서 제투아가 기적을 붙잡을 수 있었던 것은 신의 가호일까, 인간이 지닌 지혜의 극치일까.

"신께선 우리와 함께한단 말인가. 참으로 공허하게 울리는군. 그 말이 맞다고 보기엔 오늘의 이 꼬락서니는 말이지. 하지만 신은 우리를 저버리진 않았나."

흥 소리를 내서 웃어넘기고, 세계의 적이어야 할 남자가 세계와 마주 보았다.

인간의 지혜를 다 쏟아붓고, 인간의 한계에 도전하고, 세계의 원념을 걷어차고, 자신의 의도를 세계에 강요한다.

그러기 위한 '마지막 조각'을 겨우 발견했다.

마음속에서 솟구치는 환희를 생각하면 냉정한 미소를 어찌 유지할 수 있으랴. 그저, 그저, 그 성취에 만세를 외치고 싶을 정도다. 제투아 자신의 주관에 따르자면 그는 이 순간, 세계에 견줄 자가 없이 가장 행복한 남자였다.

진심으로 웃은 게 얼마 만일까.

하지만 그건 지금 아무래도 좋다. 지금 이 순간은 웃을 수 있다. 그 이유는 단 하나.

한 줄기 희망. 그 소식을 가져다준 상대가 있기에. 멋진 소식을 가져다준 상대에게 제투아는 기쁨을 나누자는 듯이 미소를 지었다.

"그란츠 중위, 대체 왜 그러나? 표정이 참 끔찍하군?"

성실한 항공마도장교의 얼굴에 떠오른 감정을 보니, 한창 기쁜 제투아마저도 무심코 동정한 나머지 눈물이 찔끔 나올 정도로 비참하지 않은가.

"귀관에게서 상황 설명을 듣지 못하는 것은 여러 의미로 참 불편하지만……. 이 순간의 나는 실로 기분이 좋군."

장교에게 매섭고, 참모장교에게 무한한 요구를 들이대는 상사. 본인이 그러함을 제투아 자신도 알지만, 전선에서 돌아온 마도장교에게는 다정한 마음도 생기는 법이다.

하물며 이 기쁨. 고양이 그에게 평소 없던 관용을 주었다.

지금의 대장에게도 과거에는 일개 위관이었던 시절이 있는 법. 상사에게 휘둘리는 젊은 장교를 측은하게 여기는 마음을 잠시 내비치는 것은 주저하지 않는다.

"내가 이 행복을 진정으로 남들과 나누기란 어렵겠군. 하지만 나라도 행복을 조금 나눠주는 정도라면 할 수 있지."

다정한 미소와 함께 그란츠 중위의 어깨에 손을 턱 올리고, 제투아 대장 자신이 과거 이르도아 방면에서 신나게 굴려댔던 상대에게 호호할아버지 같은 태도로 배려마저 보여준다.

"사양하지 말게. 뭐하면 조금 수면을 취하는 게 어떤가? 마도사라고 해도 장거리 비행은 힘들겠지. 자네 상사에게는 내가 잘 설명해주고말고."

뭐하면 신년회에서 쓰지 않은 이르도아의 기념품인 샴페인 하나라도 줘도 되겠다며, 제투아 대장은 참으로 흥겨운 모습으로 활기차게 말을 이었다.

"거참, 작전 중이라는 게 정말 원망스러워. 연합왕국 대사관이 자랑하는 샴페인으로 건배할 수 없는 게 참으로 아쉽군!"

"가, 각하! 마음을 단단히……!"

"음?"

"저기, 진정해 주십시오, 제투아 각하. 오직 각하만이, 지금은, 이 위기를…….."

새파래진 젊은 장교는 정말 필사적이다.

세계의 파멸을 구하겠다는 필사적인 결의를 얼굴에 떠올린 장교를 지켜보며, 제투아 대장은 간신히 현실감을 되찾았다.

"아아, 뭔가, 그란츠 중위. 자네, 내 머리를 걱정한 건가?"

"각하?"

응? 하고 되물어서 확인하려던 찰나에 비로소, 행복의 홍수에 빠진 제투아 대장의 뇌리도 간신히 징글징글한 현실세계로 회귀하기 시작했다.

"아하, 그렇군."

말이 목에서 솟구쳤다.

특명으로 전령이 최전선에서 소식을 가지고 돌아왔다. 데그레챠프 중령이 맡긴 폭탄이 대장 각하에게 투하되었고, 그 폭탄이 터지면서 대장 각하가 웃기 시작했다면 무서울 만도 하겠지.

상사가 실성했다. 아무리 그래도 너무 솔직한 말일까.

"그란츠 중위, 나는 실성한 게 아니야."

참모본부의 깊은 곳, 참모본부의 주인이자 제국 중추로 변한 괴물은 그래도 인간답게 웃었다.

"조금 창피한 모습을 보였네만."

마음속으로는 그 정도가 아니라는 유쾌한 자조도 있지만.

"내가 그만 실수했구만."

제투아 대장은 과거에 없을 정도로 오랜만에 부끄러움의 감정을 느끼며 얼버무리듯이 미소를 지었다.

생각해 보면 나잇값도 못 하고 호들갑스러운 모습을 보였다. 무심코 쓴웃음을 지을 수밖에 없을 정도로 풀어졌다는 자각마저 있었다.

솔직히 창피하다.

"하하하, 미안하군, 중위. 걱정하게 했군."

제투아는 기쁨을 채 억누를 수 없다는 표정으로 말을 이었다.

"하지만 고맙네, 그란츠 중위. 최고의 소식을 받았어. 나는 바로 지금 세계를 상대로 이길 수 있다고 확신하게 되었으니까."

》》》 전후 《《《

동방의 공식 견해

'얼라이언스 남방'의 위기에 직면하여 1927년 말, 연방군은 중대한 결단에 쫓겼습니다. 얼라이언스 남방에 대해 제국군의 활동이 활발해진 것은 '연방군 주력'을 유인하기 위한 '제투아의 덫'이고, 연방군의 준비가 끝나기 전에 반격으로 유인하는 악랄한 음모임을 알면서도 동맹군의 위기를 간과할지, 아니면 덫이라고 알면서 동맹군을 구하기 위해 희생할지를.

국제적 신뢰와 민주적 연대의 관점에서 모든 것을 각오한, 동맹국들의 위기를 간과할 수 없는 연방 인민은 자신의 전략적 희생을 감수하고 전략공세 〈여명(黎明)〉을 1928년 1월에 발동. 대비 중이던 제국군의 탄탄한 저항에 직면하여 막대한 희생을 치르면서도 제투아 대장이 이끄는 제국군의 전선을 밀어내고, 이로써 제국군이 더는 얼라이언스 남방 전선에 압박, 압력을 가할 수 없도록 했습니다. 동맹국을 구원한다는 정치적 필요성으로 희생을 받아들인, 전형적인 전술적 고전인 동시에 훌륭한 전략적 승리입니다.

동방의 비공식 견해

완전한 전략적 기습에도 불구하고 제국군은 즉각 유연하게 우리의 여명 공세에 대응했다. 군사 전문가들의 상세 검토에 따르면 '사전에 파악하지 않는 이상 대처할 수 없다'. 즉, 가장 합리적으로 감안하면 완전한 정보 유출의 가능성이 농후하다. 제투아 대장은 우리의 전략 공세 〈여명〉을 탐지하고 정보 관제를 철저히 함으로써 '동부 공백지'라는 덫을 형성했을 것으로 여겨진다. 하지만 현시점에서는 어떠한 정보 유출도 확인되지 않는다. 혹시 '정보 유출'이 아니라면 녀석은 악마인가? 아니면 서방의 정보 유출?

서방의 공식 견해

1927년 말, '얼라이언스 남방'이 제국군의 모든 전략예비를 구속하고 제투아 대장 자신의 눈길도 유인한 순간, 1928년 1월을 기해 연방군은 얼라이언스와의 조정 없이 '이번 대전의 막을 내린다'고 자칭한 전략 공세 〈여명〉을 발동했습니다. 이로써 제국군의 의표를 찌르는 전략적 기습에는 성공했지만, 제투아 대장의 매서운 반격에 직면하고 약간의 토지와 맞바꾸어 전략적 충격력을 극적으로 상실했습니다. 서두르다가 기회를 놓친다는 전형적인 전술적 승리이며, 전략적 패배입니다.

서방의 비공식 견해

무시무시한 제투아 대장의 악랄한 덫. 1927년 하반기 이르도아 남부에서의 기괴한 군사 작전은 '연방군의 폭발'을 유인하기 위한 장대한 전략적 양동이며, 처음부터 연방군의 '충격력'을 깎아내는 것만으로 목적으로 했다면 더없는 전략적 탁월함의 증거다. 1927년 말부터 1928년 초의 전쟁은 〈여명〉의 유발과 그 반격인 〈먼동〉으로 설명된다. 아마도 제투아는 모든 것을 예측한 것이리라. 그 이외로는 설명이 되지 않는다. 오늘의 국제 관계에 미친 영향은 막대하지만, 어디까지 읽고 있었던 걸까. 정말이지 녀석의 팔은 너무 많다!

》》》 통일력 1928년 1월 21일 바르크 대교 《《《

전쟁은 잔혹하다.
하지만 그것뿐이다.

전쟁은 잔혹하다고 비판하는 말은 모두가 인정함에도!

잔혹하다고 해도, 잔혹하다는 이유로 전쟁 중에 스스로 그만두는 일은 드물고, 사후에나 그것을 후회할 수 있다. 모두가 인정한다는 것은 틀림없는 사실이지만, 잔혹함이란 것은 살아남았기 때문에 실감할 수 있으니까.

타냐 폰 데그레챠프 중령은 그것을 누구보다 잘 알고 있었다.

"온다……!"

거기서 타냐는 작게 투덜거렸다.

"제길, 가까워진다."

포탄이 날아가는 소리.

어디로 떨어질까.

귀에 들려오는 소리만으로 그것을 알 수 있다. 인간은 적응한다. 환경 적응이야말로 인간종의 특징이라면, 전장만큼 그 특징이 노골적인 곳도 없다. 물론 아무리 익숙해져도…… 전장에서 전투 이외의 잡념 따윈 순수한 사치품이었다.

인간이 인간답게 사고하는 것은 훌륭하고 문명적이겠지. 문명이 나쁘다는 말은 절대로 하지 않는다. 하지만 언제든지, 무한정하게, 꼭 그렇다고 가정할 수도 없다.

그 사실이 슬프다.

연방군이 열심히 구축했던 참호를 점거하고 보면, 미쳐 날뛰는 집주인께서 '자신들의 진지였던 곳'과 함께 제국군 강하부대를 포탄으로 갈아버리려 드는 것이다.

구멍을 파고, 판 구멍을 자기들이 또 메운다.

이것을 교과서에서 본 적이 있을까?

공산주의자도 케인스를 조금이나마 접해 보았다면 그대로 시장경제로 이행하면 좋을 것을! 평화적으로 집이라도 세우면 생산성도 있을 텐데!

반쯤 농담 같은 잡념을 머릿속으로 떠올리면서도 땅에 엎드린 타냐도 인정할 수밖에 없다. 이럴 때 '살아남는 것' 말고 다른 것을 희망할 여유가 어디에 있을까?

그리고 동시에 그렇기에 빈다. 평화를.

*양주사(凉州詞)에서 말하길, 그대여 웃지 말게나. 야광 술잔은 없고, 술 취해 누우면 얼어 죽는 동부전선일지라도.

그래도 결말은 마찬가지다.

지금까지 싸움에 나갔다가 돌아온 장정이 얼마나 되었던가.

그렇다. 그것이 전쟁이다.

그렇긴 해도 타냐는 지혜를 다한다.

비파 대신 연방군 군단 포병이 연주하는 효력사의 징그러운 전장 음악에 귀를 얻어맞고, 지면에 엎드려 떨며 움직이지 못하는 새파란 신병 제군. 즉, 가엾게도 이 강하 작전에서 머릿수를 맞추기 위해 참모본부가 쑤셔 넣은 장래 유망한 인적 자원이다. 그런 그들이 미래에 인적 자본을 더욱 축적할 수 있기를 바라는 것은 지극히 당연하다.

신병에게 애정을 담아서, 이른바 순수한 이타적 정신으로 힘껏 엉덩이를 걷어차 '죽기 싫으면 움직여라'라고 따스함 넘치는 격려를 날리며, 부관과 함께 적의 포격이 얼른 끝나기를 빌면서 조금 위치를 바꾼다.

---

* 양주사(凉州詞) : 당나라 시인 왕한(687~726)이 쓴 시.

다행이라고 해야 할까.

제국의 참호든, 연방의 참호든, 참호는 참호다.

연방군 공병대의 솜씨는 적절했겠지. 갓 탈취한 연방제 참호는 그 튼튼함을 과거의 주인인 연방군의 중포에 대해서도 의연하게 보여준다.

과거와 하나도 변하지 않았다고 타냐는 쓴웃음을 지었다.

"라인 전선의 흉내라니."

적 진지에 날아가고, 탈취한 진지에서 반격의 포격을 받는다!

타냐는 말로 표현할 수 없는 얼굴로 쓴웃음을 지을 수밖에 없었다.

흔히 전쟁의 마지막은 보병이라고 한다. 그것은 진리일지도 모르지만, 보병 역할을 맡고 보면 '마지막이 왜 보병이지?' 라며 한마디 투덜거리고 싶어진다.

하물며 타냐 자신의 병과는 '마도사' 다.

결코 본래부터 보병은 아니다. 그런데——.

"음, 이건 오래가겠군."

포탄 때때로 흐림. 동부의 1월은 그런 날씨인 모양이다. 애석하게도 날씨가 궂다고 예정을 일찍 접고 집으로 돌아갈 수도 없는 것이 전쟁이다.

"그렇긴 해도 이건 심하군. 라인 전선에서도 교대해서 예비 참호로 물러날 수 있었는데."

연방군의 후방으로 날아가 호라티우스처럼 다리를 지키게 된다. 적 보급선상의 요충지를 차지하고서 붉은 탁류의 한복판에서 고독한 섬을 사수하라는 명을 받은 몸으로서는 24시간 영업이 있을 뿐.

증원도, 구원도 없다.

이게 다 우리가 마도사로 이루어진 강하부대이기 때문이다.

공수부대처럼 수송기에서 강하할 수 있는 데다가 철수도 '이론상'으로는 수송기의 신세를 지지 않고 자력으로 귀환할 수 있는 편리한 투사 전력.

그런 것으로 병참을 끊을 수 있다면? 오호라, 참으로 매력적이고 효과적이겠지. '사람을 부리는 쪽으로서는'이라고 타냐는 현장 인간으로서 개탄할 수밖에 없다.

"중령님, 적에게 움직임이! 적입니다! 적 보병이 움직이기 시작했습니다."

바이스 소령의 경보 같은 보고에, 올 것이 드디어 왔나 싶어서 타냐는 한숨을 흘렸다.

"노획한 경기관총을 이용하여 탄막을 쳐라! 술탄은 아낀다. 장기전이 될 것을 잊지 마라!"

"알고는 있습니다만, 이건 참 말도 안 되는 짓이로군요."

"그렇다, 소령. 하지만 이건 참 대단한 합리성이다."

하지만 합리적일 뿐이다. 타냐는 속으로 한숨을 흘렸다.

바이스 소령과의 대화를 마치고 타냐는 작게 중얼거렸다.

"생각하면 이건 부조리하군."

소리 내서 한숨을 쉬고.

타냐가 작게 투덜거린 순간, 그것도 사치라는 듯이 근처에 떨어진 적 중포탄이 대기를 흔들었다. 방어막을 날려버리고 방어 외피에 꽂힐 정도의 파편이라면 보통이 아니다. 하지만——.

무엇보다 보통이 아닌 것은 그것이 타냐를 노린 포격도 아니라는 사실이다.

전형적인 면 제압, 전형적이기에 맞는 쪽으로서는 정말로 싫은 것이다.

"으음, 이쪽이고 저쪽이고 다 합리적이군. 좋아, 좋아."

이쯤 되면 웃을 수밖에 없다.

애초에 이 병참거점에 강하해서 버티는 시점에서 '역할'은 다 했다.

제투아식 3차원 입체 작전의 극치.

다시 말해 사단급 항공마도사를 이용한, 적 후방 병참거점에 대한 대규모 공수 작전.

이론만 보자면 실로 간단하고 알기 쉽겠지.

하지만 애초에 마도사의 숫자가 부족하다. 부족하다고 한탄하는 제국군의 실정 속에서 쥐어짠 마도사를 긁어모아서 이름뿐인 사단급 마도사를 세 개나 적지에 투사한 것은 아주 조심스럽게 말해도 '온당한 제안'이다.

뭐, 극론일수록 일종의 효과는 있다.

확실히 거점은 제압할 수 있었다.

항공마도사는 화력도, 장갑도, 어느 정도 기대할 수 있다. 보병 같은 제압력도 일단 갖출 수 있다.

그럼 항공마도사단을 세 개 준비하면 일정 구역을 제압하는 유력한 쐐기가 될 수 있겠지. 연방군의 동맥에 그렇게 굵은 쐐기가 세 개나 박히면? 그렇다면 연방의 비대한 병참 시스템이 질식할 수 있겠지.

하지만 그런 가능성의 결론은 연방군도 뼛속까지 알고 있다. 타냐가 보기로, 실용주의에 지배된 연방군은 정말이지 '결단력'이 좋다.

"제길, 공산주의자 놈들, 더 버티면 될 것을!"

대체 어떻게 된 걸까. 연방군의 발목이나 잡는 것이 바로 연방 공산당일 텐데. 더 악착같이 잡지 않는 이유가 뭘까. 사보타주는 아니겠지?

이데올로기로 아군의 발복 잡으려고 있는 게 이데올로기겠지! 그런 타냐의 한탄을 삼키며 지금도 중포탄이 타냐와 동료들이 확보한 보급 거점──그렇다. 연방군은 아군의 보급 거점을 '보급 거점이었던 허허벌판'으로 만드는 것도 불사하고 있다── 에도 철저하게 포탄을 퍼붓고 있다.

주위를 슬쩍 둘러보고 타냐는 속으로 투덜거렸다.

'알레느와 같은가.'라고.

철도 결집지, 중요한 지점을 노린 적의 공수 침투 작전.

알레느에서는 제국이 당했다.

지금은 제국이 강하는 쪽. 민병 같은 것은 찾아볼 수 없고, 사단급 항공마도사라는 순수한 마도사의 숫자로 밀어붙여서 적의 보급 능력을 절단했다.

아아, 군사적으로 보면 누구든 '다소의 재고'보다도 '차단되는 물동'의 중대함을 그르치지 않는다.

알고 있던 일이다.

그러니까 '현지에서 적 물자와 장비를 활용하고 철저 항전할 수 있겠지'라고 상부가 계산하는 짓은 제발 그만했으면 좋겠다.

"애초에 제투아 각하⋯⋯. 각하도 불사르지 않았습니까."

타냐는 중포의 착탄음에 지워지길 빌면서 작게 투덜거렸다.

분쟁지라고 해도 틀림없이 제국령인 알레느 시.

반(反)제국 감정이 강렬하고, 제국 헌병대의 두통거리이며, 반제국 봉기까지 있었다고 해도, 자국 도시라도 군사적 합리성이 있으면 포탄의 비가 내린다.

그것이 합리성의 이치라고 타냐는 이해하고 있다.

이해하니까 '할 수 있습니다'라고 말했지만, '그렇다면 하자'라는 말을 들으면 그런 결단을 한 인간은 평화적 문명인으로서 '잔인하네'라고 말하고 싶어지는 것이다.

그렇게 말한다고 전쟁이 끝나는 것은 아니니까 허튼소리는 하지 않겠지만.

그렇긴 해도 제투아 각하가 보여주셨듯이.

포탄의 폭풍이 오는 것은 필연이고, '그 한복판에 뛰어들라뇨. 어떻게 그런 심한 농담을, 각하.'라는 심정이다.

아마 그럴 필요가 있다는 한마디로 모든 것이 해결되겠지만.

"아아, 전쟁은 어쩜 이리 야만스러운가!"

한마디 투덜거린 타냐는 그때 참호 바닥에 뭔가 구르는 것을 깨달았다.

나무 상자.

아니, 종이 상자인가? 뭔가 원뿔형의 물건이⋯⋯라고 생각한 순간 '유폭의 가능성'을 걱정하여 안색을 바꾸며 상자로 손을 뻗었던 타냐는 어깨의 힘을 뺐다.

아니, 온몸에서 힘이 빠졌다.

"잘도 이런 곳에……."

음료수병. 로고와 라벨은 지구에서도 비슷한 것을 보았다.

열심히 먼 곳에서 수송되어 왔겠지. 합중국에서 보낸 듯한 '원조물자'. 자본주의의 총본산에서 공산주의의 총본산으로 배달한 탄산음료.

누가 그것을 참호 안에 비축했다. 그것을 연방군은 사정없이 타냐 일행과 함께 날려버리려고 중포를 이용한 해결을 밀어붙이는 것이다.

슬쩍 참호 주위를 살피니 여기는 이미 달 표면 같은 꼴이다.

우둘투둘, 구멍투성이, 크레이터, 화염, 그리고 덤이란 듯이 과거에 인간이었던 것의 잔재와 대량으로 축적되었던 듯한 자본주의 발상의 '연방군 비축물자'였던 것들.

창고에 쌓여 있었을 대량의 탄약, 연료는 물론이고 식량과 기호품에 이르는 것까지 시원하게 날아가는 것은 전장 경험이 긴 타냐도 좀처럼 보기 힘든 광경이다. 기쁘냐 하면 그 정반대지만.

하다못해 자본주의의 맛이라도 즐기지 않으면 해먹을 수 없다.

그런 마음으로 탄산음료 병에 손을 뻗어 병따개 대신 마도칼날을 발현시켰다.

"세레브랴코프 중위, 어떤가, 귀관도 한잔하겠나!"

"중령님?"

신년 축하용인지, 단순히 공격이 성공했을 때의 축하용인지는 모르지만, 가득가득 채워진 탄산음료는 제국군이 마셔도 맛있다. 그럼 하다못해 즐기는 게 도리라며 타냐는 웃었다.

"연방의 돈이다! 아니, 합중국의 돈인가?! 선심도 잘 쓰는군.

별 반대쪽에서 일부러 주스를 보내주다니!"

"감사히 마시겠습니다."

"물론이지."

타냐는 웃음을 띠며, 마찬가지로 멋진 웃음을 띠는 부관에게 천천히 병을 던져주었다.

세레브랴코프 중위가 받으려던 바로 그 순간이었다.

두 사람이 있는 참호 머리 위에서 고폭탄이 터졌다. 포탄의 파편이 하늘에 흩뿌려지며, 참으로 정확하게도 타냐가 투척한 병에 직격하여 병과 함께 그 내용물을 참호 바닥에 흩뿌렸다.

말하자면 주스가 날아간 것이다.

"공산주의자 놈들! 선물 하나도 우리와 나눠 먹을 마음이 없다는 거냐!"

알고 있기는 했지만 타냐는 쓴웃음을 지었다.

"능력에 따라 일하고 필요에 따라 받는다는 슬로건만은 훌륭하다고 생각했는데 말입니다."

"그렇군, 비샤. 문화적인 견식이다. 어떤가, 한 병 더 있는데."

"잘 마시겠습니다."

휙 병을 던져주고 하늘을 올려다보니 지긋지긋할 정도로 포탄이 터지는 중. 타냐는 공적인 일기예보관 자격이 없지만, 초보의 견식으로도 포탄 때때로 조명탄이겠지.

이런 걸 보면 조만간 돌격 지원용 연막탄도 있을 수 있겠다.

이토록 장래성이 없는 이상 기후도 모조리 전쟁 탓이다.

하지만 타냐는 자기가 공평한 존재이기를 항시 유념하고 있다.

연방만 배출시키는 것도 불공평하고 미안하다. 탄산을 한 번

마셔서 더럽게 하늘에 대고 트림을 내뱉고, 쏟아내는 쪽으로 치우친 연방포병과의 수지에 조금이라도 균형을 되찾기 위해 착수한다.

물론 달리 할 수 있는 일이 없기 때문에.

야광 술잔은 없다. 하늘을 밝히는 것은 달 대신 조명탄. 우아한 음악이라고 할 것은 적 포병이 연주하는 전쟁 음악. 덤으로 사막 정도가 아니라 비좁은 참호 밑바닥.

그것이 전장이다.

하지만 그것이 전장이라면.

전쟁 따윈 진짜로 싫다.

그리고 그것을 기뻐하며 웃은 상관도 다들 정신이 나갔다.

낙양(落陽)

End of begginning

인간은 시스템이 될 수 있는가?
이론적인 대답은 명백하다.
개인은 시스템의 부품에 불과하다.

하지만 단 하나라도 반증이 존재한다면,
이론에 의미 따윈 있을까?

──── 콘라트 메모 ────

》》》 통일력 1928년 1월 1일 제도 《《《

그날 콘라트 참사관은 고급 관료에게 필요한 사회적 요청의 일환으로 궁중 신년회에 출석했다.

콘라트 같은 실용주의자로서는 허영만 가득한 잔치에서 사교적 술 따위 함부로 마시고 싶지도 않고, 가능하다면 얼굴도 내비치지 않고 끝내고 싶다.

무엇보다 본인의 취향에 맞지 않는다.

전시 상황, 그것도 잿빛인 제국에서 비일상적일 정도로 휘황찬란하고 밝은 잔치에 웃는 낯으로 참석하다니!

환상과 현실의 격차에 구역질이 날 뿐이고, 가능하다면 이게 무슨 고문이냐고 주최자에게 진심으로 묻고 싶을 정도다.

하지만 지위에 따르는 의무란 피하기 어렵다. 말하자면 외무성 청사에 전용 집무실이 마련된 고위직에게 기대되는 역할이다. 즉, 신년을 축하하는 궁중행사에 출석하는 것도 직무였다.

그러니까 콘라트는 웃는 낯으로 어쩔 수 없이 맛없는 술과 맛없는 공기를 마시러 갔다.

그리고 그것은 군복을 입은 자도 피할 수 없는 의무였다.

아니, 전시 상황임을 감안하면, 군의 존재감은 더욱 거대하다. 참석 요구가 한층 더 늘겠지.

그러니까 바라든 바라지 않든 관계없이 출석은 필연이다. 아무리 참석을 꺼리더라도…… 새해 첫날의 아침은 누구에나 평등하게 찾아온다.

그날 오후에 인간이면서도 외무 관료에게 '시스템'으로 불릴 정도로 존경과 두려움을 사게 되는 제국군의 수뇌이자 대참모차장인 한스 폰 제투아 대장일지라도.

그 또한 앞날이 보이는 제국인답게 실로 불쾌한 얼굴로 새해 첫날 아침을 맞았다.

그렇긴 해도 부하의 눈을 의식하는 것은 장교의 상식. 하물며 참모본부의 수뇌쯤 되면 말 한마디에도 시선이 모이는 것은 잘 알고 있다.

높으신 분은 모두의 눈길을 받는다. 일거수일투족에 뭔가 변화가 없는가 하고. 그러니까 군 생활이 긴 장교는 대개 규칙적으로 산다.

신년을 맞이하더라도 평소와 같은 시간에 기상하고, 당직 요원이 제출한 보고서를 훑으면서 이르도아산으로 갑자기 질이 좋아진 커피로 아침잠을 쫓고 활동을 시작한다는 점에는 큰 차이가 없다.

극적이지 않은 하루의 시작.

몸에 밴 습성이었다.

그런데도 앞으로 기다리고 있는 '궁중행사' 참석을, 감정을 겉으로 드러내지 않는 제투아마저도 '오늘은 우울하군.' 이라고 생각했다.

모래시계를 떠올리게 하는 제국의 명맥이 줄줄 흘러내리고 있다. 이런 시기에 멍청한 규모로 낭비하는 잔치.

하지만. 아니다. 어쩌면 이런 때니까 멍청한 규모로 낭비하는 게 필요할지도 모른다는 점이 제투아를 더욱 불쾌하게 했다.

"공유할 수 있다는 게 실로 짜증나는군."

인간을 가장 좀먹는 것은? 불안이다.

불안은 두렵다. 두렵기에 사고를 제약하고, 자기긍정감의 상실을 일으키고, 궁극적으로 자기혐오의 늪에 빠뜨린다.

항상 부하의 눈을 의식하고 의젓하게 몸을 펴는 것이 요구되는 참모장교조차도, 그 내면에 한번 뿌리내린 '공포'를 직시하기란 대단히 어렵다.

"나이란 먹을 게 못 돼."

입에 물려던 시가를 도로 집어넣고, 제투아 대장은 가슴속에 휘몰아치는 불안을 쫓아내고자 허무한 발버둥을 담아서 한숨을 흘렸다.

숨쉬기 힘들다.

한 호흡, 한 호흡이 마치 고문 같다. 얼른 편해지고 싶다고, 이 '파티장'에서 도망쳐 돌아가고 싶다고 생각한다.

지위만 없었다면 지금 당장 그랬다.

그런데도 자신의 표정근육은 극한까지 미소를 짓고 있다.

당연하다. 영예로운 황실 주최 신년회라는 자리에서 참모본부의 중진이 어떻게 떫은 표정을 할 수 있을까?

필요한 것은 자신만만한 미소.

허식, 허영, 허무.

정말 무시무시하다고 제투아 대장은 가슴속으로 쓴웃음마저 흘렸다. 그 정도로 신년의 제국 수도는 눈부셨다.

멸망의 그림자가 보인다는 것은 그림자를 만들어내는 빛이 있기 때문일까.

저무는 해인 제국이 맞는 신년회의 공기는 전쟁의 참혹함과 반비례하듯이 기묘할 만큼 활기로 가득했다. 들뜬 분위기마저 있을지도 모른다. 잘 차려입은 신사숙녀가 모인 파티장에 충만한 공기는 바깥과 전혀 달랐다. 방문객의 긴장을 풀고 이 한때를 즐기게 하려는 선의만이 가득했다.

찬란한 궁중의례.

드레스, 보석, 샹들리에.

"제국의 아름다움, 여기에 집결하였나."

모든 것이 찬란하고 무궁한 빛이라고 해야 할까.

오가는 웨이터 제군이 든 잔에 부어진 샴페인의 거품까지 섬세함을 겨루듯이 아름답고, 모인 젊은이들의 표정은 청춘의 광채로 넘쳐나고, 마치 지금이 행복의 절정이라는 듯이 웃음소리가 파티장 안에 일었다.

물론 젊은이만이 주역은 아니다.

수많은 중진, 명사는 각자의 취향을 다하여, 오늘을 위해 최고의 옷을 입고 나타났다.

제투아 대장 자신도 겉만 보면 틀림없이 유쾌한 잔치의 참석자겠지만.

주름 한 점 없는 제1종 예장은 시작에 불과하다.

광낸 훈장은 가슴께에서 빛나고, 허리에 찬 군도는 장식으로 광채를 더한다.

아래도 흠잡을 데 하나 없다. 군화는 얼룩 하나 없이 거울처럼 번쩍번쩍 광을 냈다.

그림 속에서 튀어나온 듯이, 이보란 듯이 위풍당당한 제국군

대장의 모습.

모두가 '그러기를 바라는' 강한 제국 군인이다. 제국의, 제국군의, 그리고 제국군 장교의 강인함을, 보는 사람의 인상에 새기기 위해 철저히 계산된 조합이다.

분명 기가 막히게 사진빨을 잘 받겠지.

차갑게 웃는 자신을 미소 뒤로 숨기고, 제투아 대장은 급해지는 발걸음을 늦추면서 파티장을 천천히 돌았다.

시간이 아쉽다.

본심을 말하자면 1초, 1각이 귀중하다.

남방의 뒤처리, 동부의 경계, 서방의 항공전, 세 방향 모두 불안이 있다.

하루를 꼬박 신년회에서 사교로 낭비할 여유 따위는 본래 어디에도 없다.

하지만 제국 전체가 '불안'에 휩싸인 지금, 사람들이 승리라는 안심을 갈망하는 지금, 제국군의 중진이 불안스러운 거동을 어떻게 보일 수 있을까.

본심 따윈 털끝만치도 내보이지 않고, 위풍당당하게, 승리를 확신하는 얼굴을 파티장에 계속 보일 수밖에 없다. 그렇게 걷고 있으면 예측하지 못한 만남 또한 필연이다. 낯익은 유명인사가 테이블을 에워싸고 있으면 무시할 수도 없다.

"여어, 여어. 여러분, 좋은 한 해 되시길. 좀 어떠십니까?"

전시 상황이기에 궁중 신년회의 파티장에서 군의 고관, 황실, 그리고 관료와 귀족이 친근하게 인사를 나누는 '여유'를 가장해야만 한다.

"그리운 얼굴들이 모였군요. 이 늙은이도 끼워 주시지요."

무리에 섞여서 테이블을 에워싸고 느긋하게 담소를 나눈다.

참석자의 기억에 남기고 싶은 것은 의연한 모습, 여유마저 풍기는 승리의 체현자 이미지. 실수로라도 안색을 바꾸며 굳어버린 얼굴이라는 패배의 전조여선 안 된다.

말하자면 공허한 희망을 뿌리는 광대에 전념할 수밖에 없다.

난국의 존재를 이해할 때, 모두가 바라니까. 눈앞에 있는 난제에 대해 해결책을 가진 강력한 구세주가 아군 진영에 있기를.

그리고 자신에게 기대하는 역할이 그것인 이상, 모두가 내심 억누르는 불안을 묻어버리기 위해, 느긋한 제투아를, 평범한 제투아가, 연기해야만 한다.

"오셔서 한 잔 드시지요."

"제투아 각하에게 건배!"

쉴 틈도 없이 지나가는 사람들에게서 쏟아지는 활기찬 목소리에 품위 있게, 느긋하게 잔을 들고 답하는 것은 군인의 의무다.

"고맙군요, 여러분. 고마워요."

장교는 항상 시선을 받는다.

유년학교에서 제일 먼저 배우는 것 중 하나지만, '병사가 아닌자'에게도 시선을 받는다고는 배우지 않았다.

이 못된 교관들.

이 못된 시대.

이 못된 현실.

"작년 이르도아 전선은 정말 대단했습니다. 각하의 강력한 일격이 있으면 제국을 둘러싼 위협이라도 별것 아니로군요."

"으음, 제투아 각하의 전쟁지도는 물동이 있기 때문이지요. 각하가 안 계실 때는 꽤 혼란스러웠습니다만, 지금은 멋지게 제국이 돌아가고 있어요."

"연방 방면도 각하가 가 보신 뒤로는 꽤 안정되었으니까요. 각하는 그야말로 승리의 대행자이십니다."

그리고 요구한다.

해결책을 가져오기를.

자신을 향한 수많은 사람의 목소리 하나하나에 대응하기를.

"각하, 기대하고 있습니다."

"각하, 무운을 빕니다."

"각하, 내년에는 꼭."

앞날이 보이지 않고 자신의 운명이 불확실하다는 사실에 공포를 품고, 그 공포를 떨쳐줄 기계장치의 신을. 모두가 바라는 우상으로서.

제투아 대장은 잔을 들더니 잠시 침묵한 뒤에 입을 열었다.

"우리의 승리에!"

"""승리에!"""

믿고 있는 거겠지.

모두가 승리를.

마지막에는 분명 승리한다고.

제투아 대장은 그 모습을 보고 약하다고 웃을 수 없다.

웃기에는 그도 인간을 너무 잘 알고 있었다. 애초에 그 자신도 과거에는 '승리'라는 만병통치약에 매달렸으니까.

그것은 의존성이 너무 끔찍하다.

승리 의존증이라는 꿈에서 기어나와서 간신히 깨어나면? 세계는 잔혹할 정도로 뒤틀린 웃음뿐이다.

그러니까 파티를 만끽하듯이 자리를 떠서 파티장을 이리저리 돌아다녀 보면, 역시 모두가 들떠 있다.

전시 상황인데도 이렇게 훌륭한 파티를 열어도 될까 하는 마음은 조금도 찾아볼 수 없다.

하지만 당초에는 아니었다.

대전 당초의 신년회는 '전시 상황이기에 간소히 하자'라고 제국 수도의 모두가 입을 모아 말했다. 분명 그것도 나름대로 본심에서 나온 말이었을 것이리라.

그런 사람들조차도 제국의 멸망이 바짝바짝 다가오자, '이럴 때일수록 안 좋은 분위기를 날려버리도록 성대하게'라고 진심으로 말하기 시작하는 것은 우스꽝스러워서, 웃고 싶어도 차마 웃을 수 없다.

"이럴 때일수록, 이란 말이지."

마음으로 이해를 서부한나고 해도.

입으로 허세를 토한다고 해도.

사람들은 불안을 날려버리는 무언가를 원하겠지.

"의외로 인간이란 것은 아주 멋진 모양이군."

얄궂은 즐거움이라도 찾지 않으면 마음이 못 버틴다. 인간이란 것은 완전히 솔직해질 수 없는 기묘한 생물이겠지.

"오늘을 즐기고, 내일에 대한 활력을 낳는다. 으음, 경사스러운 날이라고 할까. 의외로 멍청한 짓도 아니로구만."

그 대가만 모른다면.

마음속으로 작게 야유를 덧붙이고 제투아 대장은 투덜거렸다.

오늘을 낭비한다.

시간이란 너무나도 희소한 자산이다. 어떻게든 만들어내려고 해도 만들기 어렵다. 그런데도 제국의 높으신 분이 신년회에 출석해서 낭비하는 것이다.

대체 몇 명이나 그걸 알고 있을까.

그렇긴 해도 적어도 한 명은 알고 있다.

좋든 나쁘든 앞날이 보이는 인간이기에.

콘라트 참사관은 그날 마지못해 궁중행사인 신년회에 참석했지만, 그 또한 외교관이다. 그것도 상급 참사관이다.

이렇듯 고귀한 태생에서 뽑힌 관료는 제국에서 하나의 유형으로 변할 만큼 전형적인 생태를 갖는다.

즉, 속마음과는 달리 얼굴에 완벽한 미소를 띨 수 있다. 그리고 혀를 마음과 다른 동력원으로 쾌활하게 돌릴 수 있다.

"신년, 축하합니다."

만나는 사람마다 정중한 신년 인사는 절대로 빠뜨리지 않는다.

사람은 섬세하다. '별고 없으십니까'라고 묻는 것조차도 때와 장소에 따라서는 '도를 넘는다'라고 기피되는 법. 그렇다고 '신경도 써 주지 않는다'면 거리감이 벌어진다.

따라서 한 명 한 명에 맞춰서 말을 바꾸어야 한다.

본질은 카멜레온. 하지만 나무늘보처럼 자연스럽게.

동석자의 기분을 해치지 않는 것은 사교의 기본이지만, 그것을 철저하게 해낼 수 있는 것이 외교관이다.

좋은 인상을 주안에 두고, 품위 있게, 하지만 기쁨의 빛을 입가에 섞어서 밝게.

불쾌한 자리라고 해도, 혹은 불쾌한 자리이기에 더더욱.

차가운 속내와는 다르게 활기찬 사교가 콘라트로서, 그는 아름다운 파티장을 즐겁게 배회했다.

때때로 비슷한 쓴웃음을 띤 인물을 발견하면 '저 인간은 앞날을 얼마나 예상하고 있을까'라고 생각해 보는 정도밖에 숨을 고를 방법이 없다.

그러니까 콘라트 자신은 아는 인물을 발견했을 때, 그 얼굴을 본 순간 '마치 거울을 보는 것 같다'라며 쓴웃음을 짓고 싶어질 정도였다.

인파에 둘러싸인 것은 제국의 승리를 체현하는 한스 폰 제투아 대장 각하였다. 그를 철저하게 포위한 것은 머리에 톱밥만 채운 얼간이들.

이들 상대하는 대상 삭하의 얼굴에 있는 것은 말할 것도 없이 완벽한 사교용 얼굴.

그리고.

주위를 슥 둘러보고 콘라트도 무심코 쓴웃음을 지었다.

"그리운 얼굴이 저기에. 아아, 저쪽에도 있나."

그리움 어린 표정 뒤로 그는 투덜거렸다.

'동업자 제군도 참 노골적이다.'라고.

물론 시선이 닿는 곳에 있는 '중립국 외교관 제군'이 사교에 임하는 것은 좋다. 안면을 트고 교류하는 것도 외교관의 직무다.

더 말하자면 '중립국 외교관' 이란 '교전국' 의 '대리 사냥개' 로서 여기저기 냄새를 맡고 다니는 것으로 '교전국에 점수를 따는 짓' 까지 서슴지 않고 하는 법.

그런 그들이 노리는 공적이라면, 당연히 제일 값나갈 정보일 것도 뻔하다.

그렇다면 파티 초반에 잠깐 얼굴만 내비친 황제 폐하에게 억지로 달라붙느니, 차라리 '실무' 의 보스인 제투아 대장의 주위를 천천히 캐고 다니는 것이 훨씬 견실하고 얻는 것도 많을 것으로 여기는 것은 자연의 섭리에 가깝다.

그러니까 제투아 대장은 외국에서 온 손님들에게도 인기 만점. 대부분은 제국인을 상대하느라 진이 빠진 제투아 대장의 대응력이 무뎌졌을 때 '제국의 중요 인사가 무엇을 보이는가' 에 눈을 번뜩이는 것일까.

외교관이라면 어쩔 수 없는 업무겠지만, 직업군인이라면 동정해야 할 잡무다.

그렇기에 그는 광대의 상대를 연기하자고 즉각 결심했다.

구태여 말하자면 콘라트도 그 순간만큼은 한 명의 인간으로서 제투아 대장을 동정했던 것이다.

"여러분, 좀 어떠십니까? 신년 축하드립니다. 아는 얼굴들이 한곳에 계신 줄 알았으면 더 일찍 이쪽으로 올 걸 그랬군요."

잘됐군, 잘됐어, 나도 좀 끼워주시죠, 라면서.

외교관 사이의 사교를 가장하여 얼굴만 아는 주재 외교관 제군에게 큰 소리로 인사를 건네는데, 상대도 보통내기가 아니다.

"이게 누구십니까. 콘라트 참사관. 신년 축하합니다."

"예, 축하합니다. 아니, 이쪽 샴페인은 거품이 별로군요. 손님들께 김빠진 샴페인을 내다니, 제국의 수치입니다."

"콘라트 참사관의 배려, 감사합니다. 하지만 저희는 이 향기가 참 그리워져서 말이죠. 향기를 너무 오래 즐겼나 봅니다. 대화에 너무 정신이 팔렸던 모양이군요. 으음, 창피한 모습을 보였습니다. 급사를 너무 꾸짖지 말아 주시죠."

잽, 잽, 잽.

다중음성으로 표현하자면 '샴페인의 김이 빠질 정도로 오랫동안 기다리면서 뭘 찾으시는지?' 라는 콘라트의 강렬한 일격을, 주재외교관들이 '아니, 그리워서 말이죠.' 라고 둘러대면서 '최근 제도에서는 샴페인이 유통되지 않으니까요. 제국은 기호품의 안정적인 공급도 불가능할 정도로 상황이 불안해졌지요?' 라는 정중한 카운터.

다정한 말장난 끝에 쌍방이 우아하게 상대의 '배려'를 고마워하고, 인사를 나누면서 "자, 여러분. 나중에 또 봅시다." 같은 소리를 정답게 하며 흩어졌다.

전술적으로는 비겼다고 해야겠지만, 하이에나처럼 제투아 대장의 주위를 얼쩡대는 그 외교관들을 쫓아냈다는 점에서 콘라트로서는 훌륭한 전략적 승리다.

그리고 칼 같은 타이밍에 신기하게도 잘 울리는 목소리로 제투아 대장이 친근하게 손을 흔들었다.

"안녕하시오. 거기 계신 분은 콘라트 참사관 아닙니까?"

딱 봐도 뻔한 연기지만, 이제야 알았다는 듯이 장군 각하께서 살갑게 말을 거니까 콘라트도 다 안다는 듯이 인사해 주었다.

"이게 누구십니까! 제투아 대장 각하 아니십니까!"

인사가 늦어서 죄송하다며 잔뜩 미안한 기색을 보이면서, 호들갑스러울 정도로 예의 바르게 경례했다.

"제투아 각하, 새해 복 많이 받으십시오."

"어라, 콘라트 참사관. 오늘은 궁중 예법에 맞춰서 콘라트 각하라고 부르는 편이 좋을까요?"

작위에 배려한다는 궁중의례의 타진은 이 경우 해학으로 받아들여야 할 것이다. 그러니까 더더욱 고귀한 태생의 의무로서, 콘라트 참사관은 우아하게 인사했다.

"이럴 때니까요. 각하께서 원하신다면."

"하하하, 이럴 때가 아니라면 안 된다는 말씀입니까?"

보란 듯이 던진 말이지만, 아주 착착 절묘하게 받아친다.

"예, 신년이니까요. 평소에는 무시했지만, 아름다운 전통을 존중하고 싶을 따름입니다. 이럴 때니까 으리으리하게 하는 것도 괜찮겠지요."

"그렇군요. 이럴 때 정도는 말이지요."

빙그레 웃는 장군 각하가 지나가던 웨이터에게 칼을 받더니 그야말로 고전적인 사브라주 방식으로 샴페인 병을 땄다. 동작이 참으로 아름답고, 늙은 군인의 우아한 풍취도 멋질 따름이다.

환성이 일어나는 주위를 무시하고 눈치 빠른 웨이터가 준비한 잔을 채운 제투아 대장은 콘라트 참사관에게 경의를 표한 다음 건배사를 읊었다.

"콘라트 참사관을 위하여!"

장군 각하의 건배사.

마음 상한 기색도 없이, 꼬장꼬장한 노인이, 경사스러운 일 앞에서 마음을 풀었다는 듯이 쓴웃음 짓는 양식미까지 자연스럽게 그지없다.

"감사합니다, 각하. 저도 각하를 위해 건배하고 싶던 참입니다만, 오늘은 이미 지겨울 것 같아서 말입니다."

"고맙군, 콘라트 참사관. 아무래도 신경을 쓰게 한 모양이야."

"아뇨, 별말씀을."

그렇게 정중한 대화를 나누면서 '소동'을 일으킨 것을 사과하고, '환담 시간을 방해'한 것에 고개를 숙이자, '신경 쓰지 말라'는 듯이 제투아 대장이 거들어 줬다.

"바쁘신 몸인데 항상 부끄러울 따름입니다."

"아니, 기왕이니까. 오늘 하루 정도는 군무를 잊고 신년의 기쁨을 즐기지. 자네도 늙은이에게 배려할 정도면 자기 몸을 잘 챙기게나."

그렇긴 해도 서로 마음에 쌓인 바를 이해하는 작은 끄덕임.

다 마신 잔을 웨이터에게 내밀고, 제투아 대장은 콘라트 참사관의 손을 다시금 맞잡았다.

"고맙군, 미스터 콘라트. 부디 좋은 한 해를 보내길. 아무쪼록 몸조심하게나. 미래는 우리의 것이니까. 아, 그렇지."

제투아 대장은 그때 밝은 기색으로 펜을 꺼내더니 옆에 있던 냅킨에 메모를 했다.

거기 적힌 말은 '여명은 가깝다. 하지만 먼동이 있다'.

말로 할 수 없는 외침을 읽어내고, 콘라트는 정말 최선을 다해 표정을 고정했다.

'하지만'이다.

조국에 태양이 솟을 때까지 얼마나 시간이 걸릴까.

하지만 언젠가는…… 그때까지 볼 수 있을지 어떨지 모른다고 해도.

"각하야말로 몸을 아끼십시오."

콘라트의 그 말에 냅킨을 건네주던 장군은 빙그레 웃으며 콘라트의 손을 움켜쥐었다.

단순한 악수다.

하지만 그날 제일 유의미한 말이 그 악수에 담겨 있었다고, 콘라트는 느끼지 않을 수 없었다.

하찮은 허례.

하찮은 의리.

그것들을 뛰어넘은 곳에 있는, 진심에서 우러나온 감사.

인간다운 대화가 자랑스러웠다. 그렇기 때문이겠지. 콘라트답지 않게 그는 대가를 요구하지 않는 선의로 제투아 대장의 주위에서 모기장 역할이라도 할까 결심했다.

그것은 한없이 자발적으로, 시끄러운 녀석들을 유인하여 일부러 주목받으려는 때의 일이었다.

"미스터 콘라트. 새해 복 많이 받으십시오. 올해도 제국과 우리 나라 사이에 변함없는 평화가 있기를."

콘라트가 살짝 놀라 표정을 바꾸려다가 재빨리 미소 짓는 것으로 동요를 얼버무렸다.

정중하게도 미스터라고 하지 않는가. 하지만 눈앞에 있는 자는 자신을 그렇게 부를 수 있는 상대이므로 태연한 척해야 한다.

"투름 명예 영사 각하 아니십니까. 부인도 계시는군요!"

호들갑스럽게 놀라는 시늉으로 '연기'함으로써 실제의 충격을 들키지 않도록 한다. 하지만 그렇게 노력해도 상대가 상대다. 이미 다 꿰뚫어 봤겠지.

이쪽에 맞춰서 살짝 쓴웃음을 짓는 저 만만찮은 부부 앞에서 저항이 허사임을 깨달은 콘라트는 즉각 항복 의사를 내비쳤다.

"신년, 축하드립니다. 양국의 우호가 올해도 더욱 진전이 있기를 비는 바입니다."

"고맙군요, 미스터 콘라트. 우리 사이에는 다소 차이가 있더라도, 오랜 이웃이자 격의 없이 말을 나눌 수 있는 것을 기쁘게 생각합니다."

"명예 영사님과의 인연이 멋진 양국 관계의 초석이겠지요."

의례적인 대화.

외교하는 인간들 사이의 대화로서 전혀 이상할 것 없겠지.

'조용하게 말로 문제가 해결되면 좋겠네'라며 넌지시 '중립'의 자세를 보이는 소국의 영사 각하에게 제국의 외교관이 '오랜 친구니까 우리 편 맞지?'라고 넌지시 떠보는 인사.

하지만 이것 또한 본래라면 이상한 이야기였다.

애초에 투름 명예 영사는 '영사'가 아니다.

그는 그 이름처럼 '명예 영사'다.

대략 현지인이 무보수로 맡는 명예직이니까, 상식적으로 생각하면 콘라트와 투름 부부는 같은 제국 국적이어야 한다.

다만 투름 명예 영사 부부는 제국에서 지극히 유력한 명가 출신인 동시에 '제국 국적'을 갖지 않은 '옛 대륙 귀족'이다. 그런고로 투름 가문은 이중적인 위치에 있고, '황실의 봉신'이면서 동시에 '제국의 신민'이 아니라는 신기한 존재다.

"제국의 황제 폐하를 위하여."

콘라트가 잔을 들자, 대답이 돌아왔다.

"우리의 황제 폐하를 위하여."

그렇다. '우리의'다.

'건배'라는 말과 함께 신년의 잔을 나눌 때, 약간이지만 결정적인 차이가 있다.

제국의 신민과 제국의 친구라는 사소한 차이.

허례가 극에 도달했다고 웃어넘기는 인간은 그 의례에 담긴 역사적 의의를 숙지하고 웃어야만 하겠지.

귀족 중에서도 특히나 고귀한 혈통은 제국 건국 시에 '봉건 계약에 뒷받침된 신하 관계'에서 '신민'으로 이행하는 것을 거부했다.

그것을 비웃는다면 외교 문제를 피할 수 없다.

이런 전시에 '고작 소국 따위'의 '자존심'이란 것을 웃어넘길 수 있는 용사는 그 소국이 제공해 주는 호의나 배려를 갈망하는 외교 당국자 전원과 결투를 벌이게 되겠지만.

상식인으로서는 일단 불가능하다.

그렇긴 해도, 그렇다고 해도, 외교적 배려를 중시한 대화는 아무튼 뱅뱅 도는 법이었다.

"고맙군요, 미스터 콘라트. 사소한 일로 제국 외무성에서 일 잘하는 사람의 시간을 빼앗아도 될는지?"

"투름 각하의 용건이라면 무엇이든지."

"든든하기 짝이 없군요. 고마워요, 미스터 콘라트. 그렇긴 해도 귀국의 신년회에서 이러한 것을 묻는 것도⋯⋯."

저어된다며 투름 명예 영사가 어깨를 으쓱이자, 영사 부인이 '고지식하시긴'이라며 품위 있게 쓴웃음을 짓긴 했지만 결코 남들이 보는 곳에서 '그만두자'라는 소리는 하지 않는다.

상상의 공동체와 그 주위와의 접촉이라면, 예의와 핑계와 본심을 절묘하게 가려 쓰는 것이야말로 지극히 어려운 난제. 아무래도 미묘하게 달라진다.

그러니까, 라고 해야 할까.

투름 부부의 제안은 콘라트에게 전혀 뜻밖의 일이 아니었다.

"술을 너무 많이 드신 건 아닌가요?"

영사 부인이 물을 내밀자, 투름 명예 영사도 눈치 빠르게.

"어허, 내가 과음했나? 미스터 콘라트의 앞에서 창피하게."

"그거라면 저도 그렇습니다. 모두와 신년을 축하하는 게 즐겁다 보니 자꾸만 술이 들어가서."

하하하 소리 내어 밝게 웃고, 투름 명예 영사가 동심이라고 말하여 분위기를 훈훈하게 만든다. 그러자 영사 부인이 재빨리, 극히 자연스러운 타이밍으로 자리를 옮기자는 말을 꺼냈다.

"술을 좀 깨는 게 어떨까요. 그러고 보면 저희 영지에서 들어온 홍차가 있답니다⋯⋯. 맛을 좀 봐주실 수 있을까요?"

"사모님, 말씀 감사합니다. 투름 가문의 홍차라면 분에 겨운 영예입니다. 부족하지만 동석을 허락해 주십시오."

"예, 그럼 가시죠. 자, 당신도. 비틀거리지 말고요."

부부에게 안내받아 궁중의 안으로 걸어갈 때, 콘라트는 틀림없이 신기한 것을 느꼈다.

궁중 행사인데 서 있는 위병들조차도 '아, 투름 각하시군.' 이라며 싹싹하게 통과시킨다. 콘라트가 궁중 안까지 들어가려고 하면 반드시 시종이 뻔뻔하게 끼어드는데도.

이 투름 부부는 제국 국적이 아닌데도 말이다.

하지만 제국 국민이 아닌 투름 부부는 제국에 대대로 살면서 황실과도 인척 관계가 있고, 좋든 나쁘든 제국과 가깝다.

그리고 제국인이 아닌 투름 부부가 그 제국 궁중에 있는 '개인실' 앞까지 안내해 주는 것에 제국의 관리인 콘라트가 감사의 말을 하는 시점에서, 그들의 입장이 얼마나 '특수'한지를 콘라트는 다시금 깨달았다.

투름 부부. 그들은 그들 자신의 주관으로 볼 때 옛 제국을 지키는 자이고, 최근 들어 결성된 제국의 신민이 아니다.

그리고 제국 궁중은 그들을 손님이자, 존경해야 마땅한 신사 숙녀로, 제국의 일부로 간주하고, 공식으로는 '명예 영사'로 삼으면서 후작에 준하는 '제국 통일 이전'의 중진으로 대우하고 있다.

그들이 보자면 콘라트 따윈 친구의 하인이나 다름없다.

옆에서 보면 지극히 복잡기괴한 혼성조합이겠지. 하지만 제국이라는 시스템에서 보면 이것은 자연스러운 결과다.

제국은, 이 나라는, 통일하면서 그 시스템으로 '황실'과 귀족 사회를 활용했다. 해묵은 구조라고 치부하긴 쉽지만, 귀족의 특권, 권리라는 것은 여전히 남아 있다.

그렇기 때문이라는 것은 아니지만.

제국에서, 제국과 운명공동체가 아닌 '이방인' 투름 부부가, 그것도 신년회라는 파티장에서, 콘라트 같은 '실무자'를 찾고, 일부러 말을 걸고, 남들 눈이 없는 개인실에서 차를 대접해 준다면…… 보통 일이 아니다.

"자, 투름 각하. 용건을 바로 여쭤야 하겠습니까?"

아예 솔직하게 나가야 할까.

그런 의도로 치고 들어가 보니, 신민의 도전 따윈 아무것도 아니라는 듯이 후작 각하께서는 미소를 지으신다.

"그렇소. 콘라트 참사관. 오늘은 제국의 사정에 대해, 괜찮다면 가르침받고자 하는 의문이 하나 있어서 말이오."

갑작스럽게 미스터를 뚝 떼고 말하는 것을 보면, 용건은 그건가 싶어서 콘라트는 긴장했다.

"외교의례를 다해서 말입니까?"

"괜찮소. 그런 거 빼고 합시다. 그저 딱 하나만 묻고 싶군. 사람이라고 할까, 인사라고 할까…… 으음, 말로 표현하기 좀 힘들긴 한데, '다음 사람'에 대한 의문이 있는데."

"다음 사람?"

"으음, 사람이라고 해야 할까. 말로 잘 표현할 수는 없지만, 역시 사람에 대해, 라고 말해야 할까."

콘라트는 살짝 의심을 품었다.

본심을 숨기려 한다면 말을 돌리는 것이 귀족의 상식.

하지만 속을 터놓고 말할 때, 귀족이 말을 흐리는 것은 실로 드물다. 스스로 다 정리하지 못한 의문을 제시하는 극상의 신뢰? 말도 안 되는 소리. 그렇게 곤혹스러워하는 콘라트에게 투름 명예 총영사는 말을 찾는 시간을 갖듯이 시가를 물었다.

그대로 몇 분 동안 침묵하면서 시가를 태운 끝이었다.

"콘라트 참사관, 제투아 대장에 대해 묻고 싶소."

"아, 그 어르신 말씀이십니까."

외교관답게 제투아 대장에 관해 캐내려고 하는 것임을 이해한 콘라트에게, 투름 명예 영사는 그게 아니라는 듯이 고개를 내저었다.

"제투아 대장의 인품도, 제투아 대장의 재능도, 제투아 대장의 의도도, 나는 솔직히 말해서 알고 싶다고 생각하오. 하지만 내가 당신에게 듣고 싶다고 말하는 것은 단 하나. 내가 들어야 할 것은 또 다른 것이오."

"그렇게 말씀하셔도……. 제가 대답할 수 있는 것입니까?"

"콘라트 참사관. 당신이 무리라면, 오늘 이 신년회에 참석한 사람 중 누구도 대답할 수 없겠지."

"흠." 하고 소리 내면서 콘라트는 속으로 고개를 갸웃거렸다.

생각해 보자니 묘한 이야기였다.

투름 명예 영사처럼 궁중에 지위가 있는 인간이라면, 제투아 대장에 대해 알아내는 것 따윈 간단할 텐데.

개인적인 일에 대한 것이라면 군의 귀족장교든지, 고위 황족이든 연줄은 있을 것이다.

과연 어디에 그 참뜻이 있는 걸까?

그걸 캐보자 싶어서 콘라트는 일부러 어안이 벙벙한 얼굴로 투름 부부에게 공을 던졌다.

"제투아 대장의 무엇에 관해 제가 대답해야 할까요?"

"그에 관한 게 아니오. 아니, 그에 관한 것이지만……."

다소 주저한 투름 명예 영사는 문득 아내에게 시선을 돌렸다.

두 사람 사이에 무엇이 오갔는지 몰라도, 투름 명예 영사 부부가 고개를 끄덕였을 때 그들 사이에서는 답이 나온 거겠지.

드디어 결심한 표정으로 투름 명예 영사가 입을 열었다.

"제국의 제군은…… 체투아 대장의 다음을 어떻게 생각하고 있소이까?"

"죄송합니다. 투름 각하. 제투아 대장의 다음 말씀입니까?"

앵무새처럼 그대로 되물었지만, 콘라트로서는 사실 질문의 의도를 알 수 없었다. 지그시 바라보는 두 쌍의 눈동자 앞에서 머리를 회전시키고, 의미를 찾고, 그리고 그는 손뼉을 쳤다.

"아하, 이해했습니다."

제투아 대장의 전임자, 루델돌프 장군과 마찬가지가 될지 걱정하는 걸까.

"전임인 루델돌프 각하는 실로 불운하셨습니다. 그만한 분을 잃다니."

진심에서 나온 슬픔을 담아서 콘라트는 예정조화처럼 표정을 만들었다. 하지만 상실감으로 가득한 모습을 연기하는 그가 슬쩍 시선을 돌려보니 답답하다는 표정.

"안심하십시오, 투름 명예 영사 각하."

"참사관?"

일부러 직함으로만 부른 것은 뭔가 트집을 잡을 생각인 걸까.

하지만 콘라트는 태연하게 웃었다.

"최악의 사태가 일어나고 제투아 대장께 만에 하나의 일이 일어났을 경우에도, 참모장교가 후임으로 착임하겠지요."

"정말로 그렇소, 참사관? 아니, 그렇게 될 수 있소? 다음 분의 이름은?"

"실례입니다만, 각하. 그것은 군의 인사이기에 제가 아니라 군에 물어봐야 하겠지요."

참모본부가 술술 예정을 말할 리는 없겠지만. 콘라트는 속으로 날름 혀를 내밀었지만, 다음 순간 그는 완전히 곤혹스러워졌다.

왜 투름 명예 영사가 이해할 수 없는 생물을 보는 듯한 눈으로 자신을 보는 걸까?

"콘라트 씨에게 묻고 싶소. 명예로운 개인에게 실례지만, 진실을 묻고 싶소. 당신은 그 만에 하나에 대해 견식이 있는 분인지?"

어이어이, 지금 맞먹자는 거냐. 정신이 멍해진 콘라트에게, 투름 명예 영사는 담담한 시선을 보냈다.

"부끄럽게도 무슨 소린지 이해가 되지 않습니다. 물론 제투아 대장처럼 존경해야 할 신사를 잃게 되면 제 가슴은 슬픔으로 찢어지는 지경이 되겠지만……."

"당신이 그다음을 모를 리가 없다고 생각하오만."

투름 명예 영사는 진지한 얼굴로 포탄을 투하했다.

"부탁이니까 광대 짓은 그만두시오. 꼭 좀 들려주지 않겠소? 제투아 대장이 쓰러지면 제국은 어떻게 된단 말이오?"

"제국이 어떻게 되냐고 하셔도……."

묘한 말이었다.

"각하, 직접 여쭙겠습니다. 반대로 왜 그렇게까지 제투아 대장에 집착하시는 겁니까? 그는 물론 유능한 군인이겠지요. 걸출한 군인이라고 해야 할지도 모르겠습니다만, 그 또한 제국이라는 톱니바퀴의 일부에 불과합니다."

"참사관이 얼간이가 아니라면, 당신처럼 내부의 인간이 보면 '주목받아야 마땅할 인간이 주목받는 것뿐'이라고 웃어넘길지도 모르지만, 나 같은 외부의 임시직에게는 '그 중심점'도 알 수 없소이다."

외부에서 보면 누가 핵심 인물인지 알기 어렵다?

그건 맞는 말이다.

콘라트는 입을 열었다.

"하지만 제투아 대장만 한 기라성이라면, 저절로 눈에 들어올 것이라는 말씀입니까. 그렇긴 해도 군이란 반드시 후임이 있는 법이지요."

"하지만 그가 쓰러지면? 제국에 대신할 자가 있소?"

"예? '그가 쓰러지면 제국은 어떻게 되는가?'라고 질문하신 겁니까?"

"음, 그렇게 말했소이다."

그러는 투름 명예 영사의 태도는 '겨우 이해해준 것이냐.'라고 안도한 느낌이다.

"하하하, 큰일이 나겠지요. 뭐, 군대는 내부에서 어떻게든 하겠지요. 저희 같은 관료가 뛰어다니고, 정부가 고생하게 되지요. 하지만 제국이란 그런 시스템입니다. 어떻게든 됩니다."

어떻게든, 이라고 장담하는 말로 대답했지만, 내심은 정반대다. 콘라트 참사관은 이미 투름 명예 영사의 말에서 사태의 심각함을 깨닫기 시작했다.

'어떻게 되냐?' 라는 투름 명예 영사의 질문은 무자각에서 나온 것이며 결정적이었다.

가라앉는 배를 구경하는 인간은, 가라앉는 배에 탄 당사자와 다른 시점을 가질 수 있다.

외부의 시점에서 볼 때, 제투아 대장은 지금 제국 그 자체로 변하고 있다.

'시스템의 부품'이라면 고장 났을 때의 대응도 '어떻게 교환할까——즉, 후임자의 문제'로 집약할 수 있다.

하지만 '시스템'이 '어떻게 되는가'라고 한다면? 그것은 시스템이 망가졌을 때, 수리할 수 있는가 하는 의문이다.

투름 명예 영사가 어디까지 언어화한 것인지 의심스럽지만, 그 의문은 시스템 전체의 존속에 관한 의심이고, 제투아 대장의 시스템화를 의미하는 것이다.

그 뒤로 콘라트는 간신히 자리를 수습했지만, 도무지 기억이 없었다.

너무나도 큰 충격이었다.

그런 충격적인 다과회에 징용되었던 콘라트 참사관은 간신히 외무성으로 복귀했다.

돌아오자마자 무뚝뚝한 표정으로 복도를 활보하면, 눈치 빠른 외무 관료의 대다수는 '어땠습니까?'라고 어리석은 질문을 던지지 않는다.

그것만이 콘라트에게 다행이었다.

쓸데없이 넓은, 쓸데없이 멋진 그림이 걸린 복도를 기어가는 듯한 마음으로 지나 자기 집무실에 들어가서, 참사관 집무책상이란 이름의 으리으리한 데스크 구석에 있는 비밀 서랍을 열고 숨겨놓았던 위스키 병을 그대로 입에 대고 빨았다.

목을 태우는 듯한 강렬한 알코올. 숙성되고 축적된 무언가를 싸구려 술처럼 들이켜선 안 된다. 평소라면 콘라트도 그렇게 생각한다.

평소라면.

말도 안 된다. 제투아 대장도 인간(부풀)인데?!

다만 그 한마디를 삼키고 싶은 것이다.

우수한 외교관이란 현실을 직시하는 법.

그랬으면 싶다는 희망적 관측에 기반을 둔 잘못된 판단을 내리는 것은, 2류 정도가 아니라 자신을 '판단하는 머리'라고 착각하는 멍청이에 불과하다.

국가의 우수한 종으로서.

자랑스러운 교양과 재산이 있는 지식인으로서.

콘라트는 항상 현실을 받아들이는 것을 명심하고 있다.

그런데도 오늘 그는 처음으로 자신이 현실을 받아들일 수 있을지 의문을 품었다. 콘라트 참사관에게는 마른하늘에 날벼락이라고 해야 할 놀라움이다.

궁중에서는 가까스로 수습할 수 있었다.

신년 축하의 경사스러운 자리, 술도 들어가고 오랜만의 사교인 것도 있어서 사람들이 밝아졌기에, 콘라트의 변화가 사람들의 눈길을 끌었을 거라고는 생각하지 않는다.

그것이야말로 희망적 관측 아닌가……?

아니, 파티에서 행동하는 법은 외교관에게 기본 중의 기본.

아무리 대충 했다고 해도 과거의 경험이 있다. 얼마나 잘했는지는 둘째 치더라도, 실수라도 했으면 아무리 그래도 자각할 수 있다.

자각할 수 있을 터라고 콘라트는 겸허하게 자기 평가를 수정했다. 어쩌면 이번에는 좀 불안할지도 모른다고 생각하니까.

"어지간히 동요했던 모양이군."

그렇다. 그만큼 자기가 허우적댄 것을 몰랐던 게 아닐까.

그런 의심을 부정하기 어려울 정도로.

신년회에 참석한 베테랑 외교관 콘라트 참사관은 과거에 없던 충격적인 놀라움과 조우했다.

"정리하자. 그래, 제투아 대장도 ^{부품} 인간이다."

궁중에서 마주쳤을 때, 그는 숨 쉬고 있었다. 눈도 깜빡였다.

당연하다. 생물은 그렇다. 인간이니까 그렇다. 그것을 하지 않는 것은 법인(法人)처럼 개념으로 존재하는 인격체에 불과하다.

"역할을 연기하는 연기자도, 연기할 뿐이라면 '시스템 흉내'에 불과하다. 각본을 쓴 각본가도, 연출을 지도하는 연출가도, 모두가 다, 아무리 그래도, 시스템이 아니다."

거리낌 없이 자기 아이디어를 말하고, 검토하고, 정리하고, 다가올 때를 대비해 머릿속 서랍에 넣는 것은 일종의 습관이다.

중얼거리면서 콘라트 참사관은 자기가 받은 충격을 어떻게든 언어로 표현하고자 계속해서 정리했다.

"괴물, 그것은 괴물…… 데그레챠프 중령?"

타냐 폰 데그레챠프 중령. 어린 소녀의 탈을 쓴 괴물. 그건 그 거대로 이해하기 어려운 괴물이라고 콘라트는 이해하고 있다.

경의를 표할 대상이지만, 동시에 두려움을 느끼는 것도 당연하다고 해야 할 상대.

"데그레챠프 중령이라는 괴물적 존재도 이해하기 어렵지. 그러니까 비슷하다? 아니, 비슷한가?"

그런 조그만 아이가 은익돌격장을 받은 네임드. 일반적으로 생각해서 정상이 아니다.

"누구든 이상하다고 알겠지. 훌륭하긴 하지만, 너무 훌륭하다. 기분 나쁘다는 것을 부정할 수도 없지만……."

뭔가가 달랐다.

괴물에 해당하는 인물로 즉각 데그레챠프 중령을 떠올렸기에, 제투아 대장이 자기가 아는 괴물의 모습에 잘 들어맞지 않는다는 위화감도 강렬하다.

"그건, 데그레챠프 중령은, 아직 아슬아슬하긴 하지만, 이해하지 못할 것도 아닌 범주의 생물이다. 나 같은 수재 따위도 눈대중이 가는 범위의 '별종'^{부 룸}이다."

이해했다고는 하지 않지만. 콘라트는 그런 말과 함께 알코올 병에 손을 뻗었다. 알코올에 빠질 생각은 없었다.

그저 추웠다.

등골이 아무래도 서늘했다.

강한 알코올이 목을 지나 위장에 떨어졌을 때, 그는 간신히 다음 단계로 사고를 진행시킬 수 있었다.

"제투아 대장은, '그것'은, 대체 뭐지?"

'그 사람'이 아니다. 그것.

그것은 뭐지?

자문자답하고 콘라트는 생각을 정리하려고 뱅뱅 도는 머릿속을 내용을 입 밖에 내뱉었다.

"처음에는 반대라고 생각했다. 그럴 터이다."

데그레챠프 중령이라는 어린 소녀의 탈을 쓴 괴물, 제투아 대장이라는 괴물적 천재라고. 하지만 오늘의 광경을 목격하고, 여기에 이르러서 콘라트 참사관은 자신의 잘못을 깨달을 수밖에 없었다.

"아아, 그런가, 그런 건가."

전자는 소녀의 탈을 쓴 괴물일지도 모른다.

하지만 그래도 생물이다.

데그레챠프라는 괴물은, 너무나도 무미건조한 허무의 눈──세상에 흔한 의안이 차라리 더 인간미를 느끼게 한다──의 소유자는, 그래도 외교관에게 '이해력을 시험하게 하는' 것이 가능한 존재다.

하지만. 콘라트는 속으로 두 손 들었다.

제투아 대장은 아니다. 그건 도저히 이해할 수 없을 것 같다.

정교하기 짝이 없는 의태로 겉으로는 모범적인 제국 군인인 척하고 있지만, 아주 가까이서 치밀하게 관찰하다 보면 아무래도 깨닫게 된다.

그 무시무시한 장군은.

제투아 대장은. 그 정체는──.

인간의 탈을 쓴 시스템이다.

인간일 텐데, 이미 시스템이다.

"하지만…… 그런 게 가능한가?"

국가법인설과 군주기관설 같은 행정상의 학설개념이라면 콘라트도 쉽사리 이해할 수 있다. 행정관을 목표로 하는 학생이라면 교과서에서 접해 보았겠지.

딱히 그 자체는 하나도 이상한 이야기가 아니다.

특정 개인이 입장, 직무, 작위에 따라 군주로, 의회나 정부와 같은 시스템으로 간주되는 것은 흔한 일이다.

"일부, 라면."

제국의 황제 폐하께서는 강대한 권한을 갖고 정계, 재계, 관료계의 영역을 뛰어넘어 관여할 수 있다. 제국의 중심일 그것도 시스템의 일부에 불과하다. 인간에게 시스템 흉내를 시키고 있을 뿐이다. 따라서 유사 시스템에 불과하며 본질이 부품인 황제는, 부품인 이상 교환할 수 있다.

황제조차도, 시스템이 인간 흉내를 내는 게 아니다.

자신도 국가의 우수한 톱니바퀴이며 충실한 관리라는 강렬한 자각이 있기에 콘라트는 확신했다.

인간이 시스템의 일부가 되는 것조차도 지극히 힘들다고.

인간은 인간이라고.

관료로서 끝없이 노력해도, 인간은 톱니바퀴의 일부밖에 될 수 없다.

시스템의 일부로 흡수되어서 소비되는 것이겠지. 비유하자면 인간이 먹은 영양분이 몸의 일부가 되는 것에 불과하다.

확실히 음식은 몸을 만든다.

그런 의미에서 음식물도 몸의 일부가 될 수 있겠지. 하지만 인간이 먹은 고기가, 치즈가, 빵이, 와인이, 인체라는 시스템의 일부가 될 수 없는 것 또한 당연하다.

팔다리는 인체의 일부일지도 모르지만, 음식을 팔다리와 동일하게 본다는 것은 말도 안 된다.

그런데도!

제투아라는 개인은 어느새 대참모차장 제투아 각하라는 불가사의한 존재가 되고, 이어서 그것이 전쟁 수행 시스템의 일부라는 듯이 행세하면서 실제로는 시스템 그 자체로 변해 있었다.

제국이라는 국가에서 제투아 대장조차도 팔이나 다리일 리가 없는데도.

아니, 조직의 중추에 있으면 예외적으로 탁월한 소수의 행정관의 색깔로 조직이 물드는 경우는 있겠지.

하지만 콘라트는 처음 보았다.

제국이라는 국가에 개인이 흡수된 끝에 융합되는 것을.

"차라리 찬탈이 더 이해하기 쉽겠군."

황제위의 찬탈.

시스템의 일부를 교체한다. 그 정도라면 그래도 이해하기 쉬웠다. 찬성할 수는 없지만 이해하기는 쉽다.

하지만.

하지만 말이다!!!

멋대로 생겨난 팔다리가 위험한 방향으로 나아가지 않으려고 몸의 진로를 자연스럽게 바꾸고, 종국에는 모두가 하나같이 '제투아 대장의 팔다리'를 '제국의 팔다리'로 간주하다니!

제정신을 정말 찾아보기 어려운 시대란 걸까.

하물며 콘라트 자신이 그 일부가 되어 좋은 협력자로 활동하고 있다. 이미 현실미라고는 조금도 없는 현실에 살고 있다고 놀랄 수밖에 없다.

"이게 현실이다? 현실이라고?"

현실은 본디 받아들일 수밖에 없다.

그럼에도 콘라트의 머릿속은, 현실에 살기보다도 자신의 이성이라고 할까, 제정신을 의심하는 쪽이 쉬웠다.

그러니까 콘라트 참사관으로서는…… 지금 레르겐 대령처럼 '이해할 수 있는 상식인'이 그립기 짝이 없었다.

그는 제국을 구할 인간이 아닐지도 모르지만.

제국을 구할지, 제국을 멸할지, 또는 제국을 어디로 인도할지, 그 깊이를 알 수 없는, 인간인 척하는 시스템을 믿고 '도박에 나서는 것'과 비교하면, 훨씬, 훨씬, 훨씬 더 이해할 수 있다는 안심감으로 가득했다.

"도박이 필요하다는 건 알지만."

허탈하게 흘러나오는 것은 종잡지 못할, 곤혹스러운 쓴웃음.

콘라트는 웃을 수밖에 없었다.

달관일까, 감탄일까, 아니면 자조일까. 자문해도 콘라트 자신도 대답할 수 없는 것.

"새해 벽두부터 맛없는 술을 마시게 되었나."

건배하고 비우는 것은 좋지만, 너무 강해서 취해 쓰러질지도 모르는 것. 그리고 보면 샴페인을 준비해 준 것도 제투아 대장이었던가. 시스템에게 받은 한 잔의 술에 완전히 취한 것이다.

"총력전, 총력전, 아아, 총력전."

지긋지긋하고, 짜증스럽고, 그리고 헤아릴 수 없는 모든 것을 불사르는 괴물.

너 따위는.

"시스템에게 먹혀버려라."

아아, 그러면 된다. 그랬으면 싶다.

기도가 무익함을 알면서도, 그래도 콘라트는 인간의 몸으로 기도할 수밖에 없다. 부디…….

"제투아 대장이라는 시스템이 성공하기를."

기도의 내용이, 그 시스템의 끝이, 콘라트가 상상한 그대로라면, 콘라트는 정말 스스로를 욕먹어도 싼 비겁자라고 인정해야 한다.

제국이라는 시스템 대신 또 하나의 시스템으로.

아아. 정말로 끔찍하다. 그리고 무엇보다도…….

"인간이, 그 정도가, 될 수 있는가. 가능한 것인가, 그런 게."

그렇기에 야유쟁이면서 경건한 그가 자비를 빈다.

부디 하다못해 축복을, 이라고.

동시에 콘라트는 미미한 확신마저 들고 있었다.

"정말로 된다면? 인간이, 국가 시스템을 대체할 수 있다면?"

세계가, 제투아 대장을, '그 사람만이' 제국이라는 시스템이라고 오인한다면…….

'가능하다'고 콘라트는 몸을 떨 수밖에 없다.

머리 위에 달린 다모클레스의 검은, 옥좌에 떡하니 앉은 황제가 아니라 참주이자 '나야말로 제국이다'라고 세계를 속이는 늙은 군인 한 명만이 삼킬 수 있겠지.

"우리는, 우리의 승리를 붙잡을 수 있다. 이길 수 있다. 아니, 이미, 이겼다."

패배 속의 승리. 비참하고 조그만, 한 톨의 분통함.

하지만 주도권을 상실해서 필연적인 패배를 끌어안고 유유낙낙하게 멸망하는 것과 비교하면, 가슴을 펼 수 있겠지.

명예로운 패배조차 허락되지 않는다고 해도, 미래를 쟁취할 수 있다.

"그럴 가능성이 있는 것만으로도, 인간의 몸으로 끌어낸 것만 해도."

콘라트는 참기 어려운 말을 일부러 허공을 향해 자아냈다.

"제투아 대장, 참으로 무시무시하다……."

머리 위에 검이 달린 옥좌도, 옥좌는 옥좌다. 높은 곳에서 주위를 내려다보는 기쁨에 휩싸이는 자리이며, 금은보화로 가득하다면 그 차가운 감촉도 한때는 잊을 수 있겠지.

애석하게도 제국은 실질강건이라는 말로도 미화하기 어렵다.

제투아 대장은 궁전에서 돌아오는 차 안에서 그것을 한없이 통감했다.

참모본부가 준비한 송영차는 화려함과 거리가 멀고, 실용을 중시한 뒷좌석은 그 편안함이 뻔했다. 게다가 정비 불량인지 노면 사정인지 아니면 양쪽 다인지 모를 최악의 승차감이 합쳐지면, 노군인의 허리를 고문처럼 괴롭힌다.

하지만 예정이 꽉꽉 찬 관계로 편치 않은 좌석에서 억지로 한숨 돌린 뒤에 기다리는 것은 참모본부에 가득 쌓인 미결재 서류들. 군무에 정통하고 뛰어난 사무처리 능력이 있더라도, 결국은 일개 생물이다. 시스템을 대체한다니 말도 안 되는 소리.

결단을 필요로 하는 안건은 쌓였고, 갑자기 무슨 일이 생길지도 불투명.

밝고 환상적인 비일상에서 잔혹한 일상으로 귀환하면서 일어난 급격한 온도 차이가 제투아의 다리를 너무나도 무겁게 했다.

연초인데 벌써부터 숨이 답답해지는 기분이었다.

참모본부의 자기 방에 도달하여 사람들의 눈이 없어진 순간, 제투아 대장은 그제야 어깨를 축 늘어뜨렸다.

번쩍이는 의상인 제1종 예장과 빛나는 훈장들이 어깨를 무겁게 눌렀다. 의전용 군도를 벗고 의자에 앉자, 다리는 뿌리가 생긴 듯이 지면에 빨려들었다.

"지쳤다……."

의자 등받이에 몸을 맡기며 영혼에서 우러나온 말을 토해내고, 품에 넣어두었던 시가를 꺼내 묵묵히 한 대 태웠다.

"늙은이에겐 힘든 노릇이군. 육체가 마음을 배신해."

훅 내뱉은 숨결과 연기가 뒤섞이는 가운데, 그것이 묘하게 시가에 얽히는 모습이 한 친구를 떠올리게 했다. 루델돌프가 남긴 시가의 맛이란. 시가도 묘하게 강렬하다. 녀석은 그렇게 강한 것을 한없이 좋아했다.

"그 녀석다운 짓이군. 애용품 하나까지도 녀석다워. 나도 뿌리는 녀석의 방식을 따라가고 있다는 점에서 동류인가."

독백하다가 제투아 대장은 쓴웃음을 지었다.

깨달은 것은 언제일까. 제국이 일몰을 맞으려고 할 때, 제국군 참모본부야말로 제국으로 변한다고. 기껏해야 시스템을 다른 시스템으로 대체할 수 있는 사례라고 간과할 뻔할 정도로 그 변화는 자연스럽고 필연이었다.

끝나지 않는 총력전과 한정된 선택지가 제국에게 '국가 전략'을 모색하는 사치를 허락하지 않고, 그저 '군사적 합리성'에 기반을 둔 '임기응변'을 강요한다.

말하자면 슬금슬금 불리해진다는 뜻. 간단히 말해서 외통수.

그런 가운데 군사와 군대, 나아가서 정부와 참모본부의 경계선이 용해되어 가는 것을 당사자가 깨닫기란 너무나도 어렵다.

하지만 위에서 내려다보면 참모본부가 시스템으로 변해가는 것을 이해할 수 있다.

그리고 '참모본부'를 지점으로 사용하면, 지렛대의 원리로 개인이 세계를 움직이는 시스템이 될 수 있지 않을까? 이 노인은 그렇게 망상했던 것이다.

"과대망상도 보통이 아니군. 실현되고 있다는 게 세계의 한심함을 말하는 걸까."

종말로 치닫는 허무한 장거리 달리기를 계속하는 것이 참모본부고, 말하자면…… 제투아 자신이라는 수괴가 깃발을 흔드는 역할.

깃발을 흔드는 걸까, 깃발을 억지로 들고 있는 걸까.

객관적인 내실을 제국의 중추에서 누구보다도 이해하고 있다면 비웃을 수밖에 없지만, 중요한 것은 사실이 아니라 '세계'라는 관객이 그것을 어떻게 보느냐다.

하지만 속일 수 있다면?

가라앉는 태양을 막을 수도 없는 밥버러지에, 벗의 묘비 앞에 설 자격도 없는 쓰레기에 불과하더라도, 그게 가능하다면?

필요의 요청은 짜증스럽게 짝이 없다. 필요하다. 하지만 마음에 들지 않는다. 가능하다면 이기고 싶다. 어쩔 수 없는 상황이기에 스스로에게 거짓말할 수도 없다.

"내일의 일출이 너무 멀어서 답답해진 게 언제부터였더라?"

작은 한숨을 흘리고 제투아는 머리를 살짝 흔들었다.

하찮은 감상, 인간성의 잔재. 하찮은 정념에 불과하더라도 그것들은 분명히 가슴속 깊은 곳에서 끌처럼 상처를 후벼낸다.

"괴롭군."

아무 생각 없이 내뱉은 말은 의도치 않은 것. 자신이 독백한다는 것을 깨닫고 제투아는 놀란 듯이 얼굴을 찌푸렸다.

"이거야 원……. 음?"

의자에서 일어서려 했지만 이게 무슨 일일까. 야전에서 앞에 나설 때는 나이치고 잘 움직였을 터인 몸이 제대로 힘이 들어가지 않는다.

"싫구만. 이것도 나이 탓인가."

재떨이에 시가를 놓고 머리를 쓸었다.

희미하게. 하지만 식은땀이 난 것을 인정하고 제투아 대장은 고개를 내저었다.

"으음, 정말로, 한계인가."

무자각 속의 투덜거림에 깃든 것은 자신의 약함.

강한 척해도 제투아 대장은 인간이다. 처절한 결의를 다진 영혼을 지니긴 했지만, 심신은 애초부터 보통 사람과 하나도 다를 바가 없다.

속은 쓰리고, 어깨는 무겁고, 덤으로 눈이 침침하다.

"이런…… 한심한 노릇이 있나. 무대에서 역할을 다 연기할 수 있을지도 의심스럽다니."

세계를 적으로 삼고, 혹은 세계의 적이 되기로 호언장담하는 위세는 외부를 향한 것. 지친 자기 자신의 육체에 채찍질해도 한계는 저절로 찾아올 것으로 예상하고 있었다.

하지만 이렇게 갑작스럽게.

"피로만 가시면 일어설 수 있을까? 서기만 해선 의미 없지만."

결국은 마음이다.

그런 의미에서 제투아 대장은 세간에서 말하는 '꾀주머니'의 편린도 찾아볼 수 없는 우직함으로, 그저, 그저, 버틸 뿐이다.

궐련을 다시 물고, 옛 친구의 얼굴을 떠올리고, 제투아는 쓴웃음을 짓는다.

"포기할 줄 모르는 것은 멍청이 루델돌프에게 배워야지. 안 그러면."

그렇게 흘러나오는 것은 한없는 본심이다.

"일개 척탄병으로서 멸망을 거부하고 죽을 수 있으면 얼마나 감미로울까."

거기서 그는 자조했다.

"조국의 신임을 배신한 주제에, 사치스러운 소리로군."

뉘우침을 그렇게 흘리는 것은 정말 마음에 들지 않는다.

정말로 꼴사나운 짓이다.

만일 멍청이 루델돌프였다면 망설임 없이 얼른 자기 자신을 호쾌하게 후려갈겼겠지.

"녀석은 멍청이지만 성실했지. 나는 어떨까."

책상에 손을 뻗어서 제투아는 간신히 의자에서 몸을 일으켰다. 일어서서 가볍게 걸어보니 다리는 움직였다.

"앉아 있지만 않으면 어떻게든 되나."

말하자면 하나의 진리다.

"일어설 수 있으면 걸을 수 있다. 걸을 수 있다면 나아갈 수 있다. 나아갈 수 있다면 도달할 수 있다. 나는 해야만 한다."

자기 말과 함께 제투아는 야유를 담아서 거울을 바라보았다.

고향과 조국.

비교할 수 있을 리가 없는 두 개를 나란히 놓고 비교했다.

오만한 신처럼 양쪽 중 하나를 택하기로 했다.

그런 인간이 태평하게 쉰다? 크나큰 착각이다. 초월적 존재조차도 세계를 다 만든 뒤에야 안식일을 즐겼는데!

"제국의 미래를 창조하다니, 나도 참 심각하게 거만해졌군. 황제 폐하께, 역대 황실과 선배들에게 어찌 사죄해야 할까."

난처하게도. 아아, 정말 이게 어찌 된 일일까.

"할 말이 없군."

팔짱을 끼고 진지하게 생각하고, 약간의 죄악감을 마음속에 새기려 노력하고, 하지만 제투아 대장은, 제국을 지키는 담장이며 명예로운 제국 군인이어야 할 노인은 난처한 듯이 쓴웃음을 지었다.

"정말로 할 말이 떠오르질 않아."

남들만큼 충성심은 있다고 생각했다. 제국의 좋은 군인이고, 폰의 칭호를 받은 군인이며, 전통의 충실한 체현자려고 했다.

"지금 와선 정말 아무래도 좋아."

허무감이란 신비한 가치관의 또 다른 모습.

해가 저무는 조국의, 멸망해가는 세계의 주민으로, 그는 지금 자기가 이미 조국과 황실에 충성을 맹세한 제국 군인이 아닌 몸이라는 것을 자각했다.

정말로.

아아, 정말로.

이게 어찌 된 일일까, 라고 놀랄 수밖에 없다.

짧아진 시가를 한 손에 든 제투아는 천천히 담배 연기를 뿜고, 정념 같은 그것이 허공으로 사라지길 기다렸다.

"몇 년 전의 내가 지금의 나를 보면 결투하자고 했겠지. 그것이 도리다."

그때는 명예와 도리를 아는 선량한 제투아 준장이었다.

곁에는 좋은 벗이 있었다.

지금은 필요만을 신봉하는 사악한 제투아 대장으로 전락했다.

곁에 있던 벗은 이미 없다.

"인간이란 필요하다는 이유로 이토록 타락할 수 있는 거군."

전쟁이란 비참하다. 전쟁을 끝낼 수 없는 책임자란 해악이다.

"우리는 최초의 걸음에서…… 성대하게 그르쳤다. 잘못이 겹쳐버렸다."

국가의 수호자. 제국의 방패. 황실을 지키는 자.

거듭 칭송받은 제국군은 '제국군으로 조국을 방위한다'는 말도 안 되는 착각을 오늘까지도 수정하지 않고 있다.

오늘, 오늘의 이 사태에 이르러서도 생각도 못 하겠지.

"승리로 해결해라. 승리야말로 만물의 해결책이라고 배운 탓일까. 너무나도 위대한 옛사람들은 승리의 활용법까지도 알고 있었는데."

국가를 지키는 것은 군사적 승리가 아니다.

결국 세계를 지배하기 위해 모조리 죽이지 않는 한…… 승리는 정치적으로 활용되어야만 한다. 필요하다면 패배마저도 이용해야 한다.

"세계와 절충할 수밖에 없다는 것은 힘든 현실이다."

제투아는 알고 있다.

거기서 실수한 것은 자신들이라고.

정치의 한 수단인 군사만으로 국가를 지키는 것의 어리석음.

'모든 수단'으로 국가를 지켜야 할 때, 고작 군사라는 한 수단만을 택하는 것은 어리석은 카드 제한에 불과하다.

그러니까 전부다.

말 그대로 모든 선택지를.

조국을, 이 제국도, 모든 것을 옵션에 던져 넣자. 그렇게 해서 카드를 늘리고, 이 말도 안 되는 게임을 끝까지 수행할 수밖에 없다.

"잘 있거라, 아름다운 나의 정념."

아니, 자신은 울 수도, 뒤돌아볼 수도 없다.

"승부할 때로군. 올해의 나야말로 세계의 적이 되어야 한다."

그런데도 이겨야 한다면 이길 뿐이다. 제투아 대장은 슬쩍 웃었다.

"유쾌하군. 만족을 안다는 게 이런 건가."

세계의 적, 제투아 대장.

제국의 수뇌, 제투아 대장.

그렇게 세계를 속이는 것이다.

자신이, 하나의 톱니바퀴로서.

광대로서, 괴물로서, 타도해야만 하는 '상징'으로서.

| chapter |

II

사상누각(沙上樓閣)

House of cards

내가 모시기 시작했을 때,
제투아 장군은 아직 인간미 있는 단순한 인간이었습니다.
……그 순간 말입니까?
제투아 장군은 '제투아' 라는
개념으로 변했던 걸지도 모릅니다.

──────── 우거 대령(당시) ────────

》》》》 다큐멘터리 『제투아 대장의 결단 / 재현 영상』 《《《《

대전에는 수수께끼가 많다.

너무나도, 라고 덧붙여도 과언이 아니겠지요.

특히나 동부를 보자면 당시의 자료 중 태반이 소실되고, 전후의 관계자에 따른 증언은 애매모호하고 차이가 너무 큽니다.

하지만 과거에서 예기치 못한 타임캡슐이 나타나 그 '수수께끼'에 뜻하지 않은 해답을 보여주는 일도 있습니다.

이번에는 옛 제국 고급 외무 관료의 금고에서 그런 것이 튀어나왔습니다.

그 외무 관료의 유족에게서 자료 정리를 위탁받은 론디니움 대학의 연구 그룹이 이 메모를 발견하지 않았으면 역사 속에 묻혔을 물건입니다.

예, 이번에 저희가 세계에서 최초로 전해드리는 것은 제투아 장군이 친한 외무 관료에게 남겼던 친필 메모입니다.

사실 이 메모의 존재 자체는 이미 알던 사실이었습니다.

어느 해, 신년회 자리에서 외무 관료와 제투아 장군이 친하게 이야기를 나누고, 장군이 냅킨에 뭐라고 휘갈긴 메모를 건넸다는 증언. 이것은 연구자 사이에서 종래부터 사실 관계의 하나로 나름 알려진 것이기 때문입니다.

다만 제투아 장군과 외무성 참사관이 대중이 있는 신년회에서 사교상의 인사를 나눴다는 관계성의 의미 자체는 주목받았지만, 메시지의 내용 자체는 메모가 발견되지 않은 바도 있어서 종래의 연구에서 전혀 중요시되지 않았습니다.

모 권위자 왈, '기껏해야 신년의 인사 정도라고 믿고 있었습니다' 라고 합니다.

자, 발견된 메모에 있던 것은?

새해 인사? 간단한 업무 연락? 별거 아닌 잡담?

아닙니다.

거기 기록되어 있던 것은 당시 인간이라면 '멋들어진 표현이다' 정도로만 받아들일 단순한 단어이며, 역사를 아는 현대 연구자만이 괄목할 만한 표현입니다.

이 발견의 중대성을 고려하면, 진위의 판정은 신중을 기할 만한 것이었습니다.

그렇기 때문에 론디니움 대학 당국은 감정에 만전을 기하기 위해 필적은 물론이고, 사용된 냅킨, 그리고 잉크에 이르기까지 모든 것을 조사하고, 빈틈이 없도록 연합왕국 정보부의 협력마저 요청하여 '진짜일 가능성은 부정할 수 없다. 적어도 위조의 증거는 찾아볼 수 없었다' 라는 대답을 얻어내었던 것입니다.

그럼 보십시오.

거기 적힌 말은 '여명은 가깝다. 하지만 먼동이 있다',

신년회에서 장군이 장난스럽게 쓴 말이라고 당시 인간들은 웃어넘겼겠지요.

별로 의미가 있는 메모가 아닐지도 모릅니다.

그럼 왜 과거의 고급 외무 관료가 엄중히 보관했을까.

오늘날의 전문가는, 그것을 풀 수 있을지도 모르는 열쇠를 압니다.

첫 번째로, 제도에서 열린 신년회는 연방군의 전략 공세인 〈여명〉 직전의 타이밍이었다는 사실을.

그리고 두 번째로, 맞서는 제국군의 요격 작전이 통칭 〈먼동〉이라는 것을.

물론 〈여명〉과 〈먼동〉의 기묘한 관계성도 이미 잘 알려진 사실입니다.

연방군의 전략 공세 〈여명〉 계획에 허를 찔리고 대혼란에 빠진 제국군을 다시 일으켜 세우기 위해 제투아 장군이 긴급하게 입안한 방어 계획이 〈먼동〉이다?

쌍방이 숨기고 있었다고 해도, 실로 기묘한 관계성이라고.

다만 기묘하긴 해도 드물게 있는 우연으로 여겨졌습니다.

하지만 〈여명〉에 대한 방비로 〈먼동〉이 있다, 라고.

연방군 전략 공세 〈여명〉이 다가오는 시기에, 제국에서는 제투아 장군 본인이 메모에 기록하고, 외교를 맡은 고관에게 '걱정하지 마라'라고 장담한 거라면?

역사의 수수께끼. 그 순간을 재현 영상으로 준비했습니다. 과연 역사는 그때 정해진 것일까. 최신 학설에 따른 영상을 보시죠.

재현 영상 – 통일력 1928년 1월 2일

참모본부의 깊숙한 곳, 과거에 세계를 뒤흔든 '제국군 참모본부'의 심장부.

전무참모차장실에 군림하는 한스 폰 제투아 대장은 새해가 밝은 다음 날인 그날, '동부의 방어선 재구축'을 위해 소집된 참모들을 노려보고, 저녁 식사의 메뉴를 묻는 듯한 가벼움으로 폭탄을 실내에 투하한다.

"당연한 소리지만, 연방군은 오겠지. 문제는 그게 언제일지다."

어미만 들으면 의문형.

하지만 그 말을 뱉은 당사자만큼은 실내를 둘러보고, '왜 이해하지 못하는 거냐'라는 곤혹스러운 표정을 띠고 있다.

알겠나? 라면서 제투아 대장은 일어섰다.

"연방군의 병참 사정에는 추측이 난무한다. 하지만 전반적인 정세를 감안하면 동계 공세만이 가능한 선택으로 여겨진다. 놈들은 온다."

"가능하다고 해도 백 퍼센트는 아닙니다만."

반박의 말.

'어떻게 그렇게 확신할 수 있습니까?'라는 말.

질문하는 부하에게, '귀관은 정말로 사리분별이 안 되는 모양이군?'이라고 하듯이 제투아 장군은 한숨을 내쉰다.

"놈들의 눈앞에서, 우리 군은 이르도아 방면에 동원하기 위해 동부에서 성대하게 물자와 인원을 움직였다. 그렇다면 간단한 계산이다."

머지않아 눈이 녹고 진창이 된다고 말하면서 제투아 대장은 말을 이어나갔다.

"그때가 되기 전, 지금, 우리 군이 빈틈을 보이는 이 순간밖에, 연방 제군은 이 기회를 활용할 수 없다. 그들이 건곤일척의 도박에 나설 심산이라면, 이 타이밍뿐이다. 그러니까 나는 그 등을 슬쩍 떠밀어준 건데? 알아듣겠나?"

시가를 꺼내어 느긋하게 한 대 태우면서, 제투아 장군의 말이 참모본부의 깊은 곳에 녹아든다.

"지금, 이 순간이, 제일 위험하다. 그러니까 적은 오겠지. 내가, 그렇게 만들었다."

일제히 표정을 굳히는 참모들.

이것에 대해 유일하게 치기를 듬뿍 띠고 무섭지 않다고, 정말 무엇 하나 무서울 것 없다는 듯이 제투아 장군은 표표하게 말을 토한다.

"그렇기는 해도 불안도 남지. 확실히 말하자면 시간과의 경쟁이다. 지금 와 주지 않으면 곤란하다. 우리의 약점을 날려 버릴 기회에 낚이지 않으면, 연방군은 봄철까지 필승의 태세를 갖추고 물량으로 우리 방어선을 뒤엎을지 모른다."

'와 주지 않으면 덫에도 걸리지 않으니까'라며 비웃는 모습에 동석자가 무슨 생각을 했는지는 기록되어 있지 않습니다. 하지만 후세에 이날에 대해 질문 받은 레르겐 대령(당시)은 딱 한 마디, '세계의 적으로 불릴 만했다'라고 중얼거리고, 그 뒤로는 침묵을 지켰습니다.

그리고 제투아 장군은 결정적인 한마디를 그 자리에서 남겼습니다.

──"자, 문제의 방어 계획은 철저하게 비밀에 부쳐야 한다. 현재 봉함된 계획은 상당히 기습성을 중시한 것으로, 우리 쪽의 준비 상황을 들키면 최악이다."──

그것은 계획의 철저한 비닉.

전략적 기습성을 중시하는 적의 공세에 대해 '전략적 반격'을 기습적으로. 카운터를 노리려면 '대비한다'는 의도는 진짜 마지막의 한순간까지 숨겨야만 합니다.

"이 겨울이 전환점이다. 제군, 본래는 하루조차도 중대하다. 느긋하게 어깨의 짐을 내려놔서는 안 된다. 그렇긴 해도 다음은 힘들겠지. 오늘만큼은 새해의 공기라도 마셔두게나."

바빠질 거라고.

그 말과 함께 제투아 장군은 참모본부의 장교들에게 작은 휴가를 주었습니다.

종래의 연구로는 새해 휴가를 결재한 것은 제투아 장군이 〈여명〉을 예측하지 못했다는 가설의 방증으로 여겨져 왔습니다. 새해 방심이고, 연방이 움직이지 않을 것이라고 오인한 증거라고. 하지만…… 〈여명〉의 발동 시기를 정확하게 예측했기에 부린 여유였다는 설이 희미하게 '진실'로 여겨지기에 이릅니다.

그리고 제투아 장군은 말했습니다.

"내가 있는 한 제국은 일단 지지 않아. 공산주의자에게, 이데올로기를 초월하는 현실이 있다는 것을 또 가르쳐주지."

》》》 통일력 1928년 1월 2일 참모본부 《《《

제국군 참모본부 깊숙한 곳에 자리 잡은 제투아 장군의 심중은 전 세계가 알려고 욕심내는 것이겠지. '한스 폰 제투아가 무엇을 생각하는지, 전 세계가 궁금해한다. 전 세계가 궁금해하는 것이다'.

하지만 전 세계가 알기를 원하는 그 심중은 단 하나의 고민에 지배되어 있다.

제투아 대장은 그 말을 동부에 재파견되는 샐러맨더 전투단 지휘관과의 회합자리에서 솔직하게 토로했다.

"당연한 소리지만, 연방군은 오겠지. 문제는 그게 언제일지다."

제투아 대장의 솔직한 말에는 씁쓸한 의미가 담겨 있었다. 그 것을 결정하는 주도권이 연방의 손에 있다는 점이 잔혹할 만큼 제국이 열세임을 말하고 있다.

레르겐 대령, 우거 대령, 그리고 타냐는 싫어도 그 의미를 이 해하고, 탐탁지 않은 현실을 씁쓸히 삼켰다.

희망적 관측은 없다.

모두가 두통을 참는 표정으로, 각자의 방식으로 소리 없는 신 음을 흘릴 수밖에 없는 정세다.

우거 대령은 하늘을 올려다보았다. 하늘에 도움을 청할 만큼 그는 선량하니까.

레르겐 대령은 배를 움켜쥐었다. 그는 이미 현실과 대면하는 것을 잘 알고 있으니까.

그리고 타냐는 눈을 감고 고개를 숙였다. 싫다고 생각하면서.

이 순간 세 사람은 서로를 보지 않고도, 서로가 고뇌하는 현실 을 공유하는 동료임을 이해하고 있었다. 그렇지 않으면 다음 순 간, 제투아 대장이 내뱉은 말을 도저히 혼자서는 견뎌낼 수 없었 을 테니까.

"연방군의 병참 사정에는 추측이 난무한다. 하지만 전반적인 정세를 감안하면 동계 공세의 가능성은 아마…… 배제할 수 있겠지. 아마도."

병참의 전문가.

연방과 제일선에서 겨뤄온 전선 귀환자.

제투아의 입에서 나온 말이 '추측이 난무한다'로 시작해서, '할 수 있겠지'라는 말끝에, '아마도'라는 단어가 붙다니!

입장상 철저하게 듣는 쪽이던 세 사람 중에서 최선임인 레르겐 대령이 무심코 되물을 정도였다.

"한없이 낮다는 말은, 반드시 없다는 뜻이 아닙니다만."

맞는 말이라며 제투아 대장은 작게 웃었다. 그대로 책상에 꺼내두었던 시가 케이스로 손을 뻗었다. 하지만 시가를 꺼내려다가 뭐가 마음에 안 들었는지, 제투아 대장은 가만히 시가를 내렸다.

"각하?"

별거 아니라며 손을 흔들면서 제투아는 평소와 달리 망설임을 띤 표정으로 현황의 인식을 말했다.

"놈들의 눈앞에서, 우리 군은 이르도아 방면에 동원하기 위해 동부에서 성대하게 물자와 인원을 움직였다. 간단하게 계산해서…… 연방군에 동계 공세의 구상이 있으면, 우리가 움직인 순간에라도 놈들은 낚였을 거다."

무엇보다도, 라고 제투아 대장은 말을 이었다.

"어쩌면 속으로는 건곤일척의 도박에 나설 속셈일지도 모르지만…… 이르도아에서 나는 이겼다. 그들은 신중하다. 승산이 확실해질 때까지는 가만히 발을 빼겠지."

무심코, 라고 해야 할까. 타냐는 제투아 대장의 얼굴을 똑바로 바라보았다.

"지금 이 순간만큼은 어떻게든 된다. 하지만 진창이 끝나는 봄 혹은 여름은 가혹하겠지."

말하는 의견은 아직은 그래도 합리적이다. 이성과 근거와 상식이 깃든 분석이다.

하지만 레르겐 대령과 우거 대령도 함구하고 있었다.

이건 뭔가 이상하다.

"그렇기는 해도 불안은 남지. 확실히 말하자면 시간과의 경쟁이다. 지금 와 주면 곤란하다. 우리의 약점을 날려 버릴 기회에 적이 움직이지 않는다는 보증도 없다. 연방이 여름까지 시간을 보내준다면 우리 방어선도 충분히 다질 수 있지만……."

그때 타냐는 무시무시한 상상을 머릿속 한구석으로 치웠다.

사람이 하는 말은 끝까지 들어야 한다.

"자, 문제의 방어 계획은 철저하게 입안해야 하지. 데그레챠프 중령은 잘 알고 있겠지만, 내가 동부에 있던 무렵에 봉함한 계획은 메모 정도의 개략에 불과하다. 우리의 준비 상태를 들키면 최악이다."

오호라. 타냐는 끄덕였다.

제투아 대장은 동부 재임 중에 여러모로 작전 지도에 힘쓰고 계획도 책정해 두었다. 타냐 자신도 몇 가지에 관여했다. 그러니까 알고 있지만…… 제투아 각하도 당시 입장은 사열관. 본격적인 계획이라기보다는 연구 단계의 것들뿐.

그 조악한 상황을 적에게 들키기 전에 준비하고 싶다는 걸까?

"땅이 굳어질 때가 전환점이겠지. 제군, 지금만큼은 가까스로 어깨의 짐을 내려놓을 수 있다. 그렇긴 해도 다음은 힘들겠지. 오늘만큼은 새해의 공기라도 마셔두게나."

타냐는 괜찮다는 마음으로 고개를 끄덕이고 다음 말을 기다렸다. 그리고 '구체적으로 어떻게 할까' 라는 점에 언급이 없는 것을 견디다 못해 결국 입을 열었다.

"제국의 운명을 건 싸움입니다만, 그것뿐입니까."

제투아 대장은 난처한 표정으로 끄덕였다.

"그래. 내가 있는 한 제국은 일단 지지 않아. 공산주의자에게, 이데올로기를 초월하는 현실이 있다는 것을 또 가르쳐 주지."

그렇게만 말하고 상사가 조금 지친 얼굴을 했다. 그게 그 자리의 끝을 의미하는 정도야 참모장교들에게도 자명했다.

다만 똑똑한 상사치고 묘하게 말끝이 무뎠다. 그 자체가 강렬한 체험이기도 했다.

무심코 입을 다문 채로 세 사람이 나란히 퇴실하고, 침묵과 함께 나란히 참모본부의 복도를 걸었다.

아무 일도 없으면 이대로 삼삼오오 해산하는 분위기.

얼른 참모본부를 떠서 오늘은 일찌감치 남은 업무를 처리하고 조금 쉬자고 타냐가 생각하기 시작했을 때의 일이었다.

이완되어 해산으로 접어들려는 분위기의 흐름을 레르겐 대령이 뒤흔들었다.

"데그레챠프 중령, 시가라도 어떤가? 이르도아산이라면 좋은 게 있는데."

한 잔 걸친 뒤에 2차라도 어떠냐는 듯한 풀어진 태도. 사교의 제안으로서는 정형구 그 자체겠지.

그렇기는 해도 미성년자에게 시가를 권하다니!

있는 그대로 말하자면 범죄다. 선량하던 레르겐 대령이 전쟁을 너무 하는 바람에 그런 상식도 잊어버리게 되나?

아무리 그래도……라는 마음으로 타냐가 제안에 쓴소리를 하려고 입을 열려던 순간, 옆에서 우거 대령이 움직이는 것을 깨닫고 입을 다물었다.

대령의 제안을 중령이 거절하면 탈이 나지만, 대령의 제안을 동격인 인간이 지적해 준다면 만만세. 우거 대령의 배려에 타냐는 감사의 마음을 품었다.

정말로 배려의 달인이라고.

"레르겐 대령님, 상대를 생각해 주십시오. 데그레챠프 중령 아닙니까?"

'옳소.'라는 마음으로 타냐는 우거 대령의 말에 남몰래 끄덕였다. 뭔가 할 말이 있을지도 모르지만, 아무리 그래도 자신의 신체 연령을 감안하면 이해할 이야기다.

"데그레챠프 중령 같은 항공마도사관에게 흡연은 폐에 미치는 부담이 큽니다. 하늘에서 산소 결핍이라도 되면 정말로……."

"그런가? 잠깐 피우는 건데. 아, 그래, 담배 연기 때문인가?"

레르겐 대령, 우거 대령 모두 우수하고, 어떤 의미로 진취 정신이 왕성하며, 조직인으로서도 개인으로서도 시대의 인습에서 상당히 자유가 있는 그들이 나누는 대화가 이 순간, 너무나도, 어긋나 있었다.

타냐만큼 다양한 경험을 쌓지 않은 게 원인이겠지.

석연치 않은 마음에 타냐는 떨떠름하게 끼어들었다.

"실례입니다만, 두 분. 애초에 소관은 미성년자입니다. 미성년자의 흡연은 법으로 금지된 행위이며, 군법으로도 이것을 면책하지 않습니다."

미성년자의 음주, 흡연은 안 된다.

그저 그것뿐. 반론할 여지도 없이 간단한 이론이다.

그런데도 이게 어찌 된 일일까.

그 능력으로 참모본부의 중심부에도 자유로운 출입이 허가된 참모진. 그런 제투아 대장의 보좌를 맡는 고급 군인 두 명이 벼락이라도 맞은 것처럼 굳더니, 바로 표정을 수습하기도 힘들어했다.

있는 그대로 묘사하자면 레르겐 대령이 경악, 우거 대령이 놀라움일까.

좁은 세계에 한정된 인적 교류로 상식이 뒤틀렸다고 자각한 모양이지만, 참 대단한 얼굴이라고 타냐는 다소 기막힌 심정이 들었다.

지금 이 순간 그들의 표정을 사진으로 담을 수 있으면, 재미있는 사진이라며 세상 사람들을 꽤 웃길 수 있지 않을까 싶을 정도로 극단적인 얼굴이다.

"그, 중령, 귀관은……. 그래……. 귀관은 중령이었지……."

재기동한 듯한 레르겐 대령은 '미성년자였지'라고 말하고 싶었던 모양이지만, 헛소리처럼 중얼거린 '중령'은 미성년자를 의미하는 단어가 아니다.

군인인 만큼 무의식중에 전부 계급장으로 생각했나 보다.

"예, 소관이 흡연할 경우, 나란히 견책 처분일 겁니다."

미성년자의 음주 흡연은 문제다.

심신의 건전한 성장을 방해하고, 사회 전체에 손해를 줄 수 있다. 물론 타냐가 보자면 전쟁이 더 해악이지만.

"미안하군, 데그레챠프 중령. 같이 배우던 때라면 몰라도, 최근의 귀관은 너무 듬직하다고 할까, 뒷모습이 크게 느껴져서 그만."

"영광스러운 말씀 감사합니다, 우거 대령님. 하지만 소관은 키가 자라지 않아 고민이라서."

어색한 침묵이 자리를 지배하려던 참에 레르겐 대령이 작전통답게 기민하게 정신의 재편을 이루었는지, 국면의 전환을 꾀하기 위해 분위기를 바꾸자는 태도로 입을 열었다.

"어어, 그렇다면, 중령. 차라도 어떤가."

그거라면 타냐도 기쁘게 끄덕인다.

만성적인 2차는 사양이지만, 실무자들의 회합은 유익하다. 그리고 유익한 연대를 경시하다가 전선에서 고립무원에 빠지고 싶지 않다.

그렇게 참모본부의 한 방을 레르겐 대령이 확보하고, 당연하다는 듯이 우거 대령이 졸병을 시켜서 귀중한 차와 과자를 준비시키고——중앙에서 후방부분에도 인맥이 있는 조직인 본류 엘리트이기에 가능한 특권의 행사——외근만 도는 타냐가 내심 부러워하는 가운데, 다과회 공간이 순식간에 만들어졌다.

그 자리에 동석한 타냐의 후각은 이럴 때임에도 불구하고 한

가지 사실을 포착했다. 참모본부의 전설적일 정도로 엉망인 식당의 평판은 적어도 차와 과자에는 적용되지 않는 모양이라고.

시작하자고 말하는 레르겐 대령은 그때 타냐의 표정을 눈치챈 모양이었다.

"괜찮은 찻잎이지? 모처럼이니 경험 있는 졸병에게 준비시켰다. 뭐, 커피로 해도 좋았겠지만. 이르도아산 이외에도 가끔은 쓰고 싶어서."

타냐는 고개를 들었다.

"어라, 실례입니다만, 이건 노획한 것이 아닙니까?"

"정규로 조달한 개인 물품이야. 뭐, 우거 대령의 앞에서 할 말은 아니지만, 전무는 엄격해서 말이지. 노획품 횡령에는 엄격하지. 조직으로서는 좋은 일이야. 그런고로 이건 내가 산 거다."

개인 물품? 타냐가 의아한 얼굴로 찻잔에 입을 대었다.

정말로 향기가 좋다고 할까. 향도 맛도 손색없다.

전문가가 아닌 몸으로서는 '좋은 것'이라는 정도밖에 모르겠지만, 초보의 혀로도 구정물 같은 것이나 가짜 홍차의 맛과는 다르다는 것을 한 모금만으로도 알 수 있다.

이런 것을 총력전 도중에, 차의 산지도 아닌 제국에서 어떻게?

"어제 있었던 궁중 신년회, 거기서 나눠줬다는 것을 관료의 아내에게서 샀지."

"내근이기에 가능한 연줄이군요. 하지만 어디서 난 걸까요."

최전선에 내던져지는 타냐는 후방 근무조를 진심으로 부럽다고 생각하면서 적당히 맞장구를 쳤다.

"병참에 관심 있나, 중령? 그렇긴 해도 해명하자면 제도에 남아있는 각국의 대사관 직원들이 정중하게 외교행낭으로 가져온 물건이겠지."

"레르겐 대령님께는 죄송하지만, 중령, 우리끼리 맛있게 먹지 않겠나."

우거 대령의 말처럼, 분명히 맛있다.

맑은 홍차.

찻잔은 사치스러운 것이며, 향기는 풍부하고, 입에 머금었을 때 느껴지는 떫은맛과 단맛의 밸런스는 탁월하다.

대용품으로는 절대로 낼 수 없는, 깊이가 있는 맛.

아주 우아한 티타임이라 생각하며 차를 만끽하고 곁들여져 나온 과자까지 맛있게 먹었을 때, 타냐는 떠오른 것처럼 레르겐 대령 쪽으로 시선을 돌렸다.

"그래서 용건은?"

"아, 이야기할 마음은 있었나."

"차를 권하셨으니까 예의상 차를 마셨는데, 그게 전부는 아니겠지요."

권하는 방식이 너무 서툴렀다는 시선을 우거 대령에게 받은 레르겐 대령은 어깨를 늘어뜨리면서 본론을 꺼냈다.

"제투아 각하에 대한 것이다."

"각하에 대한 것? 우리끼리 몰래?"

참으로 무시무시한 소릴 한다는 듯이 모호한 표정을 하며 긴장한 타냐에 대해, 레르겐은 '켕기는 것은 없다'는 듯이 손사래를 쳤다.

"제투아 각하를 보필할 뿐이야. 착각하지 말게."

"데그레챠프 중령, 나도 부탁하네. 조금 이야기하고 싶군."

"우거 대령님까지? 알겠습니다. 해 주십시오."

레르겐은 팔짱을 끼고 다소 말을 고르듯이 눈썹을 찌푸렸다.

"말로 표현하기 어려운데, 지금의 제투아 각하는 뭐라고 할까. 무섭지 않아. 그 사실이야말로 더없이 무서운데."

무섭지 않다. 그 사실이 무섭다. 의미하는 바를 이해하려고, 타냐는 재빨리 레르겐의 눈을 보았다.

눈동자는 언뜻 봐선 정상. 지극히 진심이며 제정신.

"그게 가능한 일입니까? 우리의 대참모차장 각하는 얼마 전 이르도아에서도 아주 쌩쌩하셨습니다. 왔노라, 보았노라, 이겼노라. 바로 그랬다고 기억하고 있습니다만."

"나도 전선에 그분이 오신 걸 봤지. 이겼을 때, 등골이 오싹해지는 전율은 잊을 수 없어. 하지만 그걸 감안해도 무섭지 않아. 지금의 각하는."

"그 정도로?"

레르겐은 한마디, 한마디에 확신을 담아 말을 토했다.

"동부에 관해서는 명확하게 달라. 각하가 '보통'이야."

이해한다는 듯이 우거까지 레르겐의 발언에 끄덕이지 않는가. 평소에는 남에 대해 비판적인 말을 하지 않는 어르신인데.

"실례입니다만, 우거 대령님. 그건 대체 어떤 말씀이신지?"

"제투아 각하의 앞에 섰을 때면 본래는…… 인간으로서 일반적인 존경과 두려움에 반사적으로 등이 쭉 펴졌지. 귀관 같은 정신성이라면 몰라도, 보통 사람이라면 긴장하지 않을 수 없어. 그런 무서움이 지금의 각하에게는 별로라고 할까……."

동의한다는 듯이 레르겐이 몸을 내밀고 말을 이었다.

"거창하게 말하자면 예리함이 느껴지지 않아. 각하를 각하답게 하는 것. 일종의 두려움이라고 할까, 형용하기 어려운 뭔가가 어딘가로 사라진 게 아닐까."

레르겐 대령의 말에 타냐는 조금 전의 대화를 돌아보았다.

과연. 동부에 관한 제투아 대장의 견해에는, 듣고 보니 오라 같은 것이 없었을지도 모른다. 그래도 타냐는 고개를 갸웃했다.

"분명히 날카로운 느낌이 흐려졌다고 하면 그럴지도 모릅니다만…… . 망설이는 것도 인간 아닙니까?"

타냐는 그때 고개를 내저었다.

제투아라는 군인에 대해서는 가까이서 접할 기회가 많은 두 사람이 좋든 나쁘든 더 잘 알고 있다. 그리고 자신도 희미하게 느꼈다면……

"신경 쓸 필요가 없다고 꼭 단언할 수는 없겠군요."

"귀관도 그리 보았나, 중령."

"예. 어떻습니까, 우거 대령님? 제투아 각하의 몸에 뭔가 근심스러운 점은…… ."

"지치신 건 사실이겠지. 어제도 궁중 신년회에 참석하시느라 꽤나 지치신 듯했으니."

"우거 대령, 그런가?"

"예. 돌아오셨을 때, 각하의 안색이 꽤나."

하지만 우거 대령의 말은 타냐의 의심을 더욱 부채질했다.

"죄송합니다. 한 가지 확인할 수 있겠습니까."

말해보라는 우거의 시선을 받은 타냐는 의문을 풀어나갔다.

"그 궁중 신년회란 그렇게 정신이 마모되는 모임입니까?"

애석하게도 타냐는 그쪽과 인연이 없는 몸.

군과 궁중의 관계라는 것에는 아무래도 약하다. 이럴 때 커리어 패스로 자신이 가지 못했던 본류와의 차이를 타냐는 의식하지 않을 수 없을 정도다.

그 점에서 우거 대령은 좋든 나쁘든 '견실한 커리어'의 인간이었다. 내근 엘리트로서 그는 이러한 행사도 잘 안다.

그렇기 때문이라고 할까.

어떤 의미로 느긋한 타냐의 질문에 대해, 어떻게 실상을 전해야 할지 감안한 끝에 적절한 설명문을 적당히 정리할 수 있다.

"그래, 중령. 심각히 마모되겠지."

결론을 말하고 세부 사항에 대해서도 풀어나간다. 말하자면 설명에 대한 모범이라고 해야 할 수순으로 우거 대령은 꼼꼼하게 말했다.

"그런 종류의 행사는 아무래도 지치지. 어깨가 무거운 탓도 있지만, 전선과 후방의 온도 차이를 넘어서는 차이가 있어. 알고 있어도 힘들겠지."

객관적인 말 끝에 우거 대령이 덧붙인 것은 개인적인 견해.

"이건 내 주관인데…… 곁에서 모신 경험에서 말하자면 한 판 큰 싸움의 진두지휘를 맡을 때가 훨씬 편하지 않을까?"

숙연한 표정으로 한탄하는 우거 대령은 "안 그래도 군무가 다 망하신데."라고 덧붙였다.

"애초에 말도 안 되는 이야기 아닌가. 작전과 전무의 참모차장 겸임. 실질적으로 참모총장이기도 하지. 1인 3역을 하면서 이르도아 방면에서는 진두에서 독전. 새해에는 군의 얼굴마담으로서 다방면과 절충. 인간이 할 수 있는 양이 아니야, 이건."

타냐는 우거의 투덜거림에 쓴웃음을 지었다.

현장 관리직의 유능함으로 조직의 실패를 일시적으로 커버하는 사례. 일이 가능한 범위가 넓은 관리직이 있었을 경우, 가능하다는 이유로 억지가 상습화된다. 다행인지 불행인지 이런 종류의 인간은 '쉬어야 한다' 는 것을 알면서도 쉴 수 없다.

그렇다면 그다음의 이야기는 단순하다. 인간은 쉬지 않으면 언젠가 고장 난다. 품질 보증이 끝난 인간도 예외는 아니다.

잔뜩 일을 끌어안은 유능한 관리직이 쓰러진 뒤에는 기가 막힌 상황이 남게 되겠지.

타냐는 얼굴을 찌푸리며 내뱉었다.

"우선순위를 그르쳐서는 안 됩니다. 제투아 각하는 한 명밖에 없지요. 그렇다면 그 힘을 기울여야 할 곳은 관리직의 직무이지, 아무리 유능하다고 해도 플레이어로서 전부 짊어져야만 합니까?"

타냐로서는 평범한 소리를 했다고 생각하지만, 레르겐 대령의 의아한 표정 앞에서 뭘 잘못했나 싶어서 속으로 눈썹을 찌푸렸다.

하지만 다음 순간 입가까지 찌푸리는 꼴이 되었다.

"아, 그런가. 데그레챠프 중령, 귀관은 너무 우수해서 참모본부에서 작전 관련으로 근무해 본 적이 없었군."

내부의 엘리트님다운 참모본부의 레르겐 대령님의 발언이란!

자연스럽게 느긋한 어조이기에 은근히 타냐의 신경을 순조롭게 슬금슬금 건드린다. 물론 말을 내뱉은 당사자에게는 다른 뜻이 없다는 사실이야 잘 알고 있다.

군 본류, 조직의 중심, 다시 말해 '경력이 빵빵한' 레르겐 대령이라는 입장이기에 극히 자연스럽게 나온 말이라고 '본류의 본류' 까지는 못 간 경로를 걸은 타냐는 이해하지만.

싫어도 느끼게 된다. 보이지 않는 천장 같은 벽이 있음을!

레르겐 대령도, 우거 대령도, 연대장직조차 '형식상으로만' 거쳤을 뿐이지, 그것 말고는 군 중추에 자리를 두었다. 정확하게 말하자면 종종 밖에 나가기는 했지만, 그건 우수한 인간이 현장의 감각을 파악하기 위한 노력이지, 본적지는 중앙의 중앙의 중앙이다.

결국 태생이 다르다.

군 대학 동기인 우거 대령은 출세 경쟁의 심각한 라이벌이 될 거라고 보고 은근히 영광스러운 자리에서 벗어날 듯한 커리어를 권했는데, 이러니까 할 말이 없다.

아니, 타냐로서도 딱히 세국에 목숨을 바치고 싶다는, 이해하기 힘든 발상은 없다. 뛰쳐나갈 직장에서 커리어 하나로 일희일비하는 것도 유익하다고 말하기 어렵겠지.

다만 타냐는 선량하고 평화적이며 자유로운 문명인이라 자부한다. 당연히 제국군의 인사평가라는, 자신의 시장가치에 대한 평가는 역시나 무시하기 힘든 것이다. 시장에 대한 신뢰가 타냐를 갈등하게 한다고 해도 좋다.

하지만 그것도 영원한 것은 아니다.

의식을 현실의 대화로 되돌리면, 타이밍도 좋게 레르겐 대령이 타냐가 모르는 '내실'을 밝혀 주고 계셨으니까.

"제국군 참모본부는 전통적으로 극단적일 정도의 소수 정예주의다. 참모본부의 명성은 위대하지만, 그 위명과 반비례하듯이 참모본부의 작전통은 소수에 불과하지."

"하아, 저기……. 그러니까 인원의 피폐나 한계가 오는 것은."

이해한다고 생각합니다만, 이라는 말을 다 토할 것도 없었다.

여기서도 뭔가 단추를 잘못 맞췄다. 그 사실을 타냐는 레르겐 대령의 안색으로 눈치챘다.

"그게 아니야, 그게 아니다, 중령."

그게 아니라고 일부러 두 번. 아무래도 본격적으로 오해한 모양이라고 이해한 타냐는 입을 다물고 설명을 기다렸다.

"우리 군의 작전통은 원래 관리직이 관리직일 필요조차 없다. 왜냐하면 작전통이 워낙 소수니까. 참모차장직은 일단 플레이어로서 유능하고, 간간이 관리할 수 있으면 된다는 게 내부 기준이다."

"예? 그럼 작전 계획 준비는 어떻게……?"

"요는 의무란 것이다. 계획 따원 큰 틀만 잡으면 된다는 생각이었다. 철도 시간표 같은 실무는 치밀하게 짜지만 말이야. 근본적으로는 사실 대충이야."

"대령님, 그건……. 그 계획이란 것은 엄밀하게 말해서 전장에서 헛수고로 끝나는 일이 많습니다만, 그렇다고 해도 차선책은 항상 필요할 텐데요."

무슨 뜻이냐고 물어보는 시선의 재촉에, 사관학교의 인터뷰 같다고 속으로 투덜대면서도 타냐는 입을 열었다.

"확실히 현실에서는 마찰이 있습니다. 아무리 기술이 진보하고, 장병이 훈련받았더라도, 안개는 극도로 귀찮습니다. 입안된 시점에서 완벽한 계획이 존재했다고 해도, 그 완벽한 실행은 일단 불가능하겠지요."

완벽한 계획이란 것은 탁상공론.

그렇다고 해도, 그렇기에, 사전 상정과 계획 입안은 중요하다.

뭐가 어떻게 되는가 하는 것을 상정해 두면, 필요한 준비를 할 수 있다. 사관학교에서도, 군 대학에서도, 계획의 중요성을 주입받았다고 타냐는 의아하게 여기면서 말을 거듭했다.

"계획대로 돌아가는 일은 없습니다. 전장은 불확실성의 덩어리입니다."

"그런데도 계획이 필요하다는 이유는?"

"아시는 바와 같습니다."

타냐는 레르겐의 질문에 웃음을 돌려주었다.

"계획은 헛수고이며, 다음 주에 가능한 완벽한 계획의 실행보다도 즉각 준비할 수 있는 차선 계획을 단호히 수행하는 것을 야전에서는 기뻐하겠지요. 하지만 그것도 계획의 프레임이 있어야 가능합니다. 최선책, 최악책을 비교 검토하고 뭘 고를지 검토할 수 있기만 해도, 사전 계획에는 의의가 있습니다. 사관학교에서 거듭해서, 반복해서, 주입받은 것입니다만."

"옳다. 그리고 동시에 그것들의 비교가 필요한 것은 전선의 전투 수준일 때가 많다는 현실을 추가하고 싶군."

"레르겐 대령님의 말씀에 덧붙이자면, 데그레챠프 중령, 귀관은 제투아 각하와 직통으로 대화했겠지. 그것은 예외지만, 이런 예외를 축으로 작전을 짜는 것도 제국군에서는 드물지 않아. 우리의 계획은 지독히 인간 중심적이다."

무리도 아닌 오해라고 우거가 말을 이었기에 타냐는 무심코 눈을 껌뻑였다.

"참모본부의 작전이, 가령 기술자가 만든 일종의 예술품이며 조직적 입안이 아니라고 해도……."

"그것은 오해다. 우리 참모본부의 작전 입안 능력도 개개인의 차원에서는 그렇게 극단적으로 조잡하지 않아. 하지만 말이지, 중령. 우리는 어디까지나 '의무'로 하고 있다. 떠올려 보게나."

레르겐은 우울한 느낌으로 안경테를 만지작거리며 시선을 흐렸다.

"회전문도 그렇고, 철퇴도 그렇고, 제국의 대규모 공세계획을 떠올려 보게."

대(對)공화국, 대연방.

레르겐 대령은 요점을 말했다.

"상대는 다르지만 말이지, 우리 군은 전통적으로 이런 종류의 공세에서 예비 계획을 중시하지 않아. 중시하지 않는 게 아니라, 예비 계획의 여력이 없었다고 해야 할지도 모르지만."

"현장에 알려지지 않았을 뿐이 아니라 말입니까?"

"안드로메다 작전 때, 우리 군은 그게 무너지면서 개죽음당할 뻔했지."

연방전에서의 차질. 혹은 치명적인 실패.

그 작전이 미친 영향으로 고생했다는 자각이 있는 타냐로서는 '그런가'라고 납득할 수밖에 없는 설명이다.

예비 계획 준비가 소홀하다.

혹은 애초에 실패할 수 없으니까 '실패했을 때를 생각할 수 없다' 라고 타냐는 문제를 해석했다.

"승리 의존증이 심각하군요. 실패할 수 없으니까, 실패하지 않는 전제로 작전을 고안하고, 무턱대고 돌진한다. 어떤 의미로 알기 쉽습니다. 과연, 언제든지 현장에 주어지는 목표가 단순하고 무모했던 이유가 있었군요."

제시된 의도는 명료하지만, 생각해 보면 작전 지도에서 주어진 목표는 언제든지 단호한 최선책뿐이었다.

하지만 타냐의 말은 레르겐의 떫은 표정을 만들어내었다.

"동의하지만, 귀관조차도 전선증후군인가?"

"레르겐 대령님, 말씀이 지나치십니다."

그게 아니라고 레르겐은 우거의 말에 고개를 내저었다. 그리고 타냐를 향해 한마디, 한마디 딱딱 끊어가면서 말했다.

"알겠나. 우리 군은 지휘관이 명령에 담은 의미를 파악하고, 석낭히 사유롭게 행동하고, 목석을 달성한다. 수어진 녹적을 각기 지휘관의 재량으로 달성시키는 것을 중시해 왔다."

"예. 우리 군의 장교는 임무를 수행하기 위해 있겠지요. 좋은 구조 아닙니까?"

"나쁘지는 않지만, 우리 군은 이 구조에 너무 특화되었다. 바꿔 말하자면 우리는 달리 명령을 내리는 법을 모른다. 그리고 계획 같은 세부는 실행자의 재량으로 처리해 왔다."

"문제입니까? 저기, 유능하게 기능하는 시스템이 아닐까 생각합니다만."

일일이 소통하면서 상사가 감독하지 않아도, 자율적으로 각급 지휘관이 최선의 판단을 추구한다는, 이상적으로 기능하면 최강의 시스템.

만들기 어려운 조직 문화겠지. 하지만 한 번 만들 수만 있으면 정말로 강하다. 제국은 그것을 만들어서 운용하는 데 성공했다. 그게 뭐가 문제란 말인가?

타냐 자신도 비샤가 의도를 이해해 주는 것은 대단히 일하기 쉽고, 바이스 소령에게 맡길 수 있는 것도 대환영인데……라고 의문을 느꼈을 때, 답은 눈앞의 두 대령님에게서 나왔다.

"전략적 차원에서 우리 군의 방어 계획은 항상 내선 전략이 기본이었다. 그 틀에서 어떻게 최선을 다할지에 특화되어 있다."

"내선 전략이 끝까지 문제로군요……"

레르겐의 말을 긍정하는 우거. 결국 후방 근무인 두 대령님이 즉각 이해했다는 표정을 하는 것과 달리 타냐는 한순간 이해가 늦었다.

'왜 내선 전략이 나오는 걸까?' 라고.

그것이야말로 무수한 군사지리를 연구하고 치밀하며 유연한 시간표를 정비하고, 독트린은 위임전술의 극치를……이라고 생각하다가 타냐의 두뇌도 간신히 문제의 끄트머리를 붙잡았다.

"내선 전략이라면, 요격에 철저한 환경이라면, 장병의 말단에 이르기까지 군사지리에 정통하고, 뭘 지켜야 할 것인지의 우선순위조차 말할 것도 없다는 거군요."

바로 그 말이라는 듯이 레르겐이 타냐의 대답을 듣고 쓴웃음을 지었다.

"그렇지, 중령. 우리 군은 자기 앞마당에서는 최강이야. 그리고 다만 그 싸움만을 계속 연구해왔다. 적지를 제압하고서도 본질은 그래."

"레르겐 대령님의 말씀을 보충하자면, 우리는 방어 계획을 현지에 맡기면서 '자기 앞마당'이 아닌 곳에서는 어떻게 행동하면 좋을지, 장병에게 일치된 견해를 주입하지 못했다. 알겠나?"

타냐의 두뇌는 그제야 두 대령이 말하고자 하는 바를 깨달았다. 문제의 본질은 조직 문화라고.

이 점에서 제국군의 조직 문화는 강점이 약점의 반증이었다.

제국식 작전 지도는 지휘관에게 '목적'을 전달한다.

극단적으로 말하자면 '만찬에서 손님을 접대하기 위해 귀관은 저녁 식사로 스테이크 몇 인분을 준비하라'라고 명령하면 끝인 게 제국식.

극단적으로 말하자면 '어떤 스테이크를 어떻게 준비할까'는 지휘관의 자유다.

자기가 좋아하는 고기를 사서 취향에 맞게 구워도 좋다. 자기 실력이 별로라면 스테이크 하우스에 전화해서 배달해 달라고 부탁해도 좋다. 혹은 유능한 이웃을 믿고 전부 맡기는 판단조차도 허용된다.

그뿐만 아니라 접대하려면 고기부터 직접 조달해야 하는 본격파를 의식해서 자기가 직접 사냥해도 좋다.

거기까지는 아직 외부인도 이해할 수 있겠지. 하지만 제국식 명령의 본질은 그때부터가 진짜다. 필요하다는 명목으로 각급 지휘관에게 더 나아갈 것을 태연하게 요구한다.

그 전형은 '근본적으로 중요한 것은 만찬을 접대한다는 것. 그러니까 채식주의자 손님에게는 다른 메뉴가 좋겠지'라면서 스테이크가 아니라 손님의 기호에 맞추어 '채식 식단'을 준비하는 '명령의 해석'도 명령의 의도를 준수한다는 점에서는 일일이 지시할 것도 없이 자연스럽게 이루어진다.

이것이 제국군의 조직 문화에서 '각급 지휘관이 수행해야 할 기본 역할'이다.

반대로 세세하게 감독하는 매뉴얼식의 명령을 내리는 곳은 어떨까.

명령의 골격이 '스테이크를 4인분 준비해라'라는 점은 같다.

하지만 '귀관은 스테이크 하우스 A에 스테이크 4인분을 주문해라. 상태는 모두 미디엄. 다만 스테이크 하우스 A에서 배달로 준비할 수 없는 경우, 귀관은 정육점 B에서 붉은 살코기를 1인분 150그램, 이 경우의 예산은 1인당 3천 엔까지로, 조리방법은 표준 스테이크 조리교범대로 미디엄으로 하고, 차릴 때는 전쟁 상황임을 감안하여 소박하게 할 것. 정육점 B가 단독으로 동일한 고기를 600그램 제공할 수 없는 경우 (사전에 신고하고 사령부의 허락이 있으면) 함부르크 스테이크 방식을 허용한다. 함부르크 스테이크 방식의 경우, 다짐육의 배합 비율은 최소한 군준 양식을 기준으로. 정육점에서 조달이 곤란할 경우는 즉각 보고하라'라고 매뉴얼에 명시되어서, 누가 해도 같은 결과를 얻을 수 있도록 연구된 것이 많다.

이 경우, 주문과 같은 사전 상정이 모든 것을 내포할 수 있는가가 문제가 된다.

예를 들어서 '채식주의자'의 존재가 상정되어 있고, '손님 중 채식주의자가 있을 경우, 채식주의 식단을 준비할 것'이 사전에 허용되어 있다면 지휘관은 거리낌 없이 준비할 수 있다.

하지만 그게 아니라면?

명령은 스테이크 조달이다. 그리고 난처하게도 스테이크 하우스 A가 4인분의 배달에 응할 수 있다면?

명령은 달성할 수 있겠지. 스테이크 4인분을 준비했으니까.

그렇긴 해도 손님이 채식주의자라고 알았으면 '그래도 되는가' 하는 문제가 자연스럽게 생긴다. 하지만 주어진 명령은 오해의 여지 없이 스테이크 하우스 A의 스테이크를 지명했다.

'명령 위반'을 저지를까 말까, 현장의 지휘관은 쓰린 속을 붙잡고 검토해야만 하게 되는 순간이다.

이것이 제국식과 매뉴얼식 명령 사이의 현저한 차이겠지.

언뜻 보면 제국식이 뛰어나다.

슬쩍 보면 누구든 제국처럼 자기가 생각해서 일할 수 있는 장교가 있는 조직을 아주 환영하겠지. 일일이 책임사가 현장에 산섭하는 곳보다는, 해야 할 일을 적절하게 수행할 수 있는 직장이 이상적인 환경일 테니까.

하지만 현실에서는 후자의 조직이 훨씬 견실하다.

왜인가?

답은 간단하다.

후자는 '누구든지 나름대로 할 수 있는 구조'이기 때문이다.

제국식으로는 각 지휘관에게 '척 하면 딱' 하는 호흡이 있고, 필요에 따라 '각자가 대목표를 위해 해야 할 일을 이해한 결과,

현장에서 조정할 수 있다'는 것을 밝히고 있다.

여기서 스테이크에 맞는 와인을 준비해야 할 각 부서가 있다고 치자. 지금 스테이크 담당이 스테이크의 메뉴를 채식주의로 바꾸기로 순간적으로 판단했을 때, '채식주의 식단을 준비하겠습니다'라고 연락하면 와인 담당은 자연스럽게 와인의 '청량제'에 눈을 돌리고, 동물성 소재를 쓰지 않는 와인을 몇 병 확보하는 것이 이상적인 경우의 제국식이다.

이를테면 상부에서 'X년도의 A가 마시고 싶군'이라고 희망했더라도, 'A를 확보하는 것은 당연하지만, 시키지 않아도 비건이 마실 수 있는 와인도 확보해야만 한다'가 된다는 것.

이어서 홀 쪽도 마찬가지로 준비한다.

모두가 지시할 것도 없이.

정보가 공유되면 각자가 적절하게 판단한다.

그러니까 제국군은 세세한 움직임이 가능하다. 임기응변으로, 필요에 따라서, 사전 계획을 무시한다는 억지가 가능하다.

제국의 작전 계획에서도 이렇게 세세한 움직임이 가능하다는 것을 당연한 전제로 삼고 있다.

하지만 이것은 애초에 서로를 잘 이해하고, 상황에 맞춰 타 부서가 어떻게 행동할 것인가 하는 상호이해와 확신이 없으면 불가능하겠지.

바꿔 말하자면 애초에 자신의 앞마당이 아닌 곳이라면 어떨까? 하는 시점에서 보면…… 타냐는 저절로 몸이 떨렸다.

레르겐 대령, 우거 대령 같은 지기와 호흡을 맞춰서 뭔가를 하는 건 그래도 괜찮다. 하지만 잘 모르는 대령과 호흡을 맞추라고

했을 때, '적지에서 대규모의 기동전 도중'에 미지의 대령님이 어떻게 움직일지는 상상하기 어렵다.

내선 전략이라면 상정할 수 있다. 어떻게 해야 할까, 거의 모든 것을 상정하고 배웠으니까. 상대도 똑같이 교육받았을 것이라고 확신할 수 있으니까.

하지만 현재의 혼란스러운 전쟁 상황에서는…….

"레르겐 대령님, 이거, 동부의 방어 계획은…….."

"전혀 공통 기반이 없다는 것은 말할 것도 없겠지."

한숨을 쉬는 소리가 실내에 가득 차는 걸 싫어도 알 수 있는 순간이었다.

동시에 훌륭한 구조로 보였던 제국식 명령은, 시점을 바꾸면 인적 소모가 격렬한 총력전에 어울리지 않는다고 저절로 알 수 있었다.

전원이 종신 고용 정사원이고, 종업원 전원이 속내를 아는 사이고, 일의 진행 방향에 대해서도 모두가 수순을 이해하고 있고, 모든 사원이 지극히 의욕적으로 직무에 임하고, 게다가 적극적으로 자기투자를 하면서 신인 교육에도 오랜 시간을 들일 수 있다면 그래도 좋겠지.

그런 조직 기구에서 회사가 혼연일치되면 확실히 어떤 면으로는 강해지는 법. 명확한 장점이다. 하지만 거듭 말하지만, 전쟁은 잔혹하고 인적 자원이 막대한 소모전이다.

징병 당시에 대졸자니까 장교가 된 '직업군인이 아닌 외부인'을 집어넣고, 그들을 적절하게 움직이게 하는 것은…….

교육에 일가견이 있는 타냐는 속으로 뇌까릴 수밖에 없다.

'무리겠지'라고.

제국은 임시 직원을 고용한다는 발상도 없었던 주제에, 급속도로 확대되는 수요에 맞춰 마구잡이로 임시 직원을 채용하고 일방적으로 정사원의 능력과 결과를 기대한 끝에, 몇 안 되는 정사원이 임시 직원을 돌봐주러 뛰어다니느라 점점 근무 환경이 망가지는 상황이다.

최고의 인재에게 던져주는 것도 좋겠지. 다만 최고의 매니지먼트로 탈속인화의 철저함이야말로 정의다.

그게 불가능하다면. 타냐는 지금에 이르러서야 간신히 제투아 '대장'이 최전선에 뛰쳐나갔던 이유를 진심으로 이르렀다.

"그러니까 그 노구로 당사자가 전선에 뛰어나갈 필요가 있었습니까."

유능한 관리직이 한 명의 플레이어로 전력을 다할 필요가 있는 조직!

그러고도 조직이라고? 무심코 타냐의 입에서 투덜거림이 흘러나왔다.

"목적을 명확히 하고, 간단히 하고, 장병이 망설이지 않도록, 관리자가 진두에 설 수밖에 없다니. 무시무시한 일이로군요. 호위에 임했던 제 부하가 정말 고생할 만했습니다."

"제8기갑사단에서 내가 사단장 대리를 맡았을 때의 푸념을 해줄까? 나도 그 점에서는 할 말이 꽤나 있는데."

"그 점으로 말하자면 저는 참 편했지요."

우거는 그렇게 말하며 쓴웃음을 지었다.

"그렇기는 해도 제 출신인 철도부는 후방 근무의 최전선입니다만, 시간표는 물론이고 운행에 관련된 인재는 야전철도에 죄다 뽑혀가는 바람에 고생이 이만저만이 아니라서."

그는 넌지시 말을 이었다.

"아시겠습니까? 비교적 소모가 적은, 소중히 여겨지는 철도부가 이렇습니다. 지금 와선 딱딱 맞는 호흡 따윈 어디에도 없죠. 다른 부서도 비슷한 꼴이겠지요. 머릿수만 채우는 보충은 있어도, 이건 도무지."

"마도사는 애초에 보충이 거의 없습니다만?"

혹사당해서 로테이션도 유지하기 어렵다는 식으로 타냐가 쓴소리를 하려고 할 때, 레르겐이 끼어들었다.

"귀관은 보충이 없다고 투덜거리지만. 지금은 마도대대를 2개 중대로 편성하고 1개 중대가 만성적으로 부족한 부대도 드물지 않거든? 전군이 그런 상태다. 어떻게든 변통할 수밖에 없다고 생각해 주게."

"이르도아에서 보기론 기갑사단은 강력했던 모양입니다만?"

레르겐은 이르도아를 그리워하는 표정으로 표정을 풀었지만, 다음 순간에는 고개를 내저었다.

"이르도아 방면은 예외다. 우리 군의 기갑부대는 대개 구멍투성이라고 생각해라. 우량사단조차도 전차연대의 충족률은 잘해야 정족수의 6할 안팎. 말해두겠는데, 신형 전차는 중대 분량이 있으면 상당히 축복받은 거다. 충족률을 우선한 케이스가 많아서 말이지. 장비의 구식화 정도가 아니라 전차병의 훈련도 저하는 절망적이다."

절망적이라는 말은 레르겐이나 우거의 본심이겠지.

한편 다른 세계의 역사를 아는 타냐가 말하자면 '6할'이란 것은 그래도 괜찮은 숫자로 여겨지는데.

그렇다고 해도 그것은 비교의 문제다.

"어디고 다 없는 것입니까. 우리 제국군도 빈곤해졌군요."

투덜대는 타냐는 그때 천장을 향해 작은 한숨을 흘렸다.

"제국군은 인재가 넘친다고 생각했습니다. 설마 드디어 인적 자원의 숫자는 둘째 치고 질적인 면까지……라니. 아니, 저는 병과를 겸한 것도 있고, 역시 마도사를 너무 중시한 것이겠죠. 편애할 생각은 없습니다만."

레르겐은 손을 내저었다. 신경 쓰지 말라는 의도겠지.

"뭐, 보주는 공창에서 준비할 수 있지만, 마도사는 양산할 수도 없으니까."

"그렇지요."

타냐는 그렇게 맞장구를 쳤다.

"10년 정도는 걸리지요. 지금부터 양산을 시작해도 다음 달 정도가 아니라 여름 전장에는 늦는다는 걸 알겠습니다만."

"보통은 20년이다. 서두르더라도 16년은 걸린다."

"그렇습니까?"

"데그레챠프 중령, 이것도 레르겐 대령님이 옳아."

일단 말을 거두는 타냐에게, '그러니까 말이지?'라고 하듯이 레르겐이 드디어 본론에 들어가는 태도로 입을 움직였다.

"아무튼 그러니까 동부에 우수한 부대를 한시라도 빨리 되돌리고 싶다. 제투아 각하의 부담을 줄이기 위해서라도 말이야."

"알겠습니다. 오늘 이야기는 그것입니까?"

"아니, 지금부터가 진짜다. 솔직히 말하겠는데, 제투아 각하가 동부에서 귀환하신 것에 따른 문제들을 검토하고 싶다."

"문제들이라면?"

레르겐 대령은 두통을 참듯이 한숨을 흘렸다.

"제203항공마도대대는 참모본부 직속이다. 샐러맨더 전투단도 그렇다. 그리고 원래는 제투아 각하가 직접 관리하는 직속의 장기말이었다. 동부에서 제투아 각하가 팔을 휘두르는 한 아무런 문제도 없다. 하지만……."

타냐는 간신히 이해했다.

"제투아 각하라는 관리자가 제도에 있을 경우, 영역에 다른 전투서열을 내포하는 동부 방면군 사령부는 저희의 관리에 다소 문제가 생긴다?"

권한과 영역. 조직이라면 어디든 이것에 고민하는 법이다.

"더 말하자면 제투아 각하는 동부 방면군 사령부에 다소 언짢으시다. 요한 폰 라우돈 대장 각하, 뭐, 제투아 각하를 옛날에 '굴렸다'고 말씀하시는 엄격한 분인데, 의욕이 충만하시다. 장차 참모 교체도 있을 수 있다."

"그건……."

'교체를 전제로 한 인사 아닙니까?' 라는 말을 삼킨 타냐에게 레르겐 대령은 쓴웃음 짓듯이 끄덕였다.

"상상한 대로겠지. 아무래도 제투아 각하의 솜씨로 단련하려고 해도 시간이 필요하겠지. 거기서 사무 효율화를 위해 샐러맨더 전투단의 동부 이송에는 우거 대령이 다방면으로 직접 편의를 봐준다."

"맡겨 주게나, 중령. 이미 차량은 준비되었어. 이송 실험이란 명목으로 사흘 정도면 1개 전투단을 동부에 전개할 준비는 되어 있지."

후방의 전문가가 도와준다고 확약해 주는 건가. 과연, 이게 본론이라고 이해하려던 타냐는 거기서 두 대령이 다소 굳은 표정임을 깨달았다.

"실례합니다. 아직도 뭔가 더 있습니까?"

그 재촉에 간신히 레르겐 대령이 입을 열었다.

"본론은 이건데……. 제투아 각하가 동부의 지휘계통에서 빠진 영향은 미지수다. 하지만 귀관의 전투단을 그냥 놀려둘 정도라면…… 필요에 따라서 내 이름이라면 '써도' 상관없다."

이것이 본론인가.

2차로 이 다과회 모임을 제안한 목적이 철저하게 실무적인 비공식 협의라는 것을 이해하고, 타냐는 즉각 승낙의 뜻을 담아서 되물었다.

"레르겐 전투단 명의입니까?"

어찌 생각이나 했으랴.

되돌아온 답은 타냐의 예상 밖. 오늘은 정말 놀라는 일밖에 없다며 눈을 치켜뜰 수밖에 없다.

"필요하다면 레르겐 대령 명의도 상관없다. 사후 승인도. 병참에 관해서도 참모본부의 명의로 우거 대령 쪽에게 억지를 부려라. 어지간한 것은 맞춰 주겠지."

"소관이 잘못 들은 게 아니라면 '명의 임대'와 '병참의 우선권'을 교사하는 것으로 들립니다만."

"귀가 건강한 모양이군, 중령. 적절한 권한을, 적절한 담당자에게, 적절한 차원으로 위탁하는 것이다. 확실히 말하자면 나도 귀관에게 백지수표를 주는 건 무서운 결단이지만."

진심입니까? 정말로?

그런 의심을 시선에 담아서 레르겐에게 보내자, 각오한 듯한 얼굴. 물론 그런 신뢰가 담긴 레르겐의 얼굴은 즉각 사라졌지만.

"또 모스코를 불태우지는 말아야 할걸? 아니, 차라리 그래 주는 것이 나을까? 아, 아니, 역시 하기 전에는 확실히 한마디 해 주게나."

"무리겠지요. 앞으로 반세기 정도 지나지 않는 이상은."

농담이라고 생각한 걸까.

타냐의 진지한 대답에 돌아오는 것은 김빠질 만큼 밝은 웃음소리였다.

농담한 것이 아닌 당사자로서는 '그걸 웃어도 말이지'라는 심정이지만, 이것만큼은 문화와 세계관의 차이로 어쩔 수 없는 일이다.

인간은 서로 이해할 수 없는 점도 있는 법이고, 그건 그거대로 인간인 법이다.

"마음이 편해졌다, 중령. 고맙다. 그리고 귀관이 내 이름을 맡아도 곤란한 일이 있을 수 있겠지. 직통 라인은 정규겠지만, 최악을 대비해서 장교전령의 권한을 이쪽에서……."

"잠깐 실례합니다. 하지만 레르겐 대령님. 그건 예를 들어서 제가 가진 철도부의 라인으로는 안 되는 겁니까?"

끼어들기 미안한 얼굴로 우거 대령이 말했을 때, 레르겐 대령은 한숨과 함께 고개를 내저었다.

"현장의 정보는 언제든지 필요하다. 정확한 것은 더더욱. 명백한 일탈이며 조정이 귀찮아지겠지만…… 참모본부 내부에서 제투아 각하에게 통하는 직통 라인만큼은 담보하지. 아무튼 현장의 정보를 한시라도 빨리 제투아 각하께 올려주게. 동부의 정세는 위기적이니까."

알겠다고 응답하면서 타냐는 그래도 한마디 덧붙였다.

"솔직히 말씀드리자면, 동부에 대한 재전개 명령은 역시 너무 성급합니다. 샐러맨더 전투단은 특히나 혹사당하는 것에 익숙한 부대입니다만, 기정 휴가의 소화 비율은 이미 인사부에서 소관 개인의 '관리 불이행'이라고 경고할 정도입니다."

"언제지?"

"방금 참모본부 우편실에서 수령했습니다."

"그렇다면 아직 가지고 있나?"

"예, 이것입니다만."

레르겐에게 내민 서류에, 참모본부의 본류 엘리트님은 갖고 있던 펜으로 마구 뭐라고 적기 시작했다.

"군무상의 필요성에 의해 일체를 면책. 참모본부 전무참모실. 어때, 이거면 되겠나?"

타냐에게 내밀려던 손이 멈추고, 옆의 우거에게로 종이가 넘어갔다.

"우거 대령, 부탁할 수 있을까?"

"예, 제 선에서도 설명하겠습니다. 데그레챠프 중령, 그 정도는 맡겨 주게."

"두 분께 감사합니다."

감사하면서도 사실 타냐는 조금 생각했다. '그런 배려가 아니야. 쉬게 해 줘.'라고.

》》》 통일력 1928년 1월 3일 모스코 최고사령부 《《《

모스코에 위치하는 군 최고사령부는 당의 권위와 당에서 지휘하는 군대의 규모에 비해서 실로 검소했다.

그 외관은 둘째 치더라도, 내부를 보면 놀랄 정도로 실용 지상주의였다.

사회주의 리얼리즘 양식의 감각에 친숙해지면, 실용주의에 완전히 지배된 실내 양상은 일종의 '이차원'으로 느껴질지도 모른다.

하지만 거기 모인 면면을 보면 더욱 경악하겠지.

안쪽에 있는 회의실에 모인 장군과 당 엘리트, 그리고 서기장과 내무인민위원을 포함한 작은 집단의 옷차림은 하나같이 실용주의. 의전도 중시하는 장교의 예장조차 극한의 실용주의에 간소한 것이다.

하지만 참가자들의 마음은 편안함과 거리가 멀었다.

"정각이 되었으므로 시작하도록 하겠습니다."

긴장한 사회자가 일어섰을 때의 동작은 1초도 어긋남이 없었다. 목소리에 긴장이 없고, 평정을 지키고, 서기장의 눈을 바라보면서도 움츠러들지 않는 자세는 맹렬한 노력과 연구의 결과다.

하지만 그것은 사회자 한 명만 그런 게 아니다.

"오늘의 안건은 여명의 전략 목적에 대한 것입니다."

의사 진행에 따라서 공을 건네받은 군인들의 자리에서 입안자로 회의에 참석한 나이 지긋한 중년 남성이 재빨리 일어나서 입을 열었다.

"군으로서는 당의 요청대로 '확실히 이길 수 있을 것'과 '결정적으로 이기는데 필요한 것'이란 두 가지 중 어느 쪽으로도 발동할 수 있는 체제를 유지하고 있습니다."

그 쿠투즈 대장은 군에 숙청의 폭풍이 덮쳤을 때조차도 '누구의 적의도 사지 않는다'는 희귀한 태도와 '이해할 수 없는 짓을 하지 않는다'는 견고한 수완, 그리고 '무능'으로 보이지 않지만 '무명'의 존재로 계속 남는 것으로, 그 지위를 지킨 '평범한 숙장'이다. 즉 오랫동안 '무해한 장식품'으로 간주되어 왔다.

하지만 그런 쿠투즈 장군은 지금 연방군의 전략공세 여명의 입안자이며 '천재'에게 대항하는 하나의 군사적 합리적 해답을 낳으려 하고 있었다.

"고맙군, 쿠투즈 동무. 어디, 여명의 목적은 200킬로와 600킬로 중 어느 쪽을 지향하는가, 인가."

서기장 본인이 팔짱 끼는 태도에서 알 수 있듯, 오늘 이 자리에 모인 군인과 당 엘리트의 의견은 한쪽으로 결정되지 않았다.

"그 중간은 무의미했지?"

"예."

공손한 태도를 보이면서 쿠투즈는 말을 이었다.

"저도 조금이라도 더 밀어내고 싶다는 마음과 확실한 성공의 중간을 쫓고 싶다는 마음은 있습니다만, 어려운 점이 많아서⋯⋯. 아무래도 두 마리 토끼를 쫓는 꼴이 되기 쉽습니다.”

군사의 전문가가 비전문가에 대해 한없이 정중하면서 ‘진지’한 답변.

바꿔 말하자면 쿠투즈 대장은 전문가의 오만함이나 모멸적인 태도 따윈 전혀 갖지 않았다. 그러는 만큼 혹시 누군가에게 반론하더라도 ‘반론’이라기보다는 ‘함께 의논하고 있다’고 여겨지는 개성의 소유자였다. 덕목이자 목숨을 건진 이유기도 하다.

“200킬로의 경우, 돌다리를 두들기고 건너는 게 가능하겠지요. 우리 군은 제국군의 방어선을 파괴하고 비교적 경미한 손해로, 제국이 우리를 찔렀던 창의 창날을 잘라낼 공산이 큽니다.”

지도를 바라보며 전원이 흠 소리 내어 이해할 수 있는, 단순하면서 명료한 구도다.

백 킬로미터 단위의 전투정면에서 200킬로미터에 걸쳐, 제국군을 철저하게 통타한다.

놈들을 깨부수고 쫓아내기 위해, 제투아 대장이 특기로 삼을 만한 사기를 하나도 쓰지 않는 평면 제압.

누구든 안다.

쿠투즈 대장은 이 점에서도 ‘개개인은 지극히 평범’하며 ‘간단히 이해할 수 있는 것’을 연속해서 사용하고 적절하게 조합해서, 그것을 당과 중추가 반발하는 일 없이 이해시켰다.

하나하나는 평범하고 대단하지 않은 것으로 보이는 것도, 조합의 결과에 따라서는 세계를 뒤흔든다. 단순하고 왕도이고 모범적. 즉, 할 수만 있으면 강하단 소리다.

동시에 '이 정도로 준비하고서 그것뿐?'이라는 의견이 나올지도 모르는 방안이라는 것이 고민거리지만.

그러니까 최대한의 욕구에 따라서 '어디까지 갈 수 있을까'를 추구한 별도 방안도 있다. '전쟁을 끝낼 수 있는 일격'을 모색한 끝의 플랜이다.

"600킬로의 경우, 우리는 최선의 결과를 추구하고 제국군 주력의 완벽한 격멸을 지향하는 것이 됩니다."

쿠투즈 대장의 말은 전문가답지만, 거기에는 수수께끼도 비밀도 없다.

"상정 진출 거리는 600킬로로 깁니다만, 이것은 어디까지나 잠정적인 가정입니다. 추격과 방어선 구축의 방해를 우선한 결과로 600킬로 정도 진출할 거라고 예상되는 최소한의 전망이며, 제국군의 후퇴가 신속할 경우 적 주력 격멸을 우선하여 600킬로 이상의 진격도 시야에 넣어야만 합니다."

해야 할 일, 상정된 것, 검토된 것을 거듭하는 행위는 어리석은 듯하지만, 그래도 전원의 합의를 얻어내고 각오하게 한다는 점에서는 의외로 얕볼 게 아니다.

"본 계획에서 200킬로든 600킬로든 초동에서는 큰 차이가 없습니다. 일단 최소한 100킬로의 공격 정면을. 그 전투 영역에서 우리 군은 제1단계로 포병 및 항공전력의 철저한 집중 투입으로 적 전선방어선의 과반을 파괴하는 것을 기도합니다. 그 준비는 이미 끝난 상태입니다."

공들여서 계획된 포격 계획.

주도권, 다시 말해 이 제국군을 때려눕히는 것을 선택할 수 있는 공격 측이니까, 여름부터 계속 위장하면서 비축하고 준비한 연방군은 국소적 우세를 확보하기 위해 철저하게 집결했다.

추상화한 숫자를 예로 들어 보자. 100 대 120이라면, 120 쪽이 우세라고 말하기 어려울지도 모른다. 하지만 적의 90을 우리의 90으로 구속하고, 적의 10에 대해 30을 투입한다면, 국소적으로 이것을 압도할 수 있다는 뜻이다.

그 자명한 것을 달성하기가 어렵지만, 이치는 명료하다.

쿠투즈 대장은 어려운 계산을 쓸 것도 없이, 그 사실을 평범하게 계속 풀어나갔다.

"전선을 200킬로 밀어낼 뿐이라면 사실상 제1단계에서 완결입니다. 포병이 밭을 갈고, 돌진하는 기계화부대로 다지는 것만으로 적을 밀어낼 수 있습니다. 그래도 적 잔당은 일정 수준 후퇴하겠지요. 결과적으로 적은 방어선을 재건하고 이전보다 약하다고 해도 방어를 굳힐 것이 상상됩니다."

잘만 하면 추격으로 적을 쓸어버리고, 예를 들어서 그것을 80 대 120으로도, 70 대 120으로도 만들 수 있겠지. 하지만 120도 손해를 입는다. 90 대 110이라면 다소 유리해진 정도. 80 대 110이든, 70 대 110이든 나쁘진 않지만, 그래도 적을 완전히 정리하는 정도에는 이르지 못한다.

"이것을 피해서 적 야전군에 철저한 일격을 날릴 거라면, 우리는 최소한 600킬로를 돌진하는 것을 전제로 삼아 제2단계로 이행해야만 합니다. 이 경우 우리의 선봉은 제1단계의 초기 단계를 완료하는 동시에 무조건 계속 돌진해야만 합니다. 즉, 무정지진격입니다. 제국이 채용하는 스트롱홀드에 맞서는 것은 무익하겠죠. 적이 남긴 섬을 고지식하게 공격하는 것은 제1집단을 뒤따르는 후속이 할 일입니다."

알아듣기 쉽게 말하자면 해일이다. 그저 강렬한 압력으로 쓸어버린다. 그 강렬한 압력을 위해서는 30의 뒤에 또 30이 필요한데, 그것을 위한 병력을 연방군은 이미 추출했다.

제국의 10에 대해 연방의 30이 공격한다. 그리고 연방의 제1진인 30의 충격력이 멈추면, 대신 새로운 30이 지친 적 방어선을 유린한다.

그리고 적의 잔당이 모여 있을 진지는 별동대가 튼튼히 포위한다. 간단히 말해서 90을 90으로 계속 구속하는 것이다.

실로 단순한 계산이기까지 하다.

100 대 120+30.

여기서 적 90을 아군 90으로 교착시키고, 나머지 적 10을 아군 30+30으로 밀어붙인다.

실제 현장에서 전개할 사단 숫자나 제국의 방어 전력이 어떤지는 둘째 치고, 여러 집단을 준비한다는 점은 그런 사치스러운 싸움이 가능하게 한다.

숫자는 정의다.

쿠투즈 대장은 단순하게 말했다.

"제국군 부대가 굳게 지키는 진지가 있다면 마음껏 지키게 합니다. 우리 군의 제1선 부대는 100킬로 단위의 면을, 그저 면만을 계속 밀어내게 됩니다. 말하자면 파도가 칠 때 모래성이 버티고 있는 광경이 되겠지요."

90이 90과 상대하는 틈에, 나머지 전선을 집어삼키는 것이다.

파도라면 언젠가 물러간다.

하지만 몰아치는 군대의 물살이라면 그 파도는 그저 전진할 뿐. 모래성에 모인 적병은 자신들이 적지에 남겨지고 포위되었음을 알겠지.

즉, 90이었던 적의 전력은 언젠가 탄약이나 연료, 식량 부족으로 90의 전력을 계속 유지하기 어려워진다.

힘이 1할만 떨어져도 81 대 90이다.

뭐, 힘의 소모라는 점에서 이쪽의 돌격부대도 비슷하다. 하지만 그런 것은 이미 다 계산했다.

"당연히 제1집단은 연료, 탄약, 인원의 피로로 언젠가 정지할 수밖에 없을 것이 도리입니다. 이렇게 지친 부대로는 방어선 재구축을 허락할 수도 있겠지요. 하지만 제2집단과 예비대가 있으면 이야기가 달라집니다."

선행한 아군 병력이 30뿐이라면, 적은 남은 90이 다 없어지기 전에 부대를 추출하여 아군 돌격부대를 격멸하려고 움직이겠지. 어쩌면 방어선의 재구축도 가능하겠지.

하지만 제1집단의 충격력이 사라진 순간, 진격을 이어받은 새로운 30과 포위하는 90이 있으면?

"예비대로 적의 진지를 포위하면 스트롱홀드도 영원히 버틸수 없습니다. 주력군이 전진하는 동안 가두고 마음껏 그 자리에 남게 한 뒤, 나중에 어떻게든 요리하면 될 뿐입니다."

소란 따윈 피우게 하지 않는다.

가둬버린다.

그저 그것뿐.

무슨 기발한 책략을 쓰거나, 기상천외한 수를 쓰는 게 아니다.

견실하고, 평범하고, 그것을 축적한 끝에 있는 '이해할 수 있는 위업'의 감성이다.

"제1집단이 정지한 직후 같은 규모의 제2집단이 제1집단과 교대하는 형태로 진격하는 이점은 바로 충격력의 연속성에 있습니다. 제1집단을 막았다며 방어선을 구축하기 시작한 제국군을 이 제2집단으로 밀어버립니다. 그리고 제2집단이 한계에 달했을 무렵에는 보급을 완료한 제1집단이 다시 진격합니다. 이것으로 제2단계가 완수됩니다."

천재로서는 분명히 감질나겠지. 더 기민하게, 효율적으로 하라는 심정일 것이다. 하지만 이 방법이라면 병력은 필요하지만 견실하게 할 수 있다. 말하자면 천재가 아니더라도 가능하다.

쿠투즈 대장은 별로 눈에 띄지 않는 편이지만 남들보다 뛰어난 수완의 소유자이기에 달성할 수 있는 일이었다. 복잡한 군사 작전을 하나의 이해할 수 있는 문법으로, 정치와 군사의 대립을 가급적 지양하면서 해결하고 있으니까.

예를 들어서, 제국에 있는 타냐 폰 데그레챠프 중령 정도가 쿠투즈 장군의 활동 내용을 알았으면 즉각 중상모략을 시작으로 하는 공작 활동으로 실각을 꾀하면서 특수부대를 통한 암살 계획을 맹렬하게 입안하기 시작할 정도로 중대한 존재였다.

"공간 제압은 부차적인 것이며, 목적해야 할 바는 제국군 주력의 완전한 격멸뿐입니다. 이것을 달성할 경우, 당의 목표인 이번 대전을 일격으로 해결하는 결정타에 일조할 수 있습니다. 하지만 최소 600킬로가 '제국군의 재편을 허락하지 않으며 지원기구를 포함한 적을 근절하고자 소탕하는 전역'이 됩니다. 이것은 우리도 한계까지 힘을 쥐어짜는 것이며, 바꿔 말하자면…….

전문가가 여기까지 힘겹게 말한 내용의 결론은 서기장의 입에서 튀어나왔다.

"여유가 없다. 즉, 어딘가에서 실패하면 최악의 경우 치명적인 파멸도 있을 수 있다?"

"예, 그렇습니다."

서기장의 질문에 쿠투즈 대장은 고개를 끄덕였다. 이해해 줘서 기쁘다는 그 얼굴에는 '상사에게 영광을 돌린다'는 느낌조차 없었다.

옆에서 보는 로리야로서는 득을 봤다고 생각하지 않을 수 없었다. 동시에 겸허한 이 장군은 질문이 있을 때까지 괜한 소리를 하지 않을 것을 알기에 옆에서 끼어들었다.

"실례. 장군 동무. 괜찮겠습니까?"

"예, 내무인민위원 동무."

"즉, 이 600킬로 구상은 우리의 전략예비를 포함한 모든 것을 단호하게 투입할 필요가 있다. 하지만 그렇게 해도 확실성은 떨어진다는 소리로군요?"

쿠투즈 장군은 또다시 고개를 끄덕였다.

'할 수 없다'고 말할 수 없는 인간은 많지만, 이렇게 '노력하고 있습니다만, 확실하게는 말씀드릴 수 없습니다'라고 말하면서도 겁먹거나 각오한 기색이 없는 자연체는 대단하다.

"로리야 동무의 질문에 이어지는 건데, 200킬로는 확실히 성공하는 건가?"

서기장의 질문에 대해서도 쿠투즈 대장은 마찬가지로 겁먹지 않았다.

"200킬로의 경우, 실패는 있을 수 없습니다. 그저 포격으로 갈고, 제국군의 반격을 틀어막고, 목을 조르듯이 제국군의 방어선을 엎어버립니다."

밀어버립니다. 전술도 뭐도 없이 묵묵히 깔아뭉개는 겁니다.

그렇듯 그가 말하고자 하는 바는 간단명료하다.

그러니까 서기장도 주저 없이 결론을 말할 수 있었다.

"하지만 어디까지나 중대한 일격에 불과하며, 전쟁의 결정적인 일격은 되지 않는단 말인가. 어렵군. 200킬로와 600킬로는 단거리 경주와 장거리 경주만큼 달라. 중간이 없는 건 이해하지만……."

거기서 연방의 지도자는 현저한 승리에도 군침이 동하는 정치가다운 질문을 태연히 던졌다.

"600킬로, 확실히 성공시키는 방법은?"

"예, 600킬로를 철저하고 확실한 것으로 할 경우, 돌진을 멈추지 않기 위한 연구와 병력의 집중이 전부입니다."

"거듭 동무가 강조하고 있네만, 그 정도인가?"

쿠투즈 장군은 무겁게 고개를 끄덕였다.

"예, 우리 쪽의 전선부대가 조금이라도 주저하면 적에게 태세를 정비할 시간을 줄지도 모릅니다. 물론 제1집단이 발을 멈추었을 때를 대비하여 제2집단을 준비시키고, 그들이 제1집단을 추월하여 돌격하는 것은 상정하고 있습니다만, 돌격이 조금이라도 늦어서 적에게 방어할 시간을 주게 되면……."

"제투아 놈은 전략 차원에서 압살해야 하지, 일부러 녀석의 특기인 무대로 몰아갈 가능성이 생기지 않도록 해야 한단 말이로 군."

끄덕이는 쿠투즈 대장은 '바로 그러기 위해서라도'라고 하듯이 입을 움직였다.

"그것이 핵심입니다. 전선부대를 계속 돌진시키기 위해서라도, 만에 하나의 경우에 쓸 수 있는 예비병력의 유무는 작전의 속도를, 나아가서 성패 그 자체를 좌우할 수 있습니다."

연방의 지도자는 무겁게 이해를 보였다.

"좋아, 만약을 대비하여 제3집단을 준비하면 되겠군."

하지만 그 말은 실내에 다소의 곤혹스러움을 퍼뜨리는 것이기도 했다. 이미 병력을 쥐어짜 집결시킨 시점에서 연방에 여력이 있을 수가 없다.

"그게…… 가능하다면."

사실 쿠투즈 대장의 아쉬운 듯한 동의가 모든 것을 말한다.

출석자 모두가 말하지는 않지만, 쿠투즈 대장이 '만전의 태세'라고 단언할 수 있는 태세를 정비하는 게 얼마나 어려운지 바로 이해할 수 있는 대화였다.

신대륙 인간들이 '으음, 큰일이네. 우리도 참전하게 되어서 말이지? 아무래도 자국용으로도 장비는 필요하고. 아, 맞다, 맞아. 이르도아군을 재무장하려면 대량으로 무기, 탄약, 장비가 필요해서 말이지, 정말 힘들어 죽겠어. 게다가 이르도아 남부의 식량 공급 사정도 있으니까 선박도 모자라고. 제반 사정으로 정세 전반을 부감적으로 감안하면 유통과 공급상의 제약은 심각하며, 연방을 위한 랜드리스는 삭감할 수밖에…….' 라고 투덜거렸을 때도 태연히 있기 어려운 정도였다.

그 망할 제투아 녀석이 연방 정면에서 없어진 것은 좋다.

하지만 망할 제투아 녀석이 다른 나라에서 준동한 결과로 연방군의 전력 정비에 지장이 생겼다면 '어디를 가든 족족 귀찮은 녀석' 이라고 연방군 관계자가 역병신을 대하듯 욕설을 퍼붓는 것도 어쩔 수 없는 노릇이다.

그런 자리의 분위기를 읽고, 로리야는 사회자가 제대로 진행하지 못하는 것을 보며 거수한 뒤에 당당히 의견을 개진했다.

"현재 긁어모은 병력의 태반은 이미 전략공세 〈여명〉에 들이부었으니까요. 우리와 달리 자본주의자가 계획의 할당을 달성할 수 없는 거야 놀라울 일도 아닙니다만, 불편하다는 것도 사실입니다."

적당히 분위기가 데워진 것을 가늠하여 로리야는 상사의 판단을 물었다.

"이것은 정치적 판단입니다. 200킬로라면 견실한 승리. 하지만 이 정도의 공세 준비는 간단히 또 할 수 없습니다."

"그렇지, 로리야 동무. 쿠투즈 동무, 미안하지만, 이것과 비슷한 규모를 또다시 하려면 상당한 시간이 필요하지 않나?"

"옳은 말씀입니다. 아쉽게도 같은 규모의 비축을 집적하고 제국군을 기만하는 병력 집결이라면, 이 자리에서 바로 대답드릴 수 없습니다만……."

"동무가 대충 계산한 거면 되네. 참고 정도의 숫자로. 같은 규모의 작전이, 몇 개월 정도면 되지?"

그 재촉에 잠시 생각하는 시늉을 한 뒤에 쿠투즈 대장은 대답했다.

"그렇군요. 200킬로라면 석 달 정도일까요. 하지만 600킬로가 주저앉았을 경우, 아무리 짧아도 반년 이상은 움직일 수 없을 것으로 우려하고 있습니다. 성공하더라도 손해 규모에 따라서는 움직이는 데 곤란할 가능성도 부정할 수 없습니다."

서기장은 그 말에 생각에 잠기기 시작했다.

그가 침묵하면 자리도 침묵한다.

하지만 그것은 위축을 낳고, 위축에 깃든 두려움이 의심 많은 리더의 '의심'을 불러일으키는 것을 생각하면……이라는 마음에 로리야는 일부러 그 자리의 분위기를 흔들었다.

"장군 동무. 질문 좀 해도 될까요. 이것은 풋내기의 생각인데…… 제3집단은 대충 긁어모은 확충 정도로는 안 됩니까?"

로리야의 질문에 대해 어딘가 안도했다는 얼굴로 쿠투즈 대장은 일부러 전문가다운 표정을 하면서 일찍이 없던 명료함으로 그걸 부정했다.

"상당수의 부대를 이미 한계까지 짜냈습니다. 게다가 제1, 제2집단의 연속된 충격력은 기계화와 어느 정도의 훈련이 필요하므로……."

"필요할지도 알 수 없는 제3집단에 그렇게까지 해야 하나?"

너무 신중한 것 아니냐는 질문에, 팔방미인으로 보이곤 하지만 군사의 프로답게 쿠투즈 대장은 허튼 약속을 하지 않았다.

"아쉽게도 필요합니다. 제국군은 잔재주와 임기응변에 뛰어납니다. 특히나 제투아 대장이 사단 단위의 전략예비를 20개나 쥐고 있다는 정세는 귀찮습니다. 그게 집중적으로 투입될 경우, 우리 군의 돌격부대가 궁지에 몰리게 될 위험은 엄연히 현실적 위협입니다. 이르도아 방면에 집중해서 투입했다고는 들었습니다만…….”

'상대는 바로 그 사기꾼입니다.' 라고 이으려던 쿠투즈 대장의 말은 서기장의 빙그레 웃는 얼굴에 날아가 버렸다.

“바로 그것 말인데. 로리야 동무, 동무 제군에게 설명하게.”

로리야는 고개를 끄덕이고, 방금 서기장에게 올린 최신첩보를 그 자리에서 쿠투즈 대장에게 공개했다.

“우리의 멋진 친구가 제국군의 소재지를 폭로했습니다.”

'비밀경찰의 손도, 발도, 귀도, 애를 많이 썼습니다.' 라면서 로리야는 가슴을 폈고, 그가 남몰래 품은 사랑으로 이뤄낸 결과를 자랑스럽게 노래했다.

“제국군 기갑사단 말입니다만, '이르도아 방면'에서 태반이 월동 중. 동부 이송의 개시는 가장 일러도 2월 이후입니다. 일부 회수의 움직임은 시작되었습니다만, 정비나 휴양, 재훈련이 그렇게 신속하지 않은 듯합니다.”

하지만 쿠투즈 대장은 역시나 노련했다.

과연……이라고 감명을 받은 듯이 맞장구를 치면서도 멍한 표정으로 잠시 생각에 잠겼다가 로리야에게 확실히 질문을 던졌다.

“그걸 뒤집어보면 우리가 진격해서 한계점에 도달했을 무렵에, 활력으로 가득한 제국군이 대규모 기갑사단을 다수 투입한다는 위협 아닙니까?”

제시된 걱정은, 진격 한계점에 도달했을 때 아픈 일격을 맞을지도 모른다는 것. 정말로 평범한 걱정이며, 그렇기에 이해도 할 수 있는 것이다.

안심하라는 듯이 로리야는 미소를 지었다.

"2월 정도의 단계라면 제국군 기갑사단의 충족은 그리 빠르지 않겠지요. 이것은 첩보입니다만, 제국군의 평균적인 기갑사단은 만성적인 정원수 부족 기미입니다. 정원을 5할 줄여서 간신히 충족률 7할을 유지한다나요."

몇 번 싸워도 이 정도 전력밖에 없는 상대에게 매번 당하는 게 의문이라는 게 로리야의 본심이다.

하지만 동시에 생각한다.

'이 정도의 카드로 싸울 수밖에 없다'는 제국의 사정을 감안하면 '전략공세 여명'처럼 조직적으로 압도해 버리면 체크메이트라고.

무엇보다도 로리야는 비밀 중의 비밀을 쥐고 있었다.

"로리야 동무, 동무 제군에게 하나 더 설명해도 되지 않겠나?"

확인의 의미도 겸해서 시선을 돌리자, 서기장이 고개를 끄덕였다.

"제투아 대장은 거듭해서 우리와 교전해 본 경험으로, 우리가 동계공세에 임할 상태가 아닐 가능성에 건 것이겠지요. 그는 우리의 기만에 걸려서 이르도아를 공격했다고 할 수 있습니다."

경악한 표정을 하는 쿠투즈 대장에게 로리야는 안심시키듯이 미소를 지었다.

"장군 동무, 당신의 걱정은 진지한 것이겠지요. 하지만 들은 바와 같습니다. 그 제투아도 동부에 있지 않습니다. 그리고 우리의 공세는 기습이 될 공산이 실로 크지요. 다음은 아시겠지요?"

"하지만 작년 8월에도 제국군은 제투아 대장이 기묘한 재주를 부려야 할 정도로 마모되어 있었습니다. 그들은 궁지에 몰리면 수단을 가리지 않는 구석도 있었습니다. 제국식 참수전술이 가장 경계해야 할 것입니다. 무엇보다도 제투아 대장은 병참에서의 역산을 특기로 삼는 기질. 그자의 버릇이라고도 해야 할, 연락선에 대한 어프로치는 대군일지라도 현실적인 위협입니다."

직접적인 반론, 보기 드문 일이라고 생각하며 로리야는 눈을 크게 떴다.

쿠투즈 대장이 남들 앞에서 단호히 반론하는 일은 드물다. 하물며 로리야가 서기장이 아닌 자에게 '반론'을 듣는 일도 드물다. 이중으로 드문 것만 해도 보통 걱정이 아님을 알 수 있다.

다음 말을 기다리는 로리야에게 쿠투즈 대장은 한없이 전문가의 얼굴로 걱정거리를 말했다.

"최악의 경우, 병참거점이 탈취될 수도 있습니다."

로리야는 얼굴에 호기심을 띠었다.

"실례입니다만, 아직도 걱정거리입니까, 장군 동무? 이번에는 어떤 상정으로?"

"공수부대가 가장 농후한 리스크입니다. 제국군은 참수전술을 통한 장거리 파괴에 능합니다. 일정 단위의 전력을 투사하는 수단도 조심해야 하며……."

"그러고 보면 제국은 저번에도 그랬지요. 하지만 대책은 세워져 있지요?"

"예, 대책은 세웠습니다. 하지만 과거 시점에서 파악한 정도의 적을 상정한 것입니다. 연대 규모 마도사의 공수까지는 계산했습니다만, 그 이상이 오면……."

"쿠투즈 동무, 제국이 동부에 전개하고 있는 마도사는 많아야 2개 사단 정도. 그것도 상당수가 정원수 부족. 완충 연대 규모 마도사를 짜낼 여력이 있다고 진심으로 생각합니까?"

"전장에는 예측하지 못할 변수가 있고, 입수한 정보가 가령 완벽했다고 해도 입수한 시점에서의 완벽함에 불과한 법입니다."

로리야는 어깨에서 힘을 뺐다.

애초에 그 점에서는 걱정이 필요 없다.

"제국에 대한 첩보의 전모를 설명할 수 없기에 나온 걱정이군요. 하지만 안심하십시오. 제투아 대장이 신년 축하회에서 마신 와인의 브랜드까지 파악하고 있습니다."

"그럼 제국군의 동향은……."

"감시는 완벽합니다. 연습장 부근까지 깔려 있습니다. 샐러맨더 전투단이라고 했던가요. 그게 이르도아에서 제도로 귀환했다는 것도 바로 파악했습니다."

납득하고 느긋하게 끄덕인 쿠투즈 대장은 갑자기 표정을 알기 쉽게 굳히고 눈을 깜빡인 뒤에 고뇌하는 얼굴로 가슴속에서 솟구친 생각을 토해냈다.

"이 타이밍에 그게 동부로 돌아온다는 겁니까?"

"역시나 제투아 대장은 보통이 아니군요. 만일에 대비해서 빠르게 움직이고 있습니다. 이참에 칭찬해 주어도 좋을지 모르겠습니다."

사랑의 사냥꾼으로서는 정말로 좋은 타이밍이었다.

"그렇긴 해도 1개 전투단입니다. 이도 저도 아닙니다."

그렇다고 해도 로리야는 일의 중요함을 경시하지 않는다. 요정 사냥은 마음 급하지만, 차분하게 임해야 할 일이다.

그렇기에.

지금 이 순간은 그저 최종적인 승리를 향해 임해야 한다고 로리야는 결심했다.

"그럼 역시 600인가."

이렇게 서기장 동무가 결심했을 때, 연방군은 꼼꼼하게 정비하고 공들여 기름칠한 정밀기계처럼 움직인다.

각 분야의 전문가가 저마다 각자의 영역에서 필요한 것을 술렁술렁 논하기 시작한다.

"신형 장비의 준비는?"

"신형 전차, 신형 전투기, 그리고 신형 연산보주입니다. 모두 다 질적으로는 제국 놈들과 호각이겠지요."

"한 가지 문제가. 신형 장비는 강력합니다만, 숙달하려면 아무래도 시간이 걸립니다. 몇몇 정예조차도 구식 장비를 사용하는 상황. 따라서 신형 장비 부대는 반드시 액면 그대로를 기대하지 않는 편이 좋겠지요."

그들은 모두 요점을 파악하고 있다.

결국은 운용이 핵심이라고.

참모본부를 떠나서 자신의 침상인 숙소로 돌아온 타냐는 부재 동안 대대장 대행이었던 바이스 소령에게서 간단히 인수인계를 받았다.

새해부터 참 정신없는 상황이긴 하지만, 이르도아 방면으로 출장을 간 동안 이것저것 쌓인 사무도 있고, 이러니저러니 해서 병력은 둘째 치더라도 전투단의 중핵인 사관 그룹은 아무리 쥐어짜도 교대로 반일 휴양이 한계다.

물론 대부분의 잡무를 이미 정리하고 반일 휴양을 기다리는 잡담 같은 형태였지만.

"신형 전차, 신형 돌격포, 신형 구축전차, 그리고 신형 연산보주라."

바이스 소령에게서 받은 서류 중에 있던 '신병기 일람'을 훑어보고, 타냐는 부하 앞에서 다 이해했다는 늣이 성대한 한숨을 흘렸다.

"신병기로 일발역전을 노리다니, 거참……."

알고는 있어도 견디기 힘들다는 마음을 씻을 수 없었다.

신병기가 대활약해서 상황을 만회한다는 것은 '알기 쉬운 구제'겠지. 하지만 그것도 신병기를 운용하는 기반이 있고, 신병기 정도로 만회할 수 있는 전술적 열세일 때의 이야기다.

신병기는 강력하지만, 원자폭탄 한 방으로 세계를 정복할 수 있는 것도 아니다. 원자폭탄을 활용할 수 있는 군사력이 있기에 세계는 핵 공격 시스템을 두려워하는 것이다.

"중령님?"

"심하군. 보았으면 알겠지, 소령?"

"대단한 카탈로그 스펙이라고 생각합니다만?"

"음, 그렇지."

타냐는 이해한 인간 특유의 대답을 건네는 바이스에게 기막힘과 함께 다 이해했다는 말을 돌려주었다.

"신형 전차는 내구성이 아슬아슬하고, 신형 구축전차란 놈을 보면 코끼리처럼 거대하지. 신형 돌격포만은 재미있지만…… 발상이 토치카랑 싸우는 시점이라서. 우리가 적 토치카에 대고 공격할 시기인가?"

바꿔 말하자면 기계적 신뢰성이 괴멸적으로 의심스러운 신형 전차. 신뢰성 운운 이전에 너무 무거운 신형 구축전차. 거대한 박격포를 전선에서 운용할 수 있을 만한 돌격포만은 재미있겠지만…… 상정된 전장이 있을까 하는 점을 냉정하게 생각하면 실질적으로 멍청할 정도의 낭비다.

신병기를 만들 돈으로 신뢰성 있는 병기를 만들려는 머리가 필요하다.

"보주를 보자면……."

"일부러 기분을 상하게 할 것도 없다고 생각하지만, 이건 심한 정도가 아니다."

타냐는 그렇게 대답했다.

"차세대형 보주의 개발이 좌초되고, 그렇다고 전군이 97식을 쓸 수 있는 훈련도인 것도 아니다. 그럼 105식 〈방호〉 연산보주와 97식 〈돌격기동〉 연산보주로 장단점을 섞으면 된다는 발상은 정확하지만⋯⋯."

'이건 아니다.' 라는 얼굴로 타냐는 고개를 내저었다.

"정작 105식이 틀려먹었으니."

"글쎄요. 경험해 본 느낌으로는 뭐라고 할까요, 고등연습용을 떠올리는 성능이었습니다."

"그야 그렇겠지. 소령, 105식은 우리가 전쟁 전에 훈련에 썼던 것을 기반으로, 전장에서 얻은 교훈을 참고하여 방어외피만이라도 '괜찮게' 만든 것뿐이라고 하니까."

있는 그대로 말하자면 연습기의 실전 투입. 어디고 비슷한 걸지도 모르지만, 연습기에 억지로 무장을 달면 중량이 무거워지고 기동성은 떨어지는 결과까지 따라온다.

"다루기 쉽고 가벼운 것을 지향하면 그래도 낫겠지만, 방어외피를 너무 단단히 하다가 속도, 운동성능, 고도성능, 마지막에는 조작성까지 희생한 물건이다."

"차라리 노획한 연방의 것을 베끼는 게 낫겠군요."

"나도 같은 생각을 했다. 실은 이전에 다른 창구로 물어봤지. 단단하고 화력이 뛰어난, 그 이상을 요구하지 않는 걸로는 안 되겠냐고."

"위에서는 뭐라고 합니까?"

"못 만든다고 하더군."

"예? 시, 실례입니다만, 연방에서 쓰는 것이 그렇게 고도의 물건이라고는⋯⋯."

타냐는 손사래를 쳤다.

"아니아니, 문제는 자원이다. 97식의 생산조차 만족스럽게 원료를 확보할 수 없는 것이 현황이라는 모양이라서. 엘레늄 공창의 기사는 말을 이리저리 돌렸지만, 보아하니 연방식의 무식하게 단단한 보주를 만들기 위한 자원을 이미 우리 제국에서는 입수할 수 없다는 모양이다."

"그건……."

그 말을 끝으로 말을 잇지 못하는 바이스의 반응은 참으로 당연했다.

"95식도 그렇고, 97식도 그렇고, 그저 성능만을 추구했던 우리 군도 드디어 '생산성'을 의식한 것은 훌륭한 일이지만, 빈곤에 쫓겨서라고 생각하니 참."

비용 절감은 좋다. 원가를 줄이는 것은 당연한 일이다.

하지만 체중 조절을 하자고 군살을 빼는 것과 기아에 사로잡혀 체중이 줄어드는 것은 전혀 다르다.

"105식을 실전에서 쓰고 싶진 않다. 우리조차도 말이지."

"우리조차도? 그 정도는……."

"그럼 바이스 소령. 105식을 장비하고 연방군 마도사 1개 중대와 같은 숫자로 정면돌격할 수 있을까? 양산성 있는 만능보주를 지향한 끝에 기동성도, 화력도 없고, 운이 좋으면 적의 일격을 견뎌낼 수 있을 정도의 방어외피밖에 낼 수 없는 물건인데?"

팔짱을 끼고 생각에 잠긴 바이스 소령도 속으로는 같은 대답이었다.

"우리 대대조차도 연계해서 가까스로 대항할 수 있을까요."

"윗선에 의견을 넣고 싶을 정도다. 105식을 장비한 대대는 실탄을 사용해도 되니까, 모의탄을 사용하는 나 혼자랑 결투를 시켜달라고 말이지. 말해 두겠는데, 95식을 쓸 것도 없다. 97식이면 충분하다. 속도도 고도도 낼 수 없는 물건으로 임시변통이라니……."

숫자는 중요하지만, 최소한의 질이 없으면 숫자로 헤아릴 수도 없는데. 꼬리를 말고 도망칠 수 없다고는 해도, 직시하기에는 너무나도 힘든 현실이다.

"아예 마도사의 원점으로 회귀하는 건 어떻겠습니까?"

"마도사의 원점?"

부하의 말에 흥미가 생긴 타냐는 바이스의 다음 말을 기다렸다.

과연 무슨 말이 나올까?

"보병 마도사입니다. 학과에서 했습니다만, 분명히…… 원래는 보병 병과와 함께 전열을 짜는 마법사가 마도사의 원점이었을 겁니다."

"완전히 고전 취향이로군."

타냐는 질린 얼굴을 하면서도 고개를 끄덕였다.

"하지만 어쩌면 그게 나아가야 할 원점일지도 모르지."

날지 못하는 마도사를 억지로 띄워서 실탄연습의 표적으로 제공할 정도라면.

차라리 땅을 기는 것을 긍정하면 어떨까? 끈질기게 계속 버틸 수 있는 존재로 만들면…….

거기서 타냐는 군사기술의 진보를 말했다.

"하지만 말이지, 소령. 요즘은 마도 반응을 탐지할 수 있는데? 보병이라고 해도 조금 튼튼할 뿐이지만, 색적당하기 쉬운 건 요즘 세상에 그렇지 않나?"

"아, 그랬습니다. 요즘에는 또 쓰기 미묘하겠군요."

"지표를 걷는 보병이라면 포복 비행 이하의 고도겠고, 마도 반응 탐지에 걸리는 건 꽤나 근거리라고 생각하지만……."

'105식의 성능이라는 문제를 고려하면'이라고 말하듯이 바이스도 수긍했다.

"105식의 마도봉쇄는 마도사에게서 보주를 거둬들일 정도가 아니면 완전히 기대할 수 있을 것 같지 않습니다."

"억지로 마도사를 시키지 않고, 그냥 알보병이면 되지 않나?"

자기가 토한 말이지만, 그 의미를 타냐의 두뇌는 말로 한순간 이해했다.

해군이 수상함을 포기하는 것과 같다.

전략급 원자력 잠수함에 전력을 집중하는 듯한 '선택과 집중' 조차 아니고, 자연도태 끝에 수상함정 유지를 단념한 해군. 그게 아니면 길이 없는 것이 자명해지는 상황. 그것 말고는 불가능하다는 사실.

큰일이다 싶었다. 그러니까 타냐는 그 자리에서 재빨리 말을 수습했다.

"미안하군, 소령. 하찮은 푸념이다."

"조잡한 신형을 보셨으니 당연하지 않을까요."

"신임의 훈련에 필요한 보주로서 방어능력이 한정적으로 있다는 것만큼은 평가할 수 있겠지만. 97식과 105식의 중간, 쓰기 쉽고 생존성이 뛰어난 보주가 있으면 좋겠는데."

하지만 그때 타냐는 뭔가 결의한 듯한 표정의 부장이 이쪽을 바라보는 것을 깨달았다.

"왜 그러지, 소령?"

뭔가 잘못된 소리를 한 건 아니겠지.

그런 타냐의 걱정은 다행히 헛짚은 것이었다.

"괜찮다면 중령님의 중개를 통하는 형태로 엘레니움 공창에 의견을 하나 넣고 싶습니다만."

음?

무심코 굳어버린 타냐는 '왜?' 라는 표정을 하면서 되물었다.

"필요한가? 아니, 필요하다면 상관없지만, 나를 통하지 않고도 할 수 있는데? 부하의 발상을 일일이 방해할 생각이 없다는 것은 이해하고 있을 텐데."

"저기, 사적인 타진에 가까워서……."

타냐는 바이스 소령의 의도를 파악했다. 당사자로서는 아직 명확하게 정리되지 않은 아이디어를 던져보고 싶은 거겠지.

이러한 개념 제공은 좀처럼 어렵다.

아무래도 번뜩인 '최고의 아이디어' 란 놈은 아주 드물게 옥석이 섞여 있고, 돌인 경우가 훨씬 많다. 전문가가 모이는 개발 현장에서 환영받는 경우도 드물겠지.

문전박대당하지 않기 위해서라도, 지인을 경유하고 싶다는 걸까.

"괜찮긴 한데, 중개한다면 나도 듣게 될 텐데? 내가 듣고 추천하는 거라면, 내가 추천했다는 꼬리표가 붙지. 소령, 귀관의 아이디어다. 좋은 생각이라고 본다면 공식 루트로 올려야 한다고 보는데."

"저기, 가능하면 중령님의 이름과 지혜도 빌리고 싶습니다. 실은 마도 자원이 없는 인원 모두에게 105식의 간이판을 장비시키는 것은 어떨까 생각해서……. 어떻습니까? 마도 반응이 유출되는 문제는 반대로, 저기, 그러니까…… 디코이라고 할까요……."

"탐지망을 포화 상태로 만드는 건가!"

바이스는 자신만만하게 고개를 끄덕였다.

"공간폭파계의 술식으로 마도 반응이 일시적으로 탐지하기 곤란해지는 현상과는 또 다릅니다만, 한정적으로 혼란을 만들어낼 수 있다면 97식 장비의 정예로 기습이 가능하지 않을까 합니다."

양동, 기습의 조합.

정석이지만, 옳다구나 싶어서 타냐는 고개를 들었다.

"재미있는 발상이다! 하지만 문제의 마도 반응이 너무 다르지. 처음이라면 몰라도 횟수를 거듭하면 금방 식별될 텐데?"

"역시 탐지되겠습니까?"

"하지만 시험해 볼 가치는 있지. 지금 당장 검증해 보자."

"예? 이미 저녁 시간입니다만."

"그렇군. 시계 불량 상태에서의 연습으로 하자. 얼른 시작해 볼까."

이해 못하겠다는 표정을 하는 바이스 소령과 달리 타냐는 쇠뿔도 단김에 빼라는 듯이 즉각 행동을 개시했다.

"모든 부대의 휴가 취소는 아무래도 너무하지만, 어차피 새해라서 한가한 놈들이 많지. 대기 중인 장교를 동원한다. 준비는 귀관에게 맡기지."

"주, 중령님께선?"

"나? 나는 우거 대령님을 만나서 필요한 105식과 보병을 조달하지. 아니, 잠깐만? 105식으로 훈련 중인 놈들을 넣는 게 빠르겠군."

보병 중에서 마도사 자질이 있는 인원을 추출해 실험부대를 편성하는 것보다도, 있는 것을 사용하는 것이 더 빠르다. 애초에 수도에는 이 105식 장비로 훈련 중인 병아리들이 있으니까.

뭐, 그런 놈들도 이런 시기에는 '휴가' 겠지만…… 배려할 여유가 없다고 깨달은 타냐는 사정없이 남의 휴가를 날려버렸다.

"새해부터 이러면 원망을 사겠지만…… 시간은 금이다. 어쩔 수 없지. 필요를 원망하라고 해라."

일단 하고 싶은 건 아니다.

본심은 아니다.

특히나 타냐 같은 문화적 시민은 타인의 권리를 최대한으로 존중하는 것을 자랑하는 문명인이니까.

그런 생각을 하면서도 필요하다는 타냐의 단호한 확신은, 그렇게 새해 벽두부터 참모본부의 도장을 받은 즉각소집 명령을 제도에 울렸다.

1월 2일이라면 아무리 그래도 신년 휴가 중이다. 그런 때, 저녁에, 갑작스러운 소집이다. 심한 이야기지만 완전히 익숙해져서 체념한 얼굴의 고참 마도사와 '왜?' 라는 혼란을 드러내며 휴가 중에 달려와서 정신이 멍해진 훈련병들을, 군이라는 조직은 무자비하게 긁어모으기에 이르렀다.

그리고 훈련 담당 장교로 이루어진 1개 마도소대와 1개 대대 규모의 훈련 미달 후보생들로 이루어진 표본 그룹을 새해 초부터 야외 훈련장의 진흙에 던져 넣고, 마찬가지로 소집된 샐러맨더 전투단 소속 제203항공마도대대의 뜻 있는 사관으로 이루어진 실증 실험의 결과는 정말로 극단이었다.

외스테만 중위는 다소 곤혹스러운 느낌으로, 솔직히 모르겠다는 감상을 말했다.

"규모로 보면 2개 중대 규모의 마도사라고……. 저기, 마도 반응의 분포가 이상했습니다. 위장과 양동이 있고, 경험상으로는 이 정도일까요."

반대로 그란츠 중위의 대답은 정말 별것도 아니었다. '적절한 규모'를 감지하고, '전의'에 주목한 것을 말했다.

"저는 규모로만 말하자면 대대 규모였을까요. 다만 무서움은 느껴지지 않았습니다."

베테랑답다고 할 수 있는 견해였다.

하지만 마지막에 질문을 받은 세레브랴코프 중위의 대답은 또 달랐다. 비행 중에 여러모로 메모한 모양이던 중위는 고민 끝에 나온 듯한 답을 신중하게 말했다.

"으음, 있는 건지 아닌 건지 모를 느낌입니다."

"모른다?"

"숫자만 말하자면 1개 마도소대 내지 분대일까요. 이건 무서웠습니다. 하지만 그 밖에는 마도사인지도 솔직히. 다만 마도사가 아니라고 단언할 수 없다는 게 불안합니다."

타냐와 바이스가 "오호라." 소리를 내며 눈을 크게 뜰 만한 의견이었다.

그렇긴 해도 세 명의 중위는 각자의 견식을 말하였고, 전원이 내놓은 의견을 종합해 보면 그 결과는 명백하다.

"처음 본 것이라면 우리 대대의 사관조차도 망설인다. 훌륭하군, 바이스 소령. 착상만으로도 훈장감이다."

희색을 띠면서 타냐는 바이스의 허리를 툭툭 두들겼다.

"그 정도입니까?"

"잘만 하면 제투아 각하께서 마술을 부릴 소재를 하나 제공할 수 있지. 보너스를 기대해도 될걸? 자, 상신서를 작성하고 위에 올려야지. 자, 제군, 해산이다. 일하러 돌아가도록."

좋은 재료를 얻었다고 타냐는 좋아했지만, 동시에 '전술 차원의 발버둥이다'라고 차갑게 비웃는 자신도 있었다.

바이스 소령은 잘 일했다. 그리고 자신도 적절하게 그걸 정리했다.

현장으로서는 지당하다.

그리고 현장이 노력하면 조직이 직면한 모든 문제를 해결할 수 있나? 그럴 리가 없다.

그런 바보 같은 게 가능하면 경영진은 아무짝에도 쓸모가 없다. 현실에서는 경영진이 문제 해결에 실패하고, 전원이 엎어지는 경우가 훨씬 많다.

너무나도 당연한 이치다. 전략 차원의 실패를 현장에서 영원히 수습한다는 건 불가능하지 않은가. 현장의 창의적 노력이라고 말하면 그럴싸하지만, 당당히 숫자를 갖추고 압도적인 우세속에서 군사력을 행사하는 것이 정석이다.

라인 전선 때는 아직 의견 상신이 대국을 움직인다는 확신을 가질 수 있었다. 적이 됭케르크 했을 때는 승리가 손가락에서 흘러내린다는 실감에 두려워했다. 그래도 철퇴 작전의 순간에는 아직 가능성에 매달렸다.

하지만 이미 한계는 넘은 지 오래다.

이르도아 전선에서는 어떤가?

그리고 이번 동부 파견 전에 자신이 쌓은 것을 보자면.

이직하고 싶어진다. 노동과 근무 끝에 유망한 커리어 패스가 없다. 사양 산업 이전의 문제다. 무슨 기회비용이 이런가.

한숨을 푹 흘리고 타냐는 간신히 깨달았다. 어째서일까. 부하 장교가 해산하지 않는다?

"저기, 중령님."

"뭔가, 그란츠 중위."

아직도 뭔가 남았나?

그런 의문을 품은 타냐에게 조심조심, 하지만 어딘가 체념할 수 없다는 표정의 중위가 각오한 듯한 얼굴로 입을 열었다.

"휴가가 취소된 저희가 지금부터 보고서 작성만이 아니라 참모본부에 제공하기 위한 서류 일체를, 말입니까?"

"그렇다."

타냐는 무자비하게 끄덕였다.

"새해 일찍부터 바이스 소령이 멋진 아이디어를 제공해 주었다. 애석하게도 우리는 동부 재전개가 가까우므로 시간적 유예가 없다."

"저기…… 새해의 반휴입니다만."

새해 초만이라도 쉴 수 있을까 싶어서…… 모처럼 휴가인데……라고 울상을 짓는 부하는 슬프게도 장교다.

쉴 수 있을 때 쉬는 것도 장교의 일이지만, 마감이라는 사악하며 무자비한 시곗바늘은 멈춰주지 않는다.

"그래. 끝나거든 쉬도록. 3일 저녁에는 동부로 이동이 시작된다. 출발 시각에 늦지 않는다면 제도 밖으로 놀러 나가는 것도 허락하겠는데?"

재량근로. 오오, 재량근로다!

사용자 측에서 보면 이 얼마나 감미로운 말인가. 물론 타냐 같은 중간관리자는 제투아 각하 같은 사악한 관리에게 믿기지 않도록 많은 업무를 받았기에 여러모로 할 말이 많지만.

그렇긴 해도 제도는 만인에게 공평해야 할 것이다.

휴가를 취소하고 부하에게 추가 노동을 요구해도 좋은가? "흠." 하고 생각하려던 때 타냐는 한 가지 진리에 이르렀다.

군 장교는 공무원이다. 그리고 공무원에게 근로기준법은…… 적용되지 않는 것이 세상사 아니었던가?

"그란츠 중위, 장교로서 의무를 다하도록. 그 뒤는 자유롭게 보내도 좋다."

"이건 못 끝냅니다! 출발 때까지 시간이 얼마나 된다고……!"

머리를 싸쥐는 젊은 중위는 옆에서 서류철에서 서류를 슬며시 내미는 동료의 모습을 깨닫고 헉 하며 얼굴을 굳혔다.

"세레브랴코프, 신고하겠습니다. 방금 있었던 개념실증 연습에서 기록한 메모인데, 이것을 보고서로 삼아도 지장이 없지 않겠습니까?"

"흠? 확인하지."

내미는 종이를 훑어보니 참 잘도 썼다.

색적 개시의 경위, 감지한 반응에 대한 첫인상, 그리고 확인할 때의 위화감, 이어서 시간 경과와 함께 변화하는 인식의 세부에 이른 기록까지도.

색적 비행 중에 끄적끄적 메모하던 것은 봤는데, 이대로 제출할 수 있을 정도라니 재주도 좋다.

"비샤, 귀관은 요령을 가지고 본분을 다하는군. 훌륭하다."

아연해진 그란츠 중위에게 타냐는 이걸 읽어 보라는 듯이 자신이 받은 서류를 건네주었다.

"보게나, 중위. 이게 적절한 일이다. 군대도 관료기구다. 서류는 요령 좋게, 재주 좋게, 최대한 편하게 쓰는 법이다."

타냐의 말에 감명받은 듯이 바이스 소령이 끄덕였다.

"세레브랴코프, 대단하군요."

타냐는 맞장구를 치면서 힐끗 부장 쪽으로 시선을 보냈다.

"자, 그럼 발안자는 실험 결과와 어필 서류로군. 완성되거든 서류를 내 책상에 제출하도록."

"예?"

쩌억 하고.

다소 김빠진 반응을 보인 뒤에 바이스 소령이 정신을 차렸다.

"주, 중령님은?"

"나는 추천자인데? 확실히 말하자면 관계자가 맞다. 이 실험도 준비 과정에서 관여했다. 즉, 나로서는 객관성을 담보할 수 없지. 하다못해 강평해야 할까 생각했지만, 이것은 발안자의 특권이다."

공적도, 일도, 발안자의 것.

이것이 공정한 방식이라고 타냐는 믿는다.

"나는 실수로라도 부하의 공적을 가로채지 않거든?"

"가능하면, 저기, 지도를 부탁드렸으면 합니다만."

혼자서는 처리하기 싫습니다.

그런 다중음성이 얼굴에 드러난 바이스 소령에게는 다소 미안하지만, 타냐는 고개를 내저었다.

"내 업무시간은 끝났다. 짧은 휴가 예정이지만, 아무리 그래도 서류 결재도 못 하진 않지. 제도에는 체재하고 있을 테니 자기 전과 내일 아침에는 책상을 확인하지."

"하, 하지만……."

"전투단의 지휘관이 나란히 일하고 있으면 병졸도 쉬기 힘들겠지. 지휘관 선두로 내가 놀고 있으면, 너희 부하도 쉬기 쉽다는 계산이다."

방편 반, 본심 반.

좋은 관리직이란 부하를 쉬게 한다. 이것은 인사관리의 기본이며, 동시에 필요하다면 부하 관리직에게 기대하며 맡기는 것도 일이다.

"바이스 소령, 귀관의 창의적 노력을 기대하지. 나는 이만."

"중령님, 저도 함께할 수 있다면."

"그러지. 비샤."

거기서 타냐는 좋은 상사답게 부하에게 커피를 제공하는 것을 떠올렸다. 좋은 상사로서 행동하려면 이건 당연한 일이다.

"당분간은 동부전선이다. 제도를 만끽해 두자. 비샤. 커피라
도 한잔할까?"

"함께하겠습니다!"

[chapter]

III

>>> 제 3 장 <<<

전야(前夜)

Last ditch

'본관은 우리 쪽 항공마도부대의 활약을 시찰했다.
전선에서의 단독 내지 소규모 부대의 교전 사례만 봐도,
우리 항공마도사는 그 전투능력에서,
수적으로는 훨씬 소수에 불과하다고 여겨지는
적 마도사의 기량에 희롱당한다고 평하지 않을 수 없다.
목하의 시찰 결과를 감안하면,
순수하게 같은 숫자로 싸울 때 우세는 전혀 상정할 수 없고,
몇 배의 우세에서조차도 요격 담당자가 겁을 집어먹었다.
시찰 때마다 실망하게 된다"

―――― 연방군 고급장성의 전선 시찰 기록 ――――

마도사란 가려운 곳에 손이 닿는 편리한 만능 '진통제' 다. 애석하게도 병을 뿌리 뽑는 기능은 없다.

하지만 잘만 쓰면 고민거리를 일단 '치울 수 있다'.

애초에 화력과 방어력에 뛰어나고 기동력이 풍부하며, 결정적으로 그 운용이 간단하다. 보주의 관리나 기량 유지에는 신경을 써야 하지만, 그 이외는 거의 보병급.

연료 보급도 간단하다. 제아무리 보병보다 칼로리를 더 소비한다고 해도, 보병용 식량과 부식을 입에 쑤셔 넣으면 대충 그걸로 해결. 차량 중에서도 비교적 융통성 있다는 모터바이크도 연료 탱크에 빵을 넣는다고 돌아가는 게 아니란 점을 생각하면 엄청난 차이겠지.

더불어서 장거리를 알아서 달려갈 수 있는데도 중장비 같은 고장은 좀처럼 나지 않는다.

주권국가의 상비약이자 전문 폭력장치가 되는 것도, 어떻게 보면 지극히 필연적이다. 너무 편리한 존재일지도 모른다.

말보다도 편리하다.

그것이 처음에 마도전술이 도입될 때의 표어이자 찬사였다.

세계에서 처음으로 마도공학을 통한 근대적 마법—— 쉽게 말해서 마도의 문을 열고 보주와 라이플 조합을 달성한 제국군이 '마도사' 라는 병과를 편성했을 때, 편리하다는 점이 무엇보다도 강조되었다.

그러니까 초창기에 여러모로 시행착오도 겪었다.

훈련이 강화되었다.

기술이 연구되었다.

전술이 검토되었다.

노력 끝에 마도사가 어느새 '하늘을 날게' 되었다. 이것이야말로 뜻하지 않은 항공마도사의 탄생 계기가 되었다.

실제로는 날았다는 사실조차 당시에는 별로 중시되지 않았다.

말하자면 '날 수 있다' 라는 것은 '날 수도 있다' 정도의 '편리한 능력'으로 간주되었을 뿐. 각국은 '해병대'나 '저격병' 처럼 정예로 대접받는 보병과 비슷한 운용을 상상했으니까.

그것을 바꾼 것은?

물론 뻔하다.

날 수 있으니까, 여러 가지를 할 수 있으니까, 그런 억지를 태연하게 현장 마도사에게 명한 것은 이 바닥에서 언제든지 악덕 기업급의 전통과 신뢰를 자랑하는 제국군이었다.

'날 수 있는 보병? 최고잖아.' 라고.

실제로 시켜 보니, 결과적으로 마도사는…… 정말 뭐든지 할 수 있었다.

그렇기 때문에 순식간에 마도 운용의 실질적 기준이 되어서, 항공마도사들은 말 그대로 신나게 날게 되었다.

지금 마도사라고 하면 사실상 항공마도사를 일컬을 정도다. 그 정도로 오늘의 마도사는 하늘을 주전장으로 삼는다. 하지만 중대한 유보점이 있다. 그것은…… 잘 교육받은 마도사만이 그 임무를 다할 수 있다는 점이다.

즉, 선발해서 육성할 필요가 있는 것이다.

세계대전 이전이라면 소규모 분쟁에 따른 '소모'는 간지러웠다. 본질적으로 숫자가 한정된 병과조차도 '허용'할 수 있는 정도의 손해밖에 발생하지 않았다.

거듭 말하지만, 마도사는 편리하다.

모두가 그 편리함에 반한다. 그런데도 세계대전 중 각국에서는 전쟁 전에 의식하지 않고 흘려넘겼던 결함을 몹시 통감하게 되었다.

마도사가, 항상, 부족하다.

겨우 일정한 숫자를 확보해도, 보충하자마자 픽픽 죽는다.

새롭게 보충할 필요성에 쫓기더라도 개인의 자질에 의존하기에 공급은 항상 불충분. 부대 규모의 운용이 이상적인데, 아무리 해도, 항상, 필요한 숫자가 채워지지 않는다.

게다가 훈련해야 할 것이 많다. 신참이 쓸 만해질 때까지 시간이 필요하다.

괜히 조기 투입을 중시하여 자질 있는 병아리부터 전선에 던져 넣으면, 시간의 경과와 함께 신참을 전력화하는 난이도가 뛰어오르는 결과도 생긴다.

모두가 한탄할 수밖에 없다.

그저, 단순히, 총력전과의 궁합이 너무나도 안 좋았다.

'소모'를 '보충'이 쫓아가지 못한다.

그런 의미에서 동부에서 계속 격돌하던 연방, 제국의 '양군'은 맹렬한 소모로 '항공마도사'의 기반을 상실해가는 결과를 보고서야 유일한 진실을 깨달았다.

날지 못하는 마도사라도 마도사라는 진실을.

'항공마도사'로 만들기에는 자질이 부족하다고 판단되던 인적 자원층. 그것도 견해를 바꾸면 훌륭한 마도사라고.

먼저 깨달은 것은 '마도 기술의 운용'에서 제국의 뒤를 계속 추적하던 연방군이었다.

마도 기술에 관해서는 '운용 경험의 축적'이 빈곤했던 연방군은 고정관념에 자유롭고, '마도사'라면 무조건 '항공마도사'라는 생각에서 자유롭게 비약할 수 있었다.

안경을 바꾸면 세계가 달리 보인다. 마찬가지로 연방군은 마도사에 관해 단순한 사실을 쉽사리 재발견했다.

즉, '강한 보병'으로서의 마도사다.

보병 수준의 범용성.

기병 이상의 기동력.

포병을 부분적으로 대체할 수 있는 일정한 화력.

보급 부담은 보병급.

이 얼마나 편리한가. 자기 다리로 걷고, 병기만큼 고장 나지 않고, 전차와 대포 대신 쓸 수 있는 인간병기라니!

이론 면에서 탁월한 그들의 시행착오는 한 가지 이론적 최적해를 확실히 발견해냈다.

그것은 '적성이 어중간한 놈들을 모조리 동원해 보주를 주고, 기계화 지상마도연대를 결성할 수만 있으면 전선 돌파에 딱 좋겠지.'라고.

종심돌파에 최고의 창을 추구한 하나의 답.

혹은 마도군이라는 병과가 앞으로도 세계에 패권을 외칠 수 있는 단초도 될 수 있는 구상이었다.

그렇다.

그 방향성 자체는 올발랐다.

유일한 문제라면, 그 씨앗을 뿌린 곳이 지옥이었다는 점이다.

그리하여 마도사란 병과 자체의 존속이 의문시되게 된다.

―― 마도사의 황혼 / 그들은 왜 자취를 감추었는가?

》》》 통일력 1928년 1월 6일 동부전선 상공 《《《

"얄궂은 일이로군."

타냐 폰 데그레챠프 중령은 세상의 부조리를 곱씹고, 현실을 끌어안고, 징글징글하다고 내뱉는 대신 조금이라도 그럴싸하게 현재 상황을 표현했다.

"동부 쪽이 훨씬 편하다니."

이르도아 전선은 어디까지나 정치적인 전장이었다.

제투아 대장의 의도를 읽을 필요가 있고, 대전략에 군사적 합리성마저 봉사시킬 정도였다. 그런 전장에서는 마음고생 또한 윗선의 요구에 비례해서 치솟는다.

하지만 동부전선은 역시 다르다.

"여기는 말 그대로 주전장이니까."

중얼거리며 어깨를 으쓱이고 눈을 비비자, 아아, 멋진 현실이 사라지는 일 없이 눈앞에 있다.

동부전선은 말 그대로 '두 나라가 국가의 존망을 거는' 주전장이다.

전쟁이 정치의 연장선에 있다고 해도, 너무 오래가는 전쟁은 전쟁을 위한 전쟁이라는 극단적 자기목적화에 달할 가능성이 있는 법.

그런 의미로 동부는 순수한 전장이었다.

정치적인 줄다리기마저도 '전쟁'을 위한 것이고, 전쟁이 '정치'에 봉사하는 모습은 전혀 다르다.

총력전의 극치였다.

지극히 생산성이 없는 전장이다. 따라서 뭘 하면 좋을지만큼은 자명했다. 싸우고 이긴다. 혹은 운 없이 패한다. 어느 쪽이든 아무도 다른 요소를 고려하지 않는 단순화된 세계다.

다만 그렇기에 순수한 체력에서 뒤지는 쪽은 수작을 부리기 어려워진다.

'이길 수 있는가' 하는 점.

단순한 승리라면 제국군의 실력으로 어떻게 되겠지.

제국의 애국자라면 '제국의 결정적 승리를 붙잡는다' 라는 바람이 아니라, '패배를 나중으로 미룬다' 라는 현재 상황에 대해 달성 가능한 승리의 한계가 거의 확정된 것에 절망해야 할지도 모른다.

뭐, 나는 다르지만. 그 점만큼은 국가와 자기 생명을 동일시하지 않는 타냐는 마음속에서 어깨를 으쓱이고 하늘로 다시금 의식을 돌렸다.

고도 9천. 2인 1조. 장교정찰을 겸한 초계 비행.

목소리가 닿는 범위에 부관 말고 다른 사람은 없다. 둘이서 묵묵히 날고, 때때로 투덜거리고, 항법을 확인하는 것 말고는 무음의 세계였다.

동부의 하늘에서 평온이 계속되면, 신기할 정도로 철학적이 되는 모양이다.

덤으로 삼기에는 아까울 정도로 하늘은 기분 좋다. 따끔거리는 듯한 하늘이라도 맑고 쾌청한 느낌이 없는 건 아니다. 전투가 속을 하지 않을 때, 97식 연산보주로 하는 비행은 정밀한 스포츠카 같은 즐거움으로도 가득했다.

〈돌격기동〉이라는 으리으리한 말과 달리, 아주 안정된 비행.

사납지만, 잘만 다룰 수 있으면 더 없이 충실.

사용자가 기량을 보이는 한, 보주도 절대로 기대를 배신하지 않는 완벽한 기술적 정수다.

"세레브랴코프 중위, 이 97식은 최고의 예술품이군. 개발자는 병기를 개발해야 한다고 생각하는데."

"저희에게는 실용품이며 틀림없는 병기입니다만?"

"맞는 말이지만, 바로 그것이야말로 문제의 본질이군."

97식 〈돌격기동〉 연산보주. 개발은 알다시피 엘레니움 공창이고, 슈겔 주임기사의 '걸작'이다.

물론 쌍발 보주핵은 기술적 기적이기는 하나, 군사적 시점에서는 순수한 악몽이겠지.

일단 최악의 생산성.

경기용 스포츠카조차도 97식 〈돌격기동〉 연산보주보다는 생산성에서 뛰어나다는 말이 돌 정도의 물건.

쌓이는 불량품에 골머리를 앓더라도, 합격 기준을 조금이라도 낮췄다간 그 약간의 오차 때문에 보주핵이 전투가속 중에 날아간다. 날아갈 수 있다는 게 아니다. '확실'히 날아간다.

불량품의 실용화를 꾀한 교도대에서 같은 중량의 금보다도 제국이 탐내는 고참 마도사가 순직한 사례까지 있다.

합격품도 야생마로 형용할 수밖에 없다. 운용하려면 최소한 800시간의 단독비행 경험이 최소한으로 요구될 정도다. 안전하게 가자면 1600시간 비행과 400시간의 기종 전환 훈련을 받아야 한다.

교도대가 희망하는 '수준'은 정말로 단 한 번도 제대로 고려되지 않았다.

그러니까 97식 〈돌격기동〉 연산보주를 맡길 수 있다고 유망시되는 신인이 곧잘 사고사한다. 간신히 최소한의 훈련이 끝난 인적 자원이 지극히 값비싼 기재와 함께 제국 납세자의 혈세를 대지로 환원한다.

타냐는 쓴웃음을 지었다.

"그런 사정을 감안하면, 우리가 쓰지 못했다면 97식은 어떻게 되었을까, 비샤."

타냐가 흘린 말에 세레브랴코프 중위는 팔짱을 끼고 잠시 생각했다가 이해했다는 표정을 지으며 물었다.

"분명 '쓸 수 있게 되어라'라는 엄격한 명령만 내려오겠지요. 우리 대대는 만능 심부름 센터 취급을 받으니까."

"그리고 카탈로그 스펙만 뛰어난 장난감을 실전에 투입하게 되는 건가."

지독한 이야기다 싶어서 타냐는 웃었다. 더 지독한 것은 아마 세레브랴코프 중위의 말대로 될 것임을 안다는 점이지만.

이것도 전형적인 악덕 기업이라는 것이겠지.

제대로 쓸 줄 아는 자에게 주었을 때의 성과가 너무나도 눈부시다. 그러니까 어떻게든 카탈로그 스펙대로 써달라. 위에서는 그렇게 요구한다.

"우리는 현대 과학의 신도인 마도사이며, 영문 모를 기적을 일으키는 만능 심부름 센터도, 데우스 엑스 마키나도 아닌데."

"중령님은 때때로 믿기지 않을 만큼 신의 수 같은 것을 택하지 않으십니까?"

타냐는 부관의 착오를 정정했다.

"아니, 나는 인간이다. 신 같은 게 아니야."

그런 존재X 같은 놈의 동류로 전락하고 싶지 않고, 선량하고 평화적이고 극히 모범적인 일반시민으로 자유롭게 열린 시장을 사랑하고 싶다.

그저 그것만이 타냐의 변치 않는 핵심이다.

그렇긴 해도 유쾌한 대화와 기분 좋은 하늘이란, 타냐처럼 꼭 감상적이라고 하기 힘든 정서를 지닌 인격체에게도 때때로 마음을 가볍게 만들어 준다.

말하자면 기분 좋은 초계비행.

조깅에서 느끼는 유쾌함이라고 해야 할까.

전쟁 중에 그런 개념이 존재하는지는 넘어가고, 그런 해설 자막이 달릴 정도로 비행은 순조 그 자체.

하지만 만끽할 수 있을 정도도 아니다.

왜냐면 시간 경과와 함께 타냐의 유쾌함도 날아간다.

동부는 애초에 춥다. 물리적으로도 그렇지만, 개념적으로도 불온하다.

"이렇게까지 적이 없나."

"그림자도 보이지 않네요."

타냐는 세레브랴코프 중위의 말에 동의했다.

"그렇군. 비샤, 통신 감청은?"

"전체적으로 아주 조용합니다. 우군의 전파가 때때로 잡히는 정도입니다."

"적이 유선을 쓰고 있나? 아니면 우리 유선을 설치한 공병대 제군이 과로에 시달리고 있는 걸까."

"양쪽 다일지도?"

"있을 법한 이야기로군. 빨치산과 소모로 유선 절단도 있다고 하니⋯⋯."

전파를 발한다고 알면서도 유선 이외의 루트를 사용할 수밖에 없어진다.

뭐, 어느 쪽이든 대규모 공세나 항공전력을 운용할 때 무전이 일제히 시끄러워지니까, 조용한 게 제일이지만.

아래쪽에 펼쳐진 눈이 남은 지면을 내려다보고, 그 흰색에 소리가 녹아드는 모습을 상기하고, 타냐는 '이대로 눈이 녹아서 진창이 된다면' 이라고 절실하게 바랐다.

제투아 대장의 예상대로 전선에 큰 움직임이 없는 채로 진창이 된다면, 그동안은 어느 정도 마음을 놓을 수 있다. 하지만 희망의 빛인 그때까지는 아직 멀었다.

진창을 기다리는 고요함이라고 해야 할 것이다.

아래쪽에 펼쳐진 눈밭에 적은 없다.

하늘을 보자면 실로 조용하다.

"하지만 적이 없다는 건 조금 이상한데."

안 좋은 예감이 착각이라면 좋겠는데.

"뭐라고 할까, 좀 으스스하다."

"실례입니다만, 중령님도?"

"귀관도 그런가?"

수긍하는 세레브랴코프 중위. 믿음직한 부관이다.

부관과 한 조를 짜고 첩첩겹겹의 적 요격망을 돌파할 작정으로 적 세력권 근처 공역으로 진출했던 만큼, 그 감성에서 나온 의견에는 귀를 기울일 가치가 있다.

"그럼 정말로 기분 나쁜 정적인가."

타냐로서는 경계심을 높일 수밖에 없다.

아아, 모든 것이 괜한 걱정이기를! 하지만 타냐는 알고 있다. 그런 낙관적 관측이야말로 전장에서는 꿈같은 소리다.

하지만 부관과 둘이서 공들여 경계하고 있어도 주변에 이변은 보이지 않는다.

아무리 둘러봐도 주변에는 적이 없다.

그보다는 아무것도 없다고 해야겠지. 평소와 달리 온건한 양상을 보이는 동부전선의 하늘은 거의 미지에 가깝다.

잠시 주저한 끝에 타냐는 한 발짝 더 파고들 각오를 했다.

"고도를 올린다. 끌어낼 수 있는지 시험해 보자."

"알겠습니다, 중령님."

마도 반응을 흘려서 유인해 본다.

하지만, 이라고 해야 할까.

"반응, 없습니다."

세레브랴코프 중위의 말에 타냐는 아연해진 얼굴로 떨떠름하게 끄덕였다.

"그런 모양이군."

고도를 올리면 마도 반응은 보다 멀리에서도 탐지할 수 있다. 즉, 적의 반응을 유도할 수 있다는 소리였다.

동부의 상식으로는 노골적인 '도발'이라고도 할 수 있다.

그 정도로 했는데도 반응이 없다.

우거 대령의 실력으로 동부까지 무시무시한 속도로 재진출하고 장교척후에 나서기로 결심했을 때, 우발적 조우에서 이어지는 전투는 당연한 전제로도 간주하고 있었다. 그런데 실상은 어떤가. 타냐에게 이 결과는 불쾌함 그 자체다.

아니, 적을 직접 보는 것보다 두려운 일이기까지 했다.

부관과 함께 다시금 일대를 둘러보면서 타냐는 중얼거렸다.

"사전 정보와 일치하는군. 평온 그 자체라고 들었을 때는 반쯤 걸러 들었는데……."

이렇게까지 조용하다니. 그런 의미를 담은 타냐의 감탄에 부관은 맞는 말이라고 동의했다.

"솔직히 믿기지 않습니다. 이게 동부인가요?"

두 사람이 기억하는 것은 찌릿찌릿한 동부의 하늘이다.

요격관제를 받고 긴급 발진. 혹은 침입하는 적을 경고하는 지상관제. 경계요원과 관제의 통신, 적측의 무선 전파 등, 비행이란 말 그대로 전쟁의 냄새가 짙다.

그런데 지금은 어떤가?

있어야 할 냄새가 나지 않는다. 그렇기에 타냐 같은 베테랑은 오히려 '냄새가 난다' 며 긴장을 풀지 않았지만.

위기감이란 중요한 것이다. 정상 신호 속에서 무덤으로 가기 싫다면 경시해서는 안 된다. 그러니까 동부에 올 때 '전선은 평온합니다' 라는 브리핑을 동부 방면군 사령부에서 들었을 때는 웃으며 끄덕이고, 마음속으로 '그럴 리가 있겠냐' 라고 투덜거렸을 정도다. 환영회는 어떻겠냐는 배려를 받았을 때는 속내를 드러낼 뻔할 정도로 힘들었지만.

제투아 각하가 지명하신 요한 폰 라우돈 대장 각하가 하루라도 빨리 느긋한 참모들을 닦달해주기만 기다릴 뿐이다.

결론. 브리핑을 곧이곧대로 믿어선 안 된다.

그런고로 붙임성 좋게 동부 방면군 사령부를 떠나 막사로 돌아오자마자, 타냐는 짐도 제대로 풀지 못하고 비샤와 함께 긴급 장교정찰을 나선 것이다.

"그런데, 그런데, 이건 뭐지?"

"적 없음. 정세 평온. 액면만 보면 그런 걸까요, 중령님."

"동부 방면군의 관제관과는 정상적으로 접촉 중. 전방 초소 쪽도 이상 없음. 공중대기 중인 요격관제 담당도 건재. 새해 벽두부터 귀신에 홀린 기분이다. 믿기지 않아. 이건 정녕 꿈인가?"

공중에서 팔짱을 끼면서 타냐는 기분 나쁘게 느껴지는 '평온'에 고개를 갸웃거렸다.

"아, 중령님. 지상을 보십시오."

"음?"

"우군입니다. 우군 지상부대가 제모를 흔들고 있습니다."

고마운 일이다 싶어서 타냐는 표정을 풀었다.

"인사해 주자."

눈 쌓인 곳에서 하얀 동계전 사양 위장복을 입은 주제에, 지상에서 손에 쥔 제모를 흔드는 그림자들에 타냐와 비샤는 아름다운 공중기동을 그리는 것으로 경의를 보냈다.

지상에 답신하고, 그 뒤에도 계속 날았지만, 이상한 조짐은 일절 없음. 지상에 있는 우군 거점을 하나하나 관찰하는 여유조차 있을 정도였다.

"제투아 각하의 예상대로일까?"

연방군도 소모된 것일까. 그렇게 생각하면서 타냐는 등골에 이는 오한에 눈썹을 찌푸렸다.

따뜻한 이르도아에 너무 익숙해졌다.

색채가 풍부하고 문화적이고 좋든 나쁘든 빛으로 가득한 세계에서 이런 동부전선으로 전출되다니. 그렇게 한탄하고 싶다. 익숙한 동부전선이라고 해도 추위가 온몸에 스며들었다.

하지만 타냐는 장교다.

추운 건 어쩔 수 없다고 하고, 추우니까 더더욱 부하의 선두에 서야만 한다.

"솔선해서 모범을 보이고, 부하를 통솔하라고 했지."

힘들 때야말로 리더십의 본질을 요구받는다. 인간의 조직인 이상, 시대를 따지지 않는 보편적 진리다.

부하는 항상 상사를 보고 있다.

입으로만 뭐라고 하고 행동이 따르지 않는 것은 공허하다.

목숨을 걸고 싸우고, 목숨을 걸고 일하는 군인쯤 되면 지휘관의 행동거지는 당연하게도 최선이 기대되고, 당연시된다.

부하를 위해 죽을 생각이 전혀 없는 타냐조차도 인간방패로 써야 할 장병들을 배려하고, 때로는 공감하고, 그리고 필요하다면 위선도 주저 없이 발휘해야만 한다.

그래서 이렇게 자기 자신이 장교척후를 나온 것인데.

"이렇게 흔적도 없다니. 조용한 '월동'이라고?"

쌍안경을 들고 적을 찾은 끝에 입에서 나온 것은 스스로도 반신반의하는 말이다.

"아주 더러운 사기에 걸린 느낌이 든다."

"중령님, 역시 적이 없는 편이 불안하지 않습니까?"

부관의 질문에 타냐는 공산주의자가 얼마나 성질 더러운지 토해내는 대신 어깨를 으쓱였다.

"딱히 진심으로 적을 보고 싶은 건 아니지만. 상대가 상대다."

"공산주의자니까요."

"그렇지."

타냐는 고개를 끄덕였다.

"있어야 할 적이 흔적도 없다. 석연치 않군. 정보 조작이라는 것일까."

"적의 참뜻을 모르는 것은 무섭네요. 하지만 단순히 쌍방이 전력 회복에 임하는 결과에 따른 정적이라고, 동부 방면군 사령부는 그렇게 판단하는 모양입니다만."

"그렇군. 어쩌면 그게 타당할까."

타냐는 반신반의로 끄덕이면서 팔짱을 꼈다.

하늘을 날면서 느긋하게 대화한다. 지상을 느긋하게 관찰할 여유마저 있는 비행이란 최근 본국에서도 있을지 의문인데.

"일단 그렇게 납득할 수 없는 것은 아니지만……."

겨울 하늘이라고 해도 감지할 수 있는 범위에 있는 마도사는 자신과 세레브랴코프 중위뿐.

말하자면 지휘관으로서 조금 흉중을 토로할 여지가 있다. 푸념을 조금 흘리는 정도는 허용되겠지.

"그렇게 납득한다고 해도, 평온하다면 새해 정도는 제도에서 보내고 싶었다. 우리도 규정 휴가를 소화하지 않으면 문책감이 니까."

"그러네요……. 새해 초부터 정신없었지요."

타냐는 씁쓸한 표정으로 동의했다. 속으로만 투덜거렸지만, 참모본부는 재량근로라는 말을 너무 사랑하는 구석이 있다.

뭐, 자신도 새해 벽두부터 부하의 휴가를 빼앗아서 개념 검증을 단행했지만, 발안자가 바이스 소령이니까 타냐의 책임은 아니다.

동부에 갑자기 전개한 것도 마찬가지. 애초에 제투아 각하의 '다녀와라'는 명령 하나로 여기까지 날아온 것이다. 종국에는 레르겐 대령에게서 이상한 명령까지 있었다.

관료기구의 영역 싸움에 말려들 수 있으니까, 어떻게든 전장에서는 창의적으로 노력하고, 자주성을 발휘하고, 적절하게 독단전행을 하라는, 놀라운 수준의 악덕.

근로기준법의 부재가 실로 괴롭다.

"아니, 그게 아닌가."

근로기준법은 어디까지나 법에 기반하여 노동자의 권리를 위해 싸우는 것이며, 국가권력이란 종종 법을 왜곡하는 법이다.

결국 전쟁을 위해 원칙을 비트는 셈이다.

타냐는 결론을 내렸다.

"전쟁 탓이다."

"중령님?"

"아무것도 아니다. 오랜만의 동부에 다소 감각이 어긋난 거겠지. 괜히 최악의 케이스를 상정하게 된다."

납득했는지 어떤지 모를 투로 대답하며 부관은 슬쩍 쓴웃음을 지었다.

"감이 이상해지는 것은 무서우니까요."

"맞는 말이다. 물론…… 평화에 찌드는 것보다는 훨씬 낫지. 너무 경계하는 것도 문제지만, 괜한 걱정이었다고 나중에 웃어넘기는 게 낫다."

신뢰할 수 있는 부관에게 등 뒤를 지키게 하며 지휘관 자신이 조금 전진하면서 항공정찰을 단행하는 것도, 결국은 안전을 위해서 그게 제일이니까. 물론 때와 장소에 따라 다르다는 것은 잘 알고 있다.

"그렇긴 해도 이번에는 완전히 괜한 걱정으로 끝났군."

오래 날아서 힘들다. 그것이 전쟁이라고 해도 즐겁지는 않다.

"참모본부가 전개를 이상하게 서둘렀기에 마음이 다소 불안했나. 보이지도 않는 적을 경계하기 위해 신년회나 휴가를 걷어치웠다는 건가?"

"중령님, 하지만 상대도 분명 같은 의견이겠지요."

"상대? 연방군 말인가?"

"예, 분명 그렇겠지요. 그들도 우리가 제도에서 신년회나 휴가를 즐겨주는 편이 훨씬 행복하지 않을까 하고."

쌍안경을 집어넣고 한 방 먹었다는 듯이 타냐는 웃음을 터뜨렸다.

"적도, 우리도, 결국 생각하는 바는 같나."

"그건 그렇지요."

타냐는 동의했다.

"틀림없군. 자, 적이 모습을 보이지 않는 이상, 조금 더 파고들어 볼까."

"위력정찰입니까?"

타냐는 부관에게 미소를 보냈다.

"그래, 조금 거창하지만 새해 인사다. 문을 정중하게 두드리는 것도 나쁘지 않지. 예의는 소중하니까."

"알겠습니다! 새해 인사를 하러 가지요!"

》》》 연방군 명칭 : 전진관측거점, 야전항공기지 사령부 《《《

연방군의 전략공세 〈여명〉에서 기밀보호는 당연하게 중요시되고 있다. 철저한 목적 비닉. 군 사령부는 몰라도 최전선의 장병은 이 계획을 모를 정도다.

여기서 중요한 것으로, 이 의도의 비닉이란 전체를 숨긴다는 것과 같은 뜻이 아니다.

중요한 것은 언제 갈지. 즉, 시작하는 시기의 기만이었다. 숨겨야 할 것은 다방면에 걸치지만, 무엇보다도 공세 시작의 타이밍이 중요하다.

무엇보다 제국의 얼간이도 '문제는 언제 연방이 오는가' 라는 걸 보면 알고 있겠지. 연방군 당국도 '대반격이다!' 라고 계속 소리치고 있었다. 더불어서 공세의 시늉도 보였을 정도다.

거듭되는 갑작스러운 훈련. 선발된 병사의 즉각대응 훈련. 언제 어느 때 그 자리에서 대공세가 있어도 이상하지 않다고 보여주는 노력.

공세에 나서는 의도를 숨기지 않으면서도, 문제의 타이밍만큼은 계속 숨긴다.

'봄인가? 여름인가?' 라는 속삭임은 양군 모두 드물지 않다.

하지만 아니다.

그렇게 먼 미래가 아니다.

머지않아.

이 사실은 적어도 전진관측거점으로 불리는, 그저 넓은 평야부에 전개하고 관측을 위한 것이라는 이름으로 다수의 관제기구를 들여놓은 관측사령부의 사령관과 정치장교만큼은 알고 있다.

우군을 위한 서류에도 관측거점이라 칭하면서도 내실은 '야전 항공기지'. 기지의 요원이 '관측에 쓰이는 관제용 장비' 라고만 생각하는 기재는 항공관제에도 쓸 수 있는 것. 그리고 보잘것없는 활주로라도 항공기는 뜰 수 있다.

공세 벽두에 우군 항공대를 진출시키고 제국군을 강타하는,

찾아올 그날을 위해 그들은 계속 대비하고 있다. 새해 축하 분위기에 휩싸인 부대와는 달리, 아는 인간은 슬슬 때가 되었다고 각오하기 시작했다.

그렇기에 정찰하러 나온 제국군 마도사의 존재는 한없이 거슬렸다.

사정을 모르는 한가한 장병들은 '유력한 적에게 들키지 않도록 숨어야 한다' 정도겠지만, 기지의 성질을 들키면 난처한 사령관으로는 '이쪽으로 오지 마'라는 심정이다.

"제국군 마도사 2, 계속 접근하고 있습니다."

애석하게도 관측 담당의 보고는 사령관의 작고 힘없는 바람을 들어줄 낌새가 없다.

표면적인 구실대로 관측기재가 충실하다. 잘못 관측했을 리는 없다. 사령관으로서는 가볍게 어깨를 으쓱일 수밖에 없었다.

사실은 평소와 달리 적극적인 제국군 마도사 페어의 정찰비행에 '돌아가! 돌아가 줘!'라고 외치고 싶더라도 말이다.

"새해 일찍부터 참으로 적극적인 손님이군."

"예, 사령관 동무. 고도도 꽤 잡고 있습니다. 이건 사령부 정찰급이 아닐지?"

"그렇다고 하면 전략적 정찰의 가능성인가."

사령관의 위장은 비명을 지르고 있었다.

부하 앞에서 그런 기색조차 보일 수 없는 사령관은 "아무리 들여다봐도 이쪽에는 그저 넓은 황야밖에 없거늘."이라고 부하들에게 적당히 말하면서도, 뇌리에 떠오르는 것은 작전 직전의 자기 담당 구역에 귀찮은 손님이 왔다는 사실.

사령관으로는 '믿어선 안 되게 되었지만……' 이라는 속마음으로, 당의 무신론 추진에도 불구하고 모든 신에게 내심 기도를 올릴 수밖에 없다.

다만 역시나 매일 믿지 않는다고 공언한 대가일까. 사령관은 탄식 섞어서 인정했다. 역시 가호는 없는 모양이었다.

"관측원! 마도 반응의 조합은?"

잠시 계기와 눈씨름을 벌이던 관측요원이 분한 듯이 고개를 내저었다.

"라이브러리 데이터가 파손되어서 조합에 실패했습니다."

사령관은 한숨을 내뱉었다.

원인은 확실하다.

관측기기는 충실하지만, 정비용 부품의 보충이 심각하게 늦다. 특히나 랜드리스로 들인 각종 관측기기의 부품이 위기적일 정도로 부족하다.

아니, 엄밀하게 말하자면 물건이 전혀 없는 건 아니다. 비축한 것은 있다. 하지만 '해외 수입이 끊길 가능성'이 드러난 순간, 만에 하나를 두려워한 각 부문에서 일제히 내주기를 아까워한 끝에 현장에 도달하는 양이 부족해졌다.

"죄송합니다. 기기 불량이 이어져서……."

꾸지람을 두려워한 관측 담당의 말에는 다소 위축이 섞여 있었다.

뭐, 귀중한 기재를 자신이 운용할 때 불량이 일어났다고 보고하고 싶은 담당자도 없겠지만. 최악의 경우 사보타주냐는 불호령도 있을 수 있으니까.

그렇긴 해도 연방군은 좋든 나쁘든 가혹한 전장에서 현실주의에 적응했다. 이 경우 지휘관이 통명한 척하고 있자 정치장교가 기회를 놓치지 않고 친근한 미소와 함께 관측 담당의 어깨에 손을 올렸다.

"국산품은 아직 신뢰성이 부족한가. 기재가 빡빡한 가운데 최선을 다해 주는 것에 경의를 표하지. 고맙다, 동무."

"정치장교 동무?"

놀라는 관측요원들에게 정치장교는 한없이 선량한 얼굴로 웃어주었다.

"기계적 신뢰성 문제를 위에 보고할 수 있다. 나도 내 일을 할 뿐이야. 아, 말해 두겠는데 '보고한다'가 아니야. '보고할 수 있다' 일세."

가볍게 기재를 톡톡 건드리면서 정치장교는 단언했다.

"동무 제군의 책임이 아니다. 제공된 기재의 문제다. 그럼 나는 그걸 위에 알려야만 하지."

관리하는 인간이 현장의 전문가를 존중하고, 환경을 정비하고, 여차할 때는 감싼다.

세상에서 의사소통이 잘되는 직장으로 일컬어지듯이, 정치장교의 자세야말로 심리적 안전성을 만들기 위해 필요불가결한 것이다.

"문제를 숨기고 문제없다고 꾸미는 것이 훨씬 큰 문제지. 당에 필요한 것은 알량한 소리로 아부하는 귀족주의자가 아니라 엄격한 노동의 현실을 있는 그대로 말하는 선량한 프롤레타리아트니까."

그리고 정치장교는 절대로 입 밖에 내지 않을 사실을 속으로 덧붙였다.

연방군은 몰라도, 당 상층부에서는 마도사를 싫어하는 분위기가 현저하다. 이건 너무 잘 알려진 사실이니까 현장에서는 위축이 만연하고, 안 좋은 보고를 올리기를 주저한다. 하지만 잘 알려지지 않은 사실로서…… 최근에는 마도 분야에 관한 보고의 정확성이 떨어지는 것이 가장 큰 노여움을 산다.

이 분야에서는 사실에 약간의 허언이라도 섞은 시점에서 내무인민위원부가 즉각 나타난다.

정확하게 보고하면 상급 군사령부 근처의 돌대가리는 싫은 내색을 할지도 모른다. 하지만 그렇다고 무시하는 일은 절대로 없고, 적절한 보고라면 고과에 반영도 된다.

적 마도사에 관한 상세 정보를 탐욕스럽게 수집하는 내무인민위원부의 전문부서에 이르자면, 정치장교가 직접 보고서를 별송하라는 것까지 요구했다. 바꿔 말하자면 사실을 탐욕스럽게 수집하려는 상부의 명확한 의도다. 문제가 생길 것 같다고 숨겼다간 죽음만이 있을 뿐. 의사소통이 잘되는 것을 생각하면 귀찮은 보고도 이 점에서만큼은 편한 일이다.

그렇지만 정치장교와 사령관은 서로 시선을 주고받았다.

"제국 놈들, 꽤나 적극적이로군. 어떻게 보시오, 동무?"

"예, 지휘관 동무. 적은 꽤나 집요하게 초계하고 있습니다. 이쪽의 위치를 캐는 움직임이 아니겠습니까?"

암묵 속에 하나의 걱정을 공유하는 두 사람은 거기서 한 가지 결론에 도달했다.

'의심 많은 적에게 적당한 핑계를 보여줘야 한다'고.

소수의 전진관측거점을 제외하고 주력을 후방에. 그리고 월동 태세로 보이도록 공들여 위장했다.

일부 부대는 이동을 개시한 뒤 슬쩍 위장하여 배치에 임했지만, 안팎으로는 통상적인 보급이나 연습으로 꾸몄다. 내부 스파이마저 상정하여 '새해의 작은 축하 이벤트 준비'까지 하는 것으로, 움직이는 의도를 내부에도 숨겼다. 결정타로 아무것도 모르는 우군 사열관에게 '수상한 움직임이 있거든 보고하라'고 당당하게 요구했을 정도다.

간파당할 리스크는 낮고, 경거망동으로 들키는 게 위험.

"엄밀히 관측해라. 조금 더 끌어들여서 군 사령부 쪽에서 라이브러리와 조합할 수 있는지를 확인하고, 그 뒤에……."

그들이 각오한 순간, 사태가 움직이기 시작했다.

갑작스럽게 계기가 경보음을 울렸다.

"대규모 마도 반응! 이건 공간폭파의……."

안색을 바꾼 관측요원이 창백한 얼굴로, 하지만 가까스로 보고했을 때, 사령관은 재빨리 데스크로 달려가서 수화기로 손을 뻗었다.

"경보! 적, 정찰 페어는 위력정찰을 시도하는 모양! 요격을 내보내라! 케이스 C다!"

대규모 공간파괴 마도술식은 그 위력에도 불구하고 이번 대전에서는 전장에서 가장 비실용적인 술식으로 간주된 지 오래다.

왜냐하면 간접포격을 기본으로 해야 할 중포병의 직접 조준 이상으로 무모하기 짝이 없기 때문이다.

포병은 그래도 한 발 쏠 때까지 '존재'의 은폐를 기대할 수 있다. 하지만 마도사의 술식은 세계에 대한 간섭이기 때문에 일부러 간섭술식이라고 호칭되는 물건이다.

말하지만 술식을 짜기 시작하면 아무래도 눈에 띈다.

공간을 상응하는 위력으로 폭파하려 한다면, 그 간섭의 규모도 거창하기 짝이 없어지고, 초장거리 정도 되면 간단히 관측할 수 있다. 더군다나 준비하는 데 시간이 들기까지 한다.

95식이라면 모를까, 제국에서 손꼽히는 쌍발식 97식의 엄청난 연산보주 스펙으로도 '느긋하게 가만히 서서 술식을 짜는 안전한 시간 확보' 따윈 기대할 수 없다.

일종의 보기 좋은 개인기 정도의 실용성.

반대로 말하자면 눈에 띄는 것을 역이용하는 방법이 있지만.

초장거리에서도 관찰되는 데다가 장거리 광학 술식으로 간단히 노릴 수 있게 정지한 상태. 즉, 공간폭파를 시도하면 그건 그거대로 주목을 모으기 때문에, 근처에 적이 있으면 대응을 강요할 수도 있다.

그런고로 꼼꼼하게, 공들여서, 차분하게, 술식을 짰는데……
세상에 이럴 수가.

"방해, 없네요."

고개를 끄덕여 주면서 술식을 발현했다. 되든 안 되든 저 멀리 날렸는데…… 타냐는 한숨을 삼켰다.

"역시 감으로는 안 되나."

결과는 그냥 개인기였을 뿐. 커다란 폭발이 하나 있었다고 하면 듣기 좋지만, 결국은 아무것도 없는 눈밭에 불구슬이 하나 생겼을 뿐. 97식은 좋은 연산보주지만, 위력 부족은 어쩔 수 없다. 아니, 위력이 없는 것은 아니지만, 몇 분 단위로 공중에 고정되어 꿈쩍도 못한 대가가 설원을 조금 날려버린 정도로는 수지가 맞지 않는다.

"세레브랴코프 중위, 결과는 변변하지 않겠지만…… 손해 평가는 어떻지?"

"잠시만 기다려주세요. 원거리인 데다가 대규모 폭발이라서 아무래도 관측에 간섭이……."

"그렇겠지. ……음?"

먼저 알아차린 것은 타냐였다.

멀리서 희미하게 반응이라고 느껴지는 것.

"마도 반응으로 보이는 것이 있나."

"마도 반응? 아뇨, 이것은……?"

이어서 눈치챈 듯한 세레브랴코프 중위와 함께 이건 대체 뭔지 망설였다. 마도 반응이긴 하지만, 뭐라고 할까, 잘 아는 것이라고 단언하기 어렵다.

하지만 그 구도는 기억에 있었다.

그렇다. 바이스 소령이 고안한 '더미'다.

그렇다면 적의 술수는 예상이 간다.

"이르도아 전선에서 비슷한 짓을 한 적이 있지."

"하늘을 나는 적 마도부대에, 지상에서 돌발 습격이군요."

타냐는 고개를 끄덕였다.

"그래. 이거야 원, 겨우 나타났다. 적 부대는 아래로군?"

전투기동을 그리면서, 적이 교활하게도 매복을 노린다 싶어서 타냐는 긴장했다. 더미 마도 반응으로 주의를 끌고 본대를 들이미는 고전적인 미끼 작전. 하지만 실제로 적에게 그걸 한 적이 있는 몸으로서도, 전장에서 당하는 상황이 되면 의식의 허점을 찔려서 낚일 수 있다.

의식의 함정이라고 쓴웃음을 지으면서 타냐는 술수가 까발려진 기습에 팔을 걷어붙였다.

"세레브랴코프 중위, 주변을 경계해라."

"확인하겠습니다."

민첩하게 대지를 바라보기 시작한 페어의 등을 커버하고, 타냐는 다가오는 반응에 의식을 보내기 시작했다.

희미한 마도 반응의 덩어리는 아무래도 고도를 취하고 있는 모양이다. 최소한 자력으로 일정 수준 비행할 수 있는 수준이거나, 혹은 항공기를 탔다. 아니, 타냐는 추측을 정정했다. 공간폭파의 노이즈로 탐지가 완전하지 않지만, 아무래도 수직이착륙 느낌이다.

그렇다면 아마도 항공마도사겠지.

하지만 보주 특성을 읽을 수 없다.

타냐가 알기로 연방의 연산보주는 단단하고 화력에 뛰어난 반면, 개개인의 기동성은 보통 이하. 한편으로 확실한 동작을 중시하며, 취급은 비교적 간단하다. 생존성은 나쁘지 않다.

"반면 정숙성이나 비닉성은 좋지 않았을 텐데."

방어외피에 방어막, 비행술식도 발현했다면, 교전 범위에 있는 제국군 마도사가 감지하지 못할 리가 없다.

상정한 이론과 현장의 현실은 반드시 같지 않다.

그래도 감지할 수 있을 정도의 근거리에서 적이 올라온다면, 더 선명하게 반응이 잡혀야 할 텐데……. 타냐는 거기서 한 가지 가능성을 깨달았다.

"105식 반응과 비슷하다? 혹은 보주에 익숙하지 않거나…… 마도사 소질이 아슬아슬한가?"

보주의 질일까, 사용자의 자질일까? 더더욱 미끼 같다고 의심하는 타냐였지만, 세레브랴코프 중위의 보고에 한층 고개를 갸웃거리게 되었다.

"지상에 적 없음. 지켜보고 있다는 감각도 없습니다."

"뭐? 양동으로 의식을 돌리고 기습하는 것이 아니라고?"

이르도아에서 합중국 마도사를 상대로 자신들이 썼던 수법의 응용판이라고 생각했던 타냐에게, 적이 지상에 없다는 충격은 컸다.

"적의 본대는 지하나 지표에서 올 거라고만 생각했는데."

"예, 중령님. 저도 그렇게 생각해서 조사했지만…… 저기, 역시 발견되지 않았습니다. 적어도 부대 단위로 적이 숨었을 가능성은 없습니다.

"그럼 적 네임드의 단독습격일까? 아니, 하지만…… 만약을 대비해 고도를 취하자. 고도 1만으로. 그리고 일단 지상에서의 매복은 잊어라. 적 관측을 엄밀하게 하도록."

"알겠습니다!"

페어의 고도를 1만으로.

가령 지상에서 습격이 있었다고 해도 고도가, 위치 에너지가, 운동 에너지의 차이가 자신들의 유리를 약속해 준다.

높은 곳은 좋다.

높이란 곧 에너지다. 덤으로 고도를 취하면 전망도 좋아진다.

"마도 반응, 다소 멉니다. 거리 불선명."

저 멀리의 반응을 멋지게 감지한 세레브랴코프 중위에 이어서 타냐도 아까 탐지했던 반응을 꼼꼼히 다시 조사했다.

결론, 경계할 가치 없음.

"105식을 상대해 본 가치가 있군. 보아하니 적도 급하게 양성한 부대인 듯하다. 하지만 그렇긴 해도 상승속도가 너무 느리군. 폭격장비라도 했나?"

폭격장비를 한 전투기란 것도 이 세계에서 없는 것은 아니지만. 그렇다고 해도 요격부대가 날아오를 때는 아무래도 상승속도를 중시하고, 화력을 편애하는 연방이라고 해도 물리법칙에 속박되는 이상 요격부대에 대한 요구사항은 그리 다르지 않을 텐데.

잘 모르겠다는 것이 숙련된 마도사 두 사람의 공통견해였다.

"규모는…… 소대 단위? 아니, 후속이 올라오고 있네요. 중대 단위의 적 마도부대라고 여겨지는 반응이. 하지만 아무래도 올라오는 게."

"너무 느리군. 게다가 기분 탓인지 밀집했는데? 참 위험한 비행이다."

접근전에 대비해 페어 단위로 연계하는 것은 당연하다고 해도, 손을 잡고 날 정도로 뭉치면 쏘기 좋은 표적이다. 보통은 적당히 거리를 두는 법인데…… 아무래도 이해가 되지 않는다고 타냐는 투덜거렸다.

"마도 반응을 역탐지한 바로는 아무래도 움직임이 둔하다. 뭐라고 할까, 의욕이 없나? 아니, 우리 쪽으로 올라오는 걸 보면 일단은 있나?"

"반응에서 보면 속도가 나오는 것은 아닙니다. 이건 대체 뭘까요? 아무래도 자세히 알 수가 없어서…….'

"내 쪽에서도 아무래도 흐릿하군. 이건…… 보주나 마도 소질의 문제가 아닐까?"

"하지만 이 반응, 너무 약합니다. 비닉조치라든가 마도봉쇄가 아니라면 방어막 정도밖에 발현하지 않은 것 아닙니까?"

타냐는 곤혹스러웠지만, 부관의 지적에 대해 '말도 안 된다'고 쓴웃음을 지었다.

"연방인데? 방어외피의 견고함이야말로 연방제 보주의 주특기분야잖나."

"하지만…… 보주에 사용되는 마도봉쇄나 은폐기술이 극도로 향상되었다고는 생각되지 않습니다만."

"그건 그렇지만, 비약 아닌가? 방어외피도 발현하지 않고 방어막만으로 전투를? 오픈탑의 자주포가 전차와 정면 격돌하는 꼴 아닌가."

항공마도사는 환경에 대한 적응으로서 방어막을 전개하고, 장갑으로 방어외피를 그 밑에 두른다. 이론상 방어막만으로도 '비행'에 문제는 없고, 어지간한 재능이라면 초보자의 방어외피급으로 단단하게 할 수도 있지만…… 평균적인 마도사가 '전투'

에 임할 때 장갑에 해당되는 방어외피를 준비하지 않는다니, 타냐로서는 이해할 수 없는 영역이다.

"하지만 마도 자질을 가진 자들 태반이 우리 대대처럼 자질이 우수하다고 할 순 없습니다. 하물며 연방군도 우리처럼 상당한 소모가 있었을 겁니다."

"간이 속성 육성? 우리도 심하지만…… 방어외피도 없다니."

장갑 없는 주력전차(MBT) 아닌가.

자주포로 운영한다면 모를까, 주력전차(Main battle tank)로 최전선에 내보내면 제대로 될 리가 없다는 것은 마도사를 알고 있으면 자명한데…….

"알고 있으면?"

자신의 말을 정리하려고 타냐는 생각하기 시작했다.

제국군은 좋든 나쁘든 마도사를 계속 혹사하며 '어느 정도' 까지는 마도사가 금방 망가지지 않는다고 숙지한 악덕 기업.

반대로 연방은 신규 참가한 악덕 기업.

혹시나 사원을 어디까지 혹사하면 근로기준법 레벨로 안 끝나게 되는지 파악하지 않은 초보라면?

"세레브랴코프 중위, 이건 적의 마도전력 사정을 캐기에 지극히 유용한 기회일지도 모른다. 한 번 부딪쳐보자."

"알겠습니다!"

미래를 예견할 수 있다면, 그들은 최악의 패를 뽑았다고 한탄해야겠지.

대충 긁어모아서 '급하게 육성'한 마도부대.

지휘관은 수용소에서 돌아온 신세.

부대의 정치장교는 꼬장꼬장한 교조주의자. 그리고 연산보주를 손에 쥔 것은 '마도전술'을 눈곱만큼도 모르는 신참들.

하물며 그 마도 자질은 '일단은 있음'과 거의 차이가 없음.

인적 소모로 체면을 신경 쓰지 않게 된 제국군도, 아무리 기준을 내려도 '방어외피를 전개할 수 있어야 한다'는 요구 수준을 양보하지 않는다.

이는 제국에서 마도사라는 병과를 본질적으로 '항공마도전'의 사격에도 견딜 수 있기를 요구하기 때문이다. 반대로 연방의 경우는 '마도사'라는 병과에 대한 군 상층부의 이해가 '마도 자질의 유무'에 머물러 있었다.

다음에는 노력과 교화와 훈련에 달렸다고 말이다.

그런 명쾌한 결정은 일종의 조직적 합리성이다. 편견에서도 자유롭고, 가능성의 하나이기도 했다. 다만 현실에서는 부조리에서 도망칠 수 없다.

할당량 달성을 의식해야 하는 각 부처의 담당자로서는 어떻게든 숫자에 맞춰 마도 자질 소유자를 긁어모으고, 숫자만큼 모인 인원으로 관료기구는 숫자대로 많은 마도부대를 편성하고, 운용하는 측에 인계했을 무렵에는 서류상으로 '신편 마도부대 대량 배치!'가 되는 것이다.

당연히 마도사 신편에 대해서 '이래도 되는 건가'라는 의문을 갖는 경험 풍부한 연방군 마도사나 관계자가 없는 건 아니다. 현장에서조차 이것을 걱정하는 움직임이 없는 것도 아니다.

하지만 윗선의 선전으로 대대적으로 시작되었고 지금도 심각한 결과가 나오지 않는 시행착오를 멈추기란, 상명하복이 철저한 조직에서는 힘든 법이다. 그러니까 생초보들을 전장에 던져 넣는 꼴이 된다.

태반이 '방어막'을 발현하고 하늘을 날면 '한계'인 그들은 이번 세계대전에서 마도사 사냥의 달인, 네임드급 제국군 항공마도사 페어를 상대로 고작 1개 중대로 도전한다는 불가능을 강요받게 되었다.

날아올라서 요격에 임하는 불운한 자들. 그 마음속이 어떻든, 애초에 그들의 상태를 '난다'고 표현하는 것조차도 사실은 매우 좋게 봐준 것이다.

숫자만 긁어모은 신병들은 나는 법조차 제대로 배울 시간이 없었다. 기구처럼 떠올라서 떠다니고, 적을 향해 총을 겨누는 것조차도 악전고투.

덤으로 본래는 관제해야 하는 지휘소가 공간폭파로 인한 전파장해와 기재 오작동으로 '관전 모드'가 되었으니까, 우군 영역인데도 사실상의 고립무원.

신은 주사위를 던지지 않는다.

피하기 힘든 '전멸'이었다.

"전멸했군요."

알고는 있었지만, 반쯤 체념한 어조로 정치장교가 중얼거렸다. 그것이 평범한 말이고, 독창성이 완전히 결여된 것이더라도, 얼어붙은 자리에 조약돌을 던지는 효과는 있었다.

수긍하면서 사령관은 마찬가지로 독창성이 전혀 없는 말을 간신히 쥐어짜냈다.

"전혀 상대가 안 되는가."

1개 마도중대. 최신 보주를 주고, 실전 경험이 풍부한 지휘관과 충실한 정치장교를 붙였다고 선전한 부대를 요격으로 내보냈더니만.

결과는 일격에 전멸.

제국군 마도사가 정면에서 교전 상태로 돌입할 때 폭렬술식으로 견제하는 것을 편애한다는 사실은 수많은 보고에서 거듭, 또 거듭하며 지겨울 만큼 지적했던 바였다.

"그러니까 대항 수단으로 견고한 방어외피를 발현할 수 있는 보주가 준비되었다. 서류상으로는 그럴 터였는데."

"적 페어의 솜씨가 좋았던 걸지도 모릅니다."

매끄러운 기동도 그렇고, 페어의 연계도 그렇고, 사령부 정찰로 보였던 만큼 적 페어의 솜씨는 확실히 손꼽히겠지.

그러니까 경계하고 숫자로 압도하기 위해 중대급 요격을 요청했는데.

"훈련도 이전의 문제로군요. 보셨습니까? 적이 견제로 날렸을 폭렬술식에 한데 모여 날던 우리 중대가 전멸하다니."

지상관측이기 때문이라고 해야 할까, 연방군 정치장교는 피아 모두가 놀랐을 것으로 확신하고 있었다.

애초에 폭렬술식으로 간단하게 전멸했다는 결과에는 적도 당혹스러운 모양이다.

적의 심산으로는 견제로 술식을 날리면서 혼전으로 활로를 찾아 접근전을 지향했겠지. 폭렬술식과 동시에 전투가속인 듯한 증속을 시작하던 적 페어는, 중대가 간단히 괴멸한 순간 '어?!'라고 하듯이 한순간 멈칫하는 낌새를 보였다. 너무 큰 충격에 단순한 직선비행이 될 정도다.

지상에서 관측하면 우스꽝스러울 정도로 명확했다.

"적과 싸우기 이전에 우리 마도사는 재고해야 할 점이 너무 많습니다. 관측하기론 우리 쪽은 방어외피를 발현했는지도 미심쩍고. 누가 저런 편성을? 이래선 모처럼 마련한 신형 보주조차도 아무짝에도 쓸모가 없는 꼴이니……."

사령관은 정치장교의 평가에 내심 동의하면서 미묘하게 위험한 영역에 들어가려는 화제를 넌지시 눈앞의 적으로 되돌렸다.

"그나저나 동무, 적은 간신히 반전한 모양인데. 어떻게 보나?"

"더 깊이 파고들 생각은 없는 모양이군요. 위력정찰을 완수했다고 여긴 걸까요. 짜증이 날 만큼 깔끔하게 물러납니다만."

"조금만 더 들어와 준다면."

군 사령부의 관제로 놈들을 식별할 수도 있었다고 속으로 아쉬워하면서도 사령관은 두려운 적의 정체를 추측하고 있었다.

"아마도 네임드겠지. 사령부 정찰이라고 해도 저런 수준이 넘쳐난다고?"

제국군 마도사의 위협은 이미 전설적이다. 그중에서도 네임드급으로 알려진 놈들은 아주 귀찮기 짝이 없다.

"아니, 그러길 바랄 뿐인가. 적 마도사가 전부 저놈들과 마찬가지라고 생각하고 싶지 않군."

약한 소리가 한마디. 그걸로 끝이었다. 다가올 여명에 대비하는 사령관은 자신의 머리를 한 대 때려서 기합을 넣었다.

"이쪽은 초보 미만. 저쪽은 달인. 한숨이 다 나오는군. 하지만 그렇기에 운용으로 보충할 수밖에 없다고 생각하면, 방법은 얼마든지 있다."

간단히 말해서 적이 주특기로 삼는 무대에 올리지 않고, 우리의 규칙으로, 우리가 싸우기 쉽도록, 우리의 사정에 맞춰서, 철저하게 주도권을 쥐면 된다. 정정당당하게 정면에서 싸워 줄 이유는 하나도 없다.

"결국 문제는 물량으로 해결하는 게 최고지."

위력정찰을 할 생각이었다.

적이 초보일 가능성도 고려는 했다.

마도사의 자질이 미묘하고, 방어외피조차 제대로 발현하지 못할 가능성조차도, 계산했을 터였다.

죄다 가정뿐이지만, 타냐는 '최악에 대비한다'는 버릇이 어쩐 일로 안 좋은 결과로 나왔다고 솔직히 인정할 수밖에 없었다.

"실패했군."

"그렇군요……. 설마 일격일 줄은."

견제 목적의 폭렬술식을 3연 동시 발현.

그걸로 적이 전멸했다.

술식을 날린 타냐와 비샤가 무심코 전투기동 중에 서로 눈치를 살필 정도로 비현실적인 광경이었다.

애초에 동부에서 마도사의 중장갑화는 현저하다.

97식은 쌍발이기에 애초에 방어외피가 단단하다. 연방도 밸런스를 포기하고 방어외피 강도에 초점을 맞추었다. 이러한 기술적 진보로 과거에는 유용한 대마도 전술의 필두로 꼽혔던 폭렬술식에 위력이 부족하다는 문제가 제기되었을 정도인데.

대물총처럼 쓸 수 있다고 해도, 대전차 전투에는 도저히 써먹을 수 없을 만큼 위력이 부족한 대전차포. 폭렬술식의 위력은 그런 것이다. 그러니까 고참들은 버릇처럼 견제 정도로 사용했다.

'설마 정말로 방어막만 쳤나?'라는 느낌으로 투사해 봤는데, 정말로 그랬다는 것은 신선한 곤혹함을 만끽할 수 있는 결과다.

"시험도 안 된다니!"

적 주력전차에 심술 정도로 기총 제압사격을 해봤더니, 적 전차중대가 전멸했다! 같은 경악이다.

"음, 비샤. 귀관이 옳았다."

"말한 저도 좀 그렇습니다만, 정말로 방어외피도 없다니. 저기…… 설마, 같은 심정입니다."

서글픈 일이라고 타냐는 적 마도사 이하의 존재를 향해 동정마저 느꼈다.

최소한의 사전 교육도 없이 현장 실습이라는 명목으로 내던져져서 소비된다.

너무나도 악랄한 노동기준이다.

"중령님, 적은…… 정말로 마도사가 바닥난 걸까요?"

"모르겠군. 하지만 요격부대가 저 수준이라면, 적이 움직일 수준이 아니라는 상정도 납득할 만하다."

제국과 연방은 쌍방 모두가 인적 자원을 노골적으로 낭비하고 있다.

선량한 시민 제군이었던 것을 대지에 뿌리고, 수많은 뿌리가 미래에 남길 터였던 가능성을 막고, 쌍방에게서 제식훈련을 받은 인적 자원을, 장기 투자를 바탕으로 한 과실을 회수할 기회를 영원히 잃게 하는 결과는 너무나도 손해막심하다.

"적도 소모되었다. 뿌리는 몰라도 말단은 슬슬 한계일까."

적의 질적 열화가 징조로 드러난 것이라면, 베테랑이 남은 제국 쪽이 일단은 유리하다.

동시에 타냐는 그 말로 간단히 끝낼 수 없는 현실도 감지했다.

"하지만 적의 투지는 여전히 왕성하군."

솔직히 말하자면 타냐로서는 그게 더 귀찮을 정도다.

자기가 적이라면 도무지 이런 장비와 훈련도로 전장에 투입되고 싶지 않다. 공산주의자가 도망치지 못하게 해서 억지로 참가한다고 해도, 왕성한 투지로 목숨을 건 투쟁에 임한다? 무리다. 그러니까 타냐는 그것을 해내는 연방병이 자신은 이해할 수 없는 기호의 소유자임을 한층 큰 위협으로 인정했다.

"전쟁광의 시대인가."

이해할 수 없는 적의 투지는 무시무시하다.

애초에 이쪽 전투단의 인원도 전쟁광 기질이 농후하지만, 그것은 실력으로 뒷받침된 자신감이다.

하지만 적의 경우는 현실을 적절하게 받아들여야 하겠지.

부르르.

몸을 살짝 떨고 타냐는 일이 얼마나 성가신지를 다시금 인식했다. 동시에 슬슬 때가 되었다고도 느끼고 있었다.

정보는 충분히 수집했다.

"세레브랴코프 중위, 슬슬 물러나자."

"아직 더 갈 수 있습니다만?"

부관은 혈기왕성하게 정찰비행 속행을 자원하고 나선다. 정말이지 든든하기 짝이 없다고 타냐는 쓴웃음을 지었다. 적어도 자신에게는 서비스 잔업 정신이 없다.

"항상 전장에 있겠다는 각오는 좋다. 하지만 인간의 육체적 한계 앞에선 어쩔 수 없지. 필요하지 않는 이상, 힘을 빼야 한다."

쉴 수 있을 때 쉬는 것은 결과를 내기 위해 필요한 일이고, 부하의 능력을 '적절' 하게 활용하는 것이 관리다. 즉, 자신의 인간방패들이 방패로서 충분히 활약할 환경을 정비하는 건 당연하다.

"쉬는 것도 일이다, 중위."

"제도에서 푹 쉬었으니까 괜찮습니다!"

문제없다고 기합을 보이는 부관의 말은 든든하다.

"그러고 보면 다른 장교들과 달리 눈치껏 잘 쉬었던가."

"아닙니다. 저는 조금씩, 진지하게 일했는데요, 중령님?"

"나무랄 생각도 없지만. 일을 눈치껏, 그리고 빠르게 끝내고 문화적으로 최소한의 휴가를 즐긴다. 훌륭한 일이다."

"사실은 제도에서 더 느긋하게 있어도 좋았겠지만요. 엄청난 속도로 이쪽에 전개된 것에는 정말로 놀랐습니다."

"상부의 결정이다."

상부에는 상부의 이유가 있다. 그것을 타냐는 알고 있었다.

"아무튼 서류상만으로도 상부는 동부전선에서 쓸 수 있는 전략적 예비를 두고 싶은 거겠지. 포기해라, 중위. 우리는 전장에서 너무 우수하다."

전략예비란 보험이다. 예비 계획을 준비할 때 필요하겠지.

보험도 없이 전쟁 같은 바보짓을 하는 것은 제정신으로 생각할 수 없다. 물론 전쟁을 제정신으로 할 수 있는지는 무시해야 하겠지만.

"그렇다면 우리 전투단은 형식적인 예비병력으로 전개했다는 것으로 문제없지 않습니까? 반격용 기동력과 타격력의 주역을 기대한다면, 현 병력으로는 도저히 미덥지 않습니다만."

현재 샐러맨더 전투단의 전투력은 너무 조잡하다.

마도사는 이르도아에서 혹사했다. 보병과 포병도 마도사와 동시에 진출했지만, 비축 탄약은 고갈 직전. 그렇긴 해도 그들은 아직 수중에 있는 만큼 그나마 낫다. 애초에 알렌스 대위의 기갑부대를 보자면 정비 문제로 후송 취급이다.

세레브랴코프 중위가 걱정하듯이 '가라'고 명령받더라도, 용맹하게 싸우다 죽는 것 말고 다른 선택지가 부하에게 있는지는 의문이 남겠지. 말하자면 전력으로서 만전이라고는…… 도저히 말하기 힘든 것이 현 실정이다.

그 점은 타냐도 숙지하고 있다. 비축 포탄에 고민할 정도다. 하지만 현시점에서만 본다면 별로 문제시할 게 아니라고 위에서 장담하기도 했다.

"아직 큰 걱정은 필요 없겠지."

"무슨 말씀이신지?"

"한동안은 전선에서 소강상태가 계속될 전망이라는 게 제투아 각하의 말씀이고, 라우돈 각하에게 달렸지만…… 윗선에서 여러모로 배려해 줄 공산이다."

"너무 낙관적인 걸지도 모릅니다."

타냐는 세레브랴코프 중위의 말에 고개를 끄덕였다. 그 점은 실제로 생각한 바도 있다.

하지만 혹시 몰라서 건드려 본 직후다.

"아까 건드려 본 것도 그걸 확인하기 위함이었다. 다행이라고 할까, 적은 만전이라고 할 상황이 아니다. 회복 상황은 아직 유예가 있다고 볼 수 있는 정도다."

제국군은 엉망이다. 하지만 제국군과 치고받은 연방군도 상처를 입는다. 실로 단순한 이치였다.

적어도 연방군도 지금 시점에서는 적극적으로 행동할 수 있는 상황이 아니다.

매우 상식적인 상황 판단이기에, 제투아 각하는 이르도아 방면으로 전략예비를 죄다 투입한다는 도박을 결행할 수 있었다.

도박의 결과는.

알다시피 제투아 각하는 이르도아에서 판을 크게 벌이고, 크게 벌었다. 이것은 결과적으로 제국에 상당한 전략적 예비를 가져다주었을 터이다.

타냐는 단언할 수 있다.

"최소한 이르도아 방면에서 얼라이언스의 병참 정세는 극도로 비참하다. 더불어 이르도아 북부는 우리에게 전략적 종심을 가져다주겠지. 따라서 연방에 대한 얼라이언스 증원이나 물적 지원도 당분간 힘들어질 것으로 추측한다."

그러니까 시간과의 경쟁이더라도—— 아직 괜찮다.

어찌 되었든, 적어도 지금 허둥댈 필요까진 없다. 그런 상황에서 내린 판단은 어느 정도는 타당하리라고 타냐는 예상했다.

"이상의 사정을 감안하면 적도 재편하는 데 일정 시간이 필요할 것으로 상부에서 예측한 것은 딱히 비약적인 논리도 아니겠지."

"하지만 합중국도 참전하는 이상은 진심이겠지요. 이르도아 전선의 적은 해로로 속속 보강될 테고, 합중국이라면 병행해서 연방에도 증원을 보내지 않을까요?"

"그 가능성은 아무래도 부정할 수 없지만…… 지금 시점에서만 보자면 목덜미가 붙잡힌 상황이다. 어느 정도까지는 제약할 수 있겠지."

"선박 사정입니까?"

"그렇다."

타냐는 악질이라고 표현할 만한 미소로 웃었다.

"바다 너머의 거인이라도 바닷길로 구대륙을 관광하러 오는 거니까. 선박 사정과 항만 설비에서 병목 현상이 일어난다."

그리고 이르도아 남부의 물자 사정은……이라며 타냐는 과거의 실적을 자랑했다.

"참으로 서글프게도 이르도아 남부의 항만 설비는 우리와 얼라이언스 제군의 손으로 박살이 났지."

다소 딱딱해진 얼굴로 세레브랴코프 중위가 끄덕였다.

"그런고로, 중위. 안심하게나, 당분간 남쪽은 안전하다."

불쾌한 현실이지만, 그래도 잔혹할 만큼 명백하다.

지금은 괜찮다.

지금만큼은 소강상태다. 하지만 그다음에 있는 것은?

필연이라고 해야 할 적의 우세는 구조적인 것이다.

당연히 언젠가는 우세한 적의 반격으로 이어진다.

타냐도, 비샤도, 제국군에서 정신이 제대로 박힌 인간이라면 누구나 그러듯이, 그렇듯 공공연한 이치에 가까운 미래는 굳이 말하지 않아도 잘 알았다.

그러니까 타냐는 말했다.

"시간이 있을 때, 우리는 부대를 재훈련해야겠군. 동시에 동부 방면에 병력이 보충되면서 방어선이 탄탄해지길 기대하자."

"그럼 그동안에 저희는…… 저기?"

세레브랴코프 중위에게 고개를 끄덕이고 타냐는 멋진 미소를 보였다.

"장병을 듬뿍 귀여워하고 포탄과 연료를 모을 수밖에 없다. 필요하다면 우군의 교도 임무도 팍팍 해 주지."

"우군 교도입니까?"

"수고스러운 데다가 즉효성도 기대하기 어렵다. 하지만 아무리 별로라도 하지 않을 수는 없지. 피할 수 없다면 보듬어 줄 수밖에 없다."

시장만 잘 기능한다면 쓸모있는 인재를 중도 채용하는 방법도 있다. 하지만 전쟁에서는 은퇴자의 재채용을 제외하면 일률적인 신규 채용밖에 없고, 무조건 속성 전력화를 노리는 현장 실습만 이 존재한다.

샐러맨더 전투단의 훈련도 개선으로는 국소적인 성과만 내겠지만, 동부 방면군에 보충될 신병을 굴리고 굴려서 제식훈련할 수 있으면 써먹을 수 있는 한계도 넓어지겠지. 나아가서 감투정신도 있으면 육체의 한계까지 혹사할 수 있다. 악덕 기업도 저리가라 할 정도겠지만.

하지만 사람은 돌벽이란 사실을 잊어선 안 된다. 사람은 돌벽, 사람은 성, 사람은 담장. 다케다 신겐의 말은 총력전 시대에서 인간을 부리는 법을 나타낸다고 깨달으며, 타냐는 다시금 고전의 유의미함을 떠올릴 정도였다.

그때 타냐는 남에게 맡기는 것도 중요하다 싶어서 부하에게 말을 던졌다.

"어떤가, 중위. 귀관도 사람을 기르는 기쁨에 눈떠보는 건?"

"소관은 중령님의 페어니까요!"

"그럼 뒤를 맡기도록 하지. 부탁하마. 내가 뒤에서 떠밀리지 않도록 잘 지켜봐라!"

"설마요! 그만한 용사는 없을 것 같습니다만."

그것이 평화롭고 양식 넘치는 세계에서도 있었다고 타냐는 마음속으로 투덜거렸다. 사회의 규범과 원칙과 규약을 이해할 수 없는 인간은 참으로 비합리적인 짓을 쉽게 저지르는 법이다.

잘못에서 배우는 것은 중요하다. 등 뒤를 지킬 보험을 드는 것은 타냐에게 필요한 경비다.

"방심은 적이라고 한다. 누군가 지키게 하고 싶다. 그것뿐이야, 비샤. 언젠가 올 적에 대비하는 것은 그런 것이니까."

"하지만 실제로 온다고 해도…… 언제가 될지는."

"대답할 수가 없군. 항공함대의 정찰 정보나 동부 방면군 사령부의 전망으로 연방군의 목표는 하계 이후. 실제로 정찰한 느낌으로도 크게 틀리지 않을 듯하군."

부관은 가슴을 쓸어내렸다.

"그럼 최악이라도 진창 기간인 두어 달. 아마도 반년 정도의 유예는 있군요."

"단언할 수는 없지만."

타냐는 고개를 내저었다.

윗선에서 보기론 최악은 두 달. 가장 길어도 반년.

그동안 방어선 재편과 병력 보충에 임한다면, 최소한을 두 달로 계산하고 나머지 기간으로 보충수업을 한다는 공산이 선다. 그러면 여러모로 할 수 있는 폭도 넓어지겠지.

그때 교육으로서는 좋은 길이 아니지만, 기능만 철저하게 세분화하고 반복해서 주입하는 것으로 최소한의 기능을 갖게 한다면 '어느 정도' 기대할 수 있겠지.

반년 있으면 확실히 방어선을 굳히고 여름을 맞을 수 있겠지. 넉 달 정도라도 할 만하다.

"모든 게 시간과의 경쟁이 되겠지만, 할 수 있는 것도 많다. 동부 전반에서 보충 요원을 대대적으로 받아들여서 전력화할 수만 있으면."

가벼운 기대와 수많은 불안.

그런 것을 가슴속에 품으면서 귀환하는 타냐와 비샤의 페어는 순조롭게 항로를 소화하고 목적지 주변까지 머지않은 공역에 도달했다.

그건 그렇고, 통례적으로 동부에서 샐러맨더 전투단의 횃대에 해당하는 주둔지는 대체로 군사적 합리성과 동떨어진 사정으로 결정되었다.

어느 때는 제투아 대장이 연방군을 유인하고 싶어서 '거기서 사수해라'라며 말도 안 되는 지형에 던져 넣었다. 이런 식으로 '윗선이 생각하는 군사적 합리성'에 따른 전술 차원에서 나온 황당무계한 배치라면 군으로서는 그나마 정상일지도 모른다.

하지만 이번 경우는 '사령부' 바로 옆이었다.

'사령부 예비'도 '사령부 직할'도 아닌 부대를 '사령부 옆'에 두려는 사령부의 속셈은 뻔하다. '제멋대로 굴지 마라, 이상'이 란 소리다.

관료주의와 관할 다툼의 썩은내가 무시무시하다. 실제로 전선에서 돌아오는 길조차도 미묘하게 귀찮은 항로를 취하는 꼴이 되었다.

애초에 사령부 부근에 접근하려면 관제에 신고해야 한다.

"오스트 컨트롤, 여기는 페어리01, 식별 바란다."

"오스트 컨트롤, 식별했다. 사령부 방공공역으로의 진입을 허가한다. 루트는 변경 있나?"

관제관의 질문에 대해 타냐는 짧게 답했다.

"페어리01, 변경 없음."

"오스트 컨트롤 수신 양호. 통신 종료."

뚝 끊긴 무전을 보며 타냐는 쓴웃음을 지었다.

"들었나, 비샤. 연방이 너무 대충 사는 걸까, 우리가 너무 신경질적인 걸까."

적지가 더 접근하기 편하다니. 세상에 이럴 수가.

"우리의 침상이 사령부 바로 옆이니까요. 다소 번잡한 것도 어쩔 수 없다고 생각합니다만."

"뭐, 다소라면 말이지."

사령부 부근의 예비병력.

그러니까 사령부 부근에 대기 중.

풋내기에게는 군사적 합리성의 집결체로 보이겠지만, 관할 다툼 끝에 그렇게 되었다니 웃음도 나오지 않는다. 모든 일의 근원은 소속의 차이다. 샐러맨더 전투단은 참모본부 직속이다. 동부 방면군은 이것을 차용한 것에 불과하다.

"기껏해야 소속 가지고도 문제가 되는 법이지."

조직인이라면 모두가 아는 일이다. 그리고 샐러맨더 전투단이란 참모본부의 직속 전투단이다.

즉, 엄밀한 의미에서 동부 방면군 소속은 고사하고 동부에 전개하는 것 자체가 잠정적 조치다. 그러니까 '제국군 부대'인 것은 마도 반응에서 확인할 수 있다고 해도, 바로 지금 나냐가 '피아 식별신호'를 요구받는 처지가 되는 것인데.

"하지만 한심하군."

불만을 늘어놓을 수밖에 없다는 듯이 타냐는 투덜거렸다.

"라이브러리가 파손됐다면 모를까, 자동 식별이 가능할 텐데 일일이 통신으로 하나? 감청의 리스크까지 감수하고?"

"이 정도로 할 거면 아예 후송에 배치해 주면 좋겠습니다."

"맞는 말이다."

현장의 감각을 긍정하는 동시에 윗선의 감각을 아는 중간관리직인 타냐는 쓴웃음을 지었다.

"우리를 후방에 두기는 무섭고…… 더 말하자면 아깝겠지."

동부 방면군 사령부의 참모들이 무슨 생각을 할까? 대개는 '혹시 모를 때 쓰고 싶으니까, 근처에 두자' 겠지. 동시에 '잘못 쓰면 귀찮아지니까 최대한 쓰지 말자' 도 있겠지만.

"일단 샐러맨더 전투단은 계륵이라고 불러야겠지."

"계륵……?"

"버리긴 아깝다. 하지만 먹을 만큼 살이 있는 것도 아니다. 말하자면 수프를 만들 생각이 없다면 쓸모도 없다는 소리다."

확실하게 강력한 전력. 투입하면 다대한 성과를 기대할 수 있는 우량부대. 하지만 실수로 격전에 던졌다가 '이제 와서 거기서 움직이게 할 수 없습니다' 라는 상황이라든가 만에 하나라도 '중대한 소모' 가 발생했다간 즉각 발령자의 책임 문제가 된다.

"윗선의 의향에 따라 파견되는 쪽은 아무래도 불편하다…… 고 할까."

"참모본부 직속이란 게 그 정도입니까?"

"부관인 귀관이 모를 리가 있나."

타냐는 웃었다.

"나는 영관이면서 분수에 넘치는 권한을 받았다. 중령 따위가 참모본부 직통이지. 더군다나 예외적 상황에서 필요하다면 작전 과장급 지도권을 행사할 수 있다. 지휘권 간섭마저 가능한 '지도권' 이거든?"

"신뢰받고 계시니까요."

"그러니까 현지 작전을 담당하는 참모들로서는 긴장하게 되지. 뭔가 귀찮은 일을 만들지 않을까 하고."

"그런 것입니까? 라우돈 각하와 제투아 각하께서 잘 이야기했다면 조정에 차질이 생기는 건 이상하다고 생각됩니다만."

"응, 위관으로서는 만점짜리 의견이다."

현장의 감각으로서도 옳다고 타냐는 세레브랴코프 중위의 의견을 수긍했다.

전장에서 구르고 핏발 선 눈으로 눈앞의 적을 격파하느냐, 자신들이 전멸하느냐. 그런 양자택일을 강요당하는 야전지휘관으로서는 나중의 일 따윈 '오늘을 살아남고서 내일 목숨이 붙어 있거든 고민하면 되겠지'라고 생각하는 인간이 강하다.

"그렇긴 해도 윗선에서 합의했어도 아래는 아래대로 사정이 있지. 사정이랄까, 체면이나 영역의 감각이라고 할까. 관료주의란 것은 조직의 고질병이야. 결국에는 개선될 것으로 기대할 수 있지만."

"무슨 말씀이신지?"

"제투아 각하가 라우돈 각하를 지명한 이유를 생각하면 상상은 가지. 참모본부에서 들은 거지만."

타냐는 웃으며 말을 이었다.

"소문에 듣기론 제투아 각하가 동부 방면군 사령부의 인사에 조금 힘을 기울여서 요한 폰 라우돈 대장이라는 거물을 새해부터 집어넣으신 이유는, 쳐낼 것은 과감히 쳐낼 것을 기대하고 있기 때문이라나."

"소문으로는…… 있을 수 있는 이야기 정도로밖에 못 들었습니다만."

"소스는 전무와 작전의 대령급이 두 명이다. 제도에서 같이 차를 마시며 들었다."

"확청 정보 아닙니까."

라우돈 대장은 경력만 봐도 훌륭한 분이지만, 무엇보다 저 제투아 각하의 선배이신 인물로, 제투아 대장이 직접 의뢰하여 모셔 오는 레벨.

제국군은 아직 의사소통이 잘되는 조직이지만, 그래도 조직이다. 머리는 역시 중요하다.

애초에 사령부 근무를 하는 인간은 도망칠 구멍을 많이 갖는다. 현장 장병들에게 '참모급은 절대로 같이 죽어 주지 않는다'는 원망을 듣는 것도 그만한 근거가 있을 정도로, 책임 앞에서 도망치려는 녀석이 적지 않다. 그러니까 이렇게 노련하고 대담한 제투아 대장의 대선배께서 오시면, 참모 녀석들도 조금은 멀쩡하게 굴러가겠지 하는 계산이리라.

"높으신 분에게는 높으신 분의 생각이 있겠지."

"역시 제투아 각하는 엄청나게 알기 쉬운 분이네요."

"비샤, 나는 제투아 각하만큼 알기 어려운 분도 없다고 생각하는데, 대체 어디가 알기 쉽다는 거지?"

부관은 뭔가 문제인지 이해하지 못한 활달한 어조로 타냐에게 대답해 주었다.

"중령님과 똑같기 때문입니다."

"똑같다고?"

"필요하다면 뭐든지 하시지 않습니까."

"대답이라고 할 수 없군. 영광으로 여겨야 하나? 아니면 내가 단순하다는 부관의 의견인가?"

할 말을 찾느라 허둥대는 부하는 귀여운 법이다.

그렇긴 해도 동부의 하늘에서 즐겁게 수다를 즐겨도, 전시 상황의 마도사는 어디를 가도 항상 전장을 의식한다.

뭔가를 느끼고 표정이 바뀐다.

여태까지 평온하고 인간미가 있던 표정에서 전투요원의 표정으로도 변한다.

"중령님, 마도 반응 있음. 사령부 경비대입니다. 1시 방향."

미리 확인했던 타냐는 고개를 끄덕였다. 잡담하는 사이에도 주위를 잘 살피고 있었다고 안 건 좋은 일이다.

"보고 있다. 놈들도 고생이로군. 하지만 심각한 노릇이야. 사령부 상공의 전시 공중 초계치고는 움직임이 딱딱하다. 훈련도가 부족하군."

깔끔하게 마도 반응을 내는 소대 규모의 마도사가 편대 비행으로 초계 중.

"아까 본 연방군보다는 낫습니다만⋯⋯."

"나은 건 사실이지만, 그것과 비교해선 안 되지. 우리는 사령부고, 저쪽은 그냥 전초부대거든?"

사령부 상공에 있는 경비대가 소대 규모인 것을 한탄해야 할까, 동부에서 바닥을 드러낸 마도사 사정으로 소대 단위라고 해도 귀중한 전력을 사령부에 할당하는 것을 비판해야 할까.

'전부 가난 탓이다!'

속으로 그렇게 외치면서 타냐는 인정했다. 가난할수록 야박해진다는 말의 전형적인 사례 아닌가.

"이런 상황에서 우리가 전략예비인가."

현재 샐러맨더 전투단은 형식으로는 '전략예비' 였다.

즉, 만약의 사태에 호출받는 소방수 역할.

즉각적인 전선 투입을 피하는 것으로 동부 방면군의 체면을 세우면서, 유사시에는 즉각 뛰쳐나갈 수 있는 위치에 유력한 부대를 배치한다.

타냐도 그런 절묘함은 잘 알았다.

다만 넓은 하늘을 볼 수 있는 항공마도사로서는 조금 생각하는 바도 있었다.

"아무래도 이리저리 잔재주만 부리고 있어. 배려니 뭐니 하는 건 좋아. 하지만 우리는 전쟁 한복판에 있다는 것을 사령부의 어르신들은 정말로 기억하는 걸까?"

전략예비는 말 그대로 '전략' 과 관계가 있다.

다루기 어려운 부대를 예비대로 치워두는 식으로 운용하는 자들이, 과연 과감하게 칼을 뽑는 운용이 가능할까 하면…….

"우리를 쓰는 결단이 즉각 가능할까? 망설일 거면 차라리 더 후방에서 전력 정비를 시켜 주는 것이 백 번 나은데."

집이 불탈 때, 소방서에 신고하는 것을 주저하면 대참사다. 누구든 제일 먼저 소방서에 신고해야 한다……고, 보통은 그렇게 생각한다. 하지만 애석하게도 높은 스트레스 환경에서 인간의 인지능력이란, 극도로 제약된 환경 속에서 보통은 생각할 수 없는 '예외 행동' 을 저지른다.

포탄이 빗발치는 가운데, 안전한 참호에서 뛰쳐나가는 것이 이해하기 힘들 정도로 비합리적인 행동임을 부정할 사람은 없겠지. 안전한 장소에서 위험한 장소로 뛰쳐나가는 것은 말도 안된다고. 정말로 옳은 생각이지만, 막상 포탄의 압박에 직면하면 '더는 싫다' 면서 한계를 넘는 장병이 없지 않다.

"역습부대로 유력한 전력을 확보. 좋은 일이지만……."

경고장치가 제대로 작동한다는 보장도 없다. 역시 관할이 다르다는 것은 크다. 결정적인 국면에서는 어떨까? 결정적으로 결심해야 할 국면에서 결정적인 의지를 지킬 수 있을까?

모두가 제투아도 아닌데?

"그건 그거대로 무섭지만."

"중령님, 무슨 일 있습니까?"

"동부 방면군 전원이 제투아 각하라면 현재 상황은 어떨까 생각했을 뿐이다. 모두가 제투아 대장! 진짜 무시무시하겠군."

"우리 하나하나가 제투아 각하입니까. 상상도 안 가는 일이 되겠군요."

"고생하겠지만, 분명 무의미한 고생은 아니겠지."

투덜대던 타냐는 거기서 비웃었다.

"정말이지 불평만 늘었군. 그렇긴 해도 귀관이 상대니까 이렇게 푸념할 수 있는 걸지도 모른다. 가능하면 비밀로 부탁한다."

"영광입니다."

미안하다며 고개를 숙이는 타냐에게 비샤는 가볍게 고개를 흔들어보였다. 그렇긴 해도 거기에 기댈 수도 없다고 타냐도 쓴웃음을 지었다.

"어쨌든 라우돈 각하와 자세히 이야기해 볼 필요가 있겠지만, 지금 우리는 할 수 있는 일을 할 뿐이로군……."

"아래쪽 광경이 너무 강렬해서 싫은 마음은 이해합니다……."

"맞는 말이다."

사령부 근처를 난다는 건 사령부도 보인다는 소리다.

열심히 정비해서 따스해 보이는 시설들을 본 뒤에, 감속하여 강하한 곳에 있는 자신들의 침상은 황소바람이 들이치는 보통 마을이다. 이래선 역시 위장에서 위액이 올라온다.

"추위는 성가시니까……."

방한 대책은 겨울 동부전선에서 가장 절박한 필수사항이다.

원래는 연방의 마을로, 완전히 버려진 마을이었다고 해도 가옥 자체는 방한을 꽤 의식했던 모양이라 다행이지만…… 버려졌다는 소리는 정비되지 않았다는 소리기도 하다.

구멍투성이 마을에서, 구멍투성이 부대가, 도착하자마자 월동 준비를 처음부터 하는 꼬락서니.

"이게 참모본부 비장의 전략예비라니."

무심코 투덜거리면서 타냐는 세레브랴코프와 함께 천천히 고도를 내리고 마을 한복판에 착지했다. 착륙장 같은 것도 없는, 그냥 광장에 내려오면 정말 마을로만 보인다.

토스판 중위를 지휘관으로 삼은 보병들이 열심히 보병용 개인호를 파고 있는 단계니까 어쩔 수 없다.

하늘에서 보면 서글퍼질 정도로 그냥 마을이다. 차라리 눈에 띄는 방어 준비를 시키지 말아야 적에게 들키지 않을 것 같다는 생각이 들 정도다.

이런 곳에서 전력을 함양하라!

서바이벌 능력은 향상될지도 모르지만, 그것이 과연 올바르게 시간을 쓰는 방법인지는 매우 의문스럽다.

"이 마을에 부대가 진출한 것을 들키지 않도록 해야 할까. 아니면 동부 방면군 사령부와 충돌할 것을 전제로 후퇴하고 재편에 임해야 할까. 자, 정말로 어떻게 움직일지가 고민되는데."

미묘하게 판단하기 어려운 문제를 끌어안고 타냐는 내려선 지면에서 짓밟힌 눈을 가볍게 걷어찼다.

낑낑거리며 어깨를 돌려보고 향하는 곳은 사령부 기능을 가진 지휘소……대신의 무언가. 지휘소를 대신하는 간이 사령부조차도 그냥 다 쓰러져가는 민가다.

재진출하여 24시간도 안 지난 곳이다 보니 배부른 소리는 할수 없다.

뭐, 자신이 습격하는 입장이라면 '적 지휘부를 제압하라' 라는 명령을 받아도 어디를 제압하면 좋을지 잠시 판단하기 어려울 정도로 철저하게 위장했다고 긍정적으로 봐야 할지, 그 정도로 하지 않으면 이점을 찾아볼 수 없는 설비를 한탄해야 할지는 사람에 따라 다르다.

물론 현실문제로서 너무 낡긴 했지만.

"이거 자는 동안에 안 무너지면 좋겠는데."

참호전의 공포 중 하나로 생매장이 있다. 땅바닥에서 사는 동안에도 생매장을 걱정하는 꼴이 되다니……라고 쓴웃음을 지으면서 타냐가 낡은 문을 열고 고개를 내밀자, 부재 중 대리를 맡겼던 바이스 소령이 걱정하는 얼굴로 맞이해 주었다.

"중령님, 장교정찰은 어떠셨습니까?"

"조용했지. 지상에 적 없음. 요격하러 뜬 놈도 있었지만……."

"소수 요격입니까?"

"아니, 규모는 중대에 가깝다. 하지만 움직임이 몹시 굼떴다."

소령은 걱정 어린 얼굴을 다소 풀면서 끄덕였다.

"적의 훈련도도, 기량도 미숙했다는 말씀입니까."

"기량 미숙 정도가 아니라 비행시간이 백 시간은 넘겼는지 의심스럽군. 그리고 보고서를 써야만 하겠다고 확신했는데……적은 방어막뿐이었다."

일의 전말을 타냐가 말하자, 바이스 소령은 눈을 껌뻑이더니 "마도사가 방어외피도 없이?!"라고 희미하게 중얼거렸다. 충격이 너무 큰 나머지 마음의 소리가 흘러나온 거겠지. 마음은 이해하지만 사실이라고 대답하면서 타냐는 이야기를 일단 정찰비행으로 되돌렸다.

"솔직히 복귀할 때가 더 고생이었다."

"귀로에서 뭔가 트러블이 있었습니까?"

그 의문에는 세레브랴코프 중위가 진절머리 내는 얼굴로 대답했다.

"방공식별권에서 집요하게 조회가 있었습니다. 저희는 엄밀히 말하자면 동부 방면군 소속이 아니라서."

"여태까지 그런 일은……."

없었다.

동부 짬밥 생활이 길고, 인근 부대도 그런 걸 일일이 신경 쓰기 이전에 '아무튼 사람이 부족하니까 좀 도와줘'였다.

그런데 지금은 뭐라고 할까……. 타냐는 팔짱을 꼈다. 인내심의 한계에 도달한 제투아 대장이 자기 선배를 끌어들여서까지 개선을 꾀하려는 꼴이다.

"좋게 말하면 원칙주의. 나쁘게 말하면 관료주의의 부활이다. 동부에 제투아 각하가 계셨을 때는 몰라도, 현재는 말이다."

타냐의 투덜거림에 마찬가지로 몇 차례나 조회받느라 지친 듯이 비샤가 맞장구를 쳤다.

"수고가 늘었습니다. 현장이 스스로 머리를 굴리지 않는다고 할까요, 책임지지 않으려고 원칙대로 행동하면 전쟁하기 이전의 문제가 발발한다는 것도 이해할 수 있습니다만."

말도 안 된다는 말이 옆에서 날아왔다.

"아니, 하지만, 그 폐해 정도는 알지 않습니까?"

실전 지휘관, 바이스 소령의 말을 따르자면 '아무리 그래도 그건 아니다'라는 모양이다. 기막히다는 감정을 담아서, 좁은 지휘소 안에서 깊이 한숨을 내뱉으면서 그는 현장의 인간답게 현실을 봐야 한다고 말했다.

"믿기 어려운 어리석음입니다. 대체 어느 시절의 규범을? 매뉴얼밖에 모르는 바보가……."

그때 바이스 소령은 떨떠름한 얼굴을 하며 말이 빨라졌다.

"옛날이야기는 꺼내지 말아주십시오."

소령이 저지른 과거의 실수 중, 다키아 전쟁 무렵에 매뉴얼대로 반응하다가 타냐에게 노여움을 산 적이 있다. 아무리 그래도 이제 와서 그걸 끄집어내는 것도 아니라고 생각하면서, 당사자로서는 아직도 마음에 두고 있는 건가 하는 마음에 타냐는 위로해 주었다.

"소령, 너무 마음 두지 마라."

바이스 소령이 머리를 긁적이며 물러났을 때, 타냐는 정찰에서 파악한 징조에 대해 다시금 정리하여 말했다.

"그렇긴 해도 적에게 움직임은 거의 없다. 조용하다."

"전투 공중 초계든 요격이든 조금은 더 시끄러울 거라 생각했습니다만, 의외로 그렇지도 않았습니까?"

"동부 방면군 사령부가 조용하다고 장담한 것도 완전히 사실무근은 아니었다."

하지만 타냐는 자기가 말한 낙관론에 떫은 얼굴을 했다.

"다만 그렇게 조용하면 조금 으스스하기도 하지."

"적이 위장했다고 의심하십니까?"

바이스 소령의 확인에 타냐는 끄덕였다.

"방심할 순 없다. 적이 어리석다면 대체 왜 우리는 이렇게나 계속 악전고투하며 오랫동안 고생하고 있지?"

어리석고, 연약하고, 툭 건드리면 쓰러지는 적이라면, 얕봐도 좋겠지. 하지만 건드려도 쓰러지지 않는 적을 얕봤다간 거울을 봐야 할 것이다. 분명 어리석은 인물을 볼 수 있겠지. 거울을 직시할 수 있는 최소한의 지성의 잔재가 아직 남았을 경우의 이야기지만.

"우리가 때린 적은 재빠르게 학습한다. 언제든 그렇지. 자칫하면 우리보다 극단적인 실용주의자일지도 모른다."

실패할 수 없는 조직과 비교해서 실패에서 학습하는 여유가 있는 조직은 강하다. 언제든 경험이라는 최고의 교사는 탐욕스러울 정도로 수업료가 비싸고, 그야말로 철과 피를 뒷돈으로 요구하는 존재지만, 전쟁 상황에서는 그 비싼 수업료를 국가이성이 망설임 없이 계속 넣어 주니까 끝내준다.

그러니까 타냐는 항상 '유리한 이야기' 란 것을 의심한다.

"정말로 적이 전체적으로 정체된 걸까? 이 점에 관해서는 신중하게 재검증하고 싶다. 사령부에서 정보는 있나?"

여기 있다고 대답하면서 부장은 거실인 듯한 공간 한가운데에 펼쳐놓은 접이식 테이블에서 몇 개의 봉투를 타냐 앞으로 꺼내주었다.

"항공함대에서 온 최신 정찰 자료입니다. 새로운 소식이라고 해도 중령님과 같은 견해였습니다. 집결의 우려 없음. 적의 모습은 드물게 확인되지만, 월동 태세인 듯. 역시 당분간은 움직일 조짐이 보이지 않는다는 것이었습니다."

"오? 벌써 도착했나? 예상 이상으로 빠르군."

"예. 작년에 비하면 훨씬 수완이 좋아졌습니다."

웃으며 끄덕인 타냐는 봉투에 손을 뻗었다. 봉인이 뜯긴 그 내용을 엿보고 타냐는 입을 열었다.

"참으로 놀랍군. 라우돈 각하 만만세다! 이렇게 착착 자료를 보내주시다니. 보게나. 세레브랴코프 중위. 항공정찰 사진을. 그것도 최신 날짜 아닌가!"

사령부 요원과의 사이에 심리적으로는 미묘한 거리감이 있지만, 새롭게 부임한 라우돈 대장 효과일까. 실무자들끼리 긴밀히 연락이 된다는 점은 나쁘지 않다.

좋든 나쁘든 일은 일.

그런 마음가짐은 실로 기쁜 태도다.

"만사가 이러면 좋겠는데. 좋은 이야기만 있진 않겠지."

바이스 소령은 떨떠름한 얼굴로 보고를 이어나갔다.

"옳은 말씀입니다. 알렌스 대위의 전차부대가 안고 있는 문제 말입니다만, 예상보다 안 좋은 소식을 정비반이 전했습니다."

"각오는 하고 있었지만, 역시나 심한가?"

"좋지 않습니다. 이르도아에서 너무 무리하게 굴린 와중에 급한 재전개 명령이었습니다. 열차에서 내린 시점에서 정비 불량이 다발한 모양이라……."

숫자를 읽고 타냐는 무심코 굳어버렸다. 실전에 투입할 수 있는 것이 전투단의 전차부대에서 고작 세 대!

"실질적으로 소대조차 짤 수 없나. 즉, 전멸 아닌가! 제도에서 느긋하게 창정비만 받을 수 있었으면."

동부 방면군 사령부가 격의를 가지고 이쪽의 정비를 늦추고 있는 거라면 그래도 대응할 방도도 있었다.

권력, 연줄, 대의명분, 말하자면 정치적인 요소로 밀어버릴 수 있다. 라우돈 대장에게 제투아 대장 경유로 한탄하는 것도 방법이겠지. 우거 대령의 권한으로 밀어붙이는 것도 한 방법이다. 하지만 단순히 능력과 기능과 설비의 문제라면 아무리 수를 써도 현장에 폐를 끼칠 뿐이지 하나도 생산적이지 않다.

타냐는 낡은 벽을 바라보면서 한숨을 흘렸다.

"애초에 우리의 침상조차도 이 모양이니까."

낡았다고는 해도 일단 방한은 된다.

일산화탄소 중독이 무섭긴 무섭지만, 이쪽은 마도사다. 보주를 상시 휴대하고 방어막을 치는 것은 힘겨운 일이지만, 일산화탄소 농도가 위험해지면 경보를 흘리게 설정하는 것쯤은 매우 간단하다.

그리고 일단 부하를 한계까지 혹사하여 사령부와 길이 통하게 해놓은 것도 있어서, 동부전선의 건물치고는 그럭저럭 괜찮다. 이렇게 외풍이 몰아치더라도!

부동산도, 전쟁도, 결국은 입지다.

"이런 식으로 전쟁하면 뭐든지 부족해지는 것은 사무치게 이해하지만, 이해하다간 머리가 이상해질 것 같다."

타냐는 푸욱 한숨을 내쉬었다가, 바이스 소령과 옆에서 대기하는 세레브랴코프 중위를 향해 "힘든 노릇이군."이라며 모호하게 웃어 주었다.

"어쩔 수 없지. 알렌스 대위는 후방에서 최대한 정비를 받게 하자. 우리는 현재 있는 전력으로 가능한 일을 할 수밖에 없지."

거기서 타냐는 부관에게 시선을 보냈다.

"세레브랴코프 중위, 돌아오자마자 미안한데 내 커피를. 이럴 때는 귀관의 커피가 제일이라서. 바이스 소령, 귀관도 어떤가?"

"감사히."

타냐는 살짝 미소를 지으며 부관에게 시선을 보냈다.

"그럼 두 잔 부탁하지. 세레브랴코프 중위, 귀관도 마시겠다면 세 잔으로 해라."

"감사합니다!"

의기양양하게 부관이 준비하러 가는 가운데, 타냐는 바이스 소령에게 시선을 되돌리고 입을 열었다.

"자, 커피가 올 때까지 일 이야기를 끝내고 싶군. 미리 정리해 준 모양인데, 보병은 어떻지?"

그렇게 물어보니, 척하면 딱이라는 대답이 돌아왔다.

"토스판 중위 말로는, 일부에 한정하면 즉각대응이 가능하다고 합니다."

"일부라면?"

"보충을 수령하지 않은 부대입니다. 제도에서 수령한 증강용 보충요원을 받아들인 부대는…… 저기."

말끝을 흐리는 소령의 말을, 타냐는 이해했다.

"알겠다. 더 말하지 않아도 된다."

"중령님?"

"고참부대라도 부대에 한 달도 머물지 않은 신병을 품으면 전력이 되지 않지. 좋게 말해도 고참 보병부대가 신병 교육부대로 표변한 꼴이다. 토스판 중위는 성실하지만, 다재다능하다고 할 수는 없으니까."

기질적으로 신병을 잘 '활용'할 수 있는 인간이 아니다. 시키면 시키는 대로 할 수 있는 장교지만, 그 이상을 그에게 요구하는 것은 조금 심하겠지.

그렇다곤 해도 요즘은 시키는 일을 할 수 있는 것만 해도 대단한 것이다.

골치가 아프다며 타냐는 미간에 주름을 만들면서 한숨을 내뱉었다.

"기동전에 적응하는 병력 부족. 너무 괴롭군."

마도사로 어느 정도는 보완할 수 있지만, 그것은 마도사가 한가할 때의 이야기. 실제로 마도사 이외의 카드가 없는 것은 뼈아픈 수준을 넘어선다.

"기동전력은 소멸. 보병은 참호에 틀어박히는 것밖에 쓸 길이 없다. 이런 식이면 봄의 진창이 굳은 순간, 공세를 발기한 연방군의 급물살에 유린당할지 모르겠군."

월동이 끝날 무렵, 무엇이 가능할까.

이 겨울을 보내면 신병도 동부의 겨울에 어느 정도 적응하겠지. 경험의 축적이란 그런 것이다. 하지만 필요한 훈련은 많고, 남은 유예시각은 시시각각 사라질 뿐.

"그것 말입니다만, 토스판 중위와 그란츠 중위가 공동으로 훈련 계획서를 제출했습니다."

"바로 보지."

소령이 건네는 계획서를 훑어보니 대략 적절하다. 기회비용과 사용되는 리소스의 문제는 조금 뼈아픈 수준이지만, 시급한 훈련이 필요함을 생각하면 허용 범위겠지.

실탄을 성대하게 사용하는 연습 계획이란 것은 수중의 탄약에 일희일비하곤 하는 전선지휘관의 눈에는 너무 성대하지 않나 싶지만. 더불어서 혹한기 훈련으로 보병을 움직인다는 계획. 피복 사정이 별로 좋지 않은 판인데. 이를 건조하기 위한 연료만 해도 두통거리다.

대체 왜…… 양말과 장갑의 긴급 조달을 생각하는 게 내 일인 거지? 매번 품는 의문이지만, 동상은 귀찮다. 어떻게든 할 수밖에 없다.

"나로서는 뼈아프지만, 전체적으로는 견고하다. 계획으로서는 나쁘지 않군. 필요 물자의 조달은 귀찮지만, 내가 동부 방면군과 참모본부에 이야기해 보지."

진지를 구축하고, 물자를 집적하고, 그동안 훈련하고, 나아가 동부의 지리와 전훈을 신병의 피와 살로 만들라니, 스스로도 무리한 소리를 한다는 자각이 있었지만.

그래도 희망에 가까운 형태로 잘된다는 것은 좋은 의미로 놀랍다.

부하가 상사를 잘 이용하고, 상사가 부하를 잘 이용한다. 일이란 것은 원래 그런 것. 토스판은 지시를 기다리는 중위였지만, 지금은 그 역시 훌륭한 인재로 성장했다. 자신이라는 상관에게 물자 조달을 넌지시 떠넘기다니, 예전의 중위라면 상상도 할 수 없다.

어쩌면 그란츠 중위가 슬쩍 알려준 걸지도 모르지만, 그것을 토스판 중위가 솔직히 받아들인 것도 훌륭한 평가 대상이다.

타냐로서는 자기의 교육 수완이 슬쩍 자랑스러운 순간이었다.

"보병도 키워 볼 만하군."

"중령님?"

"마도장교도, 참모장교도, '눈에 띄는 것'을 주목하곤 하는데 말이야. 결국은 사람이야, 사람. 그 점에서 해야 할 일을 할 수 있게 사람을 인도하는 것이라면 나로서도…… 아니, 이건 개인적인 감상에 불과한가."

어깨를 으쓱이며 타냐는 엇나간 이야기를 직무로 되돌렸다.

"보병이 전력화되는 건 빠르면 빠를수록 좋다. 군대의 기본은 보병이다. 결국 마지막에 승부를 가르는 건 보병이니까."

"우리 항공마도사가 말하는 것도 이상한 이야기입니다만, 옳은 말씀입니다."

바이스 소령의 익살스러운 목소리에 타냐는 단연히 동의한다고 끄덕였다.

"스포츠라면 엘리트만으로 할 수 있다. 하지만 전쟁이다. 총력전이다. 모두가 해야만 한다. 그럼 전체적인 능력 향상이 제일 빠르겠지."

"하지만 보병뿐이라면……."

"보병뿐이라도 도움이 안 되는 것보단 낫겠지."

"이치는 알겠습니다. 하지만 현실문제로 기갑전력이 부족합니다. 그 결과 마도사로 구멍을 메우려고 해도 그 부담으로 무너집니다. 보병에게 무리를 시키면 손해는 더 늘어납니다."

타냐는 부장이 말하고자 하는 바를 수긍했다.

"음, 알고 있다. 무엇보다 기동전이라도 벌어지면 포병이 쫓아갈 수 없는 속도를 각오해야 할 테니까. 여기에 맞춰서 무리하게 달리게 하면 보병도 못 쓰게 되겠고…… 골치가 아프군."

투덜거리고 한탄하면서 타냐는 팔짱을 꼈다.

"메베르트 대위를 대리 지휘관으로 삼아도 좋겠지. 다행히 토스판 중위와 그는 궁합이 좋다."

포는 아마도 불충분할 것이다.

기갑전력은 사실상 소실했다.

정원을 맞춘 것은 보병과 항공마도사뿐.

다만 보병과 포병은 남기고 훈련시켜야 하는 상황. 전략예비로서 대기시킬 수밖에 없다.

위와 같은 카드를 여름까지 얼마나 충족시킬 수 있느냐가 승부겠지.

여름이 되면 전쟁의 여름이다. 라우돈 대장이 어떤 지휘를 할지에 달렸지만…… 제투아 각하가 점찍은 인물이라면 나쁘지는 않으리라.

"어찌 되었든 다음 캠페인까지 죽어라 준비다. 무모하기 짝이 없는 데다가 어차피 불공평할 것 같은 기분이지만."

"전쟁이니까요."

맞는 말이라며 타냐는 어깨를 으쓱였다.

전쟁은 스포츠와 거리가 멀다. 공평의 개념은 절대로 없다.

하지만 그러니까 승부의 결과도 '승리' 이외의 승리법이 나온다. 쉽게 말해 지지 않으면 된다.

타냐는 거기서 고개를 내저었다.

물론 이기는 법이나 지는 법, 나아가서 전장의 결과를 어떻게 활용하는가 하는 문제가 있다고 해도, 전쟁을 싸우는 당사자로서는 눈앞의 문제를 배제하는 것도 우선해야만 한다.

"결국 모든 문제는 카드가 부족해서 생긴다. 상부의 무리한 요구도, 모든 것은 거기에 기인한다고 해도 좋다."

"상부라고 하면…… 참모본부의?"

"그렇겠지. 동부는 모든 게 임기응변이다. 제투아 각하가 우리를 급히 보내고 싶다고 생각하시는 것도 당연하지."

그것 때문에 끌려온 타냐로서는 정말로 난처한 노릇이다. 다만 상부가 '쓸 만한 카드'를 열망하는 것은 이해할 수 있다.

"입장이 다르면 시점도 달라지는 법이군."

"중령님?"

"생각해 보게나, 소령. 우리도 마구 부려먹는 쪽 아닌가?"

타냐는 말을 이었다.

"애초에 나도, 귀관도, 현재 가장 활용할 수 있는 토스판 중위의 보병부대를 어떻게 써먹을지 생각하고 있다. 정비 상태가 끔찍한 알렌스 대위의 전차부대를 어떻게 활용할지로 고민하고 있다. 모두가 비슷한 꼴이지."

누가 나쁘다는 문제가 아니라, 직무의 필요성과 시장 실패 때문에 안 좋은 환경이 생겨났다는 소리겠지. 거참, 시장원리가 작용했으면 증원이 있든가, 직장을 옮기든가, 대우 개선을 기대할 수 있는데!

"바이스 소령, 거듭 생각하는데…… 전쟁은 참 싫다. 우리에게서 너무나도 많은 것을 앗아간다."

"실례합니다. 우리 군은 그 정도입니까?"

질문하는 듯한 시선의 부하에게 타냐는 확실히 고개를 끄덕여 주었다.

아니, 타냐는 거기서 못을 박았다.

"귀관은…… 지금이라면 조금은 알아두었어야 하지 않나?"

"배움이 부족했습니다."

"아니, 내가 말하고도 그렇지만, 모르는 것도 당연한가. 내가 귀관을 나무라는 것은 불공평한 처사일지도 모르지."

타냐는 생각했다.

바이스 소령은 직업군인이다. 차석 지휘관이란 중책을 맡은 소령에게 넓은 식견이 요구된다고 해도, 그가 경제학적 시점을 갖지 않았다는 문제는, 공평하게 생각하면 소령 혼자만의 과실이라고 하기 어렵다.

"아니, 이건…… 내가 잘못했군."

놀라는 바이스 소령에게, 타냐는 자신의 식견 부족을 재빨리 사과했다.

"미안하군, 바이스 소령. 내가 너무 많은 걸 요구한 모양이다."

"아니! 소관의 배움이 부족할 따름이겠지요!"

타냐는 더 말하려는 소령에게 손을 내저었다.

"아니, 그렇게 부끄러워할 필요는 없다."

공평하기 위해서 타냐는 그 사과를 가로막았다.

"내 경우는 조금 경험이 특수해서 말이지. 이러한 식견을 얻으려면 아무래도 시간이 필요하다. 귀관도 조금만 더 오래 살면 자연스러운 감각으로 어느 정도 이해하겠지."

"그야 이 부대에서 특수한 것만 경험합니다."

바이스 소령은 왠지 곤혹스러운 얼굴이다. 그는 진지하게 미안하게 느끼는 거겠지.

모호한 억측으로 조언하기도 그렇다. 지금 부하에게 잘못된 설교를 한 판이라서 타냐는 부하의 말을 일단 긍정했다.

"긴 인생에서는 무엇이든 특수한 것뿐이다. 그렇기에 내가 귀관에게 잘난 듯이 강평할 수 있는 것도 경험이 귀관보다 조금 풍부한 것에 불과하다."

"어어……. 아, 전장 경험 말씀이군요. 크게 실례했습니다."

멋대로 납득한 듯한 소령에게 속으로 뭘 추가로 말해야 할까 생각했을 때, 타냐는 부하의 체면을 존중하기로 결심했다.

무엇보다 타냐의 의식은 이미 다음 문제로 넘어갔다. 개인의 체면을 해치는 것보다도 군이 직면한 문제를 확실히 처리해야 한다고.

"소령도 알다시피 우리 부대는 혜택을 받고 있겠지. 다른 곳과 수준이 달라서 상황을 잘못 판단하면 곤란한데."

"하아……. 아니, 그건."

곤란하다는 시선에 타냐는 여태까지의 대화를 돌아보았다.

술버릇은 몰라도 기본적으로 깐깐한 바이스 소령이 이렇게 기묘한 반응을 보일 내용이 여태까지의 대화에 있었던가……라고 생각하려던 때 타냐는 깨달았다.

이럴 수가.

내가 그만 너무 풀어져 있었던 모양이다.

"내가 배 부른 푸념을 했군. 인재를 넉넉히 받은 쪽이 더 필요하다고 떼를 쓰는 꼴인가. 게다가 그걸 부하에게 말하다니."

윗선의 추태에 어울리다 보면 사람 좋은 소령도 말을 흐리게 된다고 할까. 경험이 풍부하며 정당한 조직인인 타냐는 재빨리 자기 잘못을 인정하고 사죄의 말을 했다.

"정말로 미안하군. 내 말이 폐를 끼쳤겠지. 뻔뻔한 소리긴 하지만, 잊어 주면 고맙겠다."

"아닙니다. 저야말로 귀중한 지적을 받았습니다. 지도해 주셔서 감사합니다."

유능한 부하의 배려란 이런 거겠지. 눈치 빠른 말에 마음속으로 감사할 때, 마침 커피 포트를 손에 든 부관이 돌아오는 것을 타냐는 냄새로 인식했다.

부관의 손에 있는 것은 진짜의 진한 향기를 내는 커피다. 군용견이 아니더라도 이 자리에 어울리지 않는 좋은 향기라면 놓칠

리가 없다.

"수고했다, 세레브랴코프 중위. 딱 좋은 타이밍이다."

"커피 휴식을 하시겠습니까?"

"그렇군. 가끔은 느긋하게 마실까."

야전용 접이식 테이블은 미묘하게 높이가 마음에 들지 않지만, 무너질 듯한 민가에서 적당히 커피 한 잔을 즐긴다는 의미로는 그 이상을 요구할 수도 없다.

위대한 상관의 거대한 존재감과 이에 반비례하는 작은 신장 앞에서, 바이스 소령은 가슴속으로 희미한 쓴웃음을 흘렸다.

눈앞에서 우아하게 커피를 즐기는 중령님은 역전의 용사이며 탁월한 군인이다.

부하로서의 자신도 데그레챠프 중령님이 직업군인으로서 정말 위대한 분이라고 존경하고 있다.

하지만 그는 때때로 생각한다.

평소에는 잊고 있지만, 상관은 아직 나이가 어리다. 한 번 의식하게 되면 참 기묘하다는 감개가 있었다. 즉, 어떤 면으로서는 한없이 거대한 거인인데, 한 번 슬쩍 보면 사실은 매우 작다.

자연스럽게 커피를 즐기는 세레브랴코프 중위와 유쾌하게 답하는 중령의 조합은 생각해 보면 참 기묘한 재미로 가득했다.

말하자면 아이와 언니의 군인 놀이.

거기서 바이스는 고개를 내저었다. 그런 바보 같은 감상은 꼭 무덤까지 가져가야 했다.

옆에서 보면 군인 놀이로 보이는 조합이더라도, 저 두 사람은 나란히 네임드급이고 베테랑 중의 베테랑이다.

게다가 눈앞의 상관님은 은익돌격장을 시작으로 훈장을 줄줄이 달았다. 흉악함으로는 완벽하게 입증되었다. 그렇게 살아남아서 전공을 계속 쌓고 있는 마도사다.

그런 상대에게 일부러 키 문제로 야유 같은 걸 할 수 있을까?

어지간히 강렬한 자살희망자가 아닌 이상 말도 안 된다고 바이스는 속으로 작게 투덜거렸다. 즉, 최소한의 위기관리능력이 있으면 절대로 안 한다는 소리다.

"당직의 인계 말인데……."

"중령님은 정찰에서 막 돌아오셨습니다. 한동안은 제가 당직을 설까요?"

그렇게 마음 쓴 바이스에게 돌아온 대답은 쌀쌀맞았다.

"일부러 고맙군, 소령. 하지만 나는 귀관이 규정대로 적절하게 피로를 풀기를 희망한다. 우리는 육체적 피로라면 또 몰라도, 집중력이 제일 먼저 사라지는 것을 알고 있겠지? 아니면 귀관의 집중력은 그건가? 휴식을 필요로 하지 않는다는 건가?"

"아뇨, 그건."

"마음을 써 준 것은 고맙지만. 이런 것은 괜히 마음을 써 주는 것보다도 규정대로 하는 것이 훨씬 낫다. 애초에 상관이란 부하보다 고생하는 법이다. 그게 권한 있는 인간의 의무겠지."

맞장구를 치면서도 지원군을 찾아 세레브랴코프 중위에게 시선을 보냈지만, '이건 틀렸습니다.' 라는 얼굴로 침묵을 지키는 부관의 모습이 있을 뿐.

어쩔 수 없이 지휘소를 뒤로한 바이스는 팔짱을 끼고 하늘을 올려다보았다.

"능력 있는 사람의 감성은 독특하군."

책임감이 뛰어나다. 그리고 좋든 나쁘든 상사는 우직함을 내세우는 타입이었다.

다만 상관은 지극히 단순히 자기가 할 수 있는 일을 남도 당연히 할 수 있다고 생각하는 거겠지. 그 문맥으로 보자면 중령님이 '너무 많이 요구한 모양이다.' 라고 투덜거리는 것은 다소 아쉽기도 하다.

"기대가 무겁군."

제투아 대장 각하도 그렇고, 데그레챠프 중령님도 그렇고, 바이스의 주위에 있는 탁월한 개인들은 죄다 이러니까 문제다.

"노력은 하겠지만, 따라갈 수 있을 것 같지 않아."

한숨을 흘릴 수밖에 없다. 상관들은 이해할 수 있는 범주 밖에 있다. 모 대장 각하에게 두 번이나 휘둘린 가련한 그란츠 중위는 애초에 그런 종족인 거라고 말했지만.

"그런 거겠지……."

자신으로서는 이해할 수 없는 것을 당연하게 말하는 상관.

별로 면식이 없는 제투아 각하는 몰라도, 매일 보게 되는 데그레챠프 중령의 시야조차도 매번 이해하느라 고생한다. 이따금 생각한다. 시점의 차원이 다르다고.

"생각해도 소용없는 짓이군."

한숨을 한 번 내쉬고, 야전장교인 바이스는 생각을 나중으로 미뤘다.

머리를 쓰는 것은 나쁜 일이 아니지만, 머리를 적당히 쉬는 것은 매우 중요하다. 쓰면 지친다는 당연한 사실. 전쟁 경험이 있는 장병이라면 머리가 잘 돌아가지 않는 것의 두려움도 알고 있다. 평소라면 안 할 실수를, 피로가 현실로 만든다.

그런고로 쉴 수 있을 때는 잘 쉬어야 한다.

단순한 일 같지만, '잘 쉰다'라고 하는, 전력 유지를 위한 노력은 어려웠다.

그런고로 제203항공마도대대에서는 쉬는 것도 싸움이다. 바이스는 그것을 경험으로써 자기 피와 살로 만들었다.

준비되어 있던 식사를 위장에 집어넣고, 확보된 그나마 나은 침상에 들어가서 눈을 붙인다. 계속 살아남은 베테랑이라면 먹을 수 있을 때 먹고, 잘 수 있을 때 잔다. 좋은 군인이란 그런 것이다.

애초에 전장이란 한가한 듯하면서 바쁘고, 바쁜 듯하면서 한가하다. 시간을 잘 사용하지 않으면 신경이 소모된다.

이렇게 확보한 수면 속에서 다소 나른한 가운데 눈을 뜨고 부대 녀석들과 바보 같은 소리를 나누며 머리를 돌리고, 군용우편이 오지 않는 것을 한탄하고 푸념하여 우울함을 빠져나오고, 어깨를 돌리는 체조를 하며 하루를 보내면 바로 다음 근무시간이 찾아온다.

부식 통조림 대신 군용 초콜릿을 씹고 미묘한 대용 커피를 홀짝이며 준비를 마친 바이스는 그대로 일터로 향했다.

"좋은 아침입니다."

지휘소에 얼굴을 내비치자 다소 졸린 얼굴을 한 상관이 손짓했다.

"그래, 바이스 소령. 귀관은 운이 좋군."

"중령님, 운이 좋다는 말씀은?"

"수면시간이 확보되어서 좋겠다는 말이다. 나도 인계하고 한 숨 잘 생각이었는데 상부가 무리한 소리를 했다."

데그레챠프 중령은 한숨인지 쓴웃음인지 모를 소리를 내고 투덜거렸다.

"아무래도 재수가 없었던 모양이다."

급기야 약한 소리까지 하는 중령님이 말하는 재수란? 의식을 전환한 바이스에게 상관은 투지가 왕성한 맹호도 질겁할 것처럼 흉악한…… 〈라인의 악마〉 소리를 들을 만한 표정으로 말했다.

"지명이다. 위에서 직접 말이지."

조금도 영광으로 여기지 않는 듯한 상관에게 바이스가 묻는다.

"어떠한 명령이 내려왔습니까?"

"참모본부에서 위력정찰 명령이 내려왔지. 라우돈 각하도 승인하셨다. 한 번 부딪쳐서 연방군의 재건 상태를 정탐하고 오라는 지명이야."

당직 직후라서 졸릴 때면…… 인간은 아무래도 무뚝뚝해지는 모양이다.

교대 타이밍에 귀찮은 일이 날아와서, 눈을 살짝 누르고 싶어지면서도 타냐는 서류와 명령을 보고 있었다. 그럴 때 느긋한 얼굴로 지휘소에 얼굴을 내비친 부장에게 다소 험악한 눈초리를 보낸 것은…… 뭐, 유치함이 심했다고 타냐는 다소 반성했다.

물론 그렇다고 해도, 그렇다고 해도 말이지.

푸념 한마디 정도는 흘리고 싶은 안건인데.

"정확하게는 참모본부에서 제203항공마도대대를 지명하셨다. 적의 동정에 일부나마 수상한 점이 있으니까 두들겨 보라는 말씀이군. 제투아 각하도 참 편하게 말씀하신다."

흥 하고 콧소리를 내고 타냐는 거기에 덧붙였다.

"하지만…… 우리가 유격수로 나설 수 있는 부대란 사실을 잊지 않으신 모양이다."

편리하게 이용할 수 있는 항공마도사라도, 숙련도가 있어야 그럴 수 있다.

위에서 높이 평가한다는 사실을 확실히 부하에게 명시한다. 이러한 평가 공유와 철저한 상호이해는 성실하고 좋은 중간관리직으로서 최소한의 직업상 의무이기도 하다.

"기억력이 좋은 상층부란…… 참 귀찮군요."

붙임성 좋게 답하는 부장에게 타냐는 고개를 내저어주었다.

"건망증에 걸린 사령부 참모들보다는 훨씬 낫겠지. 우리가 고생하는 것은 다름없지만."

능력을 평가받고 있다고 부하에게 전하면서 일은 편하지 않다는 공통인식을 확인한다. 지시 확인과 마찬가지로 이러한 자잘한 수고를 철저히 하는 것은 결코 헛일이 아니다.

"자, 소령. 본론에 들어가자."

타냐는 책상 위에 펼쳐놓은 자료의 일부를 선택하여 바이스 소령에게 건넸다.

"항공함대의 항공정찰 사진이다. 어쩐 일로 연방군 부대에 움직임이 있었던 모양이다."

보라고 재촉하면서 타냐는 설명을 더했다.

"아무래도 동면에 들어가지 않은 곰이 기계화부대로 변해서 굴에서 기어나온 모양이다."

사진을 응시하고 자료를 정독한 바이스 소령이 고개를 들자, 그 얼굴에 떠오른 것은 순수한 의문이었다.

"아무리 봐도 기계화부대……가 아닙니까. 왜 일부러 저희에게 지명이 온 건지……."

조금 생각하기 힘들다고 말하려던 바이스 소령은 지극히 지당한 감성을 가지고 있다.

기계화부대란 귀찮은 적이지만, 참모본부가 일부러 전략예비로 배치한 제203항공마도대대라는 카드를 뽑아야 할 상대도 아니다. 예비병력은 투입 타이밍이 중요하다. 전선에 나타난 기계화부대에 일일이 반응했다간 중요한 때 선략예비가 없다는 웃기지도 않는 일마저 생길 수 있으니까 당연하다.

하물며 동부 방면군의 라우돈 각하와 조정해서 명령할 정도니까, 즉흥적이라고 하기에는 너무 조직적이다.

그렇긴 해도, 그렇긴 해도 말이지.

"아니, 본 바와 같다, 소령. 연방군의 기계화부대다."

"왜 상부는 저희처럼 사납고 다루기 힘든 사냥개를 일부러 이 부대에 보내는 겁니까? 이놈들에게 뭔가 특별한 사정이 있는 겁니까?"

타냐는 부하의 의문을 환영하듯이 살짝 웃었다.

"감이 좋군. 마도 반응이 짙게 있었다는 모양이다."

표정을 굳힌 바이스 소령은 의미를 명료하게 이해하고 있었다. 기계화부대에서 마도 반응. 그것이 의미하는 바는 정말 심각하다. 참모본부가 대응을 검토하고 싶어지는 것도 지당하다.

"기계화부대. 그것도 마도 반응이 포함되다니. 냄새가 꽤 구리군요."

"동감이야, 바이스 소령. 기계화부대에 마도 반응이라면, 우리도 돌파에서 쓰는 술수지. 이러한 전술을 연방이 채용할 가능성이 있다고 하면 무시할 수 없다."

부장에게 지적받은 대로 '냄새가 구린' 상대였다.

마도 반응이란 마도사가 흘리는 것. 보통은 하늘에서 감지되는 일이 많다. 애초에 날고 있으니까.

당연하지만, 전차보다 마도사가 나는 게 더 빠르다.

속도의 자릿수가 하나, 자칫하면 둘은 다르다.

하지만 마도사라는 '잔재주 많은 병과' 는 그 존재가 탐지되기 쉬워서, 비밀리에 돌파하려면 문제도 많다. 단독으로는 해결이 곤란한 이 문제 말인데, 이동 수단으로 수송기나 수송차량을 이용하면 사정은 달라진다.

실제로 소규모라면 전술적으로 결코 드물지 않은 사용법이다. 마도를 이용하여 반응을 흘리기 직전까지, 걸어서, 혹은 차량으로 몰래 접근하는 것은 기습 효과가 월등히 뛰어나다고 교범에도 실려 있다.

다만 그걸 대규모로, 부대 단위로 하면······.

"연방군이 마도부대와 기계화부대를 조합한 조직적이며 기습적인 운용을 꾀하는 것이라면, 절대로 간과할 수 없다. 정탐할 필요성은 분명히 있다."

무엇보다 상황이 갖추어졌다. 동부전선이 조용한 것은 아무래도 제국군측의 의심을 부채질한다. '놓치고 싶지 않으니까 위력정찰이다!'라는 말이 나오는 것도 고개가 저절로 끄덕여질까.

"어쩌면 봄일 가능성이 있을까."

안 좋은 예감이란 말로 하고 보면 형용하기 어려운 으스스함을 띤다.

"설마! 진창 기간에 공격입니까?"

믿기지 않는다는 소령의 목소리는 상식적인 반응이겠지.

제투아 대장조차도 '가능성은 작다'고 간주할 정도다. 하지만 춘계공세를 적이 의도하고 있다면 과연 어떨까.

"조금씩 탱크데상트 연습을 거듭하는 이유로서는 말이 된다. 어쩌면 생각보다 적의 공세가 이를지도 몰라."

안 좋은 일이라고 중얼거리면서 바이스 소령에게 부대 출격을 명령하려던 타냐. 하지만 그때 뛰어 들어온 부관의 모습을 발견했다.

통신실에서 달려온 것이겠지.

전문인 듯한 종이를 손에 든 세레브랴코프 중위는 간략하고 직설적으로 용건을 말했다.

"중령님, 동부 방면군 사령부에서의 지명입니다."

수고했다는 말과 함께 전문을 훑으면서 타냐는 그 타이밍에 얼굴을 찌푸렸다.

"동부 방면군에게 의리 없이 굴고 싶진 않지만, 이미 위에서 명령을 받았는데⋯⋯."

일이 난처하게 되었다는 말은 곧 놀라움의 말로 바뀌었다.

"뭐라고?"

"중령님?"

의아한 기색인 소령에게 타냐는 놀라움을 공유했다.

"동부 방면군 사령부 왈, 수상한 기계화부대가 있다고 하는군. 라우돈 각하는 제투아 각하와 동류인 게야. 일부러 참모본부의 명령을 실행하라는 명령이시다. 이걸로 동부의 관료주의와의 마찰은 많이 줄겠군."

킬킬 웃고 싶어졌다.

제국군 참모본부는 공통 패러다임으로 '모두가 동일한 조건이라면 일정 정도 호환성이 있고 공통 판단이 가능한 공통의 작전 두뇌' 등을 계속 모색했는데, 실무 선에서의 배려까지도 생각이 미친다면 기쁠 따름이다.

"아무래도 같은 안건으로 위에서 밀어주는 모양이다. 좋아, 얼른 처리해 볼까."

하기로 했으면 수순은 막힘없이 진행된다. 투입하는 병력은 아낌없이 대대 전력으로 하기로 즉결. 대리 지휘관으로 남기는 메베르트 대위에게는 기본적으로 '은폐'를 철저히 시키고 일이 생겼을 때의 반격태세를 일단 확인하지만, 서로 익숙한 일이다.

인수인계는 한마디로 끝난다.

이제는 날아가기만 하면 된다. 항공마도대대 전력의 출격이라면 거창하지만, 자고 있는 녀석들을 깨워서 즉각대응으로 출격하는 것보다는 훨씬 여유도 있었다.

줄을 쫙 세우고, 출격 전에 타냐가 가볍게 훈시했다.

그 뒤에 바이스 소령에 의해 목표가 '마도 반응을 흘리는 기계화부대'라고 알리고, 전반적인 정세에 관해서 철저히 주지시킬 정도다.

그 뒤에 순서대로, 중대 단위로 공중에서 대열을 형성한다. 그 동안에 거점을 내려다보니 위장이 참 멋지다.

"토스판 중위 녀석, 위장이 많이 늘었지 않나."

언뜻 둘러보기론, 타냐의 눈에도 그냥 마을이다. 덧붙여서 낡아 빠졌다는 형용사를 앞에 붙여도 전혀 문제가 없겠지. 여기에 전투단 부대가 자리를 잡고 있다고 누가 알까. 항공사진 일체를 넘겨받고 빠짐없이 분석하라는 명을 받은 분석관들도 깨닫지 못할 차원이다.

'여기가 아군의 기지'라고 아는 타냐조차도 그렇다.

적이 보자면 정말 상상도 못하겠지. 가난이란 말을 삼키고 멋들어진 위장이라고 둘러대면, 뭐든 긍정적으로 보이는 법이다.

그렇게 감탄한 타냐에게 부관이 말을 건다.

"중령님, 뭔가 기쁜 일이라도?"

"아, 비샤. 아래를 봐라."

"거점이 어떻습니까?"

"대단한 위장이라고 감탄하고 있었다."

"아하, 그렇군요. 우리의 침상인데, 하늘에서 보면 그냥 마을로밖에 보이지 않으니까요……."

타냐는 웃었다.

"그렇지? 방어진지의 위장 정도라면 어느 부대든 하지만, 주둔하고 있는지조차도 숨길 수 있다니."

맞는 말이라고 맞장구를 치던 부관은 거기서 한숨을 흘렸다.

"돌아올 때 밤이면 큰일이겠네……."

타냐는 부관의 걱정을 웃어넘겼다.

정말로 철저하게 위장한 근거지를 야간에 찾기는 어려울 것이다. 하지만 이번만큼은 확실한 표식이 바로 곁에 있지 않은가.

"여차할 때는 근처에 있는 동부 방면군 사령부를 표식으로 날면 되겠지. 부탁하면 전파 유도 정도도 해주겠고."

"아하, 그렇군요."

군 사령부 근처라서 잘됐다고 말하려던 타냐였지만, 그때 문득 깨달았다. 분명히 위장은 철저하지만, 군 사령부 근처란 것은 아무래도 적의 이목을 모으기 쉽다.

적에게 발견되지 않더라도 적의 눈은 이쪽을 발견하기 쉬운 것이다.

"위장, 은폐, 기만, 인가."

[chapter]

IV

제 4 장

차질(蹉跌)

Setback

높으신 분의 좋은 생각 = 현장의 악몽

———— 흔히 있는 현장의 진실 ————

》》》》통일력 1928년 1월 7일 연방 《《《《

〈여명〉의 준비에 임하며 연방군 당국에서는 '어떻게 제국의 방어전술을 무력화' 할 것인지에 심혈을 기울였다. 과제로서 의식되었던 것은 스트롱홀드 방식이라고도, 거점방어 방식이라고도 칭해지는 제국이 시작한 방어전술이다.

이것은 전선이 돌파당한다는 전제로, 돌파당한 방어선의 보전을 단념하고, 방어선에 배치된 부대가 각각 사전에 만든 진지 고수에 전념하는 방식이다.

당연히 전선이 돌파당한 상황에서 전선 부근의 거점에 틀어박히면 포위된다. 제국인은 그걸 받아들였다. 포위당하는 것은 어쩔 수 없다고.

그리고 그들은 사고방식을 바꾸었다.

'포위당한다면, 적을 구속할 수 있다고 생각하면 되는 것 아닌가?' 라고.

요컨대 지원군이 구하러 올 때까지 버티면 된다. 어떤 의미로 농성전 그 자체다.

모든 전선에서 탄성방어를 채용할 여력이 없는 제국이 궁여지책으로 만들어낸 것으로 보이는 방어거점 농성이지만, 연방군에게는 '방치하고 전진하자니 후방이 위험하고, 공략에 달라붙자니 야전군으로 요새공략을 하는 꼴' 이라는 실로 귀찮은 물건이며, '틀어박힌 적' 을 어떻게 조기에 무력화하는가 하는 점에서 크게 골치를 앓았다.

하나하나의 방어선은 얇더라도 거점화 진지가 되면 상당히 견고하다. 보병의 육박공격으로는 희생이 크고, 중포로 공략하는 것조차도 시간과 물량을 요구하는 것치고 확실성이 부족하다.

어중간하게 시간을 잡아먹다간 제투아라는 사기꾼처럼 악랄한 제국군의 기동부대가 반격할 것이라는 보증도 딸렸다.

그런고로 어떻게 이 거점을 무력화할까……라는 점이 중대한 문제였지만, 〈여명〉의 입안을 주도한 쿠투즈 대장은 심플하게 이것을 해결했다.

그 해결책은 '상대하지 않아도 되도록 한다'는 어프로치다.

즉, '전선을 돌파하는 부대', 진군하는 제1집단과 후방의 연락선을 거점에 틀어박힌 제국군 야전부대가 위협한다면 제1집단과는 별도로 적을 거점에 묶어두는 '대책 부대'를 준비하면 된다.

쉽게 말해서 돌파 담당과 포위 담당을 각각 준비할 뿐이다.

콜럼버스의 달걀이었다.

대규모 병력을, 적절하게, 적당한 타이밍으로, 통합해서 운용한다. 돌파하기 어렵다던 제국식 방어진지를 열어젖힐 열쇠를, 〈여명〉은 그저 그것만으로 획득한 것이다.

쿠투즈 대장의 방식은 결코 독창적으로 평가하기 어려운 부분이 있다고 해도, 이론과 현실을 견고하게 조합해서, 어떠한 잔재주도 쓰지 않도록 노력한다는 견고한 이론으로 뒷받침된 구조이기도 했다.

하지만 연방은 사상의 나라이기도 하다.

문제를 나중에 해결하면 된다는 생각에 대해 '문제를 제일 먼저 해결하면 어떤가?'라고 생각하고, 이어서 '어떻게 하면 그것들을 달성할 수 있을까'라는 질문이 뒤따른다.

쉽게 말해서 적의 거점을 싹 밀어버릴 수 있다면 더더욱 좋다는 소리다.

이쪽 또한 사상으로서 실로 명료하고 '적 방어거점을 여는 병따개도 필요하다'라는 요구에서 '그럼 필요에 응하여 병따개를 발명하자'라며 이것저것 연구가 진행되게 된다.

여기서 주목을 모은 것은 제국의 방식이었다.

즉, 마도사로 탱크데상트.

당초에는 항공마도사가 마도 반응을 죽이고 기습적으로 전개하기 위한 이동 방법으로 여겨졌던 것에 불과한 이 전술에, 실행자인 제국군 당사자조차도 의도치 않은 평가를 연방군에서 부여했다.

그 말에 따르자면 '혁명적인 거점 공략 전술'.

기갑부대에 의한 '거점 공략'에서 기계화부대를 통째로 마도자질 소유자로 편제하면 '장갑 있는 보병이 기동력을 가지고 적거점을 공략할 수 있지 않을까'라는 이론적 가능성이 도출된 것이다.

물론 마도 자질 보유자를 긁어모아서 여단으로 만들기란 아무래도 어려우니 실험적으로 일부만을······이라고 해서 '제1기계화 마도시험연대'가 병따개로서의 기대를 한 몸에 받고 운용실험을 하게 되었다.

쿠투즈 대장도 본심으로는 '포위부대를 두기만 하면 되는 것 아닌가'라고 생각하지만, 군 내부의 절충에 민감한 대장 각하께서는 쓸데없는 짓이라는 흉중을 일부러 드러내지 않았다.

애초에 당이 의욕적인 것을 그는 알고 있으니까. 그리고 '상부의 생각이 담긴 플랜'에 반대하면 어떻게 될지 그는 숙지하고 있었다.

반대한 플랜이 성공하면 당연히 자신의 체면이 깎인다. 하지만 이건 그나마 나은 결말이다. 정말로 최악인 것은 자신이 반대한 플랜이 실패했을 때다. 간교하게도 실패를 예언했다고 상부가 받아들이기라도 하면 정말 큰일이다.

아마추어의 그리 유해하지 않은 생각에까지 전문가로서 열심히 반대하는 건, 라게리(강제수용소)행 티켓을 예약하는 꼴 아닌가. 돌이킬 수 없는 최악의 생각에만 절도를 지키며 반대하면 된다. 그게 쿠투즈 대장의 미학이었다.

그런고로 제법 재미있겠다는 당 중앙의 평가도 얻은 연방군 제1기계화 마도시험연대는 드디어 동부전선에 모습을 보였다.

새롭고 의욕적이며 독창적인 구조.

어쩌면 사실상의 기준이 될지도 모른다는 구조.

하지만 ——.

그날 〈여명〉 직전에 불길하게도.

그들의 앞에서 도마뱀이 모습을 드러낸다. 그것은 불을 뿜는 도마뱀이었다.

그 이름은 샐러맨더.

제국이 세계에 뽐내는, 불 뿜는 도마뱀이었다.

고도를 올려서 잠시 적을 찾던 그란츠 중위가 의외라는 표정을 하며 고도를 내려 타냐와 나란히 날면서 보고를 외쳤다.

"정면에 반응 있음! 미약하지만, 목표 상정 위치와 합치! 포착했습니다!"

"이 거리인데? 정말로 반응이 있었나?!"

"사전에 보고가 있던 구역입니다! 틀림없지 않을까 합니다!"

일단 이쪽의 징후를 들키지 않기 위해서 무전을 쓰는 것조차 기피하는 쪽에서 보면 '적도 그 정도는 조심할 터'라고 무의식 중에 생각하는 법이겠지.

타냐는 잠시 망설였다가 결심했다.

몇 번이나 탐지를 위해 이쪽의 마도 반응을 흘리는 것은 싫지만, 일부러 높게 날아올라서 고도를 취하고 사전에 이야기가 나왔던 지역을 향해, 만약을 대비해 주위의 마도 반응을 찾았다.

"이럴 수가."

반응 있음, 정면. 그 이외에 형용할 수 없는 마도 반응. 설마 이 거리에서 잡히다니 말도 안 된다는 게 솔직한 마음. 마도 반응을 죽이는 것을 한계까지 의식하고 가급적 비행술식의 마도 반응조차도 흘리지 않으려고 저고도를 아슬아슬하게 날게 하는 타냐로서는, 적의 성대한 마도 반응은 다른 차원의 문화 그 자체였다.

이건 무슨 계략이 아닐까 하고 혀를 차고 싶을 정도로 적은 한가하기 이를 데 없었다.

"바이스 소령! 만일을 위해서다. 귀관도 찾아봐라!"

대답과 함께 한순간 탐지를 위해 고도를 올렸던 바이스 소령의 반응도 기가 막혔다. '음?'이라는 얼굴에 이어서 '어라?' 싶은 얼굴이 되고, "이게 말이나 돼?"라고 중얼거리면서 고도를 내리는 모습이란.

"감지했습니다. 그란츠 중위의 보고와 같습니다."

"너무합니다! 두 분 다 의심하셨던 겁니까?!"

타냐는 "미안하군!"이라고 그란츠 중위에게 소리쳐 주면서 바이스 소령에게 물었다.

"어떤가, 소령. 어떻게 보지?"

"이 정도로 마도봉쇄가 서툰 적이 있다고 생각되지 않습니다. 어쩌면 유인책 아니겠습니까?"

"음?"

타냐는 부하의 의견에 눈썹을 찌푸렸다.

105식 때도 그렇고, 의외로 이 부장은 아이디어맨이다. 그런 그가 타냐의 시각에 없는 의견을 내놓는다면 들어봐야 했다.

"잠깐만, 소령. 양동, 미끼, 기만의 가능성이 있다고?!"

"너무 노골적입니다!"

타냐는 흠 소리와 함께 팔짱을 꼈다. 저번 장교정찰에서도 마도 반응을 적이 미끼로 쓸 가능성을 자신도 진지하게 고려했다. 결과는 빗나갔지만⋯⋯ 그렇다고 해도 이번의 적이 그것을 하지 않으리란 보증은 없고, 대놓고 적을 얕보는 것은 위험한 잘못이겠지.

"방심할 수는 없다는 건가⋯⋯."

적을 과소평가하는 것은 잘못이며, 언덕길에서 굴러떨어지는 당당한 첫걸음이다. 자신의 기량과 부하의 숙련도를 과신하다가 실수로 킬존에 뛰어드는 것도 취미와는 거리가 멀다.

겁쟁이일 정도로 최악을 상정하는 것은 조심성 많은 좋은 마음가짐이겠지.

"소령, 잠시 대기! 다시 확인한다!"

너무나도 거듭 고도를 올려서 확인하는 것은 솔직히 싫었다. 심연을 엿볼 때, 심연 또한……이란 것은 아니지만, 상대의 마도 반응이 잡힐 때 상대도 이쪽의 마도 반응을 잡는다는 것은 상정해야 할 사상이다.

기습을 기대한다면 단연코 그만두어야만 한다. 하지만 덫에 걸리는 것보다는 강습이 그나마 낫다. 타냐는 고도를 올려서 다시금 먼 곳의 반응을 캤다.

거리가 있다고 해도 마도 반응이 흐르는 것은 틀림없다.

105식이나 연방군의 미묘한 자질의 삼류 마도사와 비교도 안 될 만큼 제대로 된 반응이었다.

대놓고 흘리고 있다고 형용할 수밖에 없는 레벨이었다.

"음. 아무리 생각해도 저건 그냥 아마추어로군."

그렇다. 미끼라면 반응을 일부러 흘리고 있다는 것도 불가능한 소리는 아니다.

고도를 내려서 부대의 대열에 합류하니, 걱정하는 얼굴로 바이스 소령이 기다리고 있었다. 나란히 날고 있는 그가 말하고자 하는 바는 알겠지만, 타냐는 어깨를 으쓱여주었다.

"귀관은 미끼라고 생각하나?"

그 질문에 바이스 소령은 힘주어 고개를 끄덕였다.

"저희도 이르도아에서 했습니다! 초보인 척하고 적을 꾀어서 기습했습니다!"

이르도아에서 합중국의 마도연대를 사냥할 때 그런 짓을 했었다고 떠올리며 타냐는 쓴웃음을 지었다. '적도 같은 짓을 하지 않을까?'라는 건전한 경계심을 부하가 느끼는 것은 좋다.

다만 바이스 소령은 이상하게 상식적이라고 할까, 비관적이라고 할까, 적을 과대평가하곤 하는 구석이 있다는 것을 타냐는 깨달았다.

"녀석들이 우리를 유인하려는 거라면, 일부러 방어외피 같은 것을 꽁꽁 두르고 임전태세라고 알리지도 않겠지."

그렇다. 적의 마도 반응은 위장이나 미끼라고 하기에 너무 '조잡'하다.

마도봉쇄를 실패해서 위치를 드러내는 것이라면 모를까, 임전태세인 것을 마도 반응으로 흘리는 미끼란 우수한 미끼라고 할 수 없다.

물론 그것들이 모두 기만의 유인책이고, 판단을 그르친 우리를 꼬이는 책략일 가능성도 없지는 않겠지만…… 그래도 타냐는 반쯤 확신과 함께 단언했다.

"애초에 미끼라고 하자면, 대체 무슨 미끼인가?"

미 공군이 베트남 전쟁에서 썼던 망루 작전처럼 뭔가로 위장하여 적을 유인하는 전술적 수법이 없는 것은 아니다. 하지만 그것들은 기본적으로 '고도의 위장'으로 교활한 속임수 끝에 목적인 적을 유인하는 부류다.

"저 초보 티 나는 마도 반응이 정말로 뭔가의 위장이라고 귀관은 진심으로 주장하나? 단순한 국지적 충돌에서?"

"연방군은 초보가 아닙니다. 놈들은 꽤나 귀찮습니다."

"전적으로 동의한다. 연방군은 초보가 아니고 몹시 귀찮다. 하지만 그건 '연방군'이라는 집합체이지, 마도부대의 질에서는 논의의 여지가 있다."

어제 본 방어외피 없는 삼류 마도사를 떠올려 보면 명백했다. 연방군은 조직적으로 강인할지도 모르지만, 개개인의 차원에서는 연약한 자도 많다.

하지만 타냐의 말에 대해 평소라면 그렇게까지 물고 늘어지는 일이 없는 부장은 여느 때와 달리 진지하게 반대했다.

"중령님, 적을 얕보면 위험합니다. 적은 기계화부대만으로 연대 내지 여단 단위. 적 마도부대에 이르면 반응만 해도 대대 규모 상당. 이것이 덫이라면 무시무시한 호랑이 아가리로 뛰어드는 것일지도 모릅니다."

진지하게 우려를 드러내고 말하는 부하의 말에 타냐는 눈썹을 찌푸렸다. 바이스 소령을 군인으로서 우수하다고 평가하기에 이때다 싶은 타이밍에 의견이 맞지 않는 것은 이상한 기분이었다.

"너무 과대평가하는 것도 마찬가지로 위험한데? 기회를 놓칠 수 있다."

"중령님의 말씀도 이해하고 있습니다. 하지만 이 전장에서는 뭔가 기묘하게 느껴지는 게 있다고 할까요……."

"동부는 항상 구리다. 그 점에서는 진심으로 동의하지만."

적어도 그건 아니다.

연방군의 교활함이라고 할까, 치밀함의 극에 달한 폭력장치로서의 모습은 전술보다 전략 차원의 것이 많다.

"작전 차원이나 전략 차원의 교활함은 둘째 치고, 전술 차원에서 그렇게 노골적이라고 할까, 치졸한 위장을 할 상대라고는 생각되지 않는다."

"원칙론으로서는 그렇습니다만⋯⋯."

"뭐, 일단 조사해 보면 알겠지. 덫이라면 씹어 부순다. 그거면 되지 않나."

결론 없는 대화가 오가는 가운데, 타냐는 이르도아, 제도, 그리고 동부로 바쁘게 배치를 바꾼 폐해를 다시금 통감했다.

전선에서 일정 기간 싸우면 반드시 후방에서 재편성해야만 한다. 강력한 부대도 결국은 인간의 조직. 활력을 잃으면 중요한 전투능력을 상실한다.

계속해서 싸운 부대가 언제든 강하다고 말하는 인간은 90시간 동안 쉬지도 못하고 싸운 뒤, 푹 자고 일어난 동급의 적과 정면 충돌해 보면 된다. 적절한 휴양과 훈련으로 단련된 부대가 일반적으로 정상이다. 이것은 자신의 자식이라고 할 수 있는 제203에서도 예외는 아니라고 타냐는 마음속으로 크게 개탄했다.

바이스 소령과의 의사소통에서도 그렇다. 후방에서 착실히 시간을 들여서 조율, 그리고 전쟁터에 전개해야 했는데.

"표면상으로는 모를까, 속이 꽤 썩었군."

"중령님? 왜 그러십니까?"

"아니, 아무것도 아니다, 바이스 소령. 전투에 대비해라."

소령은 고개를 끄덕이면서도 의아해하는 기색.

물론 타냐도 지금 할 필요 없는 말을 했다고 자각하고 있었다. 항공마도사에게 전투 준비란 사실 단순명료하다. 최악의 경우에는 보주, 라이플, 술식탄을 준비하면 충분하겠지.

다만 타냐는 마도전의 전문가로서 덧붙였다.

중요한 것은 운용이다.

카탈로그 스펙을 숙지하고, 상정된 환경을 공들여 검토하고, 전장에 대해서 최대한 알려는 노력을 기울이는 것은 필수다.

"아니, 마음의 문제로군."

거기서 타냐는 덧붙였다.

"귀관은 너무 성실하다. 뭐든 너무 복잡하게 생각하지 않나?"

"또 그런 말씀을……."

"적의 악의를 느끼기 이전에, 단순히 적이 무능하다는 것도 생각할 수 있겠지? 무슨 일이든 넓은 시야에서 내려다보는 것을 잊지 마라."

그걸 끝으로 대화를 마치고 계속 날면, 머지않아 적의 반응이 저공비행 중에도 잡히는 거리로 변한다. 틀림없이 거기에 적이 있었다. 그렇다. 더 찾을 것도 없이 미묘하게 적의 마도 반응이 감지되는 거리란, 다시 말해 가깝다는 소리.

접근 중에 타냐와 제203항공마도대대는 공대공 전투를 의식하고, 각 페어가 무의식중에 서서히 고도를 올리기 시작했다.

마도사는 아무래도 위에서 공격받기를 싫어하는 생물이기에 나온 습성이다.

철저하게 훈련받은 마도사조차도 지형추종비행은 '필요에 따라서'라고 생각하는 경향이 있다. 게다가 접근할 때는 아무래도 고도를 확보하고 싶다는 것이 타냐의 의도이기도 하다.

여기서 고삐를 당겨 그들의 기동을 억누를 필요는 없었다.

"대대, 시작한다. 속도, 침로는 유지하면서 전투에 대비하여 고도 6천으로."

명령하면, 척 하면 딱 하는 호흡으로 돌아온다.

"고도 6천으로! 침로, 속도, 모두 유지! 대열 유지!"

복창하면서 상승하는 대열에 흔들림은 없다.

전투기동을 전제로 한 치의 흐트러짐도 없다. 속도, 간격, 그리고 무엇보다 중요한 연대는 철저하게 지키고 있다.

다만 기분 탓인지 고도를 취한 탓에 경쾌한 분위기가 떠돌기 시작했다.

"최대한 마도봉쇄를 유지하라. 다만 적 정세의 탐지를 우선해도 좋다."

목청도 좋게 "알겠습니다."라는 대답.

남은 것은 적의 정세를 염탐하면서 적당한 타이밍에 전투에 돌입할 뿐……이라는 것이 평소지만, 이번에는 조금 수법을 달리해 보았다.

그보다도 적 정세를 캐는 수고가 없다는 것은 기묘했다.

선행하듯이 다소 앞에 나갔던 그란츠 중위는 기막히다는 듯이 어깨를 으쓱이고 있으니, 긴장감이라고는 찾아볼 수 없다.

"마도 반응을 이렇게 계속 흘리는 상대라니, 정말로 편하네."

그란츠 중위가 흘린 말에 많은 부하들이 고개를 끄덕이는 것을 깨닫고, 타냐는 살짝 눈썹을 찌푸렸다.

적을 적절하게 평가하는 건 좋지만, 약하다고 얕보는 것은 방심과 별반 다르지 않다.

꾸짖어야 할지 망설였지만, 장교에게는 체면이 있고, 무엇보다 전투 전에 일부러 지휘관이 중위를 사람들 앞에서 면박하는 것도 부대 통제상 다소 주의해야 했다.

귀환한 뒤에 말해야 할지 타냐는 망설였지만, 그러한 망설임은 즉각 움직인 바이스 소령의 손에 해결되었다.

그는 가볍게 날아가서 살짝 장난스럽게 그란츠 중위에게 말을 걸지 않는가.

"그란츠, 남을 보고 스스로를 돌아봐라."

표정을 다잡은 그란츠에게 바이스는 고개를 끄덕여주고 그 자리에서 적절하게 지휘했다.

"우리도 마도봉쇄를 다시금 철저히 한다. 서로서로 조심들 하도록."

문제를 깨달으면 즉각 대응. 게다가 상대의 체면도 세우면서.

주의를 받은 그란츠 중위도 그리 긴장하는 일 없이 "충고해 주셔서 감사합니다."라는 태도로 솔직히 고개를 숙였다.

"알겠습니다, 바이스 소령님!"

동시에 알겠다고 답하는 그란츠 중위의 장난스러운 어조는 자리의 분위기를 적절하게 만들었다.

주의 받아서 위축되거나 분위기가 상한 게 아니다. 좋은 분위기란 바로 이것이다. 타냐는 마음속으로 바이스 소령의 고과에 '인사 분야에 적성 있음'이라고 덧붙였다.

자화자찬이지만, 자신처럼 인사 방면으로 배려하는 상관에게 배운 것일까?

부하의 성장은 언제든 훌륭하다. 나아가서 교육을 담당한 자신의 안전과 평가도 자연스럽게 오르는 거니까. 게다가 자신이 이끄는 곳에 의사소통이 잘 된다는 분위기가 돌고, 직업인으로서의 절묘한 프로 의식이 엿보이는 것은 유쾌한 일이다.

기쁜 발견에 가슴을 펴면서도 타냐의 뇌리에는 상황이 착착 감안되었다.

적 정세를 캘 필요성은 거의 없겠지. 다만 색적의 의미로 수색 영역을 넓힐 여지는? 분명히 있다. 이 경우 헛고생으로 끝날 가능성을 고려해야 하지 않을까?

거의 그럴 거란 확신은 있었다.

하지만 바이스 소령이 제시하지 않았나. 주의 깊은 시점이다. 안전 확보를 존중한다는 점에서 타냐도 일정한 합리성을 찾아냈다.

"바이스 소령! 색적을 변경하자."

"예, 어찌 하시겠습니까?!"

"귀관의 의견을 취합하지. 적이 복병을 숨기고 있을 가능성을 고려한다! 습격 직전이지만, 주변 수색이다!"

걱정을 받아들인다는 타냐의 말에, 바이스 소령은 희색을 띠면서 재주도 좋게 경례와 함께 감사의 말을 했다.

"감사합니다!"

타냐는 가볍게 손을 흔들었다. 때려야 할 적의 위치는 알고 있고, 기습이 아니라 강습을 선택할 여유조차 있으니까 일부러 견실하게 가는 것은 허용 가능한 코스트.

정보를 추구한 나머지 질질 끌다가 기회를 놓칠 것인가. 아니면 시간 자원의 소비를 감수하고 적절한 정세 파악에 나설 것인가. 큰 차이가 없을 수 있더라도, 주변을 조사하는 정도라면 참을 수 있다.

3개 중대의 이점을 살려서 일부러 셋으로 분산하고, 확인되는 적 여단의 근처로 색적을 개시한다. 매복한 적을 상정하고, 지표에서 토스판 중위 수준으로 집요하게 위장했다는 최악을 경계한다. 지표를 편집적으로 훑듯이 찾고, 혹은 실제로 지면에 내려가서 주변 설원을 둘러보고 적이 없다는 보고를 올리기 전에, 설원 일대에 무슨 위장을 했을지 의심하여 야삽을 꽂기까지 하는 분대까지 있었다.

결론부터 말하자면 헛수고였다.

말 그대로 매복은 없음. 대대 전력으로 주변 설원을 뒤지기까지 했다. 다른 결론이 나올 리가 없다. 여기서 적이 악랄한 덫을 준비했을 가능성은 말 그대로 철저히 분쇄되었다.

신중론을 외치던 바이스 소령으로선 면목이 없는 거겠지. 타냐조차도 동정할 정도로 고지식한 남자의 얼굴이 괴롭게 일그러졌다.

최종적으로 적습 태세를 다시금 갖추려는 집합 도중에 간신히 떠올렸다는 듯이 바이스 소령은 타냐에게 머리를 숙였다.

"저기, 소관이, 너무 실례를."

부하가 사죄할 때야말로 상사의 품격이 나온다.

그것이 타냐의 견해였다.

부하가 실수하거나 혹은 부적절한 행동을 취했다면 처분해야 겠지.

하지만 그것이 예견되는 범주에서 정당해질 수 있는 합리적 행동이며, 그 합리성을 타냐 자신이 한번 수긍했을 때, 결과 하나만으로 모든 책임을 부하에게 떠넘기는 것은 꺼린다.

"웃기는 소리 마라, 소령."

"하지만, 헛수고를."

"주변 수색을 결단한 것은 나다. 정세 분석을 그르친 것은 귀관이 아니다. 귀관이 내놓은 의견에는 일정한 합리성이 있었다. 이 경우 귀관의 의견을 채택하기로 판단한 것은 나고, 책임자도 나다. 귀관의 잘못이 아니거든?"

비단 군대만이 아니라, 상사의 권한이 강력한 세계에서는 부하를 함부로 위축하게 하면 안 된다. 예스맨에게 둘러싸이는 것 이상의 공포는 없으니까.

"이런 일로 나에게 머리를 숙일 시간이 있거든 공적으로 결과 하나라도 내놓아서 갚는 편이 낫지 않겠나? 겸허한 것은 미덕이라고 생각하지만."

서로 애써 보자고 격려를 마친 타냐는 거기서 목표를 향해 부대를 이동시키고 습격을 위해 접근했다.

적에게 반응이 있으면 차라리 나았다.

하지만 적 기계화부대에서는 반응이 없다. 적은 무경계 상태였다. 어쩌면 마도 반응이 근처에 너무 많아서 제대로 색적 경보를 발하지 못하는 것일까?

어찌 되었든 적은 불활성 그 자체. 주위에도 적 증원의 낌새는 없고, 아군은 완전히 주도권을 확보해서 언제든지 공격할 수 있는 정세. 본래 주변에서 얼쩡거린 끝에 강습할 것이라고 각오했던 만큼 아주 좋은 구도다.

착착 준비가 진행된 상황에서 타냐는 장거리 무전기로 손을 뻗었다.

"샐러맨더01이 HQ에, 감도 양호한가."

"여기는 HQ. 감도 양호."

수신하여 답하는 무전 너머의 상대에게 타냐는 뒤에서 연락받는 쪽은 좋겠다는 일종의 선망을 품으면서 눈앞의 광경을 단적으로 말했다.

"동부 방면군이 지명하신 일이다. 문제의 연방군, 연대 내지 여단 규모의 기계화마도부대로 추정되는 집단을 샐러맨더01이 육안으로 목격했다."

"샐러맨더01, 이쪽에서는 적 마도부대의 반응이 감지되지 않는다. 적정을 보고하라."

타냐는 어라? 하는 희미한 의문을 품었다.

전선과 별로 떨어져 있지 않고, 이렇게나 선명하게 반응을 흘리는 적을 관측설비가 뛰어날 터인 관제 부문이 감지하지 못한다? 설마 목표를 잘못 포착한 것일까 하는 마음에 식은땀을 흘리면서 타냐는 재빨리 확인을 요구했다.

"HQ, 우리의 현재 위치를 확인하라. 우리 부대는 상정 구역에 있나?"

"샐러맨더01, 이쪽에서는 귀 부대의 반응을 확인했다. 귀 부대의 현재 위치에서는 적 마도 반응이 선명하지 않다."

타냐는 어깨를 으쓱였다.

이건 그건가.

솜씨가 별로일 뿐인가.

"마도 반응이 선명하지 않다면, 보기(bogey)가 아니란 건가?"

"노이즈가 너무 심해서 판정이 어렵다. 샐러맨더01, 적 정세를 보고해 달라."

타냐는 HQ 관제관에게 알겠다고 답했다. 속으로는 실력도 없다고 투덜거렸지만, 아무래도 직업인으로서의 자제심이 그 한마디를 삼키게 했다.

"현재, 육안으로 확인 중. 상정한 대로 최대 여단 규모의 기계화부대. 마도 반응에서 추측하면 대대 규모로 수반 마도사인 듯한 모습 있음. 지명한 상대가 맞겠지."

"HQ 수신 양호. 배제는 가능한가?"

"샐러맨더01이 HQ에. 방금 질문의 의도가 불명확하다. 배제는 가능한가? 라는 건 어떤 의도인가?"

한순간 통신 너머의 상대가 굳은 다음, 타냐의 귀는 의미불명한 말을 들었다.

"HQ가 샐러맨더01에, 귀 부대로 밴디트에 대한 공격 감행이 가능한가? 단독 공격이 가능하다면 실행하라."

관제관의 질문에 타냐는 무심코 굳어버렸다. 아니, 지금 질문이야말로 대체 뭐지? 라고 자기 귀를 의심하고 싶을 정도였다.

하필이면 참모본부에서 격멸하라는 말을 듣고, 동부 방면군 사령부에서도 같은 의뢰가 나온 상황에서 '배제할 수 있는가?'와 '너희만으로 할 수 있는가?'를 동부 방면군 사령부의 관제관이 묻는다니!

자기가 유도하는 부대의 훈련도, 기량도 상정하지 않나? 라고 타냐는 진심으로 따지고 들고 싶을 정도였다.

"샐러맨더01이 HQ에. 관제관, 귀관의 군력은?"

"예?"

"보아하니 신참이로군? 꽤나 얕보인 모양이로군. 나도, 내 부하도."

한숨과 함께 타냐는 도리를 말해 주었다.

자기를 값싸게 팔아선 안 된다.

기량을 증명하는 것이다.

좋은 조직인이란 항상 자기의 기량으로 정확한 메시지를 발신하고, 부당하게 과소평가를 받지 않도록 행동해야만 한다.

"우리 부대는, 내 부하는, 초보가 아니다."

"어, 어어······?"

이해를 못 한 듯한 초보를 상대로 말을 보탤 필요가 있다고 보고, 타냐는 한층 한숨을 크게 내쉬었다.

척 하면 딱. 프로로서 프로의 일을 당연하게 기대할 수 있는 관제요원들이 과거의 제국에는 수많이 있었다. 의사소통의 고생 따윈 의식한 적도 없었다.

그런데 이건 뭐냐! 관제관의 지성을 의심하는 날이 오다니!

이게 대체 어찌 된 일인가 싶어서 무심코 혀를 차고, 마음대로 안 되는 현실에 타냐는 소리칠지도 모르는 자신의 격한 감정을 제어하고, 가까스로 관제관을 향해 쉽게 풀어준 표현을 던지는 것으로 마무리 지었다.

"알겠나? 하필이면, 하필이면 말이지! 하늘도 못 나는 풋내기를 상대로, 서방항공전마저 경험한 우리 정예 항공마도사가 단독습격의 실현 가능성을 의심받는다고?"

강대한 적을 앞에 두고 계속 싸워왔다.

부조리한 전력 격차를 뒤집기 위해, 메우기 위해, 수지를 맞추기 위해, 노력에 노력을 거듭했다.

무엇보다 제국군 마도 부문의 모토는 견적필살에 가깝다. 타냐는 첫 전투에서 중대를 상대로 지연전을 수행하라는 명령을 받았다. 관제관이 무전 너머라고 해도 태연히 명령했다.

물론 전술적 필요성에 따른 '후퇴'는 인정받았지만…… 적극적이며 과감하고 항상 사냥개일 것을 요구받은 몸으로서는 '강아지, 짖을 수 있습니까?'라고 걱정하는 소리를 듣다니 이런 모욕이 따로 없다.

확실히 말해서 분노.

"똑똑히 기억해라. 우리야말로 창끝이 되도록 완성된 폭력장치다."

쌓아올린 실적의 과소평가만큼은 단호히 허락할 수 없다.

평가는 적절히.

실수로라도 실적의 의미도 모르는 놈들에게 '걱정하는 소리를 듣는' 일이 생겨선 안 된다.

신용이란, 쌓아올린 실적이란, 적절히 평가받아야만 한다.

그것이 타냐의 지론이고, 신념이고, 신용경제에서 사는 극히 평범하고 선량한 시민의 긍지였다. 선량한 시민임을 자부하는 타냐는 사람과 사람이 일을 할 때의 최소 원칙으로 여긴다.

하물며 전장에서 업신여김을 당하다니, 신상필벌도 거리가 멀지 않은가!

"얼마 전에 이르도아에서 합중국의 대공포화마저도 뚫고 적의 비명을 자장가로 삼아 자란 우리 항공마도부대가! 저렇게 아장 아장 걷는 병아리를 상대로 고생할 거라고? 진심으로 그런 헛소리 같은 걱정을 하는 건가?!"

한 박자 틈을 들이고 타냐는 조롱하듯이 속삭였다.

"웃기는군! 새해 벽두부터 최고의 농담을 들었어. 크나큰 모욕 아닌가. 철과 피의 실적으로 정정하게 만들어주지."

"저, 정정……?"

"사령부의 두통거리란 놈을 즉각 폭력으로 물리적으로 제거해드리지. 사죄의 특별 배식을 기대하겠다."

통신 끝, 이란 말로 무전을 끊어버린 타냐지만, 아직도 분노를 다 못 죽이고 있었다.

그 노여움이 너무나도 눈에 띄었겠지. 옆에서 얌전히 대기하고 있었을 터인 바이스 소령이 다소 주눅든 얼굴로 "주제넘게 한 말씀 드리겠습니다만……."이라고 말을 붙여왔다.

"중령님, 사령부에서 뭐라고 했습니까?"

걱정하는 얼굴의 부하에게 타냐는 별일 아니라는 듯이 어깨를 으쓱이며 웃었다.

"동부의 관제관 나리께서는 우리가 저거랑 맞붙을 수 있을지 진심으로 걱정하는 모양이다."

부장은 '엥?' 하는 얼굴로 곤혹스러워했다.

"맞붙을 수 있을지 걱정……한다고 하셨습니까?"

"그러신 모양이다, 소령. 우리는 걱정받고 있다. 하필이면 저걸 상대할 수 있겠냐는 문제로. 우리를 그 정도로 생각하는 모양인데?"

타냐는 눈을 가늘게 뜨며 적을 가리켰다.

"저거 상대로 말이지? 실로 불쾌하다."

부장은 두 번 정도 눈을 껌뻑이고 고개를 갸웃거리더니 재주도 좋게 눈썹을 찌푸렸다. 그리고 그는 타냐가 가리키는 적에게 쌍안경을 돌렸다.

"저거를?"

"그래, 소령. 저거를 말이다."

"농담이겠죠?"

기막히다는 얼굴로 바이스 소령이 쌍안경을 눈에서 떼고 눈을 비볐다.

그의 시선 앞에 있는 것은 중장비를 갖춘 연방군의 차량들.

규모로 말하자면 최대로도 여단 규모.

딱 봐도 지상부대 그 자체로 훈련도는 그냥저냥. 위장도 그럭저럭 열심히 했고, 혹한기 행군인 것치고 대열도 흐트러지지 않았다. 부대 사이의 밀도도 허용 수준. 단순 기계화보병으로서는 일정 수준이다. 하지만 그것들을 전부 날려버리는 게 수반하는 마도부대다.

마도 반응을 흘려대고 기계화부대의 위장을 날려버릴 뿐. 그뿐만이 아니라 '고가치 목표'인 지휘관이나 통신기 위치를 드러내고 있으니까, 참 뭐라고 해야 할까. 기계화부대 측으로서도 마도부대와의 제병합동 작전 경험이 부족한 걸까.

이래서는 유력한 것끼리 묶어서 시너지를 발생시키려 했는데 오히려 서로 발목을 잡아서 종합적 전력 가치를 떨어뜨리는 전형적인 사례다.

"매력적인 사냥감이다. 너무 매력적이라서 물어뜯고 싶어진다. 미끼라고 경계하고 놓아주려고 해도, 숨어있는 사냥꾼이 보이지 않는 이상 맛있게 먹는 수밖에 없지."

호박이 넝쿨째 굴러들어왔다고 할까. 이른바 군인으로서 호적수라고 자랑스럽게 떠들 만한 적은 아니다.

하지만 사냥감은 사냥감이다.

무엇보다 타냐는 명예 있는 강대한 적을 상대로 사투를 거듭한 끝에 커다란 무훈과 명성을 획득하기보다도, 해치울 수 있는 적을 일방적으로 해치우는 것을 훨씬 더 선호했다.

애초에 전쟁이다. 목숨을 건다면 하다못해 편하게 하고 싶다.

"바이스 소령, 대지습격. 적 마도사가 요격 고도를 취하기 전에 위에서 봉쇄한다."

평소처럼 재빨리 명령을 전달하고 부하의 응답을 기다린 타냐는 거기서 곤혹스럽게 부장 쪽에게 시선을 보냈다.

"바이스 소령?"

무슨 일이냐고 물어보니, 정신이 다른 곳으로 나간 듯이 멍한 얼굴로 나는 부장의 모습이 있었다.

타냐는 생각하다가 이해했다.

"어이, 부장. 저것에게 이길 수 있겠냐고 걱정받은 것에 놀라는 마음은 이해하지만, 슬슬 정신 차려라."

긴장감이 어디론가 날아간 부하에게 타냐는 정신 차리라고 한소리 해 주었다.

"시, 실례했습니다. 너무나도 예상 밖이라서…… 혹시나 위에서는 완전마도봉쇄 상태로 해치우라고 했습니까?"

"그런 소리는 없었다."

"그럼 우리는 항공마도사답게 대지습격을 해도 됩니까? 하늘에서 지상을 일방적으로?"

"물론이다."

타냐는 그렇게 단언했다.

"항공마도사가 안 날면 어쩌잔 거냐, 소령. 교범대로 전형적인 대지습격이다. 적 마도사가 고도를 올리기 전에 해치운다. 사냥감이 많이 있다."

"알겠습니다! 2차원의 세계에 사는 놈들에게 3차원의 세계를 가르쳐 주지요!"

소령의 의기양양한 발언은 정말로 도리에 맞았다.

그 시점에서 프로답게, 풋내기를 어루만져 주겠다는 듯이, 제203항공마도대대는 전투기동을 전속으로 개시한다. 접촉 직전까지 적에게 들키지 않고, 거의 기습적인 공격이 된 것을 기회 삼아서 대대는 연방군 부대의 머리를 제압했다.

사실상 이것으로 승패는 결정이 났다.

고도는 절대적이다.

기습이 아닌 한, 지표에서 날아오르려는 적 마도부대는 그냥 사격 연습용 표적이다. 그리고 날아오르지 못하고 지상을 기어 다니더라도, 차폐물도 없는 환경에서 위에서 일방적으로 공격받으면 결과는 눈에 선하다.

"끝났군."

각오한 적이 죽기 살기로 날아오르려고 하겠지……라고 긴장했을 때, 타냐는 위화감을 깨달았다.

"음?"

이해가 안 되어 무심코 쌍안경을 들여다보고, 이어서 주위를 둘러본 끝에 타냐는 간신히 지상에서 적이 올라오지 않는다는 사실을 인정했다.

"전멸이 확정인데, 올라오지 않는다고?"

솔직히 말도 안 된다고 생각했다.

적이 황급히 날아올랐을 때 선제공격으로 격추해 주려고 타냐는 신경을 잔뜩 곤두세우고 있었다. 적이 날아오르지 않을 가능성은 고려하지 못했다.

"이게 말이 되나?! 이것들이, 이 상황에서 날지 않는다고?!"

항공마도사 사이의 싸움은 고도로 정해진다.

엘레니움 97식의 실전 고도 8천이 평균 6천밖에 취하지 못하는 적을 상대로 얼마나 전술적 우위를 주는지를 생각하면, 위를 빼앗긴다는 것은 항공마도사에게 거의 본능적 공포라고 바꿔 말해도 과언이 아니다.

타냐는 그런데도 눈앞에서 응전 태세를 취하려는 적 부대로 시선을 돌리고, 적 보병이 후퇴하는 것에 섞여서 적 마도사인 듯한 놈들이 지상에서 우왕좌왕하는 모습에 이해하기 힘들다는 듯이 눈썹을 찌푸렸다.

"이건 뭐지?"

적이 일부러 날지 않기를 선택했다?

아니, 지휘관이 날지 말라고 명령해도, 이런 상황이라면 날아오르는 적병이 나타나지 않는 것이 더 이상하다. 연방군의 통제 잡힌 강철의 규율인가? 하지만 인간이 그 정도로 철저할 수 있을까?

그렇게까지 철저할 수 있는 적이라고 해도, 왜 지상에서 패주 상태가 되지?

그것이야말로 모순 아닌가.

못 나는 적이 아니라면 누구든 날아오를 것이라고 생각했을 때, 타냐는 자신의 생각에 중요한 시점이 있음을 깨달았다.

혹시나 싶은 생각에 타냐는 중얼거렸다.

"놈들, 안 나는 게 아니라 못 나는 것 아닌가?"

단추를 하나 잘못 꿰었다. 고작 그 차이지만, 그것만으로도 의미가 전혀 달라지는 일이 세상에는 많이 있었다.

안 나는 게 아니라 못 나는 마도사.

'지상전만을 위한 마도사인가!' 라고 이해하고, 타냐는 연방군의 발상력에 감탄했다. 그럴 수밖에 없을 만큼의 패러다임 전환이었다.

"용케도 생각했군, 제길."

날지 못하는 마도사도 운용하기에 따라서는 보병으로서 파격적으로 우수하다.

방어외피를 펴면 소총탄 정도는 버틴다. 이것만 해도 돌격보병에 최적이겠지. 화력도 경기관총과 유탄발사기 정도의 위력은 충분히 낼 수 있다. 연산보주의 성능만 우수하다면 전차급의 화력과 장갑을 겸비할 수 있다. 보병 사이즈라서 은폐할 수 있다는 성능은 대단하다.

비정규전 정도 되면 특히나 위협이 되겠지.

왜 이런 걸 생각하지 못했던 걸까. 그렇게 분한 심정도 품을 만큼 콜럼버스의 달걀급인 발상의 전환이다.

적은 항공마도사로 마도사를 경험한 바가 없다. 그러니까 마도 반응도 마구 흘린다. 말하자면 경험이 완전히 부족하여 이것저것 시도하는 단계다. 병아리 정도가 아니라 달걀의 단계에서 위협을 찾아냈다는 건가.

물론 날 수 있는 이상 항공마도사가 더 우세하다. 현재로서는 지상의 삼류마도사 따위는 사격 연습용 표적에 불과하고, 장래적으로도 대단한 위협은 아닐 것이다.

하지만 이것은 전쟁이다. 즉, 총력전이다.

날지 못 하는 마도사는 일일이 항공마도사를 상대할 이유가 없다.

아니, 처음부터 그런 걸 기대해도 소용없겠지. 왜 적이 적극적으로 불리한 무대에 올라오는 것을 기대할까? 물론 타냐에게는 그런 일그러진 아전인수 같은 미학은 없다.

정정당당히 싸운다는 것은 정정당당히 쓸 수 있는 것과 모든 수단을 행사하고, 국가와 전투원의 소모를 더 억제하는 것. 그것이 신조다.

"적도 잘 생각했군. 항공마도사는 못 되더라도 마도사는 마도사다. 연방군은 운용에 머리를 굴렸다."

타냐는 거기서 생각을 현장으로 되돌렸다. 이거고 저거고 객관적이며 장기적인 전망을 감안하는 건 나중에라도 충분하다.

현장지휘관인 자, 때로는 눈앞의 일에만 의식을 집중해야 할 순간이 있다.

그리고 지금이 바로 그렇겠지.

"아무튼 깨부숴야 한다. 자, 어떻게 공격할까?"

도마 위에서 펄떡대는 도미를 어떻게 처리할지 생각할 때, 타냐는 이것이 또 없을 실탄연습의 표적이라는 것을 깨달았다.

작금에는 거의 보기 힘든 기회겠지.

미끼일 가능성을 고려하여 일부러 주변을 철저히 수색했던 만큼, 적에 대한 증원은 곧바로 없을 것으로 확신할 수 있었다.

고립된 적 부대를 때렸지만, 적의 연대는 엉망.

아하, 과연.

적은 지상에 있으면 마도 반응의 탐지를 벗어날 수 있다고 생각했던 걸까. 그런고로 일부러 눈에 띄지 않도록 했다. 그 점에서 고립된 기묘한 적으로 보였던 것인가.

그 점만이 적의 실수지만, 과연, 모든 것은 이치상으로 이해할 수 있다.

"들어라! 적은 날지 못하는 것으로 추정! 지상전만을 담당하는 타입으로 상정하고 습격해라! 공대공 전투가 아니라 대지습격만을 의식하라! 적의 대공포화가 다소 강렬할 것으로 상정한다!"

제공전 과정이 줄어든다면 단계를 하나 앞당길 수 있다. 언제든지 귀찮은 일이 생략되는 것은 훌륭한 일이다.

타냐는 거기서 사고를 전환했다.

"그란츠 중위, 외스테만 중위, 귀관들에게 맡기지. 외스테만 중위의 중대를 주축으로 지상의 적을 베어내라."

"예? 제, 제 부대로 말입니까?"

놀라서 의표를 찔린 듯이 곤혹스러워 하는 것은 부대에서 제일 젊은 사관.

"외스테만 중위, 네 부대가 선봉인 게 왜 놀랍지?"

"아니, 그게……."

"귀관들도 슬슬 일류겠지. 그것을 증명했으면 한다."

타냐는 거기서 말의 어조를 바꾸었다.

"아니, 나는 이미 확신하고 있다. 따라서 외스테만 중위. 귀관이 귀관에게 증명하는 것이다. 나는 할 수 있다고 증명해라."

힐끗 바라보니 안색은 좋다.

"알겠습니다!"

타냐는 부드럽게 고개를 끄덕여 주고 명령을 다시 말했다.

"대지습격 태세를 형성. 반복공격으로 처리해라. 적 대공포화에 맞는 것은 당연하다고 상정해라. 방어막을 과신하지 말도록. 방어외피를 공들여 전개해라."

"맡겨만 주십시오!"

의기양양한 외스테만 중위에게 타냐는 느긋하게 고개를 끄덕였다.

하지만 명령을 내리는 상대는 두 중위다. 즉, 외스테만 중위만이 아니다. 그란츠 중위에게 타냐는 '스리슬쩍 잘 돌봐줘라.'라고 가볍게 눈짓을 보냈다.

"그란츠 중위, 귀관은 원호다. 알고 있겠지? 없을 것으로 예상하지만, 적이 날아올랐을 경우는 외스테만 중위의 부대를 원호하면서 적절히 대응하라."

"물론입니다."

고개를 끄덕여 준 타냐는 부하의 혼잣말을 놓치지 않았다.

"하지만…… 적이 날지 못한다니. 이래선 마치 약자를 괴롭히는 꼴 아닙니까? 죄책감이 듭니다."

그란츠 중위로서는 농담이었겠지. 적이 대단치 않다는 것은 그 말에 정중함을 주유한 모양이다.

그러니까 타냐는 가볍게 부채질했다.

"훌륭한 정신이군, 중위. 그렇다면 정정당당하게 강자를 괴롭히게 해 볼까. 이번 임무가 끝나거든 귀관의 명예로운 단독임무로 연방군 1개 항공마도사 대대가 주둔한 적 기지를 예고해서 습격하는 임무는 어떨까?"

괜한 말을 했다고 눈치챈 듯한 그란츠 중위에게 타냐는 성모처럼 미소를 지어 주었다.

부하에게는 그걸로 한발 늦었다고 전해졌겠지.

"저기, 중령님. 어디까지나 표현상의 문제라고 할까요……."

딱딱해진 표정으로 자비를 청하는 부하에게, 타냐는 빙그레 웃으며 말했다.

"저 정도의 적으로는 가벼운 운동도 안 된다는 귀관의 판단과 조언을 소관은 이해해 마지않는다. 오늘이 아니더라도 희망하는 대로 언제든지 준비해 주겠는데?"

"저기…… 배려는 감사합니다만."

"사양할 필요 없다, 그란츠 중위. 귀관의 기호에 배려해 주었다. 기쁘지?"

"여, 영광입니다."

부하의 기호에 배려하는 좋은 상관으로서 타냐는 거기서 살포시 못을 박았다.

"기뻐해 주니 다행이군, 중위. 뭐, 다음에 기회가 있다면 말 그대로 귀관을 혹사해 주겠으니까 오늘은 외스테만 중위의 원호에 힘쓰도록."

터덜터덜 떠나가는 그란츠 중위. 하지만 그런 그에게 바이스 소령이 또 기막히다는 얼굴로 말을 건넸다.

"중위, 귀관도 참……."

바이스 소령에게 죄송하다고 고개를 숙이는 그란츠 중위도 딱히 나쁜 장교는 아니다. 그저 치기가 강하다고 할까.

그런 점을 바이스 소령도 이해하는 거겠지. 떨떠름한 얼굴을 하더니 그는 그란츠 중위의 어깨를 두드렸다.

"다음부터는 농담할 타이밍을 잘 생각하도록."

"예, 소령님."

배려와 당부. 바이스 소령이 좋은 경찰 역할인 거겠지.

타냐는 한순간 몸을 굳혔다. 생각해 보면 왜 자기가 나쁜 경찰 역할을 한 건지가 의문이었다. 타냐로서는 교육자이며, 자비롭다고까지는 안 해도 어질다고 평해야 할 행동을 취한다는 자부심이 있는데.

뭐, 타냐는 인사적 배려를 일시적으로 뒤로 미뤄두었다.

"대대 전원에게 전달. 대지습격이다. 각 지휘관의 통제에 맞춰서 중대 단위로 적 기계화 마도부대를 구축해 줘라. 적 증원은 있을 것으로 각오해라. 따라서 시간과의 경쟁이다. 평소처럼 빠르게 해치우도록!"

부대에 명령을 내리면 각 중대는 만족스러울 만큼 빠르게 움직인다. 보충마도중대로 온 외스테만 중위의 부대도 극단적으로 떨어지지는 않는다.

이런 식이라면 괜찮을 것으로 본 타냐는 그쯤에서 바이스 소령이 걱정 어린 얼굴임을 깨달았다.

"이걸로 괜찮았던 걸까요?"

"외스테만 중위의 부대를 선봉으로 세운 것 말인가?"

끄덕이는 바이스 소령에게 타냐는 귀찮은 듯이 끄덕였다.

"첫 일격이 목적이다. 솔직히 연방군 부대는 단단하지만……
적 기계화부대와 합동으로 움직이는 적 마도부대가 어느 정도인
지 파악해두고 싶다는 것도 있다."

타냐는 그러면서 의도를 집어냈다.

"말하자면 우량하다고 해도 비네임드 부대로 대처할 수 있을
지에 흥미가 있다. 일반 부대의 샘플로서는 외스테만의 부대가
좋겠지."

"과연. 일종의 위력정찰입니까."

고개를 끄덕이면서도 타냐는 바이스 소령의 오해를 정정했다.

"동시에 나는 외스테만 중위를 평가하고 있다. 중위의 부대도
슬슬 한 사람 몫을 하겠지. 그런 의미에서 너무 우량해서 적을
다 깨부수고 끝내는 형태가 되어도 마음에 안 들거든."

이해했냐는 듯이 묻는 질문을 날리자, 바이스 소령도 그 이상
말을 필요로 하지 않고 묵묵히 끄덕이며 자기 부대를 움직이기
시작했다.

어깨를 으쓱인 타냐의 옆에는 세레브랴코프 중위가 말없이 따
라오고 있었다.

적 앞에서 느긋하게 대화할 수 있는 것도, 페어가 신경을 써
주고 있기 때문이다. 이 점에서 속내를 아는 부관이란 참으로 얻
기 어려운 법이다.

"항상 미안하군, 세레브랴코프 중위."

"중령님?"

"아니, 아무것도 아니다."

타냐는 전투 개시에 대비해서 총을 들었다. 동시에 옆에서 상황을 지켜보던 부관이 보고를 올렸다.

"외스테만 중위의 중대가 돌입을 개시합니다. 깔끔한 솜씨로군요."

그 말처럼 돌입을 개시한 중대는 훌륭했다. 돌격대열 형성 속도. 투맨셀(2인 1조) 단위의 연계 지속력. 대지공격의 타이밍. 트집을 잡자면 '교범 그대로라서 응용이 약하다'가 되겠지만, 적절한 형태를 선택해서 지키는 것이라면 괜히 바꾸는 것보다 훨씬 낫다.

전술적으로는 모두 허용할 수 있는 범위.

타냐가 지켜보는 가운데, 편대를 형성한 항공마도사들은 페어 단위로 지상 차량에 폭렬술식을 날렸다. 그때 결코 한 방향에서의 공격이 되지 않도록 항상 복수의 페어가 상호 연계하는 것은 괜찮은 수준. 지상의 적은 반격의 표적을 좁히기도 힘들겠지.

방어외피는 고사하고 방어막조차 적의 총탄이 스치지 못한다면, 마력 소비도 억누를 수 있다.

"항공마도사로서는 충분하군."

나쁘지 않다. 타냐의 눈으로 봐서 종합적으로 나쁘지 않다고 해도 좋다.

즉, '오늘날의 제국군'이라는 전시평가기준으로 보면 과거의 보충마도사들도 지금은 어엿한 베테랑에 도달했다는 뜻이다.

"보았나, 부관. 어떤가?"

"예, 훌륭합니다."

"그렇겠지. 전장 경험과 훈련의 조합은 사람을 얼마나 변화시키는지."

육성한 부하에게 감동하는 타냐. 하지만 전장에서 그런 감상에 젖을 시간은 길지 않다. 지상을 향해 발현한 폭렬술식의 폭음에 섞여서 뭔가 기묘한 공전음이 무전에 섞였다.

적은 상당히 혼란에 빠지고, 아군의 습격은 지극히 순조.

뭐, 폭렬술식의 일격으로 전멸할 적은 아니었지만…… 반대로 말하자면 우량한 자질의 소유자들을 지표에서 가지고 노는 거니까, 좋은 일이라고 생각하던 타냐의 옆에서 부관이 목소리를 높였다.

"순조롭군요."

"나로서는 너무 순조롭다고 할 정도다. 이렇게 간단하다니."

"역시 마도전이라면 제국이 경험상 다소 유리하니까요."

"다소?"

부관답지 않은 견식에 타냐는 배를 붙잡았다.

"세레브랴코프 중위치고 어쩐 일로 잘못 읽은 모양이군."

"예?"

"나와 저들 사이에는 반세기 이상의 단절이 있다."

곤혹스러운 표정을 하던 부관은 즉각 의식을 전쟁으로 전환하고, 깨달은 사실을 보고했다.

"연방군 부대에서 통신량 증대. 구원 요청으로 추정됩니다."

부관이 올린 보고에 타냐는 당연하다고 답했다.

"적도 당연한 일을 당연하게 하는군. 시시하다. 자, 여기서부터는 시간과의 승부인데……."

타임스케줄의 결말이 다가오는 것을 다시금 의식하고 타냐는 조금 생각했다. 부하의 기량은 확인했다. 그럼 달려올 적의 증원을 박살내는 것으로 전과를 확대해야 할까?

아니, 윗선의 요구는 한번 부딪쳐 보라는 것. 위력정찰이라고 해도 적 증원을 상대하다가 전투가 점점 커지는 것까지는 바라지 않겠지.

필요한 것은 적 정세 파악이다.

"필요는, 그 이상도 그 이하도 아닌가."

목적은 이미 달성했으니까 지금 부하에게 연전을 요구해도 의미가 없다. 얼른 끝내고 불필요한 잔업이 밀려들기 전에 정시 퇴근이 정답일까.

"좋아, 나머지 적은 재빨리 처리하는 게 좋겠군."

타냐는 부관에게 손을 흔들면서 무전으로 호령했다.

"01이 바이스 소령에! 귀관의 부대는 만일의 요격에 대비하라! 그리고 나머지는 지상습격! 외스테만 중위의 부대를 뒤따른다."

"""알겠습니다!"""

보주핵에 마력을 넣고, 공중대기 중이던 중대를 이끄는 돌격비행을 개시. 통상이라면 나비처럼 날고 벌처럼 쏘는 수법.

하지만 타냐는 지상에서의 대공포화가 어쩐지 엉성한 것에 주목했다.

"농밀하지 않군."

한동안 농밀한 대공포화만 맞았는데, 오늘은 좀 낌새가 이상하다. 혼란에 빠진 적 지상부대는 이쪽에게 중기관총을 돌리고 대공사격을 할 상황이 아닌 것이다.

"흠?"

타냐는 문득 수중의 97식 돌격연산보주를 바라보았다. 쌍발보주핵이란 것은 쓰기에 따라서는 95식급의 일도 가능하다.

무엇보다 이 녀석은 사용자의 정신에 좋다.

말하자면 지속 가능한 보주.

친환경은 아니지만, 클린하긴 하다.

아주 중요한 거니까 거듭 말하는데, 사용자에게 매우 클린하면서 친환경적인 걸작 보주다.

그렇다면 이것으로 가능한 일을 늘리는 것은 매우 유익하리라.

"좋아, 한 가지 시험해 볼까."

여력이 있을 때는 시행착오할 여유도 있다는 소리다.

지난번 위력정찰에서는 미묘하게 실용성이 없다고 헐뜯었지만, 이번 같은 대지습격에서 실제로 할 수 있을지 재평가해 볼 가치가 있다.

"01이 대대에. 01이 대대에. 공간폭격경보 발령. 공간폭격경보 발령. 우군은 효력권에서 대피하라."

그 경고와 함께 우군 마도사들은 기민하게 반전, 전속으로 효력권에서 이탈을 개시한다.

동시에 '적습이 끝났나'라고 착각한 적이 태세를 가다듬으려고 움직이는 것을 지켜보면서 타냐는 미소를 지었다.

자신이 고정포대가 되려고 하는데, 지상에서는 아무도 눈치채지 못한다.

일단 안전이 확보된 것을 좋게 생각하고, 97식 연산보주의 성능 한계를 시험하려는 듯이 대규모 마력을 주입한다. 미리 축적한 마력까지 그쪽에 욱여 넣으면 아슬아슬하게, 과부하 직전이면서도 보주핵은 비행술식과 대지공간폭렬술식의 병렬 발현에 성공한다.

애석하게도 전투기동을 취하고 전투속도로 난수회피를 하면서 술식을 날리는 정도는 못 되지만, 그것은 95식을 쓸 때도 큰 차이가 없다.

공간폭격급 술식은 고정포대처럼 운용하는 것이 필수라는 점에서 전장에서의 전술적 실용성은 별로 좋지 않다고 여겨졌다. 하지만 그것조차 무시할 수 있다면. 대공포화가 농밀하지 않은 한정된 공간이라면.

경보가 나온 순간 지상습격 중인 마도사들이 황급하게 반전할 정도로 무시무시한 피해 범위에 맹렬한 파괴력을 갈긴다.

그것은 연료기화폭탄급.

지상에 작은 가짜 태양을 만들어내고, 그 가짜가 사라진 뒤에는 너덜너덜한 찌꺼기밖에 안 남는다.

해야 할 일은 사실상 다 끝냈다.

그런 마음으로 잔당을 소탕하라고 전하면서, 타냐는 장거리 무전으로 사령부를 호출했다.

"HQ, HQ, 여기는 샐러맨더01. 적 기계화 마도부대를 격파했다."

"샐러맨더01, 손해는?"

어딘가 걱정하는 듯한 무전 너머의 목소리가 타냐의 신경을 건드렸다.

이것이 '아군을 걱정한다' 라는 것이라면 배려에 감사 한마디라고 하고 싶지만…… 애석하게도 '도저히 신용할 수 없어서 나온 걱정' 이란 기색이 짙게 느껴지는 것이다.

그렇기에 타냐는 한층 거창한 말을 골랐다.

"우리는 제국군 항공마도사. 우리에게 대적할 자 없다. 반복한다. 우리는 제국군 항공마도사. 우리에게 대적할 자 없다."

타냐는 "이상이다."라는 말로 반쯤 일방적으로 통신을 끊은 뒤 관제관의 질이 떨어졌다고 한숨을 흘렸다. 냉정침착이 전매특허였을 터인 요원이 이렇게 감정을 드러내는 초보로 바뀌다니. 비교적 안전한 후방 요원이 이렇다고?

지상에서 도망쳐 다니는 적의 초보도 그렇고, 우리 쪽 관제관에게서 보이는 초보 감성도 그렇고……. 전장임에도 불구하고 개탄하고 싶은 타냐는 고개를 들었다.

"왜 그러지, 부장?"

"느낌이 좋습니다. 언젠가 저도 쓰고 싶다고 생각했습니다."

"뭔가, 바이스 소령. 귀관도 호언장담하고 싶나?"

"중령님이야말로 평소와 달리 아슬아슬하게 말씀하셨다고 봅니다만."

"그렇군."

타냐는 수긍했다.

배려를 잘하는 부장에게 마음속으로 감사하면서 입을 열었다.

"아무래도 과소평가당하는 건 마음에 안 들어서."

타냐로서는 거짓 없는 본심이었다.

"귀관도, 나도, 이 전선에서 그저, 그저 결과를 보여주고 있다. 후방의 초보가 그 성과를 각색하고 뭐라고 해도 말이지."

"과연. 설명해 주셔서 감사합니다. 뭐, 이해를 주는 게 제일이니까요."

타냐는 맞는 말이라며 바이스 소령에게 웃어 주었다.

"일이 끝났으면 여기 더 있을 이유도 없다. 얼른 돌아가자."

복귀 중, 타냐는 생각에 잠겨 있었다. 제투아 대장에게 보고해야 할 것은 실로 심각하기 그지없는 내용을 포함하지만, 어떻게 해야 현장에서 느낀 등골의 오한을 생생하게 살릴 수 있을까.

"이런 식으로 연방이 새로운 마도사 전력화를 꾀하다니."

완전한 지상운용을 전제로 한 적의 동향은 생각하면 할수록 그 긴박함이 심각하고 명백한 위협이었다.

항법을 가르칠 필요도 없고, 최악의 경우 보병으로 교육하면 끝이다. 보주나 술식의 교육이라는 점에서도 하나만 배워도 충분히 전력화할 수 있겠지.

즉, '마도사의 조기 실전 투입'을 가능하게 한다.

설령 그것이 항공마도사의 소질을 가진 인원의 장래적인 가능성을 죽이고 단순히 튼튼한 보병으로 소모하는 운용일지라도, 방어외피만이 아니라 방어막조차도 보병 단위의 방어력으로서는 격이 다르게 뛰어나다.

그다음은 분대 지원 화력으로 위력이 약소한 폭렬술식이나 저격용 광학계 술식을 몇 가지 익히기만 하면 기계화보병부대의 능력을 나름 향상시킬 수 있다.

제국처럼 마도사에게 모든 분야의 전문가이기를 요구하고, 항공마도사에게 철저한 활용성을 요구하는 운용 방침과는 차원이 완전히 다른 발상.

하지만 전략 차원에서는 합리적이다.

무엇보다 빨리 육성할 수 있다. 그리고 비교적 육성이 간단하고, 게다가 제국식과 비교하면 머릿수도 확보할 수 있겠지. 솔직히 진짜로 숫자가 갖추어질까 하는 점에서는 아직 의심스럽지만.

하지만 갖추어진다면 위협이다.

애초에 질로 대항하려고 해도 제국의 마도사는 숫자가 너무나도 부족하다. 기본적인 이야기로 그 다양한 활용성을 단일 병력에게 요구하는 제국의 마도 운용개론 자체가 무리한 이야기다.

당연히 제국식 마도사 육성으론 좀처럼 빨리 키울 수가 없다. 타냐는 시선을 부하에게 돌렸다. 이렇게 보면 일목요연하다. 흩어진 듯하면서도 최선의 대열을 형성한 편대를 자연스럽게 유지하는 것이 바이스 소령. 한편으로 깔끔한 대열을 형성하고 나는 것은 외스테만 중위 등.

전자는 교범을 활용하는 쪽이고, 후자는 교범을 숙지하는 쪽.

제국은 원래 모두를 전자로 갖추려고 했다. 전시에서는 바랄 수도 없는 기준이다.

딱히 외스테만 중위가 나쁜 건 아니다. 그도 나름대로 애쓰고 있다. 하지만 타냐가 알기로 전쟁 전부터 마도중위였던 이들의 기준에서 보면, 외스테만 중위의 대열이란 것은 절망적일 정도로 어설프다.

그렇긴 해도 그거고 이거고 '전부 해라'라는 궁극의 활용성을 제국군이 마도사에게 요구한 것이 시작이다. 중위도, 중위의 부대도, '날지 않고, 방어외피를 전개해서, 화력거점 대용으로 단일 술식만 적에게 발현하라'라는 명령을 받으면 틀림없이 아까 본 연방군보다 잘할 수 있다.

강함으로 말하자면 이쪽이 우세하다.

하지만 같은 숫자로 싸우는 스포츠가 아니다. 전쟁이란 단순히 '뭐든지 가능'하다. 제아무리 병사 하나하나의 성능 차이가 심하더라도, 숫자상의 열세란 것은 그만큼 큰 핸디캡이다.

그런고로 연방군의 운용 방침이 현재 상황에서는 최적의 해가 아닐까.

타냐는 걱정하는 동시에 대항책이 없는 것도 통감했다.

세계를 적으로 돌린 제국은 인적 자원의 기반에서 아무리 발버둥 쳐도 다른 열강들에 못 미친다.

단순한 계산이다.

사상자 비율에서 우세를 유지해 봤자, 결국 다소의 우세에 불과하다.

언젠가 끝이 온다.

그것을 나중으로 미루는 상황에서 유일하게 가능한 일이란 새로운 인재를 시급하게 육성하는 것밖에 없지만⋯⋯이라고 생각하다 타냐는 고개를 내저었다.

"너무 앞날을 생각했나."

인사 담당이 평가 기준을 기분이나 상황으로 너무 바꿔대는 것은 공평하다고 하기 힘들다.

인사 평가란 것은 무엇이든 적절해야만 한다. 조직인으로서는 그런 것은 상식 중 상식이고, 그 상식이 전쟁에서 흔들린다는 슬픈 현실이야말로 타냐에게 위기였다.

존재X의 저열한 음모가 타냐의 내면적 가치관과 윤리관을 크게 좀먹고 있는 판국이다.

이것에 저항하길 원한다면, 타냐는 적절하고 공정한 평가자로서 봐야 할 것을 보고, 부하에 대한 공평한 평가를 전한다는 인간의 의무를 다할 수밖에 없다.

그렇기 때문이라고 할까. 타냐는 친근하게 부하에게 말을 걸었다.

"외스테만 중위, 수고했다. 좋은 솜씨였다."

"영광입니다, 감사합니다."

"잘해 주었다. 이르도아 때도 느꼈지만, 귀관들의 기량은 나날이 향상되고 있다. 주위가 고참들이라서 비교당하곤 하겠지만, 무슨 일이든 반복과 도전이 있을 뿐. 계속적인 비약을 기대하게 해다오."

평가란 적절하게 전해야만 한다.

우수하다고 느꼈다면, 성장을 보고 느꼈다면, 상사는 그 점을 아낌없이 평가하고 말해야 한다고 타냐는 알고 있다.

애초에 인사 방면에는 일가견이 있다.

"귀관도 조금은 자부심이 생겼다고 보이는데 어떤가? 귀관 자신이 스스로의 역량을 증명했다고 생각하겠지?"

"중령님이 그렇게 말씀해 주시면 부끄럽습니다만……."

"실적은 실적이다. 조금은 자신감이 생기지 않았나?"

외스테만 중위의 얼굴에 희미한 자신감이 깃들었다. 그것을 본 타냐는 그가 원하는 말을 이때다 싶어서 던져 주었다.

"앞으로도 잘 부탁한다."

대답하는 목소리는 힘찼다.

"감사합니다, 중령님."

"귀관과 부대의 노력이다. 귀환하거든 술이라도 넣어주지. 자, 자네가 좋아하는 건 어떤 거였지?"

"증류주라면 뭐든지 맛있게 마시겠습니다만."

"슈납스 정도라면 있을 텐데. 나중에 찾아보지."

"잘 부탁드립니다!"

타냐는 손을 흔들고 외스테만 중위의 편대와 거리를 벌리고 는, 다음에 그란츠 중위에게 '이쪽으로' 라고 하듯이 손을 흔들었다. 다행히도 마음이 통했는지 즉각 다가온 부하에게 타냐는 가볍게 질문을 던졌다.

"연방군의 뭐라고 호칭해야 할까…… 기계화 마도부대라고 할까. 그걸 상대해 본 실감은 어땠나, 그란츠 중위."

"꽤 제대로 된 부대였습니다. 솔직히 놀랐습니다. 마도사의 숙련도는 조잡했습니다만……."

"흠? 계속 말해보게."

젊은 중위는 의외의 통찰력을 발휘했다.

"날지 않는다고 해도 마도사란 것은 역시 방어력이 보병과 비교가 안 됩니다. 우리라면 간단히 대항할 수 있습니다만…… 우군 보병이나 어지간한 마도사라면 의외로 고생하겠지요."

그란츠 중위는 이어서 결론을 말했다.

"사견이지만, 몹시 위협적입니다. 경기관총 정도의 화력이라면 평균 이하의 마도사라도 맡을 수 있겠지요. 보병부대에는 귀찮은 적입니다. 숫자가 갖추어지면 중대한 위협이 아닐까 합니다."

"좋은 견해다. 그럼 우군은 어떻게 대항해야 할까? 이 기회에 귀관의 생각도 들어보고 싶군."

타냐의 질문에 그란츠 중위는 잠시 생각하고 입을 열었다.

"애초에 지상의 표적이니까…… 방어외피를 장갑으로 간주한다면 이 경우 부대 규모의 전차로 대응해야 하지 않을까 싶습니다."

"구체적으로는? 전차를 내보낼까?"

"일부러 접근하는 리스크를 피할 거면 원칙은 포가 아닐까요. 적이 날지 않는다면 마도 반응이 잡힌 시점에서 포탄을 있는 대로 날리면 일단은 해결되리라고 생각합니다만."

채점하는 타냐로서는 미묘하게 고민스러운 답안이었다.

분명히 이론적으로 보면 틀리지 않았다.

결국은 화력이야말로 문제에 대한 처방전이 될 수 있다. 각군의 역할이라는 의미에서도 나름대로 정확하겠지. 접근하기 전에 장거리에서 정리하고 싶다는 시점도 원칙적으로 옳다.

다만 타냐는 부하가 놓친 점을 말했다.

"돌아가거든 메베르트 대위에게 물어봐라."

"예?"

"탄약 사정에 관해서 상세한 숫자를 설명해 주겠지."

귀환한 타냐와 부하들을 주둔지에서 맞이한 것은, 일을 한바탕 마쳤다는 듯이 만족한 웃음을 띤 토스판 중위였다.

그는 침상을 훌륭히 정돈한 것이다. 야전풍이지만.

"몰라보겠군, 중위. 콘크리트 타설도 계획에 있었나?"

"예. 일단 거점 방어용 콘크리트만큼은 받은 게 있었습니다."

타냐는 토스판 중위의 말에 고개를 끄덕였다.

"제투아 각하가 준비하신 방어 계획 정비에 따라온 것인가."

본격적인 계획은 미심쩍고 몇몇 개략이 있는 정도지만, 아무튼 야전축성은 열심히 하라면서 자재도 준비되었다.

좋은 일이다 싶어서 타냐는 끄덕였다.

방어설비는 없는 것보다 있는 게 낫다. 구멍을 파는 것은 꼴사납다고 짖어대는 놈들은 이미 오래전에 전멸했을 정도다.

그리고 꾀죄죄한 야전축성이라고 해도 축성은 축성이다. 설령 그것이 침상의 외풍을 어찌어찌 막는 수준일지라도.

"고생했다, 토스판 중위. 계속해서 잘 부탁한다."

경례하는 부하를 그 자리에 남기고 타냐와 마도대대 장교들은 그길로 부재 중에 사령부를 맡은 메베르트 대위에게 우르르 찾아갔다.

지휘소에 들어가니 놀랍게도 외풍이 없다!

말 그대로 따뜻해진 지휘소에서 타냐는 이제야 좀 사람 사는 곳 같아졌다고 미소를 지었다. 물론 부재 중 대리를 맡은 메베르트 대위의 표정은 그리 푸근하지 않았지만.

그래도 전투단 사령부의 간소한 가옥에는 웰컴 드링크가 아니라 메베르트 대위가 어딘가에서 들여온 듯한 코코아가 준비되어 있었다.

"호오!"

"추우셨을 테니까 준비했습니다."

그렇게 말하며 미소 짓는 포병 장교는 도리를 잘 안다고 타냐의 마음속 점수가 올랐다.

"음, 고맙게 마시지."

그렇게 말하자, 자기도 달라는 손이 여기저기서 튀어나와서 준비된 코코아는 순식간에 장병의 위장 속으로 사라졌다.

"조금은 맛보고 드시면 기쁘겠습니다만."

투덜대면서 미소를 짓는 메베르트 대위는 대단한 녀석이라는 평가를 따냈다. 참고로 희소하기 짝이 없는 코코아의 출처를 묻자 그는 대수롭지 않은 듯이 미소를 지었다.

"동부 방면군 사령부에서 나누어 준 겁니다. 동기가 사령부의 회계 담당이라서."

"훌륭하군. 말이 잘 통하는 것은 좋은 일이다."

'다음에도 기대할 수 있을까?' 라는 시선을 모두에게 받자, 메베르트 대위는 융통성 없는 포병답게 고개를 내저었다.

"그건 무리겠지요. 뭐, 어떻게든 하겠습니다만."

전원이 몸을 녹였을 때 메베르트 대위가 능숙하게 부재 중 상황을 보고했다. 그렇다고 해도 코코아를 느긋하게 대접할 정도의 평온함이다.

기껏해야 토스판 중위가 야전축성을 찔끔찔끔 진행하여 지면에 구멍을 파고 벽의 구멍을 메우는 작업에 종사했다는 사실을 거듭 알게 되었을 정도였다.

오히려 실전 경험이 풍부한 장교답게 메베르트 대위는 타냐가 조우한 '새로운 부대'에 흥미진진했다.

"그런데 본론으로. 새로운 적이란 놈들은 어땠습니까?"

"본론인가, 대위?"

"최신 정세를 파악한다. 당연히 중요합니다. 하물며 포병으로서는 적 기계화부대가 마도화되고 방어외피까지 전개했다고 생각하면…… 마음이 급해집니다."

쓴웃음을 지으면서 타냐는 그가 옳다고 인정했다.

부대 내부의 정보 공유는 중요하다. 작전 후에 돌이켜보는 것도 중요하지만, 여기서 마도장교 이외의 시점을 받아들이는 것도 좋겠지.

"분명히 말하자면 단독으로는 대단한 게 아니었다. 최대한으로 잡아서 여단 규모의 연방군 기계화보병이 단독행동 중인 것을 습격했다. 결론부터 말하지. 이것을 1개 마도대대 전력으로 습격한 것은 다소 과도하기까지 했다."

"하지만 단독이 아니라면 어떻겠습니까?"

"솔직히 말하자면 모르겠군, 메베르트 대위."

모르겠다는 감각의 부분을 타냐는 언어화하여 포병에게 다시금 전했다.

"우리의 기준으로 보면 너무 약하다. 마도 반응으로 기계화부대의 위치가 드러기는 것은 명확하게 결함이겠지. 하지만 그 조합이 제대로 기능하면 위협이다. 그렇긴 해도 그 조합으로 서로의 장점이 죽어버린 상황에서는 위협인가? 싶기도 하다.”

잠시 생각하는 메베르트 대위를 무시하고, 그란츠 중위가 “하지만…….” 이라며 아이디어를 말했다.

“저희도 비슷한 짓을 합니다. 특히나 완전한 마도봉쇄 환경에서 진출할 때, 알렌스 대위의 전차를 시작으로 차량을 꽤 편리하게 이용했습니다만.”

타냐는 동의했다. 실제로 탱크데상트만이 아니라 수송기를 통한 공수를 포함하여, 마도사를 현지까지 운송한 뒤에 마도사로 일하게 하는 수단은 빈번하게 이용했다.

“중령님, 이것은 그란츠 중위의 지적에도 일리가 있습니다. 기습이라는 관점에서 적이 이런 수법을 연구해 귀찮은 전술로 만들지 않겠습니까?”

바이스 소령이 위기감을 띠자, 부관도 동의한다고 끄덕였다.

“위기감은 옳습니다. 그란츠 중위와 마찬가지로 소관도 마도사로서 적 앞에서 처음으로 마도 반응을 발현할 때, 그 기습 효과는 절대적이라고 실감하고 있습니다.”

자신만만한 표정을 짓는 그란츠 중위, 찬동하는 바이스 소령과 세레브랴코프 중위라는 흐름에, 타냐는 자신도 얼추 반대의견이 없다고 답했다.

“숙련되지 않은 마도 자질 보유자를 간편하게 전력화하는 운용법으로 기습을 중시하고 드는 것은, 전술적으로 평균 이상의 위협이 될 수 있겠지. 하지만…….”

결국 항공마도사로 반복습격시키는 편이 대부분의 경우에서 유익하지 않나? 그것이 항공마도사로서 커리어를 쌓은 타냐의 의문이다.

스텔스성 같은 특성은 '전술적 이점'으로서 지극히 유리하면서도 정규군의 '전략적 이점'으로서는 반드시 강한 것이 아니지 않나 하는 것이 타냐의 생각이었다.

있는 그대로 말하자면, 이라며 타냐는 투덜거렸다.

"제군의 시점은 좋든 나쁘든 고참 항공마도사다. 베테랑으로서 보면 응용은 실용의 범주겠지만, 비행법도 모르는 신병에게 같은 수준을 기대할 수 있을까?"

누구든 쓸 수 있는 편리한 카드는 최강이다. 하지만 한정된 이만이 쓸 수 있는 카드라면 카드의 가치는 확 변한다. 그야 모든 것이 만능인 와일드카드라면 강하겠지. 하지만 특정 환경에서만 최강이 되는 카드로 손패가 채워지면 환경의 변화에 실로 무력하기까지 하다.

"제국에서는 항공마도 전술이 편중되었을지도 모르지만, 날지 못하는 마도사를 전력화하기 위해 지상군에게 추종시키며 직전까지 감지되지 않는 '강한 보병' 식의 운용에도 일리가 있겠지. 하지만 애초에 지상 운용 전문인 마도사는 손해 아닌가?"

의문으로 가득한 타냐의 말에 대해 의외로 포병 출신인 메베르트 대위가 의견을 밝혔다.

"중령님, 한 말씀 드리지만, 그것은 과거에 실례도 있는 운용 아닙니까?"

"실례? 미안하지만 나는 모르겠는데……."

"개인적으로 보병 전술을 다시 연구했습니다. 조금 흥미가 있어서 과거의 교범도 조사했습니다만…… 마도사가 강한 보병처럼 운용된 시기는 있었습니다."

"구체적으로는 어떠한 운용이지?"

"예, 장갑과 충격력. 걸어다니는 중기병 같은 운용입니다. 탱크란 것은 다소 극단적입니다만, 보병을 지원하는 경포 달린 이동요새 같은 운용이었다고 하더군요."

거기서 손뼉을 친 것은 그란츠 중위였다. 재미있겠다면서 그는 웃고 있었다.

"이동포병! 과연, 마도사의 화력을 경포로! 듣고 보니 마도사의 방어막과 방어외피는 벽도 되겠고……. 요새 같은 운용이 되겠군요."

그렇게 말하며 그란츠 중위는 쓴웃음을 지었다.

"저도 제투아 각하를 호위하면서 비슷하게 움직였습니다. 메베르트 대위가 말한 운용에는 왠지 모르게 상상이 갑니다."

"계속하게, 중위. 그것은 정규군에게 지금도 유익한가?"

"요인 경호 정도라면, 일까요. 보병을 지켜주라고 해도 소화기 정도라면 모를까, 적 중화기 앞에 세우고 벽이 되어 막으라고 한다면 도저히……."

그란츠 중위의 말에 답한 것은 바이스 소령이었다.

"연방군의 튼튼한 방어외피조차도 광학계 술식을 집중사하면 찢을 수 있으니까요. 그란츠의 말처럼 일격을 버티면 다행이겠지요."

바이스 소령의 의견을 긍정하고 타냐는 메베르트 대위 쪽으로 시선을 돌렸다.

"들은 바와 같다, 대위. 군 일반적으로는 역시 마도사는 하늘을 날아야 하지 않나? 거점 제압에서 강하 작전을 수행하는 일은 있겠지만……."

이해했다는 얼굴을 하던 메베르트 대위는 거기서 떨떠름한 얼굴로 변했다.

"이르도아처럼 말입니까?"

"그것도 그렇지."

이르도아 전선에서는 정말 말도 안 되는 요구를 받았다며 일행은 어깨를 으쓱였다. 그렇긴 해도 타냐는 화제를 되돌렸다.

"회고는 좋지만 본론이다. 결국 항공마도대대로서는 그다지 위협으로 느껴지지 않는다. 하지만 지상군에는 지상군의 감각이 있겠지. 마도사 없이는 부대 선에서 대항하기 힘든가?"

메베르트 대위는 솔직하게 대답했다.

"대단히 힘듭니다. 마도사의 원호 없이 적 마도부대 상대로 접근전을 벌이는 일은 군항에서 있었습니다만, 그때는 정말 고생했습니다."

"아, 군항에서 코만도 손님들이 놀러 왔을 때 말인가."

끄덕이는 메베르트 대위는 벌레라도 씹은 얼굴로 말을 이었다.

"이 전투단에는 마도사에 대항하는 수단이 넘쳐납니다. 마도사가 뭘 할 수 있는지도 대부분 숙지하고 있습니다. 하지만……신병 중심의 부대에서 조직적으로 마도사와 접근전을 얼마나 벌일 수 있는가 하면."

어렵다는 사실은 모두가 잘 알았다. 그러니까 타냐는 결코 유쾌하지 않은 상정을 상사로서 말했다.

"그럼 논의를 위해 최악의 가능성을 검토하지. 적이 돌파의 선봉으로 '단단한 보병'으로서 이러한 마도부대를 적용할 가능성은 충분히 있다고 하자."

그 가능성을 전원이 이해했을 때 타냐는 질문을 말했다.

"그때 우리의 방어선은 전반적으로 견딜 수 있을까? 어떤가?"

어렵다는 안색 위에 너무나도 힘들다는 빛이 덧씌워지는 것은 확실한 반응으로 기억할 만한 광경이었다.

그때 여태까지 조심스럽게 서 있던 외스테만 중위가 거수했다. 눈짓으로 타냐가 묻자, 그는 입을 열었다.

"시급히 검토해야 합니다만…… 저기, 항공마도사에 의한 대항공격이 가장 간단하지 않겠습니까? 실제로 눈에는 눈, 이에는 이라고 생각합니다만."

그건 옳다고 모두가 생각했다.

"하지만 마도사의 숫자가 부족한데?"

"예, 중령님. 그러니 결국 대포로 해결하게 될 것 같습니다."

적 전함에는 아군의 전함을.

적 전투기에는 아군의 전투기를.

적 전차에는 아군의 전차를.

그렇다면 적의 삼류 마도사에게는 아군의 항공마도사를.

안 되겠다 싶을 때는 대포다. 화력은 모든 문제를 날려버린다.

메베르트 대위가 서글픈 주머니 사정을 개탄했다.

"그렇긴 해도 마도사와 마찬가지로 모든 것이 부족합니다. 탄약만 풍족하면 외스테만 중위의 의견으로 충분할 것 같습니다만."

"역시 없나?"

포병 대위는 괴로운 듯이 타냐에게 끄덕였다.

"안 계신 동안 사령부에 연락했습니다. 역시 포탄도 연료도 말해 봤자 공수표만 있습니다. 아무래도 이르도아 전선 쪽으로 장래의 할당량까지 전용된 모양이라……."

회계에게 코코아까지 뜯어내는 남자가 포탄은 그럴 수 없다는 대답.

정말로 서글픈 포탄 사정. 보급 사정은 괴롭기 짝이 없다.

뭐, 지휘소의 면면들은 왜 그렇게 됐는지 대충 이해하고 있다.

남방 이르도아 전선에서 크게 한판 벌인 밑천은 동부의 미래에서 끌어온 것이라고.

그때는 실현되었던, 평소와 달리 풍족한 지원, 지금은 희귀한 규모의 보급, 철저한 전력 투입은 동부에 할당되어야 할 보충이다. 어떨 때는 기본적인 보급 혹은 보충요원마저도 남방에 던져 넣고, 나아가서 항공기 같은 것은 억지로 전용했다.

무에서 유를 창조할 수 있는 인간은 없다. 제투아 대장이라도 예외는 아니니까. 동부에서는 상응하는 희생이 강요되었다고 할수밖에 없다.

봄의 진창 기간이라는 유예가 있다고 해도, 조급히 전선을 다지지 않으면? 언젠가 올 연방군의 반격 앞에 버티지도 못할 만큼 약하다.

그러니까 미덥지 않은 주머니 사정을 한탄하기 전에 어떻게든 변통해야만 한다고 타냐는 한숨을 흘렸다.

"마도사도, 탄약도, 바닥을 쳤다. 외스테만 중위. 없는 것을 졸라도 어쩔 수가 없다. 있는 것으로 어떻게든 해야겠지."

모두가 부정할 수 없는 말이었다.

동시에 그게 괴로운 길이라고 잘 알고 있다. 정신론으로는 여기에 없는 탄약, 연료의 빈 자리를 다 채울 수 없다. 가능하다고 장담하는 어르신이 있다면, 어디 한번 네가 해보라는 게 전선에서 일반적으로 널리 합의를 볼 정도다.

실질적인 문제로, 전쟁은 모든 것을 낭비한다.

그러니까 타냐는 못 이길 전쟁은 바보가 아니면 하지 않는다고 생각할 정도다. 전쟁을 하는 당사자로서 바보 같다고 진심으로 생각하니까.

그래도 실무가로서 타냐는 선후책을 검토한 끝에 투덜거렸다.

"그나마 포탄은 보급을 기대할 수 있겠지. 마도사는 소모가 너무 격심하다."

개인의 자질에 의존하고! 교육하려면 시간이 걸리고, 보충은 최악. 이런 것에 기대할 정도라면 대량생산이 가능한 포탄에 훨씬 더 기대할 수 있겠지.

그런고로 우리는 생존자이기에 희소한 말로 혹사당하는 거라며 투덜거렸다.

"제투아 각하 같은 '높으신' 상관은 아직 위에 많이 계시지만. 우리 부대의 항공마도사관 중에서는 내가 제일가는 베테랑. 세레브랴코프 중위가 그다음이라는 시점에서 웃음도 안 나온다."

예전에는 달랐다.

"나도, 비샤도, 라인 전선 때는 말단 소위고 말단 마도사였거든? 윗대가리들이 와글와글 했지."

부관은 표정을 풀었다.

"옛날 생각이 나네요. 유년학교에서 긴급으로 라인 전선에 배치되었지요. 그때는 북방에서 돌아온, 묘하게 베테랑의 느낌이 떠도는 무서운 소대장이 상관이었습니다."

'응, 중령님은 그랬지…….' 라는 얼굴을 보이기 시작하는 그란츠를 가볍게 쏘아보고, 타냐는 한숨을 흘렸다.

"전쟁이 너무 오래간다. 우리는, 우리 정도로도, 지금은 화석 같은 생존자다."

그러니까 이런 위험한 현장직에서 한시라도 빨리 원만하게 퇴직하고 싶은데.

원만한 퇴직이 불가능하면 하다못해 전보를 가고 싶다. 그것조차 안 된다면 단축근무라도 따내고 싶다고 빌고 있다.

그렇다고 해도 그것은 푸념이었다. 해결책이 없는 푸념은 생산적이라고 할 수 없겠지. 푸념이라는 행위 자체에 의미가 있다면 모를까, 푸념을 위한 푸념은 시간 낭비다.

전쟁을 하고 있으면서 시간을 낭비하는 사치만큼 저주스러운 것도 없다.

귀환 후의 브리핑도 간략하게나마 끝났다. 그렇다면 부하를 잔업시킬 이유도 없다. 누구든 시간은 유한하며, 존중받아야 한다는 마음에 타냐는 말을 매듭지었다.

"메베르트 대위, 아무튼 이상이다. 지휘는 다음 교대까지 맡기지. 나와 부하는 비행 후의 휴양이다."

"계속해서 맡겨 주시길."

잘 부탁한다고 메베르트 대위에게 말하면서 타냐는 부하 장교들에게 인자한 미소 그 자체인 웃음과 함께 해산을 명했다.

"제군, 수고 많았다. 눈을 좀 붙여도 좋다. 편하게 있도록."

손을 흔들고 타냐가 식당 대신인 창고에서 가볍게 뭘 좀 먹을까 했더니, 마도사관들은 모두가 비슷한 생각을 했던 모양이다. 다들 밥인가 생각하면서 당직이 데워 준 스튜와 빵을 받아서 낡은 창고 여기저기에 둥글게 모여 앉았다.

물론 장교 클럽처럼 떠드는 것은 아니다. 식기는 야전용. 밥은 데우기만 한 것. 음료까지 따뜻한 것은 일종의 사치지만, 아무리 그래도 뜨겁다고 할 정도는 아니다.

"제도에서 디너를 먹은 게 언제였을까요."

투덜대는 부관에게 타냐는 웃어 주었다.

"바로 며칠 전의 반휴겠지. 지갑을 뒤져보면 귀관이 먹어치운 두꺼운 영수증이……."

"있을 리가 없지 않습니까! 참모본부의 특별 배식권이었으니까요."

'잘 기억하고 있잖아!' 라고 모두가 한소리 하는 가운데, 슬쩍 세레브랴코프 중위는 자기 빵을 삼키고 히죽거리는 얼굴로 "참 맛있습니다."라고 시치미를 뗐다.

추격의 예봉을 피한 타냐는 쓴웃음과 함께 그걸 용서했다.

"하아. 외스테만 중위, 어떤가? 오랜만의 제도는 만끽했나?"

"일이라고 할까요, 서류에 쫓겨서……."

다소 원망 어린 부하의 말에 타냐는 어깨를 으쓱였다.

"일단 최소한의 자유시간은 마련해 줬을 텐데……."

"덕분에 오랜만에 본가에 갔습니다. 설마 보주의 사적 이용으로 본가까지 날아가게 될 줄은 몰랐습니다만……."

"그 점은 세레브랴코프 중위가 힘썼다. 모두의 귀성에 맞춰서 장교전령의 파견 임무를 위장해 준 수완에 감사하도록."

'뭐, 먼저 일을 끝낸 처지고요…… 그 정도는 해야겠지요.'라고 웃는 세레브랴코프 중위는 제법 재주가 많다.

"세레브랴코프 중위님은 베테랑이군요……. 일처리는 빠르고, 전투기술은 발군이고……. 이런 걸 재색겸비라고 하나요."

외스테만 중위의 말에 가슴을 펴는 세레브랴코프 중위지만, 타냐, 바이스, 그리고 그란츠처럼 오래 알고 지낸 이들은 '그런 건가?'라는 얼굴을 미묘하게 지었다.

"아니, 그야 비샤는 잘 일해 주었지만……."

"재색겸비?"

'아니지 않나?'라는 말을 하려던 그란츠 중위는 세레브랴코프 중위의 정중한 시선을 받아 멋지게 태도를 바꾸었다.

"세레브랴코프 중위의 훌륭한 기량과 모범적 자세는 우리의 본보기입니다!"

"좋아."

'뭐가 좋다는 거냐, 비샤.'라는 마음과 함께 '왜 시선으로 기를 죽이는 거지?'라고 생각한 타냐와 바이스는 그란츠의 태도에 한숨을 흘렸다.

"예전의 기준이라면 통상적인 부관에게 이 정도는 요구되었지만 말이야, 외스테만 중위."

"그렇습니까?!"

타냐는 젊은 속성 교육 장교에게 말했다.

"그란츠 중위가 제투아 각하에게 다소 휘둘린 걸 기억하나?"

"발탁된 뒤에 질질 끌려다닌 거라면, 예."

젊고 진지한 중위의 말에, 과거에는 젊고 야심적인 면도 있었던 또 한 명의 남자 중위가 한숨을 짜냈다.

"다소 정도가 아니라 신나게 휘둘린 몸으로 단언하겠는데, 부관을 맡을 수 있는 사람에게는 무조건으로 존경심이 생겼습니다. 다만 신기하게도 비샤에게는, 뭐라고 할까⋯⋯."

"중위는 라인부터 나와 페어였으니까. 속내도 잘 알면 일하기 편하지."

옆에서 세레브랴코프 중위가 고개를 휙휙 끄덕이는 소리를 들으면서 타냐는 쓴웃음을 지었다. 그렇게 힘껏 끄덕일 것도 없지 않나.

"뭐냐, 비샤. 그렇게 편했나?"

"예? 하아, 저기⋯⋯ 그게, 그러니까, 저기⋯⋯."

부하의 입장으로 편했다고 말할 수 없다고 눈치챈 타냐는 부드럽게 미소를 지었다.

"신경 쓰지 마라, 세레브랴코프 중위. 나처럼 표준적이고 모시기 쉽고 무개성한 상관이 상대면 훌륭히 부관 역할을 한 것은 자랑할 만하지."

"저기, 중령님?"

"뭐냐, 바이스 소령."

"중령님, 자신을⋯⋯. 저기, 표준?"

당연하지 않나? 타냐는 부하의 질문에 고개를 끄덕여주었다.

"무훈에는 축복받았지만. 내용물은 지극히 표준적이다. 톱니바퀴이자 평범한 개인이니까. 스스로를 평범하다고 말하는 건 좀 그렇지만, 선량하고 성실하다는 게 장점일 정도겠지."

"군 생활이 오래된 분은 그렇게 되는 겁니까."

소령이 기막히다는 얼굴로 흘린 말을 타냐는 진지하게 받아들였다. 분명히 군대처럼 획일성을 요구하는 조직에 오래 속하고, 대부분의 교육 과정을 군 내부에서 끝낸 자신 같은 인격은 정말로 표준화된 타입으로 성형되는 면이 있을지도 모른다.

납득하고 타냐는 일단 부하의 혜안을 좋은 지적이라고 말해 주기로 했다.

"바이스 소령. 귀관의 의견이 옳을지도 모르겠군. 나 같은 건 그런 의미에서 조직이 요구하는 표준이라고 할 수 있을지도 모르지. 뭐, 과거의 스탠더드이긴 하겠지만."

곤혹스러움을 드러내며 답하면서 바이스 소령은 약간 주저하듯이 입을 움직였다.

"저기, 중령님. 중령님이 과거의 표준이라면 오늘날은…… 어느 정도 질적으로 저하된 것일까요?"

"세레브랴코프 중위와 내가 병아리 취급이었으니까. 지금은 달걀 이전일까?"

그러니까 바이스 소령이 다소 딱딱해진 표정으로 이은 다음 말에는 어딘가 예상한 대로라는 소감이 들 정도였다.

"이 전쟁은 어떻게 될까요……."

그 말을 끝으로 침묵하는 바이스 소령.

소령이 물으려는 바는 이해할 수 있다. 그러니까 타냐는 최대한의 성실함으로 그 걱정을 긍정했다.

"너무 긴 총력전이군."

"예, 그건……."

"그렇하면 귀관도 알고 있을 거다. 언젠가 한계가 오겠지. 이대로는 말이야."

제국의 패배, 란 말까지는 하지 않지만.

"인내심 싸움이군요."

"그렇게 멋진 것도 아니야."

어깨를 으쓱이며 타냐는 투덜거렸다.

"중령님."

"세레브랴코프 중위, 할 말이 있나?"

"이길 수 있다고 생각하십니까?"

한가운데 직구인 질문이었다.

고요해진 공간에서, 입에 스튜를 넣고 있었을 전원이, 창고 안의 전원이, 자신의 답을 기다리고 있었다.

하지만 제국이 이길 수 있을까 하는 질문의 답은 정해져 있다.

"질 것 같나……?"

"아뇨. 하지만."

'이길 수 있을까?' 라는 질문이라고 부하가 말을 이으려는 것을 타냐는 손으로 제지했다.

"세계를 적으로 돌리고 혼자서 싸울 수 있을까?"

"그건……."

"멍청한 질문은 하지 마라. 더 이상은 내 입장상 도저히."

말할 수 없다.

하지만 어지간한 인간은 그걸로 끝나지 않는 것도 사실이다.

"그럼 역시?"

은근슬쩍, 하지만 단호한 의지로.

그란츠 중위가 이쪽을 바라보고 있었다.

"중령님, 부디."

'대답해 주십시오.'라는 요청이 있기 전에 타냐는 입을 움직였다.

"무운도 헛되고, 상황은 좋지 않다. 하지만 더 말하는 건 불손하겠지. 애초부터 우리의 급여 등급은 눈앞의 적을 해치우는 것이고, 천하국가에 대해서는 권한의 범주 밖이다."

"하지만 그건!"

완고한 그란츠 중위는 뭔가를 냄새 맡은 걸까. 타냐는 잠시 생각했다. 그란츠 중위는 제투아 각하의 말씀을 곁에서 들었을 가능성이 있었다.

그럼 답은 명확하지 않은가.

"애국심을 드러내려면, 잘못 판단하지 마라."

가려야 할 말은 잘 알고 있다.

가라앉는 배에서는 특히나 말조심이 중요해지니까.

"우리는 싸우지 않고서 살아남을 수 없다. 그렇다면 싸워서 살아남을 뿐이다. 아직 진 것도 아닌데 체념이 깃들면 우리의 마음이 좀먹혀서 지게 된다."

"감사합니다……!"

타냐는 어깨를 으쓱이며 괜찮다고 말해 주었다. 마도대대의 장교들이 드디어 핵심 부분에 도달했다며 식은땀을 흘렸다.

아직 '패배'를 공공연하게 입에 담을 때가 아니다. 입 밖에 내기에는 아직 상황이 갖추어지지 않았다.

이 단계에서 '패배주의'로 간주될지 모르는 말이 만연하는 것은 피해야만 했다.

현실 직시는 중요하지만, 타냐는 슬픈 현실을 알고 있다.

물론 현실을 직시할 수 있는 인간이 필요한 조치를 강구하는 것이 '가능'하기는 했다. 이것은 틀림없는 사실이다.

하지만 슬프게도 대다수의 인간이 기꺼이 현실을 직시하는 게 아닐 때, 현실을 직시한 '정상적'인 인간은 제물로 바쳐지는 어린양 신세가 된다.

타냐는 알고 있다. 이웃집에 불이 났을 때조차도, 그 불길이 다가오는 것을 인정하고 호스를 끄집어낼 수 있는 인간만 있는 게 아니라는 사실을.

그렇기에 해야 할 일, 나아갈 길을 부하에게 제시해 주는 것이 관리직의 수완이고, 다행히 타냐는 그게 주특기라고 자부하기도 했다.

"적의 본격적인 반격까지 얼마나 이쪽의 태세를 가다듬을 수 있을지가 승부다."

타냐의 말에 부하 장교들도 각자 예정의 주판알을 튕기기 시작했다.

전투단은 이르도아에서 상당히 많은 기재와 인원을 소모했다. 인적 자원은 일부 보충되었지만, 신병이 태반이다. 유예로 예상되는 2~3개월 동안 얼마나 훈련시킬 수 있을까?

하지만 현재 상황으로는 인간방패로도 못 써먹을 짐짝일지라도, 누구든 처음에는 그렇다. 그것을 채용하고 교육하고, 다음으로 이을 수 있는 것이 조직의 특성. 신입이란 조직의 미래다.

시간만 있으면.

그것은 분명 장래의 귀찮은 일과 맞서는 데 도움이 되겠지.

하지만 이때의 타냐와 일행은 모르는 일이지만. 귀찮은 일이란 때와 장소를 가리지 않으니까 귀찮은 것이다.

그러니까 일행이 이날 수완 좋게 정리한 '공산주의자가 새롭게 이상한 짓을 했습니다' 라는 보고서가 뜻하지 않은 화학반응을 일으킬 거라고 예상하는 것은 무리겠지. 다만 사실로서 이들이 '적 기계화 마도부대' 를 격멸하고 보고서를 신속하게 각 방면에 제출한 것이 귀찮은 일을 하나 만들어냈다.

적의 유력한 신편제 전력의 가능성이.

동부에서 새로운 양상의 출현이.

어쩌면 단순히 젊은 무관의 공적이.

무엇이 방아쇠를 당겼는지는 복합적인 요소를 꼽을 수 있겠지만, 아무튼 보고서를 읽은 자들 중 궁중에서 아주 성실한 인물이 있었다.

일의 근본에 있는 것은 선의다. 이것은 틀림없이 사실이겠지.

그 인물의 이름은 알렉산드라라고 한다. 황제 폐하의 막내딸이자, 제23황실친위연대의 '연대장' 을 세습하는 제국군의 육군 대령님이었다.

엄밀하게 말하자면, 황실친위연대도 독립연대는 아니다. 제23황실친위연대도, 제13황실친위연대와 함께 제3친위사단 소속이다.

당연히 작전 행동에 임할 때는 제3친위사단의 지휘를 받는다.

단독으로 전선에 전개하는 부대가 아니다. 하지만 말하자면 이 것은 입장상의 핑계이며, 제3친위사단의 사단장을 보자면 당대 황제의 남동생이다.

숙부가 조카의 편의를 봐주는 정도의 관계가 실태다. 애초에 황실친위연대는 높으신 분의 지정석. 기존 3개 사단 규모의 친 위사단에서는 모두 황족이 요직을 차지하는 상황이다.

보통이라면 해묵은 장식이자, 있지도 않은 '황제 친정' 에 대 비하여 훈련된, 적당히 공로자의 휴양이나 상이군인의 명예로운 자리, 또는 유망한 훈련교관의 재취업 자리 등으로 활용되며, 연 대장 정도 되면 의례가 없는 이상 불려나올 일이 없다.

다만 견제받지 않는 불가침의 혈통인 연대장은 군무에 대단히 진지했다.

'황실친위연대의 역할이 황성 수호임은 이의 없음. 또한 실전 을 모르는 것 또한 바람직하지 않음. 교훈을 감안하면 우리 연대 하나라도 전선에 투입되어야 하지 않나. 혹은 연대 본부만이라 도 전선을 경험해야 한다고 믿는다.' 라고 고지식하게 주장할 정 도였다.

일종의 정론이기는 했다.

동부 최전선에 황족이, 그것도 진퇴가 간단하지 않은 전선에, 개개인이 일정 정도 훈련을 받았다고 해도 여러 명가나 고위귀 족의 여군인까지 포함한 높으신 분이 모인 연대 본부가 진출한 다는 것의 의미를 고려하지 않는다면 말이지만.

하물며 황실친위연대란 말하자면 '장식으로는 단련되어 있지 만, 전선에 투입하고 싶냐고 하면 단호히 결이 다른 군대' 다. 종군하고 싶은 황족, 귀족을 받아들이는 모체란 그런 것이니까.

　제국에서는 의외로 해묵은 규정이 많다. 그래서 자리는 남아 있었다.

　친위사단도 근본을 따지고 보면 친위경기병연대의 명예연대장직을 포함하는 것으로, 여성 황족이나 고위 귀족의 자제 및 자녀의 자리인 경우가 많고, 여성 군인이 비교적 적었던 시대조차도 황실친위연대의 요직만큼은 궁중답게 남녀비가 거의 균등한 경우도 드물지 않다.

　휘하 병사도 정말이지 잘 교육받았다. 실전 경험자도 제도에서의 휴양이나 지나가는 자리를 포함해서 다수 배치되었고, 장비도 잘 정비되었다.

　다만 친위사단이니 황실친위연대니 하는 만큼 부대로서 전장을 경험하지는 않았다.

　부대 단위의 실전 경험을 보면 기껏해야 중대 레벨. 예외를 찾아보면 대대 단위가 극히 소수라고 할까.

　제일 많은 것은 열병식이나 의례에 준한 의장병 역할.

　더 말하자면 이만큼 충실한 부대를 놀리는 것은 아깝다고, 대대 레벨에서 신병을 받아들여 교육하는 부대로서의 측면도 겸비하고 있지만, 받아들인 요원이 쓸 만한 수준이 된 순간 참모본부는 마법의 지팡이를 휘두른다.

　펜이 번쩍이고 서류가 꾸며지고 잉크가 춤추면 '황실친위연대 소속대대' 였던 것은 '확대 재편' 의 명목으로 분할되고, 실전을 경험했던 거의 대부분의 요원들이 전출된다. '신편보병연대' 의 기간요원으로서 '친위대 출신' 은 금박 붙은 명함으로 편리하게 쓰이고 있었다.

원래 부대인 '황실친위연대 소속 대대'에 남는 것은 고위귀족 자제 및 소수의 '배려가 필요한' 병력이 태반이다.

이건 이거대로 누구도 불행해지지 않는 구조다.

'총력전 도중 자신이 장식임을 계속 감수한다'는 것을 긍정하지 않는 푸른 피가 고지식하게 '푸른 피의 의무'를 자각하지 않는 한.

이것 참 누구의 불행인지, 평시라면 아주 좋은 의무감의 소유자인 황녀 전하께서는 명목상의 의무감을, 명목 그대로 행사하기를 바라시는 것이다.

전선에서의 소식을 들으니 더는 참을 수 없다면서.

하지만 제23황실친위연대를 전선에 원군으로 파견하자! 라는 제안은 현실을 알면 '제발 좀 참아달라'는 말밖에 나오지 않는다.

참모본부도, 동부 방면군 사령부도, 제발 좀 참아달라고 머리를 싸잡을 수밖에 없다.

그러니까 평소라면 정중하게 사절할 수 있었다.

그런데 황실 일부가 선의와 의무감에서, 전선에서 황실친위연대에도 역할을 달라! 같은 제안을 한 것이다. 황족의 후의이며, 명예로운 제안이고, 황제 본인이 '뭐, 일주일 정도의 현지 체험은 좋지 않겠나'라고 말을 꺼냈으니, 형식적이나마 제정이며 황실에 충성을 맹세한 군인 제군으로서는 칙명을 받아 실행할 수밖에 없어졌다.

그것은 한스 폰 제투아 대장 본인도 예외가 아니다.

시종무관에게 전언을 받은 순간, 그는 한순간 사절에게 살의마저 담은 시선을 보냈다.

"곧바로 입궐하여 폐하께 사정을 설명 드려야 하겠군."

그 한마디가 제투아 대장의 전부였다.

곧바로. 그 말처럼 그는 일어서자마자 달려갔다. 다급해진 고급 부관 우거 대령이 입궐 수속을 밟느라 뛰어다니는 동안, 방치되었던 시종무관은 정신없이 참모본부 복도를 배회하다가 근처의 변소로 달려갔다.

불운한 담당자는 그날 알렉산드라 황녀 전하 본인이 손수 따라 주신, 이어서 제투아 대장이 직접 따라 준 커피가 위장 안에서 혼합된 것을 참모본부의 화장실에서 토한 것이다.

그것도 위액들과 함께 토했다.

하지만 그 혼자만의 고생이 아니다.

라우돈 대장도 토했다.

제투아 대장도 사실은 토했다.

즉, 높으신 분들은 모두 토했다.

그것이 그들이 사는 제국이라는 세계이자 시스템이니까.

그렇게 그들은 발버둥 쳤다.

발버둥을 치고 또 쳐서, 연대 파견을 막았다. 역사적 위업이라고 할 수 있을지 어떨지는 몰라도, 조직 안에서는 조직의 문화와 규범에 물든 그들이 한계까지 노력한 행위라고 할 수 있겠지.

하지만 그것은 타협이다.

'연대'가 갈 수 없다면 '시찰'로 간다고, 고지식한 사람이 고지식하게 말하면 이미 막을 수가 없으니까.

높으신 분이 격려하러 오셔서,
현장 분위기가 아주아주 좋아졌습니다.

──────── **공식 보고** ────────

정신없는 현장에 높으신 분 접대라는 숙제까지 줘서
현장 사람들이 다 죽어나갑니다.

──────── **비공식 보고** ────────

아연실색.

그저 그 말을 얼굴에 드러내고, 타냐는 레르겐 대령의 얼굴을 바라보고 있었다.

동방 방면군 사령부의 사령관용 응접실.

방의 주인인 라우돈 대장 본인은 현지시찰로 바빠서 한 번도 여기를 제대로 활용한 적이 없는 모양인데……라고 레르겐 대령이 설명한 것을 보면 제국도 여러모로 심각한 모양이지만.

그래도 방의 성질상 청소는 잘했다. 그리고 방한도 완벽. 덤으로 뜨끈뜨끈한 홍차에 곁들이는 과자로 스콘도 나오지 않는가.

여기가 전쟁터라는 것을 잊어버릴 듯한 공간. 하지만 현장에서 멀리 떨어진 곳에 계신 높으신 분이 대체 무슨 생각을 하고 있는지 타냐는 제도에서 달려온 레르겐에게 거듭 물었다.

"실례입니다만, 황녀 전하께서 시찰을 오신다고요? 그것노 가급적 1월 중에?"

"그렇다. 황공하게도 알렉산드라 황녀 전하 본인께서."

"그것도 라우돈 각하 같은 군인을 위문하러 오시는 게 아니라, 그냥 최전선을?"

정치적 고가치 목표를 최전선에 둔다. 전략적인 의도가 있다고 해도 전술적으로 지극히 위험하기 짝이 없다.

타냐는 속으로 머리를 싸쥐었다.

"레르겐 대령님. 하필이면 지금의 최전선을 말입니까?"

"그렇다. 현장의 최고 지휘관을 번거롭게 할 것 없이, 하지만 전선의 장병이 직면하는 현실을 보고 싶다는 궁중의 강한 의향이다, 중령."

궁중! 참모본부의 의향조차 아닌가!

"황실 승상의 마음이 다른 자들보다 뒤처진다고는 생각하지 않습니다만, 현장의 인간인 소관으로서는 현실적으로 그게 가능한가 하는 점에서, 황실을 생각하기에 안전성의 시점에서 매우 우려된다고 말할 수밖에……."

"솔직하게 말해 보게."

단도직입적인 레르겐 대령의 재촉에 고개를 끄덕이고 타냐는 내뱉었다.

"위험합니다. 라우돈 각하께서 시간을 내셔서 알렉산드라 황녀 전하를 접대하시는 편이 훨씬 낫습니다."

"그 정도인가? 아니, 상상은 했지만, 귀관의 표정이 상상을 초월하는군."

오해의 여지가 없도록, 타냐는 정확성에 유의하면서 말을 이었다.

"적의 빨치산조차 강력합니다. 동부에 돌아오고 바로 알았습니다만, 우리 군의 토벌중대조차도 전차를 포함한 강력한 연방군 빨치산의 반격에 무너지는 판입니다."

레르겐 대령은 떫은 표정으로 끄덕였다.

"최종적으로는 사단 본부에서 파견한 1개 보병대대와 1개 항공마도중대로 이루어진 토벌대로 소탕하는 꼴이 되었다는 그거 말인가."

타냐는 고개를 끄덕이고 말을 이었다.

"예, 근거지 중 하나를 토벌하는 것만 해도 그렇습니다."

"제투아 각하가 공들인 자치평의회와 협력하는 것으로, 후방의 안전 확보는 상황이 많이 개선되었는데……."

타냐는 레르겐 대령의 말을 마음속으로 '정반대겠지.'라고 부정했다.

공산당의 통치하에 있는 여러 민족이 공산주의를 진심으로 환영하고 연방 공산당을 양친처럼 신뢰한다는 말은 꿈같은 소리지만, '당의 무서움'은 다들 잘 알고 있다.

연방에게서 분리독립한다는 꿈은 제국군이라는 수호자가 당에게서 지켜준다는 '약속'이 기능할 경우라는, 제약이 딸린 꿈에 불과하다.

제국군은 지금 '버티고 있다'. 하지만 '당장의 승리가 약속된 것'도 아닌 이상, 자치평의회라는 '민족자결'의 꿈을 꾸는 집단들은 '눈치 싸움'을 벌이겠지.

타냐는 레르겐 대령의 바람에 찬물을 끼얹게 되었다.

"자치평의회와 연방군 빨치산은 눈치 싸움을 벌이고 있습니다. 바꿔 말하자면 그들은 모호한 정전 상태에 있는 것이나 마찬가지 아니겠습니까?"

"내통자가 있는 정도라면 상상하고 있었다. 하지만 그렇게까지 우리 후방 조직이 적과 내통하고 있다면……."

타냐는 레르겐 대령의 오해를 부정했다.

"그게 아닙니다, 대령님."

조직적으로 배신한 건 아니다.

적어도 자치평의회 녀석들로서는 그렇게까지 과감한 결단을 내릴 수 없겠지. 그들도 한계까지는 성실하다. 연방보다는 제국이 더 나으니까. 그래도 제국과 함께 침몰하지는 않겠다는 입장의 차이가 이 상황을 만든 것에 불과하다.

"이건 삼각관계입니다."

"사, 삼각관계?"

"자치평의회는 필요에 따라 바람을 피우는 것에 불과합니다. 그들은 우리를 따르고 있지만, '우리가 없어지면?' 이라는 경우를 생각해야만 하므로 불운하게도 절실한 현실을 살고 있습니다."

타냐는 개인적인 의견을 개진했다.

"반대로 제국을 보자면 연락선의 안녕이 전부일 뿐. 연방군 빨치산에 의한 습격이 감소하면 기분 좋게 '상황은 개선되고 있다'로 간주하겠죠. 자치평의회가 눈치 싸움을 하고 있을지. 진짜로 토벌하고 있을지. 답은 우리와 연방의 전쟁 국면에 달렸습니다."

자치평의회로서는 '제국'에 기대하면서 최악의 날에 대비하여 연방의 귀환을 염두에 두고 보험을 들 수밖에 없다.

그러니까 현재 상황은 제국에 대한 자치평의회의 신용이 동요한 결과다.

"자치평의회가 적과 야합하고, 혹은 암묵의 정전을 맺어서, 결과적으로 습격이 억제되는 것은 그들의 생존을 위해 필요한 변명입니다. 동시에 부분적으로는 우리의 상황을 개선하는 것입니다만. 말하자면 이것은 장래적으로 강력한 연방군 빨치산을 우리 세력권에서 육성하는 시간을 주는 것입니다."

"이해되는군, 중령. 즉, 자치평의회 놈들은 양쪽에게 다 좋은 모습을 보이려 하니까 이 기묘한 삼각관계가 성립하는 건가."

레르겐 대령은 답답하다는 목소리로 말을 이었다.

"하지만 삼각관계는 언젠가 깨지는 법이다. 하물며 이건……."

"틀림없이 파탄이 나겠지요. 결국 자치평의회 놈들은 우리와 운명을 함께할 정도의 이유도 없습니다."

연방에 적대하는 집단은 실존한다.

하지만 연방에 적대하는 쪽에 모든 것을 거는 인간 '만' 으로 그 집단이 구성된 것은 아니다. 따라서 제국은 버림받지 않도록, 버티고, 허세를 부리고, 파탄을 뒤로 미룰 필요가 있다.

"레르겐 대령님. 우리는 잘되는 동안 잘되는 척한다든가, 이것이 바로 바라는 상황이라고 허세부리는 처지입니다."

제국의 현황은 비참하기 짝이 없다. '파탄날 때까지는 파탄나지 않은 척한다' 라는 자전거조업에 불과하다.

그런 상황에서 괜히 주목받고 싶지는 않다.

공산주의자의 장기적 계획 능력을 비웃는 타냐조차도, 그들이 얼마나 기회주의적인지는 질리도록 잘 알고 있다.

자칫 미끼를 보여주면 조건반사적으로 물고 늘어질지 모른다.

"허세는 몰라도, 현실에서는 후방의 정세 개선조차 종이호랑이에 불과합니다. 확실히 전선은 조용합니다만……."

황녀 전하의 의향에 따른 '동부 시찰'. 그런 극약을 던져 넣었을 때, 어떻게 될지는 생각하기만 해도 속이 쓰리다는 타냐에게 레르겐 대령은 고개를 끄덕였다.

"중령, 귀관이 말할 것도 없겠지만 만류하고 싶다는 것이 상부의 의향이었다."

하지만 레르겐 대령은 어렵다는 듯이 말을 이었다.

"애석하게도 궁중의 의향. 그것도 오랜만에 군에 보이는 의향인 것도 있어서, 정면에서 대놓고 반대하는 것은 제도적으로 너무 어렵다."

레르겐 대령은 거기서 고개를 내저었다.

"설득해 봤지만, 이해받지 못했다."

"그게 무슨 말씀이신지?"

"지금 시기라면 문제없다고 판단하셨다. 우리는 리스크가 크다고 생각하지만."

"그러면 그렇다고 군에서 거듭 말씀을 드리면?"

"알렉산드라 대령은 근면하고…… 전투 보고를 하나하나 다 읽으시는 분이시라서. 봄까지는 여유가 있다고 서류를 통해 알아내셨다. 그러는 바람에 제투아 각하의 말씀으로도 안 된다."

"그 제투아 각하가 설득에 실패하셨다고요? 설마요."

설마 싶은 마음으로 묻자, 대답이 돌아왔다.

"바로 그 설마다."

그리고 레르겐 대령은 시선을 흐리고 한숨을 흘렸다.

"우거 대령에게 들었을 때는 기가 다 막혔지."

입궐한 제투아 각하는 황제와 황녀 전하를 상대로 일생일대의 웅변을 펼쳤다는 모양이다.

'소관 개인의 억측입니다만, 적의 동향에 불온한 부분이 섞여 있습니다. 동부 방면군에서는 연방군의 반항이 일러야 춘계라고 예측하고 있습니다만, 이것은 수상합니다. 기밀을 솔직히 말씀 드리자면, 적의 공세는 이미 시간문제가 아닐까 하는 느낌도 있습니다. 라우돈 대장을 파견한 것도 직면한 위기에 대비하기 위한 것. 현재 상황은 너무나도 위험합니다.'

그런 식으로 허언을 하고, 전문가로서 위험성을 호소했다나.

물론 보고서를 다 읽은 황녀 전하께서는 '적이 오는 건 일러야 봄이라는 게 군 전체의 판단이 아닌가.' 라며 반발하셨다.

레르겐 대령은 거기서 눈썹을 찌푸리며 곤혹스러움을 보였다.

"지식이 어중간하게 있으셔서."

그리고 레르겐 대령은 대수롭잖은 어조로 말을 이었다.

"그래서 내 생각인데…… 적절한 보고서가 적절한 부서에서 적절한 타이밍에 도달하면, 아주 적절하고 바람직하다고 본다. 나는 전선의 적절한 목소리가 필요하다."

타냐는 내심 이해하면서 표정을 굳혔다.

모든 것이 참모본부에 '적절한' 것이 필요하다는 이야기. 뭘 요구하는지는 눈치를 살필 것까지도 없다.

"그렇다면 소관에게 지금 당장 거짓 보고서를 작성하라는 말씀이신지?"

"진실을 기재한 결과로서, 최종적으로 오해를 사는 불행한 보고서면 된다."

손가락으로 책상을 톡톡 두들기면서 레르겐 대령은 '상부'의 의향을 말했다.

"구체적으로는 연방군의 위협이 임박했다는 전망이 바람직하 겠지."

타냐는 몇 번째일지 모를 한숨을 흘렸다.

"실례이지만, 참모본부 직속인 저희가 보내는 보고서는 액면 그대로 인식되기 쉽습니다."

괜한 소리를 썼다간 괜히 진지하게 받아들이는 성실한 군인이 상상도 못할 혼란을 낳을지도 모른다.

"군의 정세 판단을 그르칠 보고서가 될지 모릅니다. 실제로 장거리 전략정찰로 둘러본 결과를 정확히 보고하라는 것이라면 받아들이겠습니다만, 그 이상은 확약하기 어렵습니다."

뭐라고 지탄을 받을까.

반쯤 조직인으로서 체념마저 품는 대답을 한 타냐는 거기서 뜻하지 않게 좋은 반응을 받아냈다.

"그것도 나쁘지 않군."

"예?"

"만사는 생각하기 나름이다. 귀관의 전략정찰에서 위협이 없다고 판단된다면, 어느 정도는 안심할 수도 있지."

"예……."

뜻하지 않은 반응에 눈을 동그랗게 뜨는 타냐를 무시하고, 레르겐 대령은 마침 잘됐다는 듯이 손뼉을 쳤다.

"내 선에서 제투아 각하와 라우돈 각하께 서둘러 정찰이 필요하다는 보고서를 올리지. 나 자신도 황실을 향한 마음은 귀관과 다름없다. 안전이 확보된다면 현장을 알아두시는 것도 결코 나쁘지 않다고 할 수 있으니까."

기대를 숨길 수 없는 시선 앞에서, 타냐가 할 수 있는 대답이래야 뻔하다.

"미력하게나마 최선을 다하겠습니다."

할 일이 하늘에서 뚝 떨어졌다면 할 수밖에 없다.

실로 단순한 일의 흐름으로 타냐는 전투단 지휘소라는 으리으리한 이름을 가진 헛간에서, 농업용으로 쓰였던 듯한 나무 의자에 앉고, 접이식 야전 테이블 위에 펼친 지도를 장교들과 함께 보면서, 레르겐 대령에게 받은 '명령'을 지시하고 있었다.

"제군, 참모본부의 특명이다. 이번에도 동부 방면군의 라우돈 대장님이 허가하셨다. 즉, 높으신 분들 사이에서 이야기가 끝난 안건이다. 우리에게는 전략정찰 임무가 내려왔다."

전쟁광 제군에게 타냐는 적당히란 것을 기대하지 않는다. 아니, 할 수 없음을 알고 있다. 그렇기에 일이 이 지경이 되었다면 차라리 고지식하게 전략정찰을 할 수밖에 없다고 마음먹었다.

"레르겐 대령님께서 말하시길, 종래의 전제에 사로잡히지 않는 자유로운 시점에서의 정찰이 필요하다는군."

줄줄이 모인 장교들이 일제히 끄덕이는 것은 샐러맨더 전투단의 소속 때문이다.

동부 방면군의 견해를 '참모본부'가 검토하고자 하면, 현장에 있는 참모본부 직속의 샐러맨더 전투단이 움직이는 것은 너무나도 당연하다.

그때 거수하는 자가 있었다.

"외스테만 중위?"

"죄송합니다만, 중령님. 시점이란 분석을 포함하는 것입니까.

아니면 저희는 순수한 눈인 겁니까?"

좋은 질문이다 싶어서 타냐는 웃었다.

정찰대는 본 것을 보고하는 것이 일이다. 따라서 눈이다. 하지만 거기에 분석을 포함하는지는 또 다른 이야기.

인간은 본 것에 대해 '자신의 의견'을 첨부하곤 하니까, 그 점에서 권한을 확인하고자 하는 외스테만 중위의 성실한 태도에 호감이 생길 정도다.

"양쪽 다. 우리는 눈이고, 코이고, 냄새 맡은 것을 윗선에 보고하는 사냥개이기도 하다. 그러니까 참모본부 직속이다."

고참 장교들은 너무 익숙한 나머지 권한 확인이 모호해지곤 한다. 젊은 신참의 의견도 소중히 해야만 한다며 타냐는 속으로 자기 자신을 채찍질했을 정도다.

"일단 아군의 상황을 확인해 볼까. 우선 중대별로 순회한다. 전선 부근에서의 정세 파악을 위한 초계비행. 우군의 방비를 확인하라."

"실례입니다만, 전략정찰이라고 말씀하셨습니다. 연방군을 찾는 것 아닙니까?"

순수하고 순진한 외스테만 중위의 티 없는 질문에, 그란츠 중위가 옆구리를 팔꿈치로 찔렀다.

"내버려 둬라, 그란츠 중위. 외스테만 중위도 배우면 된다."

"하지만 중령님. 저기…… 너무 부족하지 않습니까?"

"두 분 다 무슨 말씀을……?"

정말 모르는 듯한 외스테만 중위의 어깨에 손을 얹고, 바이스 소령이 쓴웃음을 지었다.

"귀관이 방어 담당자라고 치고, 자기를 찾으려는 적 부대가 증강된다면 더욱 '경계' 하리라고 생각하지 않나?"

정찰 활동에는 유익한 점이 많다고 해도, 고지식하게 정찰 활동을 하면 '아무래도 적이 이쪽을 찾는 모양이다' 라는 사실을 상대에게 알려주게 된다.

극단적인 이야기로 노르망디에 상륙하는 사전 준비의 일환으로 노르망디 주변만 공들여서 여러 차례에 걸쳐 철저하게 정찰하는 짓을 했다간 어떻게 될까?

'노르망디에서 적의 정찰이 이상하게 늘어났다. 이건 뭔가 있는 것 아닌가?' 라는 경계를 부르고, 괜한 희생을 늘리게 되는 흐름이겠지.

"현황에서 이 정찰은 공세를 기도하는 것도, 우리의 의도를 적에게 오인시키기 위한 위장 작전도 아니다. 순수한 정세 파악이다."

"따라서 활동 자체를 들켜서는 안 된다?"

"그렇다, 비샤. 우리의 의도를 숨기고, 적의 의도를 캐낸다. 최고의 정찰이란 정찰하고 있음을 적에게 들키지 않게 하는 것이다."

타냐는 잡념이라고 알면서 마음속으로 중얼거렸다.

그러니까 정찰위성은 최고라고.

수많은 기술적 제약은 무시할 수 없고 운용상의 제약도 충분히 유의해야 하지만, 위성이라면 정찰기를 띄우는 것과 달리 적에게 '의도' 를 들키기 어려우니까.

뭐, 정찰위성이 있어도 정찰대는 반드시 필요하니까 장거리 정찰대는 계속해서 혹사되는 운명인 것도 타냐는 알지만. 이거고 저거고 군대란 결국 자신의 의도를 숨기고 상대의 의도를 캔다는 점에서 어느 시대고 눈에 핏발을 세우며 필사적이기 때문이다.

타냐는 탈선하려는 잡념을 적당히 걷어내면서 결론을 말했다.

"그런고로 동부 방면군 사령부가 우군 정세를 어떻게 판단하고 적 정세를 어떻게 판단하고 있는지는 몰라도, '이쪽이 적을 찾고 있다'라는 정보를 연방에게 주고 싶지 않다."

타냐는 계속해서 말을 이었다.

"반대로 말하자면 적의 정찰 활동이 어떻게 이루어지고 있는가. 이것을 우군 전선 상공에서 보는 것도 일종의 정찰이다. 적이 정찰을 늘리는 지점이 있다면, 그건 그거대로 중대한 의미를 가질 수 있다. 정찰 활동 자체가 끊겼다면 그 이유를 캐낼 필요도 생기겠지."

이해하였냐고 묻자, 외스테만 중위는 고개를 끄덕였다. 이해력이 있는 것은 정말로 좋다.

》》》 통일력 1928년 1월 12일 동부숙영지 상공 《《《

마도중대 단위의 시찰을 겸한 정찰 활동은 장거리 비행을 동반한다. 그렇긴 해도 원거리 전개 능력에서 탁월한 제203항공 마도대대였다.

참모본부의 무리한 요구를 하루이틀 받아들인 게 아니다.

날아가서 적을 찾고, 상황에 따라서는 교전하고, 필요하다면 장거리 추격까지도 콧노래 섞어 해내는 것이 '최소한'의 요구 수준이다.

정찰 의도를 숨기라는 명령에 따라 단순히 2~3일 동안 시찰을 위해 장거리 비행할 뿐이라면, 피곤하다는 푸념 이상의 소모는 없다. 의기양양하다고 표현하기에는 숙연한 공중대열을 형성해서는, 폭력장치의 꽃답게 동부의 하늘을 느긋하게 노닌다.

물론 그 창끝은 빛나고 있어도, 전부가 최고 상태는 아니다.

예를 들자면 침상이다. 주둔지라고 하기에는 너무나도 조악한 오두막이, 빛나는 폭력장치의 정수인 마도사들의 침상이었다.

하지만 숙영지인 마을은 토스판 중위의 노력으로 지금 *포템킨 마을을 목표로 할 정도로 훌륭한 마을로 변하고 있었다.

토스판 중위의 야전구축이 오로지 위장과 쾌적함에 중점을 두었기 때문이다.

쾌적한 침상 확보와 안전대책을 양립시키려면 일반적인 마을로 위장하는 것이 제일 간단하다는 소리다.

그렇긴 해도 창의적 노력은 인정해야만 한다. 부재를 맡은 토스판 중위가 생활 개선과 위장 작업에 부은 열의는 대단해서, 아슬아슬한 수준이나마 전원이 지붕 아래에 모여서 외풍에 시달릴 것 없이 수면과 휴양을 취하는 체제까지 마련되었다.

뭐, 그 대가로 방어시설은 개인호 정도. 일반적인 마을과 방어력이 크게 다르지 않다고도 할 수 있다. 약속된 콘크리트가 오지

---

* 포템킨 마을 : 초라한 모습을 감추기 위해 위장한 겉치레를 뜻하는 관용어. 러시아 황제 예카테리나 2세가 순방했을 때 러시아 귀족 포툠킨(포템킨)이 선전용 가짜 마을을 보여주었다고 하는 일화에서.

않은 탓도 있었다. 하지만 그만큼 위장은 잘됐다. 애초에 의심이 많은 타냐 자신이 몇 번이나 상공에서 봐도 재건 중인 폐촌으로만 보였다.

어설프게 외곽에 방어진지를 구축하는 것보다는 임시 안전책으로서 훨씬 낫겠지.

유일한 문제가 떠올라서 타냐는 쓴웃음을 지었다. 위장이 너무 잘되어서 다른 마을과 구별하기 어렵다는 정도다.

"이거야 원, 동부 방면군 사령부의 옆에 있는 마을이라 다행이야. 그렇지 않았으면 실수로 그냥 지나칠지도 몰라."

통솔하던 중대의 선수에서 강하궤도를 타기 시작한다. 타냐는 거기서 마중 나온 토스판 중위의 얼굴을 보았다.

타냐가 아니라도 생각하게 되겠지.

"무슨 일 있었나, 중위?"

그렇다. '장교가 직접 마중을 나오다니 대체 무슨 일이지?' 하고.

"중령님이 마지막이어서 마중 나왔을 뿐입니다."

"일부러 그랬나. 수고 많다!"

경례에 답례하고 '모두가 기다리고 있습니다'라는 말속에 담긴 뜻을 간파한 타냐는 그길로 지휘소로 정해진 헛간에 얼굴을 내밀었다.

예상대로 부재시 대리를 맡긴 장교만이 아니라 나갔던 이들을 포함하여, 알렌스 대위 이외의 전원이 모여 있었다.

메베르트 대위, 바이스 소령, 그란츠 중위, 외스테만 중위. 외부를 경계하는 토스판 중위와 차량정비 사정으로 여기에 없는 알렌스 대위를 빼면, 여기에 타냐와 비사로 전투단의 모든 주요 지휘관이 모인 구도다.

이것이 전투단의 수뇌진. 규모가 참 작다. 좋게 말하자면 긴밀한 연계가 가능하고, 솔직히 말하자면 사람이 부족하다고 할까.

직속 사령부 요원이 없는 전투단 편성에서는 사령부 기능의 부담이 심하기도 하다.

타냐는 고개를 흔들고 일단 입을 열었다.

"돌아왔다. 아무래도 내가 마지막인 모양이군."

일단 부재 도중의 일에 대해 물었다.

"메베르트 대위, 부재 중 상황을 보고해라."

"방면군 사령부에서 정기보고가 도착했습니다. 동부 전역에서 제공권이 길항상태여서 내륙부에 대한 정찰 비행이 완전하지 않을 수밖에 없지만, 일정 정도의 성과가 있었다고 합니다."

타냐는 우군의 꾸준한 노력에 표정을 풀었다.

"호오, 항공정찰로 보기론 적도 월동 모드인가."

미묘하게 행운인지 불행인지 망설여지는 결과라고 타냐는 쓴웃음을 지었다.

항공함대에서 약간이라도 수상한 냄새를 맡았다면 연방군의 위협을 부풀려서 보고하기 위해 대대를 총동원한 강행정찰을 날조할 구실로 삼자……라고 생각했던 만큼, 평온한 것은 반가운 일이긴 해도 다소 곤란했다.

메베르트 대위는 말을 이었다.

"동부 방면군의 전선부대에도 소규모 부대가 여러 차례에 걸쳐 위력정찰을 감행했지만, 저항은 극히 한정적이라고 합니다."

또한 그는 좋은 소식을 덧붙였다.

"항공함대에 확인해 본 바로는 일단 길항상태에서 우군 세력권의 항공우세는 대략 유지된다고 합니다. 산발적으로 적 정찰기가 침입하고 있습니다만, 대체로 평상 상태라고 하더군요."

알겠다고 대답하면서 타냐는 각지로 보낸 중대 지휘관들에게 시선을 보냈다.

"자, 각지로 날아가 본 제군은…… 어떤가?"

그러자 그란츠 중위가 제일 먼저 일어나 막 정리한 듯한 보고를 말했다.

"메베르트 대위의 보고와 같습니다. 제 부대도 적의 소규모 정찰을 격퇴한 것 외에는 대단한 교전이 없습니다."

"소규모 정찰이라고?"

"가장 큰 게 침투한 적 마도중대입니다."

"위력정찰인가?"

"그런 것치고 소극적이었습니다. 숙련도는 별로인데, 우리 부대가 적 마도탐지 범위에 들어갔다고 예상되는 순간에 반전했습니다. 적은 완전히 겁먹었습니다. 몇 번이나 우리를 피해서…… 추격하는 김에 적 세력권 침입도 시도했습니다. 요격은 아주 빈약하지만, 대공포화는 표준 이상이라고 할까, 다소 강화된 느낌이었습니다."

"방공망이 정비되었다?"

타냐의 중얼거림은 차석 지휘관의 심각한 반응을 불렀다.

"흠, 대비하고 있는 느낌일까요."

"바이스 소령, 귀관은?"

"그란츠 중위와 크게 다를 바 없습니다. 적지 습격은 하지 않았습니다만, 도망가는 적은 비슷한 느낌입니다. 중령님은?"

"우리도 비슷했다. 세레브랴코프 중위가 덧붙일 말이 없다면, 아마도 전선의 분위기는 어디고 비슷한 것이겠지."

"그렇습니까."

그런 말로 물러난 바이스 소령은 '뭔가 더 없나?' 라는 시선을 다소 긴장된 얼굴을 한 외스테만 중위에게 보냈다.

"외스테만 중위, 보고하겠습니다. 저희가 담당한 후방…… 자치구역을 관찰한 보고입니다. 아무래도 경비 강화의 성과가 나온 모양입니다. 라우돈 대장님께서 직접 시찰을 시작하신 것도 큰 듯합니다. 아무래도 빨치산 활동은 진정되고 있는 모양이었습니다."

후방을 담당하는 보충마도중대에게서의 보고에 타냐는 무심코 눈썹을 꿈틀거렸다.

'진정화' 라는 것은 본래라면 좋은 소식이다.

그런데도 타냐는 일부러 엄중하게 물었다.

"습격이 없다는 것과 우리 군이 진정화에 성공했다는 것은 같은 뜻이 아닌데."

"토벌에 성공했습니다."

"외스테만 중위. 적의 습격이 없는 것은 토벌에 성공했음을 의미하는 게……."

"아, 아닙니다. 중령님, 몇몇 구역에서 대규모 토벌에 성공하고, 복수의 빨치산 거점을 제압했다는 보고가 있었습니다."

후방 연락선을 좀먹고, 티끌도 쌓이면 태산이 되는 손해를 우군에 입히던 적 빨치산 부대. 이 토벌이 동부에서 제국군의 과제였음을 생각하면, 갈채를 올려야 할 쾌거이기도 하겠지.

그렇기에 타냐는 좀처럼 믿을 수가 없었지만.

"잠깐만, 그게 사실인가?"

"자치경비부대와 우군 야전헌병대가 공동으로 토벌 작전을 성공시켰다고 합니다."

"자치평의회 놈들이 일을 했다고?"

끄덕이면서 내미는 보고서를 훑어보고 타냐는 의외라는 마음마저 품고 있었다.

치안 작전이란 고생스러운 일이다. 총알받이가 되기는 싫으니 모두가 기피하기 마련이다. 게다가 자치평의회는 제국과 연방을 저울질하고 눈치만 보고 있었을 터. 그런데도 지리감을 활용한 자치평의회가 앞장섰다!

적절한 안내와 유도. 그리고 지원이 있어서 중장비의 제국군 부대는 최소한의 민간인 피해로 순수하게 적만을 정확하게 토벌했다!

마무리로 자치평의회 계열의 부대가 일정 치안을 거주 지역에서 확보했다!

얼마 전에 레르겐 대령에게 '놈들은 바람을 피우고 있습니다'라고 자치평의회를 평했는데, 제국의 파트너로서 눈이 번쩍 뜨일 정도의 성과다.

"지나칠 정도인데. 라우돈 대장님이 오셨다고 해도 이렇게 금방 결과가 나오나? 미안하지만 수상하군."

하지만 외스테만 중위는 계속해서 말했다.

"다수의 빨치산이 와해되었습니다. 저희 중대도 최종 국면에서 부분적으로 토벌전에 조력했습니다. 한 번뿐입니다만."

타냐는 고개를 끄덕여서 다음 말을 재촉했다.

"이것들의 성과로 우군의 교통로는 종래의 대처도 있어서 지극히 양호한 상태를 회복했다고 봅니다."

"대처라면?"

"공병대가 유도하고 현지주민을 모집하여 노동 보수와 식사를 지급하는 것입니다. 성급한 이야기입니다만, *선무공작의 일환으로 도로 정비 사업을 해서 성과를 기대할 수 있다고 합니다."

적 빨치산을 소탕하고, 교통로 안전을 확보했다. 다가올 봄 이후의 적 공세에 대항하기 위해서라도, 전력을 축적하기 위해서라도 지극히 귀중한 승리라 할 수 있다.

만점 이상의 만점이다.

보고자인 외스테만 중위도 허튼소리를 하며 보고를 부풀리는 장교가 아니다. 좋든 나쁘든 고지식한 기질로, 다소 경험이 부족하다고는 해도 우둔함과는 거리가 멀고, 본 것과 자신의 의견을 구별할 수 있는 지성이 있었다.

그런데 뭔가가 타냐의 심기를 자꾸만 건드렸다.

일종의 저울질을 하던 놈들이 갑자기 붙임성 좋고 성실하게 행동하기 시작했다는 것은 석연치 않은 일이 아니까?

타냐는 생각했다.

라우돈 대장이 제투아 대장의 신임에 걸맞은 결과를 내놓았으니까? 아니, 성실한 상관이 성실히 일한 결과가 나온 것이라면,

---

* 선무공작 : 민사작전. 군대가 점령한 지역에서 현지 주민의 협력을 이끌어내고, 적대 행위를 막는 모든 조치.

그건 그거대로 전혀 나쁜 일이 아닌데……라는 식으로 팔짱을 끼고 생각에 잠겨서 잠시 동안 묵고에 빠졌다.

"중령님……?"

걱정하는 듯한 부관의 말에 얼굴을 든 타냐는 고개를 내저었다.

"통신 기록을 알 수 있을까? 그래, 감청된 통신의 양을 알고 싶다. 빨치산 부대와 연방군 당국 사이의 통신 말이다."

"암호화되어 있습니다만?"

"그래, 알고 있다. 솔직히 해독되지 않았더라도 상관없다. 쌍방에서 나눈 교신량을 알고 싶다."

세레브랴코프가 통신요원이 가져온 보고서를 내밀었기에 타냐는 서둘러 훑어보았다. 단순한 메모 수준의 그 내용은 '우리 군의 토벌 작전 중에는 다소 활성화되었지만, 전체적으로는 큰 변화 없음'.

즉, 전혀 수상한 것은 없다.

"적은 적극적으로 움직일 수 있는 상황이 아니다?"

그렇게 보인다.

이론상으로는 그렇다.

그러니까 타냐는 말했다.

"연방군 부대는 재편 중. 적 빨치산도 월동 분위기. 우군은 어느 정도 이걸 순조롭게 토벌하고 있다?"

멋지게 들리는 소식. 현장에 있는 타냐 자신도 그걸 명확하게 부정할 근거를 찾을 수 없기도 하다.

그러니까, 그러니까, 그러니까.

"뭔가 마음에 안 들어."

타냐는 본심을 허공에 흘렸다.

"후방지역은 진정 상태고, 방어선은 정비되고 있고, 적은 재편 중. 라우돈 각하가 부임하시면서 제투아 각하가 우려하던 동부 방면군의 진용에도 다시금 기합이 들어갔다. 모든 것이 사실이라면 실로 훌륭한 일들인데……."

모든 것이 순조로웠다.

그대로 받아들이자면 제국의 상황은 개선되고 있다.

잘 돌아가는 본국.

잘 돌아가는 사령부.

잘 돌아가는 후방.

이른바 밝은 전망.

어두운 겨울은 끝나고, 밝은 봄이 바로 코앞까지 와 있다는 듯이 좋은 소식들이 착착 쌓이고 있었다.

희망은 멋지다. 하지만 멋진 것도 물릴 수 있다. 그런고로 타냐는 근거 없는 의심에 사로잡혔다.

뭔가 아주 심각한 사기에 걸린 것 아닌가? 라고.

연합왕국 정보부의 손은 지극히 광범위하게 뻗쳐 있어서, 제국을 상대로 한 첩보는 물론이요, 국내 방첩, 식민지 관련 업무, 옛 식민지에서 지지를 획득하기 위한 공작, 또한 동맹국에 대한 선량한 조언자로서의 행동 등, 수많은 일이 정보부에서 오가고 있다.

당연히 기밀도 많다. 다망하기 짝이 없는 고참 고급 정보부원 정도 되면 결코 볕이 닿을 일 없을 만한 안건도 여럿 알고 있다.

아는 사람은 다 안다고 했던가. 그렇기에 미스터 존슨으로 알려진 남자의 뇌세포는 '야비하다' 라는 점에서 좀처럼 타국을 높게 평가하지 않는다.

그런데도 존 아저씨는 솔직하게 경의를 표했다.

"이건…… 공산주의자도 정말 만만찮은 짓을 다 하는군."

연합왕국 정보부, 하버그램과 존의 유쾌한 만남. 책상의 재질에는 일가견 있는 두 사람은 지금 본부의 고도로 기밀 관리된 곳에서 머리를 맞대고, 동부에 주재하는 연락장교들이 가져온 최신 정보에 놀라면서 벌레 씹은 얼굴을 하고 있었다.

"하버그램 각하, 이건 틀림없습니까?"

"틀림없겠지."

"그렇습니까."

존 아저씨는 상사의 말에 살짝 고개를 끄덕였다.

파견한 장교들의 긴급 보고. 그것에 따르면 연방군에 의한 대규모 전략공세의 조짐 있음. 그리고 연방군의 '전략공세'란 것은 사실 아주 대단한 것이다.

이 시기에 공세 발기라니!

〈여명〉이라는 코드네임이 달린 공세계획의 냄새를 맡았을 때, 일단은 '공동교전국' 일 터인 연합왕국 정보부로서는 완전히 의표를 찔린 바 있었다.

연방 담당의 정보부원들이 '설마' 라고 아연실색하고, 담당과장에 이르러선 한발 늦었다는 분한 심정에 어쩐 일로 술을 퍼마셨다는 소문이 있다.

그 정도로 연합왕국 당국에 〈여명〉은 예기치 못한 일이었다.

뒤집어보자면 연방 당국은 연합왕국 정보부조차도 눈치채지 못할 정도로 신중했다.

철저한 위장.

그것은 말하자면 의도의 기만.

수많은 정보가 '연방이 보여주고 싶은 것'이라는 의도를 파악하고, 다시금 되짚어 읽어 보니 어떤가? 라고 존 아저씨는 자문자답했다.

"아, 알겠습니다. 이건 제국에 꿈을 주려는 노력이겠지요."

〈여명〉 공세는 전략적 기습을 기도하는 것. 의표를 찌르는 공격은 언제고 강렬하다. 연방은 타이밍이라는 모든 것의 기점을 제국에만큼은 들키지 않으려고 전력을 기울인 것이겠지.

그렇다고는 해도 그것만 알면 역산으로 작금의 움직임도 쉽게 설명이 된다. 존 아저씨는 이해했다는 얼굴로 하버그램 부장에게 쓴웃음을 보였다.

"공산주의자 놈들, 왜 일찍부터 자치평의회를 와해시키지 않나 싶었습니다만……."

"반대인 모양이군. 와해를 끝내서 지금은 분할하는 단계다."

제국군에 자치평의회 부대가 적극 협력한다. 원래 연방과 제국의 눈치를 엿볼 필요가 있는 그들이 기치를 확고하게 하는 듯한 동정은…… 언뜻 보면 제국의 우세를 암시하는 것.

하지만 이것을 연방 당국이 준비한 것이라고 하면?

즉, '친제국 노선'의 놈들을 의도적으로 동원하고 토벌전에 한꺼번에 투입한다. 빨치산과의 전투에 투입하는 것으로 결과적으로 '가장 반연방'인 이들이 마모되고, 또한 민심을 해치지 않는다……. 게다가 제국군은 '후방이 안정되었다'고 착각하기까지 한다.

그 뒤에서는 결과적으로 자치평의회 내부에서는 잠재적인 '친연방파'가 착실히 세력을 확대한다.

"침투공작의 완벽한 사례로군."

"예, 우리 정보부로서도 무시할 수 없습니다."

"적아군의 분단. 분할하여 통치하라는 말이 있지만, 놈들은 이런 쪽의 악의에서는 우리 이상일지도 모른다."

비신사적인 행위에 신사적 견지에서 코웃음을 치면서, 정보의 세계에 몸을 둔 두 남자는 거기서 혀를 찼다.

연방군은 용의주도하다. 그런데 공동교전국인 연합왕국에게 조차 직전까지 비밀로 하고 있었다. 뒤집어 말하자면 놈들은 그정도로 승리를 탐욕스럽게 붙잡으려 하고 있다.

"제국은 눈치채지 못했습니다. 그러니 동부의 제국군은 완전히 봄을 꿈꾸며 침상에서 퍼져 있죠. 이래서는……."

상사는 부하의 의심을 수긍했다.

"그래. 마도사를 갈망했을 터인 놈들이 다국적 의용군조차도 해외 파견으로 쫓아낸 판이다."

존 아저씨도 하버그램 부장의 말에 납득할 수 있었다.

"진짜 '혼자 힘으로' 승리하는 게 필요한가 보군요."

"당연하겠지. '얼라이언스' 전체로서는 이르도아 방면에서 발이 묶인 판에, 연방 혼자 눈부신 승리를 손에 넣는다면."

짜증스럽게 내뱉는 말.

둘이서 군 담배를 피워대면서 묵묵히 꽁초의 산이 만들어지는 재떨이에 던져 넣어도, 입에 씁쓸한 맛이 계속 남았다.

연방과 연합왕국의 관계는 공동교전국이다.

합중국도 포함된 대동맹, 얼라이언스라고 하면 듣기야 좋지만, 프로파간다가 세상에 대고 뭐라고 하든지 결국은 오월동주에 가깝다.

그리고 존 아저씨는 싫을 만큼 알고 있다.

연합왕국도, 합중국도, 이르도아도, 덤으로 공화국과 협상연합의 잔당도, 제국을 상대로 '연전연패'가 계속된다.

"우리는 가까스로 길항 상태. 말이야 듣기 좋지만……."

"예. 알고 있습니다. 세간의 평은 좋지 않다고."

존 아저씨는 쉽게 알 수 있다.

너무나도 긴 전쟁에 모두가 질리고 있을 때, 국면을 움직였으면 하는 여론이 애타고 있을 때, 그런 타이밍에 '연방의 단독 승리'라는 전과가 올라오게 되면?

정치적으로 대수확. 위신은 천정부지, 연방의 대외적 영향력조차도 헤아릴 수 없이 풍부한 혜택을 받겠지.

'제국과의 전쟁'에서 누구든 승리를 원한다.

하지만 주권국가란 탐욕스럽다. 승리가 보이고, 승리의 방법을 고를 수 있는 사치가 허용된다면, 반드시 자기에게 유리한 식으로 이기는 것을 택하고 싶다.

존 아저씨로서도 어쩔 수 없이 교류하는 불쾌한 이웃이 내일부터 떵떵대며 더더욱 싫은 이웃이 되는 미래는 솔직히 도저히 기뻐할 수 없다.

"참으로 성가시군요. 제국이든 연방이든 사이좋게 쓰러져 주면 좋을 것을."

"진심으로 동감이다."

존 아저씨는 일종의 변화구를 말해 보았다.

"그럼 친절한 마음으로 지금 당장 제국에 경보라도 띄우겠습니까?"

"내일에라도 공세가 온다고 제국에 말인가?"

존 아저씨는 상사의 의문을 긍정했다.

경고만 해 준다면 제국에는 일단 제투아 대장이라는 장치가 있다. 적절한 경로로 잘만 흘리면 사냥개는 사냥개로서 우수한 모습을 확실히 보여주겠지.

"경로에 달렸습니다. 하지만 잘만 하면 우리는 특등석에서 즐거운 쇼를 구경하는 미래도 있지 않습니까?"

그 제안의 취지를 듣고 하버그램 부장은 잠시 팔짱을 끼고, 가슴속의 갈등을 토해내듯이 신음했다.

"아주 매력적인 제안이군."

"영광입니다."

거기서 두 사람은 농담을 거두었다.

"각하, 그렇다고 해도 무리겠지요."

"그렇겠지. 문제가 너무 많다. 우리는 일단 얼라이언스로서 동맹 관계이고, 유출이 들켰을 경우에는 연쇄적으로 수많은 문제가 일어난다."

정보부의 수장은 고급 정보부원에게 연합왕국의 기탄없는 본심을 털어놓았다.

"게다가 어느 정도까지의 성공이라면 솔직히 지금으로선 허용하지 못할 정도가 아니다."

"지나치게 성공하는 것은 좀 안 좋지 않습니까?"

"뭐, 문제는 바로 그거지. 연방의 전략공세, 〈여명〉이라는 놈은 얼마나 성과를 낼 것으로 보나? 개인적인 견해라도 괜찮네."

"연방군의 〈여명〉은 매우 공들여서 은폐되어 있었습니다. 현재 주재무관 등을 통해 얻을 수 있는 정보조차도 어디까지 확실한 것인지⋯⋯."

모르는 이상 판단할 수도 없다.

존 아저씨의 솔직한 대답에 하버그램 부장은 맞는 말이라며 팔짱을 끼고 고개를 내저었다.

"제국 측에서 라우돈 대장이 새롭게 동부 사령부로 부임한 것은 신경 쓰이는군. 이 타이밍에 사령부 인사에 힘을 기울인다. 이것만 보면 사기꾼 제투아가 '두 손 들었다'라는 가설을 긍정하기란 조금 무서워."

맞는 말이라며 존 아저씨는 수긍했다.

"라우돈 대장은 노환 탓에 예비역이었습니다만, 대전 발발과 동시에 현역 복귀. 한동안 한직에 앉아 '머릿수만 채우는 장군'이라고 문외한은 보았습니다만⋯⋯ 저 제투아 대장의 옛 상사이며 '제투아의 상사'를 몇 번이나 태연하게 해낸 과거를 경시해선 안 되겠지요."

수집한 울트라 정보에 따른 것이다. 두 사람은 나지막하게 흉중을 토로했다.

라우돈 대장이란 인간은 현역 복귀와 함께 명예연대장이었던 연대에서 일부러 '라우돈 연대장' 으로 동부에 나갔고, 얼마 전의 이르도아 전선에서는 항공함대의 실정을 배운다는 빌미로 고등참사관 신분으로 항공함대의 쌍발 경폭격기에 탔다.

명예연대장은 한직이고 고등참사관도 이름뿐인 자리인데, 그 실상을 보면 제투아 대장의 동류다.

"그리고 무엇보다도 그 망할 제투아 자식이 '부탁한다' 며 동부를 맡겼겠지?"

"예, 그런 모양입니다. 뭐, 제투아와 동등한 정도인지는 몰라도, 동류는 맞겠지요."

정보부의 수장과 정보부원은 거기서 팔짱을 꼈다. 문제는 단순하다. 제국, 그리고 제투아가 연방의 〈여명〉을 파악했는가, 파악하지 못했는가.

하지만 거기서 하버그램 부장은 말했다.

"눈치챘다고 해도 확신은 없겠지. 의외로 〈여명〉은 성공할지도 모른다는 생각이 든다. 울트라 정보에 따르면 황족이 시찰을 나감에 따라 거듭 방비의 강화를……."

"잠시 실례. 지금 황족의 시찰이라고 했습니까?"

"그렇다만?"

재떨이에 담배를 꽂는 상사의 모습에 존 아저씨는 '과연, 짜증이 날 만하겠군.' 싶어서 한숨을 흘렸다.

"제국인 놈들, 혹시나 눈치채지 못한 것 아닙니까?"

존 아저씨로서는 제국인은 아무래도 전쟁 말고는 서툰 것 아닐까 의심하지만, 그래도 어떤 조직이라도 하나 정도 특기는 있을 거라고 생각한다. 사령부 인사에 힘을 기울이는 점에서 제투아 대장에게는 천성의 후각 같은 게 있을지도 모르지만…….

"제국 놈들, 전쟁만큼은 능하다고 생각했습니다만."

"그래, 놓쳤을 가능성은 부정할 수 없지. 파악했든, 냄새를 맡았든, 완벽하다고는 할 수 없겠지. 그렇다면 〈여명〉에도 승산은 있다."

짜증을 감추려고도 하지 않는 목소리로 하버그램 부장은 투덜거렸다.

"사회주의의 새벽이란 것이 찾아오면 우리처럼 고루한 인간에게는 정말 재미없는 시대가 올 것 같군."

"그래도 일단은 동맹국입니다. 어디 적당히 승리하기를 빌지 않겠습니까."

콱 지라고는 말할 수 없었다.

그것이 신사인 그들이 말할 수 있는 한계이고, 동시에 '연방이 동부전선에서 중대한 승리를 거두겠지' 라고 모두가 판단하기에 나오는 씁쓸함이기도 했다.

그러니까 그들은 그것을 보게 된다.

'제투아의 기적' 을.

》》》 통일력 1928년 1월 13일 동부 샐러맨더 전투단 주둔지 《《《

레르겐 대령의 의뢰로 시작된 '보고서 날조' 작전.

아니, 날조란 표현에는 어폐가 있다. 위협이 존재하지 않는다면 그냥 위협이 없다고 보고하면 될 일이니까 '눈치 좋은 보고서 작성' 정도가 타당할까.

중요한 것은 귀찮은 손님의 방문으로 '문제'가 생기지 않도록 하는 것. 어떻게든 재료를 모아야만 한다.

그런 이유로 시작된 정찰활동이었다. 하지만 그 결과가 지금 타냐를 진지하게 고민할 수밖에 없는 상황으로 몰아넣기 시작했다. 라우돈 대장이 준비한 동부 방면군에 의한 정찰 결과와 맞춰 보면, 불길한 예감이 점점 커져서 도무지 멈추지 않는 것이다.

아무런 문제가 없다.

전혀 문제가 없다.

깔끔할 정도로, 제국이 바라는 대로의 결과가 수중에 모였다.

솔직히 기분 나쁘다고 생각했다. 말로 표현하기 어려운 불안이라면 흔히 있는 일이며, 괜한 걱정이다. 하지만 괜한 걱정이라고 웃어넘기기에는 너무 생생한 불안감이다.

결론이 명쾌하면 결심도 간단했다.

"내륙으로 간다. 돌격정찰이다. 내가 직접 간다."

타냐는 일어서서 부장 쪽으로 고개를 돌렸다.

"바이스 소령. 부대를 잠시 맡기지. 전투단 지휘도 귀관이 한다. 다만 마도대대를 이끌 경우는 메베르트 대위에게 부재를 맡겨라. 평소처럼 해라."

"중령님?"

의아해하는 차석 지휘관에게, 타냐는 떨떠름한 얼굴로 자기 결의를 말했다.

"곰의 속내를 엿보고 싶다. 이 경우 배를 갈라보지 않으면 확정할 수 없다."

"하지만…… 거듭 확인해도 사전 정보가 말하지 않습니까? 연방군의 동정도 비교적 조용합니다. 솔직히 말씀드리라면 무의미한 위험이라고."

몸을 소중히 하라는 바이스의 배려에 감사하면서 타냐는 표면적인 이유를 말했다.

"일은 중대하다. 일단 경애하는 황족 여러분의 전선시찰이 얽혀 있다. 알렉산드라 황녀님께 만에 하나라도 일이 생겨서는 안된다. 이럴 때는 만약을 배제하기 위해서라도 한층 조심하고 싶다."

"그건……. 아닙니다. 하지만 그렇다면 제가."

지원하는 소령의 자세는 기쁘다. 더 위험할 때 방패로 써먹자고 타냐가 감동했을 정도다.

하지만 백문이 불여일견.

이렇게 자기 눈으로 확인하는 게 바람직할 때는 주저하면 안된다.

"지원해 줘서 고맙군. 하지만 내가 간다. 페어는…… 그란츠 중위, 귀관에게 맡기지."

"제, 제가 아닙니까?!"

뭔가 충격을 받은 듯한 비샤의 말에 타냐는 돌아보았다. 의외라는 빛을 띤 얼굴은 꼭 그녀만이 아니었다.

"그란츠와 페어로 정찰입니까? 참 신기한 조합입니다. 중령님, 괜찮다면 이유를 여쭤도 되겠습니까?"

바이스 소령은 아까보다 더 의문으로 가득한 얼굴이다.

타냐는 팔짱을 꼈다.

조금 말이 부족했던 모양이다.

"세레브랴코프 중위와의 페어는 오래되었다. 좋든 나쁘든 호흡이 너무 잘 맞지. 종래의 정찰에서는 보지 못할 것을 잡으려면, 제투아 각하께서 지명하신 그란츠 중위가 적임자라고 판단했다."

"중령님, 그럼 저와 그란츠 중위의 조합이면 되지 않습니까?"

"바이스 소령, 그렇게 말한다면 지원한 귀관과 그란츠 중위의 페어에 모든 것을 명해도 좋겠지만……."

물론이라고 대답하는 소령은 견실한 베테랑이다. 적절하게 일을 던지면 그 결과는 반드시 기대한 대로 돌아온다. 평상시라면 틀림없이 맡겼겠지.

하지만 관리직은 현장을 알아야만 한다.

"역시 내가 직접 확인하는 편이 좋겠다는 느낌이 든다."

"느낌이 드는 겁니까?"

"실로 불합리한 소리지. 웃기지 않나? 하지만 현장의 감각은 확인하고 싶다."

요점만 발췌된 보고서는 편리하다. 하지만 분석에 임하는 인간은 일단 생생한 데이터를 볼 필요가 '상황에 따라서는 있다'.

그래, 상황에 따라서는.

'분석 능력'이 결여된 높으신 분까지 생생한 데이터에 손을 댄 결과는 비참하다고 말할 수밖에 없다. 식중독에 걸리는 정도라면 그나마 낫다. 그 경우 보통은 '올바른 정보'에서 '말도 안되게 그릇된 결론'을 자신만만하게 유출한다. 그 근거가 기밀자

료라고 하면 부하로서는 검증도 반론도 할 수 없으니까, 중대한 의사결정이 그릇된 전제의 토대가 될지도 모른다.

그러니까 모두가 생생한 데이터를 봐야 하냐 하면, 절대로 아니다. 하지만 정보를 보는 요원이 현장 감각을 잊는 것도 마찬가지로 한없이 유해하다. 치밀한 분석능력이 있는 인간도 올바른 정보와 독해능력을 갖추어야만 '올바른 결론'에 손이 닿는다.

현장을 모르면 현장 사정에 따른 판단이 불가능한 것과 같다.

"그래서 말이지, 미안하지만 뒷일은 맡기마. 길어도 2~3일이다. 일주일이 지나도 돌아오지 않으면 MIA라고 생각해도 되겠지만…… 한동안 부탁한다."

그렇게 말을 남기고 타냐는 헛간을 뒤로했다. 그리고 급한 이야기임에도 불구하고 그란츠 중위 또한 하고 싶은 말을 삼키고 체념한 얼굴로 뒤를 따랐다.

갑작스러운 출격에는 완전히 익숙해진 모습.

평소의 페어와는 다르지만, 사전에 계획되지 않은 비행이겠지만, 즉각 움직이는 모습은 마도장교의 모범이었다.

타냐와 그란츠의 페어는 깔끔한 2기 편대로 하늘에 올랐다. 동부 방면군 사령부의 관제관과 수속을 진행하는 시간만이 좀 걸렸다. 다음에는 고도를 8천까지 올린 뒤에 순항속도보다도 전투속도에 가까운 속도로 전선까지 날아갔다.

하지만 이미 해가 질 시간이었다. 어둑어둑한 연방의 겨울 하늘은 일몰도 빠르다.

해설 【MIA】
전투 중에 행방불명되는 것. 대개의 경우 확인만 안 됐을 뿐 사망한 것으로 여기는 괴로운 소식. 픽션 속에서는 살아 돌아오는 징조이지만, 현실에서는 그냥 죽음. 현실은 괴롭다.

안 그래도 빈약한 햇빛이 완전히 저물고 완전한 야간비행이 되었을 무렵. 보통이라면 비행을 단념할 시간. 하지만 야간비행 경험이 풍부한 베테랑 페어에게는 지장 없음. 페어는 밤의 장막을 기회로 삼아서 전선을 훌쩍 넘어 적 세력권으로 진출했다.

당연히 야간이라고 관측기기까지 자는 건 아니다. 그런고로 마력반응을 가급적 줄이고, 관측되는 영역을 제한하려고 아슬아슬하게 지형을 따라 나는 저공비행.

통상의 정찰기라면 일단 날지 않을 고도.

그렇기 때문이라고 할까. 야간임에도 불구하고 타냐와 그란츠 중위는 어떤 어색함을 느꼈다.

약간이지만, 땅바닥이 '아주 잘 정비되어 있다'고.

"온통 눈밭이군. 하지만 기분 탓인가? 이건 도로 아닌가?"

지면에 내려가니 의심은 확신으로 변했다.

눈 밑에 묻혔을 도로가 발밑에 있다. 그리고 하얀 바닥은 웅크려서 손으로 만져보니 '색이 칠해진 도로'에 불과하다는 것을 금방 알 수 있다.

"일부러 하얗게 칠하다니."

명백히 인공적인 작위. 하늘에서 정찰기로 쓱 본 정도로는 바로 간파할 수 없겠지. 마도사라도 지형 파악에 익숙하지 않으면 눈치챌 수 있을까.

내륙 쪽에 이런 군용도로가 정비되었다면 보통 일이 아니다.

"도로로 기능하는 것으로 보입니다."

그란츠 중위에게 고개를 끄덕이며 타냐는 각오했다. 이런 규모로 도로가 준비되었다면, 그 도로를 살필 수밖에 없다고.

대규모 수송부대가, 아니면 정기적인 뭔가가 오가는 걸까.

어쩌면 적의 대규모 부대가 집결하는 징후일까? 운 좋게 이런 대동맥을 발견한 이상, 확인할 필요가 있다는 판단은 망설일 것도 없었다.

"야영한다. 일단 감시거점을 만들고 하룻밤 동안 감시한다."

"식량은 별로 없습니다만……."

"마도사용 고칼로리 식량을 최소 두 끼는 확보했겠지?"

다소 뻣뻣한 얼굴로 그란츠 중위는 품을 두드리며 쓴웃음을 지었다.

"이틀치가 수중에 있습니다. 증가식을 포함하면 사흘은. 중령님은?"

"마찬가지다. 그럼 적이 얼른 발견되기를 빌자."

"설마 여기서?"

타냐는 수긍했다.

"그렇다. 최악에는 내일도 버텨야 할걸?"

눈 위에서 고생하면서 눈에 띄지 않는 감시거점을 구축한다. 야간에 몰래 구축하는 것은 대단한 작업이지만, 할 수밖에 없다.

감시 업무는 인내가 중요하다.

숨을 죽이고 함께 버티려면 속내를 잘 아는 세레브랴코프 중위와 짜는 편이 좋았겠는데……라고 생각하니, 그란츠 중위가 뭔가를 발견하고 손을 작게 움직였다. 시야가 안 좋아서 다가간 타냐는 거기서 그란츠 중위의 손가락이 뭔가를 가리키는 것을 깨달았다.

미미하지만 분명히 움직이는 빛. 차량의 불빛이다.

그것이 의미하는 것은 차량. 그것도 먼 곳까지 포함하면 상당한 대규모가 아닌가.

"등화관제 속에서 이동하는 트럭들? 참 일찍도 오시는군."

호박이 넝쿨째 떨어진 걸까. 잠깐 살피려고 나왔다고 도로를 발견하고, 성과가 연달아 나오는 것은 유쾌한 일이다.

살짝 미소를 지으려다가, 타냐는 오히려 씁쓸한 얼굴을 했다.

눈앞에 드러난 것은 '대규모'라는 말로는 형용할 수 없는 차량 행렬. 야간이라 시야가 제한되는데도 파악할 수 있는 것만 해도 상당한 규모. 타냐는 들여다본 쌍안경 너머로 되어먹지 않은 것을 발견하고 숨을 삼켰다.

화물칸이 가득한 것은 그렇다고 치자. 트럭이다. 그럴 수도 있겠지. 하지만 희미하게 보이는 타이어의 상태가 양호하다고? 좋게 말해서 '경악'할 만한 흉보다.

혹사되었을 터인 수송차량의 바퀴 상태가 비교적 '양호'하다.

무척 잘 정비되었든가, 잘 운용되고 있든가, 예비가 있든가, 그 전부든가.

차량의 정비 상태는 양호하고, 그 차량에 물자를 가득 실은 것도 일목요연. 보급로인 도로의 정비도 그렇고, 이건 상상 이상으로 정비가 진행되었다고 평할 수밖에 없다.

동시에 잘도 하고 있다는 말이 타냐의 입에서 흘러나왔다.

"백야도 아닌데 무리하는군."

등화관제가 걸려서 시야가 불량한 가운데, 그렇게까지 양호한 것도 아닌 노면 상태에서, 조직적으로 차량들을 이동시킨다니, 운용의 묘리라고는 해도 상당히 무리하는 짓이다.

"하지만 제법 통제되어 있습니다."

그란츠 중위의 말에 타냐는 마음속으로 맞는 말이라고 맞장구쳤다.

"연방군치고, 꽤나, 익숙한 움직임으로……."

그때 타냐는 눈 위에서 움직이는 그림자를 보았다.

"사냥꾼 출신 팀인가? 못 믿겠군. 저건…… 군용견인가?"

주변 경계용인 듯한 병사들.

처음부터 눈 위에 숨어서 엎드린 두 사람조차도 자칫하면 들켰을 수 있다. 매복할 때 적 군용견의 존재는 특히나 귀찮다.

쫓긴다면 항공마도사가 아닌 이상 이탈도 쉽지 않겠지.

"항공정찰로는 도저히 파악하지 못하겠군요."

"그래. 야간 정찰비행도 했을 테지만, 이래서는."

타냐는 씁쓸한 마음으로 그란츠 중위의 말에 고개를 끄덕였다. 항공함대의 눈으로는 밤의 어둠 앞에서 한계가 있다. 적이 정찰을 의식했다면 발견 난이도도 더 오르겠지.

그렇다고 해도 보병부대로 여기까지 늘어오긴 어렵다. 혹시나 발견하더라도 정찰부대가 정보를 가지고 돌아가기도 어렵겠지.

"조기 춘계공세는 확실하군. 아마도 이 주변이 주요한 공격지점일 가능성이 큰가."

건강 상태에 이상은 없을 텐데 타냐의 머리에 지독한 두통이 일어났다.

황족의 시찰을 생각하면 이건 반드시 상부에 말해야 하겠지. 여기서 발견하길 정말 다행이라고 가슴을 쓸어내리는 참이다.

"하지만 운이 좋았다고 할 수도 있습니다."

"흠? 왜지, 그란츠 중위?"

"저희가 우연히 정찰한 지역에서 이렇게 운 좋게 적이 집결한 거니까요. 발견해서 다행 아닙니까?"

"그렇군, 귀관을 데려온 보람이 있었다. 꽤나 운이…… 음?"

운이 있었다는 말을 타냐는 삼켰다.

뭔가가 아니다.

지금까지도.

계속, 뭔가가, 느꼈던 뭔가가.

"중령님? 왜 그러십니까?"

걱정하는 듯한 그란츠 중위의 목소리. 하지만 그것조차 귀에 들어오지 않을 정도로 타냐의 안에서는 급격하게 위화감이 부풀어 올랐다.

"이게 우연일까?"

그렇다면 자신의 운을 축복하자. '만세'라고. 적의 움직임을 운 좋게 간파했다. 나는 세계에서 제일 운이 좋다고 외쳐도 좋다.

하지만 정말로 그런가?

적정을 파악하려고 진출하고, 멋지게 숨어있던 적을 발견했다면 행운이다. 하지만 광대한 동부전선에서 그렇게 쉽게 적의 거점을 발견할 수 있을까?

"여기에 우연히 적이 있었나?"

아니면.

이 지점에 우연히 적의 거점이 있었던 게 아니라.

"이게 일부라면?"

흘러나온 자신의 말에 타냐는 몸이 굳었다.

이것은 전체의 일부에 지나지 않고, '적지 후방의 모든 구역에 적이 집결 중'이라면?

거기까지 상상한 순간, 타냐는 입가에 손을 뻗고 무심코 구역질을 참으려 했다.

설마 봄도 아니라?

"그거야말로 설마지만……."

타냐는 부정할 수 없는 의문을 말했다.

"설마, 봄도 아니다……?"

"봄? 실례지만, 중령님?"

놀라는 그란츠 중위가 걱정하는 시선을 보냈지만, 설명하기도 너무나 힘들었다.

"봐라, 중위. 적들을 봐라."

적 차량들을 가리키며 타냐는 짜증스러운 듯이 내뱉었다.

"이상한 점 있나?"

"실례입니다만, 이상한 점이라뇨?"

"통상의 연방군 부대와 다른가? 라고 묻고 있다."

억누른 목소리로 외친다는 놀라운 짓을 하면서 타냐는 쌍안경을 들여다보고 연방군 부대의 모습에 시점을 맞추었다.

잘 정비된 장비들.

그리고 마도 반응은 없음.

최근 목격된 기계화 마도부대와는 다르다.

이것이 '놈들의 특별'이라면 그래도 좋다. 하지만 그게 아니라면? 이게 '당연'해졌다면?

"돌아간다! 중위! 놈들이 없어지는 대로 즉각!"

"예?"

"마도대대 총력으로 장거리 위력정찰이다. 어쩌면, 어쩌면이지만……."

최악의 전개가 있다.

그 말을 삼키고 연방군 부대가 이동한 후에 바쁘게 최대전투속도로, 아슬아슬한 저공비행으로 타냐는 날았다.

그 경계는 우군 사령부의 초계망에도 걸리지 않을 만큼 철저하고, 주둔지에서 경계에 임했던 토스판 중위 지휘하의 보병부대가 접근하는 두 사람을 적으로 오인하여 발포하는 소동이 있을 정도였다.

오인을 나무랄 시간도 아깝다는 듯이 타냐는 지휘소인 헛간으로, 반쯤 문을 부술 기세로 뛰어들었다.

그 앞에서는 갑작스러운 난입자로 보았는지, 야삽으로 손을 뻗어 맞서 싸우려던 바이스 소령의 얼떨떨한 얼굴이 있었다.

"중령님! 대체 무슨 일입니까?"

"바이스 소령, 미안하지만 현시각을 기해 모든 예정을 취소한다. 마도대대는 전력으로 장거리 정찰비행을……."

준비하라고, 타냐가 소령에게 지시를 내리려던 순간이었다.

"급보입니다!"

통신기에 달라붙어 있던 통신요원의 비명 같은 외침.

평소라면 목소리가 더 차분할 텐데? 라는 마음으로 타냐와 바이스는 무심코 그쪽으로 시선을 주었다.

전투단의 넘버 원과 넘버 투의 시선을 받은 통신요원은 평소라면 몸이 굳어버리겠지만, 오늘만큼은 새파란 얼굴로 허우적거리듯이 손을 휘둘렀다.

"연방군에 움직임이!"

"진정해라. 보고는 정확하게 해라. 또 그 기계화 마도부대가 대규모로 출현하기라도 했나? 아니면 어디 전선에서 위급한 요청인가? 이 타이밍이라면 안 좋은데……. 어느 구역이지? 보고해라."

바이스는 나무랐지만, 그 목소리를 반쯤 대놓고 무시하며 통신요원은 타냐에게 매달리는 듯한 시선과 함께 쥐어짜낸 목소리로 보고를 했다.

"저, 전부입니다."

"뭐?"

"A집단 구역 전부에, 여, 연방군이!"

타냐는 하늘을 올려다보았다.

그 앞에 있는 것은 헛간의 구멍 난 천장이다. 그 너머에 암흑이 펼쳐진 것은 알고 있다. 마치 존재X의 악의가 작렬한 듯이 짜증나는 연방의 겨울하늘.

"여, 연방군의 전면공세입니다! A집단의 모든 구역에서, 적이!"

통신요원의 비명 같은 말을 들으면서 타냐는 작게 푸념을 흘렸다.

"제투아 각하……. 이야기가, 너무나도, 다릅니다만?"

대규모 공세.

적의 본격적인 반공.

이르도아 방면으로 기갑사단이 빠져나간 지금, 최악의 타이밍이다.

순식간에 뇌리에 빨간불이 켜지는 가운데, 싫어도 이해하게 된다. 이건 정치적 목적을 설정하고, 목적을 위해 군사력을 수행하는, 적의 명확한 '전략공세'다.

사실상 기습당했다는 덤까지 붙여서.

대응을 명령하려다가 타냐는 구역질을 했다.

"우욱……?!"

이유는 모른다.

너무나도 불합리하고 갑작스러운 구역질이었다.

"자율신경이 망가졌나? 무리한 장거리 정찰의 영향인가?"

아니. 자신의 말을 자신의 몸이 부정했다.

몸 상태는 양호하다.

스스로의 건강 상태는 잘 모르는 법이지만, 한동안의 근무 상황은 로멜 장군이나 제투아 각하에게 혹사당하던 때와 비교하면 신체적으로 부담이 한정되어 있다.

수면도 식사도 전시 기준으로는 비교적 규칙적이다.

하지만 몸이, 지금, 왜인지, 떨렸다. 두려운 것을, 뭔가, 두려워하고 있다?

잘 모르겠지만, 그래도 적이 온다면 즉응태세를 갖출 필요가 있다.

"바이스 소령! 대응을 준비해라. 대대 전원 전투배치. 메베르트 대위, 토스판 중위를 소집! 경보를 내려라!"

거기서 타냐는 덧붙였다.

"후방의 알렌스 대위에게도 재량으로 전투행위를 허가한다고 전해라! 권한은 주고 봐야지. 후방의 안전도 확실하지 않다."

연달아 지시를 내리고 타냐는 자기 침상으로 배정된 낡은 집으로 뛰어가서 머리를 싸쥐고 호흡을 가다듬었다.

약간의 시간이라도 좋으니까, 혼자서, 생각하고 싶었다.

사태를 최대한 이해하려고 심호흡을 하고, 산소를 뇌세포로 보내고, 간신히 머리를 회전시키니 다소 보이기 시작했다.

노도와 같은 공세.

기만되어 있던 적 집결지점.

혹시나, 혹시나지만……

"모든 게, 모든 게, 처음부터 끝까지 잘못되었다?"

제투아 각하조차도 죄다 틀렸다. 그는 최악의 케이스라도 '연방군에 의한 춘계공세'라고 가정하였는데.

현실은 동계공세가 시작되었음을 의미한다.

그런 여력은 적에게 없다고 기대했다가 배신당한 형태. 지금 눈앞에 있는 것이 시사하듯이, 지독한 오판이다. 하지만 그 이상으로 적의 전력을 잘못 셈했다면?

"자다가 뒤통수 맞는 꼴이로군?!"

무심코 입에서 튀어나온 말이 사태를 단적으로 말해 주었다.

"왜 이런 실수가?"

타냐는 거기서 '감각의 차이'라는 것을 깨달았다.

분석자로서 제투아 대장은 객관적이고 예리하고, 더 말하자면 낙관론과는 거리가 먼 현실주의자이지만…… 제도에서 행해지는 분석이라면 '전선의 보고'에 기반을 둔 추론에 불과하다.

혹시 그 전제가 잘못됐다면 어떻게 될까.

"잘못된 전제로 올라오는 정보에서는 잘못된 답밖에 내놓을 수 없나."

제투아 대장은 잘못된 데이터에서 잘못된 결론을 도출하고, 자신은 제투아 대장에 대한 신용 때문에 '현장에서 느낀 위화감'을 파악하는 게 크게 늦어버렸다.

기만, 위장, 의도를 숨긴 기습.

모든 것은 소련의 특기이며, 이 세계의 연방이 특기로 하는 바였는데!

타냐는 씁쓸하게 인정했다.

놈들도 교활했다.

제투아 대장은 몰라도, '동부 방면군'이 제투아 대장의 눈과 귀가 된 것을 알고 멋지게 제투아 대장에게 도달하는 정보를 제어하다니, 보통 솜씨가 아니겠지.

하지만 불가능하다고 웃어넘기려고 해도 이게 현실이다.

그러니까 '잘못된 정보에서 잘못된 결론'이 나오고, 그 독이 제국군의 태세를 좀먹고, 오늘 기습을 받기에 이르렀다.

"결국은 제투아 대장도 인간이었나."

하하하 웃으며 끝낼 수 있으면 얼마나 좋을까.

애석하게도 웃는다고 해도 문제는 기다려 주지 않는다. 시간적 유예는 전혀 없다. 사태는 시시각각 나빠진다.

제국군은 전략예비의 대부분을 이르도아 북부에 투입했다. 과거의 대륙군은 흔적도 찾아볼 수 없다. 지원군은 기대할 수 없겠고, 자칫하다간 전혀 없을 수도 있다.

완성되어 가는 방어선이 유일하게 믿을 만할까?

하지만 타냐의 뇌리에 공포가 스며들었다.

동부는 넓다.

너무나도, 라는 말을 붙이고 싶을 정도로 넓다.

방어선이라고 해도 라인 전선 때의 무시무시한 전쟁 모습이 만들어낸 진지들과는 비교할 바가 못 된다.

기껏해야 얄팍한 선과 다소 강화된 스트롱홀드 정도.

연방의 동향을 캐기 이전에 방어선 상공을 날며 아군 진지를 거듭 확인했기에 단언할 수 있다. 구멍투성이에 예비병력은 바닥을 쳤다. 과거 라인 전선에서 편집적일 정도로 만들었던 탄성 방어 따윈 도저히 달성할 여지가 없음.

게다가 동계의 공세가 없다는 전제로 월동 태세로 이행 완료.

혹시.

그래, 혹시 말이다.

'전종심 동시공격', '무정지 진격', '기계화 파상공격', '포위의 완성과 섬멸'.

이 조합이.

전쟁에서의 무시무시한 하나의 모범적 해답이…… 연방군의 손에 의해 시도되는 것이라면?

"우리는 날카로운 레이피어에 찔릴 것을 예상하고 그걸 막을 준비를 했다. 하지만 적이 거대한 길로틴을 꺼냈다면……."

제국은 완전히 그릇된 대책을 자신만만하게 세웠다는 소리다. 즉 상정의 사각에서 세게 얻어맞게 된다.

자, 여기서 문제.

태세가 무너지고 기반이 불안해지면?

기다리는 것은 단두대. 목이 단두대에 놓이면 피하고 자시고 도 없다. 떨어지는 칼날에 목이 달아날 뿐이다.

"최악이다. 완전 최악이다."

소련식 연속작전이론에 대한 유일한 대항책은 있다.

그것은 타냐가 이미 아는 사실이다.

답은 공지전(Airland battle)뿐이다.

하지만 그것은 '지상군 병력'에서 열세이고, 기술과 항공전력 에서 탁월한 유럽 주재 미군의 항공전력, 기동력이 있음을 전제 로 한다.

현재의 제국군에서는 적 예비집단을 분쇄할 만한 항공전력도, 탁월한 주력전차에 의한 타격부대도 없다. 부분적으로는 항공관 제조차 의심스럽다. 통제 잡힌 마도전을 유지할 수 있을지 의심 스러울 정도로 열화되기도 했다.

무엇보다 치명적일 정도로 판을 잘못 읽었다. 최악은 거점에 서 농성하면서 반격으로 포위를 푸는 꿈을 꾸는 것. 그것이 의미 하는 바는 파멸 이외의 그 무엇도 상상할 수 없다.

야전군이 격멸되려는 때, 느긋하게 반격을 꿈꾼다?

"하, 하하하하하."

【공지전(Airland battle)】
해설 소련군이 건재할 무렵, 미군의 일부가 열심히 생각했습니다. 무정지 진격이 오면 큰일이니까, 수적으로 열세인 아군이라도 육공군이 통합작전으로 기동전을 잘 풀어나가서 적을 분단하고, 더불어 적의 예비병 력을 철저하게 두들기면 되지 않겠냐고.

로리야는 애썼다.

아주, 아주, 아~주, 애썼다.

춘계공세 정도가 아니라 앞당긴 동계공세 같은 것은 무모하다고 모두가 반대하는 판에, 로리야는 그저 국익을 외치며 모든 노력을 주입했다고 해도 좋다.

그것도 '올바른 노력'을 말이다.

여명을 위해, 깨끗하게, 올바르게, 훌륭하게, 애썼다.

수사적 표현도, 다른 의미를 담은 야유도 아니라, 순수하게 '연방의 승리'를 달성하기 위해 모든 노력을 기울였다.

물론 그는 군인이 아니다.

여명 공세는 쿠투즈 대장이 주도한 것으로, 로리야는 그 입안에 사실상 전혀 관여하지 않은 것에 가깝다. 구태여 말하자면 정보망 제공이나 빨치산과의 연계에 편의를 봐준 정도일까.

연방군의 활동을 응원하면서 로리야는 제국 타도를 위해 일하는 조역에 불과하다고 자임한다. 하지만 주역이 군이라는 것을 비밀경찰의 톱이 '공공연히' 인정하고 '군을 방해하지 않는다'는 것만 해도, 연방군에게 둘도 없는 지원인 것은 말할 필요도 없다.

'동료를 방해하지 않고, 효율적으로 운영되며 군을 측면 지원하는 비밀경찰'이다. 쿠투즈 대장에 대한 로리야의 후방지원이 어땠는지를 타냐가 알면 놀라 자빠지겠지.

무엇보다 연방의 권력 구조를 숙지하는 자로서는 상상의 대척점에 있는 거나 마찬가지인 비정상 사태니까.

그러니까 로리야는 그 시간을 기다리고, 기다리고, 기다리고, 기다리고, 그리고 갈채와 함께 축복한다.

"여명! 드디어! 동이 튼다!!!"

》》》 같은 날, 제도 《《《

새해 초의 여운이 약간 남고 한 해가 시작된다……라는 분위기에 휩싸인 제도.

물론 온도차는 있다.

특히나 참모본부에서는 그 경향이 현저했다. 애초에 자기 일에 쫓기는 매일이 순식간에 참모본부에서 일하는 군인들의 들뜬 분위기를 침식했으니까.

그런 가운데 대참모차장으로 속칭되는 제투아 대장 직속의 고급부관쯤 되면 그 폭넓은 직무는 남들이 도달할 수 없는 영역이며, 일을 잔뜩 끌어안게 된 대령급 장교가 여기저기 뛰어다니는 광경은 이미 드물지도 않게 되었다.

그것이 다행인 점도 있다.

예를 들어서 참모본부의 통신실에서 안색을 바꾸며 뛰쳐나온 우거 대령조차도 흉보를 손에 들고 제투아 대장의 집무실에 뛰어들 때까지는 '또인가'라는 느낌의 시선을 받았을 테니까.

악몽 같은 사태에서 떨리는 표정을 가다듬고, 채 가다듬을 수 없는 것을 빠른 걸음으로 속이기를 빌며, 그렇게 상관의 집무실에 뛰어든 그는 그 흉보를 전하는 인간이 자기 자신임을 저주했다.

"각하. 긴급입니다!"

"우거 대령? 왜 그런가."

침착냉정한 모습을 지키는 제투아 대장의 질문에, 우거는 떨리는 손으로 가까스로 짓뭉개지 않을 수 있었던 통신문을 내밀었다.

"동부 방면군에서 긴급입니다. 이걸 보시죠."

"수고했네."

통신문을 받자마자 제투아 대장은 단정한 눈썹을 살짝 움직였다.

슬며시.

좋은 옛 시절의 참모장교가 그랬듯이.

고맙다고 미소를 지으면서 감정을 숨기듯이 등을 보이는 모습은, 본래 든든하게 느껴지는 것이다.

이럴 때조차도 장교로서 최소한의 체면을 지키는 것을 의식할 수 있으니까.

하지만.

어째서일까.

대체 어째서일까.

우거의 시선 앞에 있는 것은 무엇일까.

우거 대령은 그때 분명히 보았다.

뼈대에 금이 가고 가혹한 현실에 의해 절망에 처박힌 노인이,

말도 없이 악몽을 끌어안을 수밖에 없는 무력한 뒷모습을.

후에 그는 그것을 알았다.

'여명에 짓뭉개질 듯한 노인이 있었다'고. 역사의 증인으로 우기는 모든 것을 보았다.

그 순간 제투아 대장은 곱씹고 있었다.

자신의 착오를.

그릇된 판단을.

당사자는, 그 영매한 두뇌는, 그 한순간에 자신의 실수를 모두 깨달은 것이다.

파탄은 보였지만, 더 뒤로 미뤘다고 생각하고 있었다. 그러니까 지금이라면 아직 괜찮다고 오판했다고.

……연방군은 아직 전력을 다 회복하지 못했다. 그렇게 읽고 있었다. 그러니까 동부에서 쥐어짜낸 전력으로 이르도아에 일격을 먹인다는 '최소한의 보험'을 걸어두었을 텐데.

그럴 터였다.

앞으로 반년.

최소한이라도 4개월.

아직 시간은.

목숨이 다하기까지 유예를.

가녀리지만 붙잡을 수 있는 작은 실을.

구원의 동아줄을 움켜쥘 수 있었을 터였는데.

"말도 안 된다. 있을 수 없어……."

우리 군은 제국군에 대한 전략공세
〈여명〉을 개시했습니다.
제국군은 이르도아에서 샴페인 파티를
예약했다고 들었습니다만,
우리도 제도에서 여는
샴페인 파티를 기대하고 있습니다.

— 연방군 홍보관, 신년 위로회에서 얼라이언스 기자단에게 —

연방군의 전략공세 〈여명〉에서는 제국군과의 접촉을 최대한 피하는 것에 초점이 맞춰진다. 작전 입안을 주도한 쿠투즈 대장 왈 '제국인이 평소처럼 파티를 하고 싶다면 묘지에서 마음껏 하게 해라. 우리는 묵묵히 단결한다'.

〈여명〉을 주도하면서, 연방군은 철저한 조직전에 집착했다.

공산주의와 궁합이 좋은 '단결에 의한 승리'라는 간판을 걸어서 이데올로기 쪽으로도 배려하면서, 연방군에서는 실용상의 이유로 단결에 집착했다.

'제투아는 사기라도 치듯이 우회하고, 혹은 측면을 찌르고, 때로는 전술 레벨의 탁월함을 연발하는 것으로 국면을 뒤엎는 버릇이 있다. 그럼 거기에 당하지 않는 조직력으로 압살할 뿐'이라고.

즉, 쿠투즈 대장의 결론은 제국인이 손에 쥔 패로 수작을 부린다면 당당히 대병력으로 짓뭉개지는 왕도를 택한 것이다.

평범하다고 비웃는 자는 그 신들린 철저함을 알게 되겠지.

쿠투즈 대장 왈 '어디서 싸울지는 연방이 정한다. 어떻게 싸울지도 연방이 정한다. 언제까지 싸울지도 연방이 정한다. 모두, 우리가, 우리만이 정한다'라는 것이다.

연방군은 이걸 훌륭히 해냈다.

전장의 주도권을 모두 자신들이 쥔다고 결의하고, 그렇게까지 밥상을 차리면서도 전략 목표만큼은 당의 의향에 충실히 따랐다.

공산당이 내린 명령은 현명하게도 오로지 하나.

당이 군에 요구한 것은 '전쟁을 끝내는 일격'이었다. 연방도, 당도, 이 기나긴 전쟁의 대가는 자각하고 있다.

그러니까 그들은 해결을 원하며 〈여명〉에 기대했다.

무신론이기에 신에게는 기도할 수 없다. 하지만 인간이 할 수 있는 일은 다했다. 모든 준비를 다했기에 나오는 그들의 기도. 단순한 숫자라고 대군을 비웃는다면 폭력장치를 모르는 것이다.

신은 현실에서 항상 대대가 많은 쪽을 편든다.

〈여명〉의 전모를 안다면 전문가는 일제히 같은 견해를 보일 수밖에 없다. 대단하다고. 쿠투즈 대장은 이 점에 대해서도 단적으로 표현했다.

늙어 빠진 할아버지처럼 조용한 목소리로, 평범한 노인처럼 어깨를 움츠리고, 무뚝뚝한 인품이 드러나는 어조로, 그는 조용히 말했다.

"제투아 대장이 그렇게 뛰어난 두뇌라면, 설사 그가 이해했다면 이해했기에 어쩔 수 없다고 절망하겠지."

대군으로 정면에서 두들긴다.

그 의미를 쿠투즈 대장은, 그리고 주위는 적절하게 이해했다. 그런고로 모스코의 최고사령부가 공격 개시를 발령한 그 순간, 보고를 들은 쿠투즈 대장이 작게 중얼거린 말에는 많은 이들이 작지만 힘주어 끄덕였다.

"결국에는 제국이라는 문제도 철과 피로 해결할 수 있음을 증명하자."

그 중얼거림은 작지만, 세계에 한없이 커다랗게 울렸다.

시작은 중포의 포열과 수많은 로켓포였다. 제국의 모든 중심에 대해 철저한 사전공격이 시작되었다.

포병은 신이고, 포병이야말로 지배자다.

그런고로 적절한 포병은 세계를 뒤엎는다.

포병이 갈아엎고 보병이 다진다는 기본이 성립되는 한, 돌파할 수 없는 방어선은 지상에 존재하지 않는다.

전쟁의 교훈은 그것을 잔혹할 만큼 말한다.

신의 이치는 단순하다.

〈여명〉은 그 단순함에 충실했다. 그것은 극단적일 정도로 승화된 양식이다.

하나.

항공우세를 활용하여 포병의 공격권을 조정하고, 적 방어진지의 제1선만이 아니라 제2, 제3저항선까지 공격권에 두어서 '영역 내의 모든 적 시설, 설비, 인프라'에 최대한의 화력을 쏟아 붓는다.

하나.

보병 이상으로 강력하고 민첩하고 전투지속능력이 보다 빼어난 부대를 복수의 파도로 밀어붙이고, 공세 한계가 적 진지를 뒤덮는 지경에 이르게 할 것. 즉, 기계화부대에 의한 돌파다. 그걸 위해서 포병에 의한 지원을 공세 한계까지 제공해야 한다.

이 두 가지가 그들이 신봉한 양식이었다.

제대로 된 계획도 없이 숫자로 밀어붙인다?

결코 아니다.

전체 계획에 철저하게 폭력의 홍수를 제공하는 군사적 지성의 발로이며, 잔혹한 근대적 폭력장치의 철저한 활용이며, 세부에 악마가 깃든 치밀한 계획이라면, 이것이야말로 전쟁꾼이 해낼 수 있는 군사적 합리성의 극치다.

쿠투즈 대장이, 그리고 연방 공산당이, 군사적 천재가 아닌 조직이, 쌓아올린 것을 세계에 보일 기회다. 그 마음을 보이기 위해서. 그 길을 나아가기 위해서 화력의 홍수로 적의 방비를, 병력을, 예비진지를, 연락로를, 모든 저항의 수단을 뿌리째 날려버린다고.

물량을 아낌없이 부었다. 잔재주를 부릴 여지를 남기지 않고, 100킬로미터에 걸친 기다란 전선 전역에서 일제히 적에게 포격을 쏟아 붓고, 대항 포병전 같은 저항을 무자비하게 분쇄.

물론 화력을 철저하게 투사하는 이상, 필요한 포문의 양은 엄청나다.

그 물량을 갖추기란 힘들고, 사전집적만 해도 악마 같은 작업이다. 하지만 그것뿐이다. 일단 갖추기만 하면 전장에 신의 철퇴가 떨어진다.

강철의 신 앞에서 무력한 고깃덩어리에 불과한 인간은 자비를 구걸할 수밖에 없다.

그것이 위기다.

그런데도.

혹은 그렇기에.

위기에 직면했을 때, 조직은 그 조직문화에 따라 행동한다. 제국의 동부 방면군 부대들도 예외는 아니다. 그들은 '연방군의 반격'이라고 들은 순간, 반사적으로 움직였다. 적의 공격을 '거점에서 받아내고, 기동부대가 반격에 나선다'는 과거의 성공 사례를 답습해야 한다고.

위에서 명령할 것도 없이 현장이 '이렇게 하면 괜찮다'라고 공통적으로 판단하고, 각급 지휘관이 그것을 전제로 행동하는 것이다.

과거에는 그것이 정답이었다. 그리고 이번에도 그거면 된다고 생각했다. 그것뿐이지만, 그것은 제국식 전쟁 독트린의 해묵은 질병이 이빨을 드러내는 순간이었다.

애초에 제국군은 장교들에 대해 동일 국면에서 근사치에 머무는 판단을 내리도록 철저하게 교육했다.

하급 장교, 중견 지휘관이 바닥을 치곤 하는 총력전 와중에서도, 군은 참모장교들만이라도 그 수준을 유지하려고 만전의 노력을 아끼지 않았다.

모든 것은 단 하나의 사고양식──내선전략을 현실의 것으로 만들기 위해.

사방이 적으로 에워싸여서도 승산을 찾아내려면, 철저한 내선의 이점을 추구하고 약간의 기회를 놓치지 않고 각 장교들이 적극적으로 행동을, 상급 사령부의 통제 없이 상호 연대하여 행해야만 한다. 그러니까 그들은 사관학교 시절부터 오랫동안 내선전략에서 지연방어를 펼치다가 주력부대가 구원 오면 결전을 벌인다는 승리의 사상이 주입되어 있었다.

세 살 버릇 여든까지 간다고 한다.

각개가 연대하여 받아내다가 적절하게 반격에 들어간다는 것은 기본이고 저주이기도 했다. '그렇기에 물러나서는 안 된다'

라는 것이 그들의 생각에 깔린 무의식 중의 대전제다.

물론 유인을 위한 전술적 후퇴는 있다. 항상 선택지로 고려되고, 시간과 공간의 교환인 유연한 방어태세의 조정은 기본으로 간주되기도 했다.

제국군 장병으로서는 공간과 교환하여 시간을 획득한다는 발상은 전혀 기이할 것 없다.

그런데도 집단으로서의 그들은 '잘못되었다'고 단적으로 말할 수 있었다.

제국은, 제국군은, 내선전략을 축으로 삼아 장교를 육성한 것이다. 그러한 제국 군인들에게 그들이 지켜야 할 제국이란 수백 킬로미터의 종심을 갖지 않는다.

그런고로 그들은 '전술적 차원'에서 자유롭게 후퇴를 선택할 수 있음에도 불구하고 '전략적 차원'에서의 후퇴라는 개념을 고려한다는 발상조차 품지 않았다.

그저 주공점을 간파하고, 분쇄한다는 생각밖에 없었다.

하지만 연방군의 전략공세 〈여명〉에서는 모든 것이 주공이었다.

제국군 장병들은 그것을 아직 모른다. 그리고 무지하기에 각지에서 강렬하기 짝이 없는 포격을 받은 제국군 각 부대는 여태까지의 경험에 따라 단순히 생각했다.

'우리가 담당한 지역이야말로 적의 주공점이다. 그렇다면 우리는 버텨야 한다. 거점에서 우리가 버티는 동안 우군의 반격이 시작되겠지.' 라고.

설마 옆도, 그 옆도, 뿐만 아니라 전체에 걸친 전면적인 포격이라고는 그들은 상상도 할 수 없었다.

애초에 라인 전선처럼 원대한 참호전조차도 주공이 되는 축은 존재하고, 그것을 간파하는 것이야말로 사령부의 날카로운 안목이 빛나는 순간이었다. 모두가 자신이 아는 이치로 만사를 가정했다. 맹포격에 따른 통신의 두절이나 혼란은 상황 파악을 더욱 어렵게 만들었다.

그런고로 모두가 잘못 판단했다.

'이 지점이야말로 군으로서 단호히 지켜내야 할 스트롱홀드이며, 우리가 버티면 우군이 지원하러 와서 결전이다!' 라고.

제국군 장병은 신봉하는 사고양식에 따른다.

위기에서 믿을 것은 그것이니까. 동시에 그걸로 여태까지 잘했으니까.

제투아 대장의 밑에서 승리의 경험을 쌓았던 장병들로서는 자명한 자신감이기까지 했다. 그러니까 덤벼들 적 보병의 습격을 다 격퇴하든가, 혹은 유력한 즉응부대에 의한 반격이 성립될 때까지 '자기 자리'를 단호히 사수하기를 모든 선역에서 제국군 부대들은 각기 결의했다.

단호히 자기 자리를 사수한다. 포위되더라도 결국 우군이 뒤를 정리해줄 테니까 걱정할 것 하나 없다고.

말하자면 전선에서는 익숙해진 일이었다.

그러니까 모두가 '현장의 재량'으로 버텨내는 것을 선택한다면, 그것은 기특한 일이었다.

'공격받은 모든 곳에서 야전군의 태반이 구속된다' 라고 아무도 생각하지 못하는 것이 비극이었다.

"적이다! 적의 포격을 받고 있다!" "전원, 자기 자리로!" "뭐냐, 이건?! 우리가 집중포격을 받고 있다! 적의 주력이 이쪽에?!" "에어리어32에서 긴급. 전역에서 적 포병대의⋯⋯." "긴급. 에어리어23이 전역에 걸쳐 적 포병의⋯⋯." "사령부에 긴급. 에어리어19가 전역에서 적 포병대에 의한⋯⋯." "제11야전 항공사령부가 방면군 사령부에. 적 항공전력이⋯⋯."

그날, 그때. 제국군 동부 방면군 사령부의 통신담당요원들은 홍수와 같은 보고에 압도되었다. 당직장교가 안색을 바꾸고, 거품을 문 그가 맹렬한 기세로 사령부에 긴급사태를 보고하자, 동부 방면군 사령부도 일이 일어났음을 곧바로 깨달았다.

틀림없는 적의 전면공세.

하지만 동부 방면군 사령부는 '그것조차' 뒤로 미룰 수밖에 없는 대혼란에 빠져 있었다.

시찰 나간 사령관과의 연락이 잡히지 않고 있었으니까.

"라우돈 각하가 폭사?!" "라우돈 각하는 무사하시다고⋯⋯!" "라우돈 대장 이하, 참모진이 연방군의 습격을 받았다고!" "모순되는 보고뿐이다! 제대로 조사해! 부관과의 연락은?!" "소식이 닿지 않고 있습니다!" "호위는 뭘 하고 있었나!" "군의 팀을 대기 상태로. 아무튼 서둘러서 상황을⋯⋯!" "현지에서의 최신 보고를. 서둘러!"

누군가가 혼란 속에서 "제길."이라고 뇌까렸다.

지독한 혼란과 함께 사령부 기능 자체가 기능부전 상태.

이런 상황이다.

'적의 주공'이 어디인지 곧바로 특정해서 조직적 대응을 한다는 건 꿈 중의 꿈.

그래도 라우돈 대장이 부재시를 위해 남긴 참모들은 대응하려고 노력하긴 했다. 보고를 모으고 정세를 분석하려다가…… 너무나도 엄청난 사태에 두 손 들었다.

"어떻게 된 거냐?! 설마 모든 전선이 적의 주공세를 받고 있다는 소린가?!"

어느 고급장교가 곤혹스럽게 '그런 말도 안 되는 소리가'라고 외칠 만했다.

선택과 집중.

주력을 한 점에 모아서 방어선 돌파. 그것이 제국이 아는 공세작전의 전부다. 그들에게 그것은 세계 첫 체험이었다.

누가 알까.

점이 아니라 면으로서의 압살.

제국이 특기로 삼는 개인기가 아니라, 시스템에 의한 단호한 승리를 추구한, 조직력을 통한 전쟁예술의 극치.

연방군의 여명 공세야말로 세계 첫 전종심 동시공격이 시작된 순간이라고.

"예비포병진지가 공격을 받았다?! 그럴 리가! 최전선에서 몇 킬로미터 떨어졌는데……." "제, 제7군단 포병대 침묵!" "긴급! 긴급! 열차포가 적 빨치산의 습격을……." "제4기갑사단에서 긴급!" "제31보병사단 사령부, 통신 두절!" "제143기병사단 사령부, 적 포병에 의해……."

통신요원들이 서로의 얼굴을 보며 무슨 일이 일어났는지 상상하기도 두려운 사태의 전개에 넋이 나간 동안에도, 연방군 포병대의 맹위가 100킬로미터를 넘은 전투정면에서 10여 킬로미터의 사정권 전부에 쏟아지는 것이다.

더군다나.

"?! 경보! 적 항공부대, 급속접근 중?!" "빨치산 경보! 사령부에, 긴급! 제15야전 지휘소에서 긴급 요청! 원군을, 원군을?!" "제, 제2경장갑사단 사령부, 습격을 받고 있습니다!"

아득히 후방에 위치할 터인, 안전한 후방일 터인, 예비조차도 습격받는 상황. 그들의 앞에는 무수한 보고가 쌓였다.

포병에게 희롱당하는 통신문이.

두절되는 전선에서의 통신이.

우군 항공기지에 대한 철저한 공격의 보고가.

그러니까 동부 방면군 사령부는 최악의 사태—— 적의 너무나도 빠른 공세를 신속하게 이해하고, 이해한 끝에 '소정의 방어 계획'으로 이것에 대처하려고 애썼다.

그들은 어떤 의미로 옳다.

그렇다. 연방군의 전면공세다.

전면공세에 대해서는 방어 계획이 필요하다. 그리고 제국군에는 연방군의 공세를 족족 버텨냈다는 자부심이 있었다.

동부 방면군 사령부도 어리석지는 않다.

적 포병에 의한 집중사격 후에는 연방군 부대의 대규모 공세가 있다는 것 따위 일목요연하겠지. 간단히 말해서 포격으로 지원받는 적이 쳐들어온다. 항상 있던 일이다.

그러니까 평소처럼, 정해진 대로, 그들은 생각했다. 언제나처럼 '그럼 진지에서 버티고 반격하자' 라고.

실로 논리적이고, 그렇기에 '진지에서 버틴다' 라는 방어 계획이야말로 연방군이, 연방군 전략가가 '노리던 반응' 이라는 것을 제국군은 아무도 아직 모른다.

……타냐 폰 데그레챠프 중령만을 제외하고.

》》》 같은 날 동부 방면 샐러맨더 전투단 지휘소

샐러맨더 전투단은 인원 규모를 별개로 치면, 지휘통제기능을 강화하기 위해 사단 사령부급의 통신장비를 갖추었다. 정치적이라고 할까, 조직인의 사정상 무너져가는 마을에 전개하게 되어서, 낡아빠진 민가 안에 설치된 사령부라고 해도 말이다.

마음만 먹으면 사단 단위의 통제도 가능한 곳이다. 가옥의 굴뚝으로 위장한 안테나를 내걸고 장거리 통신도 가능한 설비가 완비되어 있다.

말하자면 귀가 밝다. 그리고 전투단의 지휘관인 타냐 폰 데그레챠프 중령이 무전기에 대고 있던 귀가 잡아낸 것은 절망적인 소식뿐.

"하필이면 라우돈 각하가 '행방불명' 이라고?"

타냐는 주워들은 우군 통신에서 나온 말에 눈썹을 찌푸렸다.

적의 전면공세 때 이쪽의 지휘계통이 '마비' 된 것 같다는 이야기는 그것만으로도 공포에 떨 만하다.

결국 목이 날아가서 패닉에 빠졌는지, 단순한 타성일지는 상상할 수밖에 없지만, 남은 동부 방면군 사령부는 최악의 결단을 내리려 하고 있었다.

"진지에서 방어……?"

내려진 방침은 너무나도 부적절. 그 사실을 인정하고 타냐는 무심코 하늘을 올려다보았다.

"최악이군."

짧게 중얼거리는 것조차 귀찮기 짝이 없다.

파도다.

해일과 같은 파도다.

막아내면 반격할 수 있다고 제국군이 기대하는 적은 '제1파'에 불과하다.

쥐어짜낸 힘으로 버텨낸 제국군은 제1파가 물러간 순간에 승리를 기대할 틈도 없이 새로운 파도의 직격을 견뎌낼 도리도 없이 뒤집어쓰겠지.

버틸 수 있을까? 언제까지? 지원군도 없는 농성으로?

역사의 앞날을 알기에 타냐만이 그것을 올바르게 꿰뚫어 보았다.

꿰뚫어 보고, 쿠투즈 대장의 예언처럼 '공포'에 떨었다.

어떻게 이렇게 된 걸까? 타냐는 치미는 구역질을 억누르고 최악에 달한 현황을 이해했다.

현재의 위기 레벨은 너무나도 명백하다.

상황 증거로 보면 적의 전면공세는 틀림없다.

100킬로미터 단위의 전투정면 따윈 적의 본격공세 이외의 무엇도 아니고, 하물며 이런 겨울에 적이 움직일 수 있다는 '사전 준비 레벨'은 그저 상상만 해도 몸이 떨릴 뿐이다.

지휘소에서, 무전기 옆에서 부하를 쫓아내고 혼자 공포에 떨었다.

"우리는 이것을 예상하지 못했고, 중요한 초기 대응에도 실패했다……?"

물론 언젠가 본격적인 반격이 오리라고는 예상했겠지.

라우돈 대장 이하의 동부 방면군 사령부는 태세를 정비하고 있었겠지.

하지만 그 전제로서의 예상은 일러야 봄. 기본 공산은 여름. 최소한도 몇 개월의 유예는 있다고 보고, 제국군은 동부 방면에서의 방어선 재구축에 힘썼다.

제투아 대장 본인조차도 그 예상을 기반으로 했을 정도다. 즉 그 어르신마저도 잘못 예상했을 만했다고 생각하며 타냐는 머리를 싸쥐었다.

"안 좋아, 이건 안 좋아. 너무 안 좋아……!"

예상이 빗나가고, 주도권은 완전히 상대의 것.

그것만 해도 연방군이 상당히 철저한 기만과 은폐를 펼치고, 이쪽에게 전략적 기습을 가했다고 웅변하는 것인데.

부하의 눈이 없는 것을 다행으로 여기며 타냐는 울 것 같은 목소리를 흘렸다.

"이 규모는, 이 공세는……."

적의 정면공세는…… 최악을 예상하기에 충분하고 남았다.

타냐 폰 데그레챠프는 알고 있다. 지구의, 이 세계와 비슷한 세계의 역사에서, 이것을, 이것과 비슷한 것을 적군(赤軍)이 해 냈다는 역사적 사실을.

전쟁사에서 누구도 부정할 수 없는 위업을.

적군이 해냈던 무시무시한 종심돌파.

아아, 무정지 진격에 따른 연속작전이론이여.

전종심 동시타격, 기동작전군의 돌입.

거기까지 생각한 타냐는 무심코 내뱉었다.

"그래, 지금이기 때문인가! 그렇기 때문인가!"

동계공세 따윈 무모하다? 하지만 지면은 어떤가!

봄의 진창이 없다.

지금이라면 아직 노면은 얼어붙어 있겠지. 혹한만 참아낼 수 있다면 움직일 수 있다. 연방군과 제국군, 추위에 약한 것은 어느 쪽인지 물을 것도 없다.

물론 연방군도 이 추위는 힘들겠지.

하지만, 하지만, 하지만.

여기는 연방인의 모국이고, 연방인은 이 추위와 함께 살고 있다. 그리고 '교통로'가 회복되지 않았나! 진창의 시기는 아직 오지 않았다. 덤으로 제국의 노력의 성과로 이 타이밍에 후방 교통로는 정비되고 있다. 빨치산 소탕의 성공이라는 이름으로 제국군은 도로 기능을 자기 손으로 회복시키고 있었다.

당연하지만 그것은 원래부터 연방의 교통로였던 것이다.

적은 이쪽 이상으로 지리적 사정도 밝고, 빨치산 네트워크를 완전히 활용한다면 아마도 적의 진격로로 활용된다는 흐름인가.

그뿐만 아니라 아까 라우돈 대장이 습격을 받았다는 혼란스러운 보고도 '노린 건가' 하는 신음을 흘리게 될 정도다.

"후방 연락로를 의도적으로 재건하게 하고, 사령부의 머리가 이 국면에서 잘려나간다?"

그렇다면 이미 더 말할 여지조차 없겠지.

이것은 말 그대로 끝의 시작 아닌가. 포병의 손에 전투정면 전역에서 부대가 분쇄되고, 예비대, 후방 사령부까지도 공격의 대상이 되고 있다.

거기서 문득 타냐는 자기들이 공격을 받지 않는다는 점을 깨달았다.

"새해 일찍부터 전개하길 잘했군."

샐러맨더 전투단처럼 극히 최근에 진출한 부대는 우연히 '파악' 되지 않았다.

그런 거겠지. 뒤집어 말하자면 월동 태세에 들어간 우군의 대부분은 위치가 정확히 파악되어서 철저한 공격을 받고 있을 가능성이 농후하다.

월동을 상정하여 각지에 흩어져 숙영하던 부대는 시금 포위되고 있다.

"하필이면 여기서, 여기서, 진지방어 명령이라니!"

동부 방면군 사령부의 속은 너무나도 뻔히 보였다.

버티다가 상대의 숨이 찰 타이밍에 주력군을 동원한 반격전.

제투아 대장이 몇 번이나 동부에서 해낸 기동방어전에 대한 신뢰일까? 작년 여름, 그걸로 멋지게 승리한 기억이 남아서인가? 하지만 그것은 지나친 신뢰다.

적의 정면공세는 이 정도 방어선으로 다 받아낼 수 없다.

냉전 당시, 유럽의 총력을 기울이고 미군이 참전해도 소련군의 기계화 파상공격을 깨뜨리기란 어렵다고 간주되었다.

"완전히 피폐해진 제국 혼자서, 그것도 구멍투성이인 동부전선에서, 이걸 막아낼 수 있을까? 말도 안 돼. 자살행위다."

제국은 여태까지 연방군을 격퇴할 수 있었지만, 그것은 결국 점에서의 승리. 제투아 대장 본인조차도 면으로 밀려드는 연방군을 상대한 적은 없다.

"하하하, 하하하, 하하하."

타냐는 살짝 웃음을 터뜨렸다.

과연, 연방 상대로 '싸울 수 있다'고 제국인이 착각할 만하다.

연방군이 자잘하게 보낸 전력을 격퇴하는 사이에, 연방군이 착착 준비를 완료한다는 사실을 간과했으니까.

"뭐가 봄이냐. 뭐가 적은 소모되었다는 거냐. 월동? 하하하하, 착각도 유분수지."

희망적 관측.

그것도 참아주기 어려운 차원의 희망적 관측이다.

모든 전선에서 적의 공세를 막아낼 수 있으면 승기를 잡을 수 있을까? 완전 헛소리.

적의 제1파로 이쪽의 방어선은 넝마가 되고, 전선에서는 방어 거점에 틀어박힌 병력의 태반이 포위된 끝에 적 제1집단의 숨이 차고 진격이 일단락 날 때까지 계속 얻어맞는 것에 불과하다.

그리고 제1파가 멎는다고 희망 같은 걸 품을 상황이 아니다.

적이 제1파뿐이라면 전선의 방어거점에 틀어박힌 모든 부대로 적의 연락선을 차단할 수도 있겠지만, 그것은 제국인의 상투수단이라고 연방인도 학습했을 것이다.

당연히 거점의 포위를 담당하는 적 부대는 준비되어 있겠지. 그럼 제1집단의 바로 뒤에 대기하는 것은 만전의 상태로 돌격해 오는 적의 제2집단이다.

이쪽의 내부로 뛰어내리는 적 공수부대도 있을 수 있다.

야전군의 주력은 구속되고, 후퇴하여 방어선을 구축하려 한다면 야전군의 구원은 절망적이 되겠지. 하지만 야전군을 포기하고 남은 전력만이라도 지키자고 후방에 방어선을 구축한다 해도 적 집단은 너무나도 강력하다.

막아낼 수 있을까? 방어선은 어디에 구축할 수 있을까? 아니, 애초에 구축할 시간적 유예는 얼마나 낼 수 있을까? 자문하면 답은 뻔하다.

"어떻게 봐도 무리다."

약진하여 돌격해올 적 제2집단의 앞에 모든 것이 짓밟히는 미래밖에 떠오르지 않는다. 재편의 여유조차 주어지지 않는 증기 롤러가 다가오는 것이다.

그 끝에는 판판히 포장되어 새빨갛게 물드는 길!

"제길⋯⋯."

애초에 제1집단도 막을 순 있나? 전선 1킬로미터당 백 문 단위로 포병이 포문을 향하고 있다 한들 놀라지 않을 자신이 있다. 그런 것을 상대로 야전군 주력이 진지에 농성하며 저항한다고 해도, 제1집단과 예비병력의 발을 잠시 묶는 것과 맞바꾸어 기동의 여지는 사라진다.

제투아 각하가 성공했을 때조차도 기동의 여지 확보를 염두에 두어 적을 유도하여 간신히 반격했다. 적에게 주도권을 빼앗긴 상황에서 이쪽의 사정에 맞춰 기동하는 건 꿈에 불과하다. 사태의 심각성을 깨닫고 후퇴하려고 해도, 어디까지 갈 수 있을까.

대담하게 방어선을 물릴 생각으로, 후퇴하는 우군을 수용하려고 최종 방어선을 구축했다고 하자. 적의 제1집단은 가까스로 막을 수 있었다고 해도 그사이에 전력을 온존했던 적 제2집단이 밀려들어 모든 것이 압살당하는 미래밖에 상상할 수 없다.

결론은 변함없다. 군은 정면에서 도저히 막아낼 수 없다.

그런 짓을 하면 제국군은 소멸한다.

유일한 희망은 거리의 벽뿐.

충격을 공간으로 어떻게든 받아낼 수밖에 없다. 애초에 지금이라면 '아직' 제국이 버려도 되는 완충재인 점령지가 있다.

"지금 당장, 지금 당장, 전군을 후퇴시켜야 한다."

철수다.

전멸을 피하기 위해서는 지금 당장 전략적 후퇴로 적의 공세가 갖는 충격력을 흘려내야만 한다. 그 다음은 공지연합으로 작전을 벌일 뿐. 연락선에 대한 철저한 공격과 후방 견제. 연속되는 저지공격으로 적의 충격력을 줄인다.

활로는 그것이다.

거기까지 논리적으로 도출했지만, 그 이상으로 나아가려고 해도 타냐의 생각은 멎어버렸다.

"어떻게……?"

본인이 말한 바와 같다.

타냐조차도 '어떻게?'라는 한 점에서 절망할 수밖에 없다.

참모본부 직속 전투단을 이끄는 참모과정 수료자이자 네임드 마도사, 혹은 은익돌격훈장 보유자인 중령.

아아, 스스로 생각해도 대단하다. 하지만 타냐는 치명적인 결점을 인정했다.

명령권이 없다.

의견상신이라면 가능하겠지. 레르겐 대령 경유로 참모본부 루트를 통해 동부 방면군 사령부에 간섭하는 것도 시간을 들이면 가능할지 모른다.

하지만…… 군에 명령하는 권한만큼은 전혀 없다.

자신의 재량권으로 자기판단할 수 있는 것은 고작 전투단뿐. 그 이상을 요구할 거면 타냐는 자신의 의견을 일단 상부에게 인정받고, 그렇게 해서 명령을 내리도록 해야 할 필요가 있다.

그것조차도 귀찮은 비상시라면 레르겐 대령의 이름을 빌리는 것조차 거의 '사후 승인' 형태로 가능하다고는 하였지만…….

"하지만, 하지만, 규모가 너무 달라!"

그렇다. 레르겐 대령은 참모본부의 엘리트다. 그 명의라면 동부 방면군 사령부를 움직이는 것도 불가능은 아니다. 우거 대령의 손도 빌리면 어지간한 억지조차도 밀어붙일 수 있다.

하지만 타냐는 거기서 웃음을 터뜨리고 싶어졌다.

명의를 빌린다는, 지휘계통을 뒤흔드는 억지조차도 전군의 즉시후퇴라는 무리수를 두기에는 도저히 부족하다.

"이걸로 부족하다니!"

지금 당장 동부 방면군 사령부에 의견을 넣는다고 될까? 자문하던 타냐는 상황을 재빠르게 정리했다.

"동부 방면군 사령부에서도…… 어느 정도는 신뢰를 받고 있다고 생각한다."

실적이 말해 준다. 무엇보다도 제투아 각하가 샐러맨더 전투단의 뒤에 있다. 고급막료라면 자신의 보스가 누군지를 숙지한다는 점은 절대적이겠지.

통상 이상의 배려는 충분히 기대할 수 있다.

라우돈 대장이 있으면 직접 말하는 것도 현실미가 있었다.

"하지만…… 지금 혼란에 빠진 대리 사령부에서, 이런 상황에서, 계획을 전부 백지로 돌릴 수 있을까?"

생각할 것도 없는 일이었다.

무리다.

너무나도 무리한 소리다.

거기까지의 무리는 일개 중령의 진언으로는 불가능. 설사 타냐가 힘으로 밀어붙인다고 해도 '시간이 너무 걸린다'. 레르겐 대령의 사후 승인으로 명의를 빌린다고 해도 큰 차이가 없겠지.

라우돈 대장을 설득해서 그 리더십을 기대해도 아슬아슬한데.

1분 1초를 다투는 상황인데.

라우돈 대장이 없는 대리 사령부에서 어디까지 결단할 수 있을까?

아예 제투아 대장 경유로 동부 방면군 사령부를 움직이는 건? 하지만 애석하게도 제투아 각하는 머나먼 제도.

지금부터 조직의 경로를 이용하여 의견을 넣고, 관료기구가 최고 속도로 처리하고, 제투아 대장이 상황을 인정하고 필요한 명령을 검토하고 적절한 경로로 발령하고 동부 방면군 사령부가 움직일 때까지 얼마나 걸릴까?

그때 후퇴할 여력이, 시간이, 전선에 얼마나 남아있을까?

"아아, 아아, 제길, 제길!"

무심코 세계에 화풀이를 하고 싶어졌다.

말도 안 된다?

그렇다.

하지만 어떻게 해야 한단 말인가?

타냐가 제안하고, 윗선에서 검토하고, 대응을 결정하는 프로세스 중에, 돌이킬 수 없이 귀중한 시간이 사라져간다.

"늦는다. 이대로는 아무리 해도 시간에 맞출 여지가……."

파국에 의한 파멸을 피하는 유일한 길은 지금 행동하는 것뿐.

지연 없이, 주저 없이, 단호하게, 전군을 후퇴시키는 것.

"하지만 어떻게?"

해야 할 일은 알아도, 그걸 어떻게 하면 좋지?

동부에 있는 모든 제국군 부대를 움직일 권한 따윈 애초부터 타냐에게는 없다.

"주변에 말해서 말이 통하는 녀석들만이라도 후퇴를 시켜? 하지만 제각기 움직여선 조직적 후퇴 따윈 도저히……."

어느 부대는 후퇴하고, 어느 부대는 버티게 되면 연계고 나발이고 없다. 대혼란은 불가피하고, 반대로 적을 유리하게 할 뿐이겠지. 우군에게 버림받을지도 모른다는 불화의 씨앗을 뿌리게 되고, 결과적으로 통제가 일그러질 수도 있는 하책이다.

그렇다면 참모본부를 통하지 말고 동부 방면군 사령부를 직접 설득할까?

"가능성은? 애초에 라우돈 대장이 없어서 혼란스러운데?"

그리고 타냐는 중얼거렸다.

"그리고 설득해도 시간이 얼마나 필요하지? 얼마나 늦지?"

가령 이 자리에 제투아 대장이나 라우돈 대장이 아니더라도, 명확한 책임자만 존재한다면 위의 설득에는 아직 희망을 품을 수 있겠지.

책임자에게 설명하여 이해만 얻을 수 있으면 조직으로서 망설임 없이 움직일 수 있다. 하지만 결정사항을 얻어내기 위해 조직을 설득하려 한다면 필요한 시간은 자릿수가 달라진다.

평시라면 시간을 들여서 널리 이해를 얻는 것도 나쁘지 않겠지만, 유사시에는 헛소리다. 너무나도 '오래 걸린다'.

"제길, 나한테 권한만 있으면!"

갈망과 절망이 섞인 외침을 삼키며 타냐는 머리를 싸쥐었다.

조직은 조직이다. 조직에게는 조직의 장점과 단점이 있고, 하물며 군대 정도 되면 권한, 명령계통, 말하자면 좋든 나쁘든 통제가 중요하다.

전술적 필요성에서 나온 독단전행을 존중하는 제국군조차도 정규 명령계통이란 각별히 무겁다. 수속의 정당성 준수는 중요하지만, 그 수속을 밟다가 죽게 된다면 울 수밖에 없다.

조직을 모두 움직이려 한다면 타냐로서는 무게가 부족하다. 물론 참모본부를 경유하기만 하면 '상사 경유'로 동부 방면에 영향을 미치는 것은 가능하겠지.

거듭 말하는 것은 그 시간도 아깝다는 위기의 성질 때문이다.

"제투아 각하에게 긴급 경고하는 것이 정규 루트로서 가장 바람직하게 빠른 길이지만⋯⋯."

타냐는 후회했다.

"최악을 각오해야 할까. 대규모 전투에 따르는 통신의 혼란은 필수. 그렇다면 전언 게임은 아무래도 피할 수 없다. 만에 하나, 참모본부가 지독히 혼란스럽다면 아무리 빨리 가도 전달되지 않는 것조차 있을 수 있지⋯⋯."

잘되더라도 시간이 너무 걸리는 것은 눈에 선했다. 하물며 수라장 속의 전언 게임이라니 무섭기 짝이 없다. 아무리 올바른 의도로 의견을 올렸더라도 정확하고 시기적절한 형태로 위에 전달된다는 보증이 없다.

특히나 혼란의 도가니에서 사활적으로 중요한 경고조차 행방불명되어도 이상하지 않다.

조직에는 그런 약점도 있다.

'최전선'에서 적절한 정보가 위에 올라갔다고 해도, 유사시에 적절하게 그걸 처리하는 '후방기구'가 있을지는 그때 상황에 달렸다.

타냐처럼 이치를 중시하는 타입으로서는 도저히 이해 불가능하지만, 동시에 '그런 것도 있다'라는 경험은 생생하기에 부정하기 어렵다.

납득은 무리더라도, 형태만큼은 이해할 수 있다.

하지만 거기서 타냐는 완전히 사고의 외통수에 빠졌다.

"그럼? 하지만 어떻게 하지?"

원칙에 따라서 파멸을 앉아서 지켜볼까? 구대륙이 시뻘겋게 물드는 세계를?

"그렇게 되면 나는 어떻게 되지?"

어찌 되든 파멸이다.

그럼 하다못해.

파멸이 아니라 희미한 가능성을 찾아서 발버둥 치는 게 뭐가 나쁜가?

긴급피난.

말하자면 물에 빠진 꼴이니까.

판자를 붙잡으려고 다소 일탈하는 게 뭐가 나쁜가?

자기가 살기 위해, 어쩌면 제국도 구할 수 있을지 모르는데, 뭘 주저하고 정규 수단에 집착할 필요가 있나?

"그래, 좋아."

필요가 정당하다면.

수속의 정당성을 패스하는 것은 하나의, 유일한, 유일무이한 답이 아닐까?

"생각해, 생각해, 생각하는 거다…….."

중얼중얼 독백하면서 타냐는 정리되지 않은 생각을 늘어놓고, 그 늘어놓은 생각이 하나의 형태를 이루는 작업을 계속했다.

"활로는 있다. 있을 거다. 간단히 말해 군을, 동부 방면군을, 사수가 아니라 후퇴시킬 수 있으면 되는 거니까…….."

명령계통을 무시하고 군을 움직일 수는 없다.

그것이 도리다.

하지만 도리는 지금만큼은 옆으로 치워두어야만 한다. 움직일 수 없는 것을 움직여야만 한다. 그런 권한이 없더라도 말이다.

"권한의 문제라면 권한을 위장하면 된다."

즉 명령의 위조. 명령을 위장하고, 군을 움직이고, 사후승인을 받으면 어떨까?

타냐는 거기서 자신의 망상에 쓴웃음을 지었다. 그렇게까지 일탈해도 가능성은 0에서 살짝 더 늘어날 뿐. 분명히 그거라면 가능성은 이론상 0은 아니다.

잘만 하면 0은 아니다.

하지만 거기서 타냐는 최초의 문제점을 깨달았다.

"동부 방면군 사령부를 어떻게 속이지? 아무리 그래도 군의 사령부가 위조명령에 놀아날까? 라우돈 대장이 가령 무사하시다면? 그럼 오히려 우군을 혼란에 빠뜨리게 되는 게……."

현지 레벨이라면 다소는 어떻게 되겠지.

전장에서의 혼란 상황이라면 명령이란 것의 위조나 확대해석도 필요에 따라 어느 정도 정합성을 갖출 수 있다.

어느 정도까지는.

그래, 아무리 그래도 어느 정도까지다.

동부 방면군 사령부는 통신이 두절된 것도, 우두머리가 혼란에 빠진 것도 아니다.

위조명령으로 모든 전역에서 부대를 후퇴시킬 수 있을까?

"도저히 불가능하다."

혼란에 빠졌더라도 군대는 군대다. 위장된 명령 하나로 사령부가 전면 후퇴를 즉각 개시하는 건 도저히 불가능한 이야기다.

"역시 무리인가?"

타냐는 팔짱을 끼고 망상을 했다. 아예 동부 방면군 사령부에 쳐들어가서 막료 이하를 강제적 및 물리적으로 '배제'하고 동부 방면군 사령부 명의로 명령을 내린다?

"멍청한 소리를. 그거야말로 말도 안 되지."

사령부를 차지하고 허위명령이라니, 최악의 경우 위기 상황 속에서 우군 사격을 유발할 뿐.

사후에 의도와 결과로 정당화하려고 해도 무리다.

타냐가 알기로 군은 브루스 매캔들리스 같은 예외조차도 재판에 회부하려고 하는 조직 문화다.

사령부 전멸의 위기를 구해도 그렇다.

사령부를 전멸시킨다면 더 이상 변명의 여지도 없다.

후퇴 명령은 반드시 필요한 조치라고 제투아 각하에게 이해를 얻을 수는 있겠지만, 아무리 그래도 사령부 배제까지는…….

"잠깐만?"

정리된 생각에서 타냐는 또 하나의 실마리를 찾아냈다.

"제투아 각하는 필요하다면 필요를 필요라고 인정한다. 그건 자명하다고 기대할 수 있다."

궁극의 실용주의자다.

통제가 흐트러지는 것은 좋아하지 않겠지만, 필요한 독단전행을 추인할 수 있는 정도의 일탈에 머무른다면 허용되겠지.

"그럼 제투아 대장 명의의 명령을 내려도 웃으며 허용해주시지 않을까?"

영관 나부랭이가 장성의 명의를 사칭한다. 보통은 총살감이지

【브루스 매캔들리스】

해설

미 해군의 통신장교. 포탄이 제독과 기함 함장과 참모의 대부분을 날리는 바람에 '전사한 제독의 명의'로 명령을 내려서 최선을 다했습니다. 또한 '그거 규정 위반 아닌가?' 라며 군사재판에 회부될 뻔(?!)했지만, '잘 생각해 보니 올바른 행동 아닌가?' 라고 해서 명예훈장을 받았습니다.

만, 전쟁에 필요한 상황에서는 참모본부에 창의적 노력을 좋게 여기는 의지를 기대할 수 있다.

확신까지는 할 수 없다.

하지만 합리적인 기대 정도가 있다면 가능하겠지.

"그럼? 어떻게 하면 되지? 어떻게 하면 제투아 각하 명의를 '진짜'로 오인하게 할 만한 후퇴명령을 내릴 수 있지? 정합성을 꾸밀 수 있지?"

뭔가 방법은 없을까.

가능성을 갈망한 타냐의 뇌세포는 과거에 농담으로 흘려 넘겼던 장난 같은 대화를 기억 속 깊은 곳에서 억지로 끌어냈다.

그것은 아직 루델돌프 대장이 살아있을 무렵의 일이다.

뭐였더라?

아, 그렇지. 타냐는 기억 속 깊은 곳에서 끌어냈다.

제투아 각하가 동부방어에 관한 플랜을 몇 가지 금고에 던져넣은 것을 타냐는 알고 있었다. 메모 정도의 예비 플랜. 하지만 중요한 것은 '동부 방면군의 금고'에 제투아 각하가 스스로 준비한 메모를 넣었다는 사실이다.

그중에서 시안 정도로 전면 후퇴를 상정한 것도 있었다. 즉, 어느 정도는 오늘 이날의 일과 비슷한 상정으로, 필요한 조치를 대충 기록한 것이라도.

제투아 각하의 친필로 분명히 기록한 것이 있다.

그다음은 거기에 따르라고 상부에서 명령했다고 동부 방면군 사령부가 믿게 할 수만 있으면. 그리고 만약 라우돈 대장이 살아있어도 '의심하는' 수준으로 머무르는 수속만 갖출 수 있으면.

그래, 수속. 그 수속은 농담이라도 좋다. 뭐든지 좋다. 그렇게 고민하는 타냐의 뇌리가 쥐어짜낸 것은 제투아 대장의 장난스러운 말이었다.

그날 분명히 상사는 말했다.

'귀관이 할 수 있다면 나는 자리를 준비하겠는데? 희망한다면 수석참모 정도로 꽂아주겠다.' 라고.

그날 자신은 뭐라고 답했던가.

거절했을 것이다.

하지만 상사는 사열관이라는 입장을 제시해 주었다.

제시했다, 고 강변할 수 있다.

'귀관에게는 기대하고 있다. 자부하는 바도 있지 않은가?' 라고 상사가 추켜 세웠을 때, 자신은 뭐라고 답했던가.

아, 그렇지.

어차피 동부라면서, '동부를 방치해도 된다는 지시 이외에 소관의 역할이 있겠습니까?' 라고 대답하지 않았나.

했다.

그렇다면.

자격이 있다고 강변할 만한 여지가 없지는 않다. 없지는 않다면, 큰 소리로 밀어붙일 수 있다면. 조직에서 억지를 밀어붙이기 위한 기본이다.

"그래."

타냐는 고개를 들었다.

"이것이 길인가."

좁은 길.

제투아 각하의 메모를 기반으로, 의심스러운 권한으로, 제투아 각하의 명의를 사칭하고, 군을 후퇴시키는 폭거. 끝까지 달릴 수 있을지 미심쩍은 외길이라고 타냐는 자조할 수밖에 없지만, 적어도 활로는 보였다.

하지만 타냐는 고개를 내저었다.

"하지만 부족하다. 아직이다."

제투아 각하가 사후 승인한다고 해도, 그것은 아득히 먼 미래. 지금 이 순간 제투아 각하의 권한으로 명령을 내리려면 어떻게 하면 되지?

"미리 빌려오면 어떨까? 레버리지를 살려서 선물로……."

간단히 말해 나중에 갚으면…….

"뭐, 애초에 그런 짓을 할 방법도 없지만."

타냐는 여기서 외통수임을 인정했다.

군대는 명령계통의 보전에 신경 쓴다. '제투아 각하의 명령입니다.' 라고 타냐가 말한다고 해도 '확인' 되지 않을 리가 없다.

즉, 타냐에게는 명령을 위장하여 내놓을 권한조차 없다.

명령 위조의 단서가 없으면 포기할 수밖에 없다. 제투아 각하의 이름을 빌려온다고 해도, 참모본부 직속이라는 이유만으로 제투아 대장 명의의 명령을 낼 수 있을 만큼 제국군의 조직적 통제가 엉망인 건 아니니까.

"정말로 잘도 통제되어 있군."

확실히 식별되고 명령이 정당한 것인지 한눈에 알 수 있도록 여러 조치가 취해져 있다. 적군이 가짜 전령이나 위조명령으로 이쪽의 작전행동을 방해하거나 혼란에 빠뜨리지 못하게 해야 하니까 당연하다면 당연하겠지.

제투아 대장의 명령이라고 꾸미더라도, 근거를 요구한다면 지금의 타냐는 그 시점에서 두 손 드는 꼴이 된다.

그러니까 하늘을 저주하며 지금의 상황을 한탄할 수밖에…….

"음?"

거기서 타냐는 문득 위화감이 들었다.

"'지금의' 라는 건 무슨 소리지?"

지금이 아니다?

과거라면, 라고 생각하던 때 타냐의 뇌리에 번쩍이는 게 있었다. 바람과 절망이 뒤섞여서 새파래진 얼굴로 타냐는 방을 뛰쳐나가 그 길로 대대의 기밀문서가 보관된 금고가 있는 사무실로 달려갔다.

실내에 있던 경비를 쫓아내고, 혼자서 작은 금고를 뒤졌다.

서류를 훑어서 목적하는 것을 발견한 순간, 타냐는 경련이라고 해야 할 정도로 굳은 미소를 띠었다.

"있지 않았나……."

아직 있다.

"제투아 각하의 호위부대일 때 쓴 전용 암호가."

실질적으로 제투아 각하 전용의 암호.

타냐조차도 제투아 각하 명의로 이런 암호 전보가 도착하면 '이 암호를 아는 것은 관계자밖에 없다' 라고 믿을 수밖에 없는 물건.

그것이 아직 수중에 있었다.

"무엇보다 이런 일회용 암호는 좀처럼 갱신되지 않는다. 그리고 우리 부대는 정규 호위부대로서 이르도아에서 이것을 수령했다."

이르도아에서 타냐와 부하들은 제투아 대장의 명령을 '중계' 했다.

진두지휘를 맡는 제투아 각하의 버릇 때문에.

그때의 일이었다. 타냐 일행은 제투아 대장과 사령부의 통신을 중개하는 것을 상정하고, 통신의 권능을 정식으로 부여받았다. 그 당시 그란츠 중위의 부대가 가졌던 '제투아 대장 직속 호위부대'로서의 권한은 최신 것이다.

관련된 암호는 동부 방면에서 갱신되었을까?

일회용 암호처럼 원리적으로 해독될 리스크가 지극히 낮은 물건을, 한 번 배포한 뒤에 일부러 이유도 없이 갱신할까? 자신들에게 회수도 되지 않은 단계에서?

상황은 이 암호가 지금도 '유효'하다고 믿을 만하다.

더 말하자면 단독으로는 약하지만…… 레르겐 대령의 이름을 '보강 재료'로 쓸 수 있다. 참모본부의 명령을 위조할 수 있을 만한 열쇠다.

"가능한가? 가능한 건가?"

'제투아 대장 명령'을 위장하고, 동부군을 억지로 '전면 후퇴'하게 해서 적의 충격을 공간에 떠넘기려는 것도 불가능하지는 않다.

그것은 즉.

"제투아 각하 명의로 일회용의 강도 높은 암호통신을 내고, 레르겐 대령 명의로 뒷받침할 수 있지 않은가."

타냐는 눈을 크게 떴다.

"그래, 딱 한 번뿐이지만, 군을 움직일 수 있지 않은가……!"

그것만이라도 잘만 되면.

"어쩌면, 어쩌면……."

모든 게 잘 돌아가면, 모든 게 잘 돌아가기만 하면, 제국군은 연방군에게 괴멸당하기 전에, 괴멸의 턱주가리에서 아슬아슬하게 몸을 빼낼 수 있지 않을까?

바람? 그렇다. 하지만 실현가능성이 있는 희망이기도 하다.

타냐는 인정했다.

이것도 도박이라고.

하지만 확신도 할 수 있었다.

이것은 걸어볼 가치가 있는 도박이라고.

끓어오르는 뇌리에서는 참혹한 섬멸전을 피할 수 있는 가능성이 확실히 있었다. 그것은 희망의 불빛이다. 쫓아오는 절망에 번쩍이는 역습의 광명이 있으면 대치할 수 있다.

하지만 거기까지 논리적으로 도출한 타냐는 굳어버렸다.

'할 수 있다'는 것은 하나의 논리다.

하지만 '할 수 있으니까 한다'라는 것은 또 다른 논리다.

상관의 이름을 사칭하여 명령서를 위장하고, 방면군 사령부를 속여서 군 부대를 독단으로 배치전환. 하필이면 적이 전면공세에 나서려는 이 순간에?

"총살이로군. 더 생각할 것도 없어."

누구에게 물어도, 누가 생각해도, 아무런 변명의 여지가 없다.

하지만 할 수는 있을 것 같다.

제대로 된 방법은 아니다.

틀림없이 양식에 반한다. 하지만 적어도———.

지금 타냐가 고를 수 있는 선택지 중에서는 이게———.

"엿 같군. 제대로 된 게 이것뿐인가."

조직인으로서 금단의 수. 대략 양식 있는 평균적인 시민적 가치관의 소유자라면 두려워할 만한 것.

"내가?"

왜 내가? 라고 생각한다.

어째서 이런 짓을? 이라고 한탄하고 싶다.

"속이는 건가? 내가 명령을?"

지금 이 순간에 할 수 있는 것은 자신뿐. 그리고 실수하면 기다리는 것은 총살이다.

무저항이라면 언젠가 적에게 죽겠지만, 저항을 위해 군을 속이면 말 그대로 군은 자신을 죽이겠지. 살기 위해 저항할 필요가 있지만, 저항한 결과도 지극히 위험하다.

정규군에서 지휘계통을 뒤흔드는 행위란 그만큼 중죄다.

아무리 잘 되어도 처분 없이 넘길 수 있을 것 같지 않다.

"내가, 내가 하는 건가?"

한 번은 납득했다. 긴급피난이라고. 하지만 막상 현실의 것으로서 검토하게 되니 일탈의 연속. 선량한 조직인으로서는 주저하고 갈등하고 고뇌할 수밖에 없다.

머리가 정리되지 않는다. 어리석은 짓이라고 알아도, 뭔가 다른 수가 있지 않을지 무의미하게 생각하게 된다.

"어째서? 어째서지?"

나는 이렇게나 성실하고 선량하고 공정한데? 이런 내가 보상을 받지 못하다니 존재X의 악의일까.

"충분히 있을 수 있군. 존재X, 그놈이라면 할지도 몰라."

그보다 그런 악의 있는 초현실적 존재가 하지 않을 가능성이 더 낮겠지.

"이토록 악의로 가득한 세계에 나를 떨어뜨리고, 인간의 불행이라는 꿀이나 빨고 있다니, 절대로, 절대로 용서 못 한다……."

인간의 불행이라는 꿀을 핥지 말라고는 하지 않는다.

그것은 결국 내심의 자유다.

타냐는 자유를 존중한다. 하지만 '악의 있는 존재'가 '인간을 괴롭히기 위해 만들어낸 환경'을 긍정하는 매저키즘과도, 도착된 로맨티시즘과도 머리가 먼 감성이었다. 고로 주저하고 분개하고. 그리고 모순에 의해 흔들린 생각은 드디어 평소라면 본인이 단호히 지켜낼 터인 기준마저도 뛰어넘게 했다.

"더 선택할 수 없고 고려할 수 없다면? 그건 정당하지 않나?"

명령 재해석처럼 아슬아슬하게 변명이 가능한 일탈.

"명령을…… 위조하는 것은 내 커리어에 유익하지 않나?"

자기보신을 사랑하고, 부하를 자기의 인간방패로 삼고, 그저 선량한 합리성의 신봉자이고, 신용을 중시할 뿐인 타냐는 드디어 군율에 대한 정면대결을 각오했다.

주저는 있다. 당연하겠지.

하지만, 하지만, 하지만, 본인은 주저하면서도 동시에 이것이 시간과의 싸움이며 자신이 결단을 머뭇거릴 때마다 사라지는 게 크다는 엄연한 사실도 인정했다.

며칠의 지연이 수십만의 장병을 고깃덩어리로 바꾸고, 무엇보다도 자신의 미래마저 닫아버리는 것은 결코 받아들일 수 없다.

빨갱이는 싫다.

빨갱이만큼은 안 된다.

전체주의 중의 전체주의, 강철의 커튼 아래에서 당은 틀리지 않는다고 노래하는 악몽.

절대로 싫다.

어떻게든 하지 않으면 전쟁에서 지고, 자신의 생명도 재산도 위태롭고, 살아남았다고 해도 강철의 커튼이다. 망명할 수 있을까? 물론 망명할 생각이다. 억압적인 전체주의 국가 체제와는 한 발짝이라도 더 거리를 두고 싶다.

하지만, 그것은 희망이다.

그러고 싶다는 희망 사항에 불과하다.

그렇다면 일단 살아남기 위해서는…… 이타정신으로, 자유의 지로, 자유를 사랑하는 한 명의 리버테리안으로서 긴급피난을 해야 한다고 타냐는 스스로에게 말했다.

"지금, 내가, 할 수밖에 없다. 할 수밖에 없다."

대체 왜? 어떻게?

부조리하다는 건 이미 잊었다.

자기 머리를 긁적이면서 타냐는 드디어 올바르고 선량한 자신이 보상받을 수 없다는 사실을 앞에 두고, 공정세계가설 따위는 아무런 의미도 없다는 세계적 진리를 거듭 확신하고, 일말의 주저도 내던지고, 멋들어진 자력구제를 위한 자조노력을 단호히 결의했다.

"하하하, 각오할 수밖에 없나."

멋진 인권.

아름다운 법질서.

칭송해야 할 것은 공정한 세계.

그런 자신에게 어울리는 세계에서, 전쟁으로 커리어 전망은 한없이 박살나고, 존재X의 악의밖에 존재하지 않는 부조리한 세계로 내던져졌다.

그래도 선량한 근대인으로서의 타냐는 지극히 '자성적'이며 '자제적'이었다는 자부심이 있다.

타냐의 주관에서 그것은 자신의 선량함에 기반한 약점이었다.

"해주마. 해주마, 존재X."

인정하자.

나는 너무나도 착한 아이였다고.

"나는 너무 착했다. 알고는 있었지만, 거듭 통감하게 되는군."

규칙을 지키며 살았다.

지극히 선량하고, 성실하고, 그리고 문명적이라고 타냐는 자부심을 가졌다.

진심으로 신용을 존중하고 시장을 사랑하고, 그리고 인간으로서 성실했다고 자부하는 방식은 '역사적으로 보면 드물 정도로 폭력이 감소하는 시대'라는 세계에서 육성된 '지극히 올바른' 자세다.

타냐는 비상시에는 비상시의 답이 있다는 사실을, '현지세계에 대한 최적화'라는 점에서 드디어 마음속으로 인정하기에 이르렀다.

"세계는, 내 권리는, 내가 지켜내겠다……!"

그란츠 중위는 베테랑이 된 장교다.

지휘소로 '긴급' 호출이다? 그건 실로 좋지 않은 일의 전조였다. 잘 알고 있다고 해도 좋다. 게다가 짬밥을 오래 먹다 보면 우군의 무전에는 주의하는 법.

여태까지 느긋하던 놈들.

농담까지 흘러나오던 통신에서 갑자기 전쟁 이야기가?

아무리 졸린 상태라도 임전태세임을 그란츠는 확신했다.

아직 상황을 파악하지 못한 전우들의 엉덩이를 걷어차서라도 전투 준비를 시키는 것은 숨 쉬는 것보다도 당연한 일이었다.

다음에 지휘소에 출두하고 해야 할 일을 명령받은 대로 실행. 위기시에 솔선해서 위기에 임할 뿐. 그것이 그란츠가 아는 자신의 역할이고, 그란츠 자신도 상사를 신뢰한다고 할 수 있다.

하지만 그날 그는 허둥대기만 하던 신임 시절처럼, 지휘소에서 자신의 역할을 채 이해하지 못하고 있었다. 그것도 어쩔 수 없는 일이다. 지휘관인 타냐 폰 데그레챠프 중령 본인이 지휘소에서 새파란 얼굴에 빛나는 눈동자로 굳은 결심을 한 것처럼 자신을 바라본다니, 이건 미지라고밖에 할 수 없지 않은가.

"이건 의논인 동시에 요청이기도 하다."

어떤 갈등을 내포하고 괴롭게 흔들리면서, 그러는 동시에 맑은 상관의 눈동자라니, 그란츠의 농밀한 군 생활 중에서 단 한번도, 정말 한 번도 없었던 일이다.

뭔가가 이상했다.

"모든 책임은 내가 지는 것으로 이해하기 바란다. 알겠나?"

데그레챠프 중령이 미소를 지으며 이쪽의 눈동자를 들여다보는 자세에, 그란츠는 경악하여 말이 나오지 않았다.

뭐지, 이건?

재빨리 지휘소로 시선을 돌려서 동석한 바이스 소령이나 세레브랴코프 중위에게 시선을 주어도, 두 사람 나란히 오히려 답을 찾는 시선을 그란츠에게 보낼 뿐.

견딜 수 없어져서 결국 그란츠는 데그레챠프 중령에게 직접 물어보았다.

"중령님, 무슨 말씀이신지 잘 이해되지 않습니다."

전투가 전선 각지에서 시작되는 때 왜 이런? 이라는 위화감.

위가 방침을 정하고 자신들이 사력을 다한다. 항상 그랬다. 왜 이런 '의논' 같은 걸? 온몸에 달라붙는 불쾌한 감정을 죽이면서, 불신의 뜻을 살짝 말에 담으면서, 그란츠는 스스로도 놀랄 만한 소리를 상관에게 묻고 있었다.

"대체 무슨 이야기입니까?"

"그 전에 확인하겠다."

곤혹스러워 하는 그란츠에게 데그레챠프 중령은 푸른 눈으로 시선을 보냈고, 그 눈동자에는 마치 매달리는 듯한 빛마저 띠면서 물었다.

"그란츠 중위. 귀관은 제투아 각하의 호위중대를 지휘한 적이 있었지. 분명히 갱신되지 않았을 터인데…… 암호 코드는 아직 가지고 있나?"

"암호 키를 말씀하신다면, 예. 갱신되지 않았다면 유효하리라고 생각합니다."

"좋아. 그렇다면 시작해 볼 수 있겠군."

시작할 수 있다.

그렇게 말한 순간, 데그레챠프 중령은 분명히 미소를 짓고 있었다.

다만 미소를 받은 그란츠로서는 '대체 그래서 뭐가?'라는 것밖에 알 수 없었지만.

"중령님? 도무지 무슨 이야기인지……."

"딱히 어려운 이야기는 아니다. 이 명령서를 읽어보도록."

왜 차석지휘관인 바이스 소령이 아니라 내게? 그런 의문을 품으면서도 그란츠는 종이를 받아들었다.

군용 서류용지. 극히 평범한 종이에 잉크가 춤추는 형식은 익숙한 것.

"명령서입니까?"

그란츠는 그 내용을 훑어보았다.

수신자 : 동부사열관 수석참모 / 동부 방면군 사령부
발신자 : 참모본부 작전과장 (레르겐 대령)

하나, 동부 방면 사열관 수석참모는 사전명령에 따라 대응계획을 즉시 전달하라.

하나, 동부 방면군 사령부는 제투아 대장의 수석참모에 의한 전달내용을 전용 일회용 암호로 확인하라.

하나, 동부 방면군 사령부는 본건에 관해 최대한의 기밀을 유지하라. 먼동이 트는 시기에 방심은 금물이다.

수신자 : 동부 방면군
발신자 : 제투아 동부사열관 수석참모
루델돌프 원수 및 제투아 대장에 의한 통일력 1927년 9월 10일 명령에 기초하여 참모본부의 지시에 따라 동부 방면군에 대해 수석참모는 이하와 같이 전한다.
하나, 제투아 대장의 명령에 기초하여 이하와 같이 전한다.

– 현황에 대해
연방군이 발동한 동계공세는 종심타격을 시도하는 제집단 투입에 의한 파상공격이다. 적은 우리 야전군의 격멸을 꾀하려 한다고 여겨진다.
– 대응책에 대해
곧바로 모든 전선을 전략 차원으로 후퇴시키고 방어선을 재구축해야 한다. 기존 방어진지에 집착해선 안 된다. 연락선의 유지를 최우선으로 하고, 적의 공세 한계까지는 방어에 치중할 것.
– 명령
하나, 동부 방면에 전개된 모든 항공함대는 전력으로 항공우세를 획득하라.
하나, 봉인 중인 방어계획 제4호를 즉시 개봉, 즉시 실행하라.
하나, 레르겐 전투단 산하에서 참모본부 직속 제203항공유격마도대대를 추출. 동 대대를 주축으로 하여 샐러맨더 전투단을 구성한다. 동부 방면의 '모든 항공마도사'는 곧바로 '샐러맨더 전투단'을 전력 및 최우선으로 지원하라.

하나, 사수 명령을 금한다. 모든 부대는 전술적 판단에 따라 진퇴의 자유가 위임되어야만 한다.

하나, 동부사열관 수석참모는 샐러맨더 전투단의 항공전투를 완수시켜라.

명령문의 내용은 현재의 상황을 감안한 것인 듯하다.

그것은 이해할 수 있다.

하지만 다 읽었을 즈음에 그란츠는 다시금 그 문서로 시선을 돌렸다.

한 글자, 한 구절을 놓치지 않으려고 다시금 읽고, 도무지 이해할 수 없다는 것을 어쩔 수 없이 인정했다.

"뭡니까, 이건 대체 뭡니까? 통일력 1927년 9월 10일 명령? 동부사열관 수석참모? 그리고…… '레르겐 전투단'이라고요?"

그란츠는 자기가 동부 방면군이나 참모본부의 인사에 정통한다고는 말하지 않는다.

다소 객관적으로 자기분석을 했을 때, 결국 그란츠 자신이 상승 지향을 확실히 전장의 구석에 매장한 현장의 야전장교이며, 데그레챠프 중령이나 제투아 각하 같은 고관과는 별종의 인종이라고도 자각하고 있다.

자신은 위에서 명령을 내리면 실행하는 현장의 인간이라는 자각이 있다.

하지만 '레르겐 전투단'이란 말을 끄집어내고, 들은 적이 없는 동부 사열관 수석 참모라는 것이 '샐러맨더 전투단'을 쓰는 것은, 일개 장교로서 기꺼이 명령을 실행하겠다고 받아들이기 어렵다.

"샐러맨더 전투단은 저희입니다. 제투아 각하께서 그 부분에서 실수할 것으로는 도저히 생각할 수 없고, 애초에 그분이 이런 명령을?"

레르겐 전투단이란 동부에 전개한 샐러맨더 전투단이 받은 위장 명칭이었다. 그런 정도는 그란츠도 알고 있다.

샐러맨더 전투단은 새롭게 편성되지 않더라도 여기에 존재하고 있다.

영문을 모르겠다면서 그란츠는 명령서를 옆에 있는 바이스 소령에게 건네면서, 그래서 우리가 집합된 건가? 하는 의문을 보였다.

"전부 다 믿기지 않는 것입니다. 이게 참모본부에서 나왔다고요? 뭔가 잘못된 거 아닙니까?"

"다소, 다르다."

다소, 란 부분을 일부러 끊는 상관의 참뜻을 이해하려고 그란츠는 무심코 규탄하는 어조로 물었다.

"그러면…… 대체 뭐라는 말씀입니까?"

분명히 대답이 돌아올 거라고 그란츠는 믿고 있었다.

가끔 시험하는 일은 있더라도, 데그레챠프라는 장교는 언제든 설명을 꺼리지 않고, 무엇보다도 부하에 대해 직접적인 명언을 꺼리는 형태로 상황의 참뜻을 넌지시 흘리는 짓도 해 주는, 말이 통하는 타입이라고.

말하자면 필요한 만큼은 상황을 말한다고.

그런 상관이라고 그란츠는 알고 있었으니까.

아니.

옆에 있는 바이스 소령도, 세레브랴코프 중위도, 자신과 같은 견해일 거라고 그란츠는 확신했다고도 할 수 있다.

그런데 왜 오늘에 한해서는?

이런 화급한 순간에 한해서는?

왜 이런 영문 모를 명령서가…… 제투아 각하의 암호문 이야기 다음에 튀어나오는 거지?

음? 이라고 그란츠의 머리는 거기서 멈추었다.

머릿속에 울리는 것은 경보음.

제투아 각하의? 아, 암호? 암호문?

떠오르는 것은 '이건 의논인 동시에 요청이기도 하다.' '모든 책임은 내가 지는 것으로 이해하기 바란다.' 라고 말하는 상관의 모습.

조금 전까지는 의미를 알 수 없는 대화였다.

하지만 그란츠의 머리는 생각했다.

바이스 소령이 곤혹스러운 표정으로 바라보는 영문 모를 종이 쪽지.

전혀 의미를 알 수 없는 그것을 데그레챠프 중령 본인이 책임을 지는 형태의 이야기로, 명령이 아니라 의논이라는 형태로 이야기를 꺼낸다는 듯이.

거기까지 생각이 도달한 순간, 목에 기분 나쁜 것이 치솟았다. 그란츠는 부정해 달라는 마음으로 말을 이어나갔다.

"잠시만, 잠시만 기다려 주십시오. 중령님?"

설마 싶지만.

전신에 곤혹스러움을 띠면서 거의 애원하는 듯한 그란츠의 시선을 받은 상관은 고개를 살짝 끄덕이고, 그란츠가 간절히 원한 대답—— 하지만 그가 원한 내용과는 180도 정반대인 말을 당당히 꺼냈다.

"그란츠 중위, 아무래도 귀관의 상상력은 정답에 이른 모양이군. 후자의 전달을 암호화하여 '제투아 대장의 호위중대 명의'로 직접 동부 방면군 사령부에 발신하라."

""예?""

바이스 소령과 세레브랴코프 중위가 덩달아 떠올린 물음표는 타이밍이 딱 겹쳤다. 이럴 때가 아니라면, '턱이 빠지는 모습도 똑같은 타이밍을 노렸나?' 라고 웃음을 터뜨렸을지도 모른다.

하지만 명령받은 그란츠로서는 도저히 웃을 수 있는 이야기가 아니었다.

"저기, 중령님……. 그건, 이건!"

"음, 뭐지?"

"명령 위조입니다! 레, 레르겐 대령님 이름까지 사칭하는 건!"

"조금 다르다. 레르겐 대령님은 양해하셨다."

"레, 레르겐 대령님이 이것을? 아니, '레르겐 대령님은'?"

"그렇다. 명령은 내가 위조했다. 군에게 제투아 각하의 이름으로 이하를 명령할 것을 나는 제군에게 제안하고 있다."

이해할 수 없는 명언에 그란츠가 굳었을 때, 간신히 오가는 대화의 의미를 이해하고 의식이 현실로 돌아온 듯한 바이스 소령이 입에 게거품을 물 기세로 외쳤다.

"며, 명령을, 위조한다고요?!"

바이스 소령이 놀라서 외치고 일어서는 것을 타냐는 시선으로
제지하고, 실내의 부하 하나하나와 눈을 맞추었다.

바이스 소령은 혼란. 그란츠 중위는 곤혹스러우면서도 상황을
이해하고, 이유를 물을 정도의 여유는 있는 모양이다. 세레브랴
코프 중위에 이르러선 약간의 주저와 희미한 지성이 혼재.

타냐는 고개를 끄덕였다.

고지식한 바이스 소령이 이해하지 못하고, 제투아 대장을 근
처에서 모신 경험에서 그란츠 중위는 어느 정도 내성 있음. 부관
을 보자면 자신을 신뢰해 준다는 것일까?

상상했던 것보다도 좋다.

역시 자신처럼 성실하고 견실한 인간은 인덕이란 것에서 축복
받은 거겠지. 직무의 필요성에 대해서 설득할 수 있다고 확신할
수 있는 것은 위기에서도 자랑스럽다.

타냐는 말을 골랐다.

설득의 기본은 밀어붙이는 게 아니다. 동의를 촉구하는 것이
가장 중요하다.

애초에 권한에 기반을 둔 명령과는 성질이 다르다. 정당한 명
령에 의한 복종을 당연시할 수 없는 상황이니까, 부하에게서 동
의를 얻어내는 것은 여느 때보다도 급선무겠지.

그렇기 때문이라고 해야 할까.

협상술로서는 초보에 가깝지만, '왜 그래야만 하는가?'라는 점을 타냐는 구태여 강조하는 것으로 가볍게 그들의 의식을 흔들었다.

"우리 군은 전멸의 위기에 임박했다."

위기를 강조한다.

그 한마디가 바이스 소령 같은 고지식한 인물의 뇌에도 인식되었을 타이밍에 타냐는 전제 조건을 이해하라는 듯이 말을 되풀이했다.

"알겠나, 소령? 우리 군은 전멸을 눈앞에 두고 있다."

"저, 전멸의 위기?"

"그렇다, 바이스 소령. 연방군이 모든 전선에서 공세를 시작한 것은 들은 바와 같다. 최악이라도 봄으로 여겨졌는데, 완전히 의표를 찔렸다고 생각하지 않나?"

YES라고 말해. 아무리 작더라도 좋으니까. 그것이 기술이다. 상대에게 이쪽이 말하는 어떠한 주장에 동의시키는 것으로, 사람은 자신이 타인의 의견에 찬성했다는 이유로 무의식중에 한 걸음 내디딜 수 있다.

"그건, 그렇습니다. 하지만…… 그렇다고 해서 명령 위조라니, 어째서?!"

"필요하기 때문이다."

바이스 소령을 똑바로 바라보며, 타냐는 이해를 얻어내려고 목소리가 확신으로 가득한 느낌이기를 바라면서 다음 말을 꺼냈다.

"적의 목표는 우리 군의 격멸이다."

전멸이라는 위기의 제시. 이쪽이 기습당했다는 배경에 대한 동의를 얻어내고, 그리고 타냐는 군이 전멸에 이르는 적의 목표를 제시했다.

'알겠지?' 라며 실내를 둘러보니 어떤가.

세 사람의 장교가 각자 곤혹스러워하면서 자신의 말에 귀를 기울이는 것이 보였다. 그러니까 이해하기 쉽도록, 그들이 납득할 구체적 사례로, 우리 군의 위대한 성공 사례를, 타냐는 참담한 미래의 사례로 말했다.

"말하자면 우리 쪽의 야전군은 과거의 라인 전선에서 포위되었던 공화국군과 비슷한 상황이다. 미확인이지만, 라우돈 대장님이 변고를 당하셨을 가능성도 크다. 최소한 사령부는 큰 혼란에 빠졌다. 라우돈 각하는 지휘하고 계시지 않을 것이다."

"그건……."

"그래, 기억하고 있겠지, 바이스 소령. 우리가 라인에서 했던 짓이다. 적의 머리를 베고, 움직일 수 없는 적병을 독 안의 생쥐로 만든다."

라인의 회전문.

공화국 야전군에 대한, 제국군의 화려한 전쟁예술.

그런 기예와는 전혀 다른 계통이지만, 공산당이라고 할까, 연방군이라는 직능집단은 무시무시한 하나의 기예로 동부전선에 전개한 제국의 야전군을 말 그대로 갈아버리길 바라고 있다.

"라인과는 비교도 되지 않는 규모로, 적이 이것을 시도하고 있다. 지금 당장에라도 후퇴하지 않으면 적의 아가리가 우리 군을 통째로 씹어버리겠지."

지도에 손을 얹으며 타냐는 말을 이었다.

"보아라. 우리 군의 후방에는 약간의 예비부대만 있다. 군 주력이 사라지면 이미 공간으로서도 방어의 의미를 갖지 않는다."

이어지는 말이 설득력을 띠기를 타냐는 바랐다.

"무엇보다도 야전군을 잃은 공화국을 떠올려 봐라."

타냐는 부하 하나하나와 똑바로 눈을 맞추면서, 최후에 그란츠 중위에게 떠올리라는 듯이 말을 던졌다.

"공화국군도 그 야전군의 상실은 일격에 의한 것이었고, 결말은 극적이었다. 아닌가?"

"그건……."

그란츠 중위는 숨을 삼키다가 중얼거렸다.

"공화국은 군 주력을 상실한 뒤 도미노가 무너지듯이 전선이 붕괴되었고, 수도까지 우리 군을 막을 것은 없어서……."

"그렇다."

타냐는 힘주어 그란츠 중위의 말에 수긍했다.

"우리에겐 영광의 나날이었다. 자, 이번에는 입장을 역전시켜서 가루가 되는 꼴을 세계에 보이고 싶나?"

NO라고 전원이 같은 의견을 말하겠지. 적어도 부분적인 동의를 얻어낼 수 있었다.

그것을 발판 삼아서 타냐는 자신이 위기감을 품은 이유를 일단 설명했다.

"라인 전선에서 '우리'가 얻어냈던 승리는, 사령부에 대한 참수전술과 적 야전군 격멸로 성립되었던 것이다. 바이스 소령, 귀관도 알고 있겠지?"

"그, 그건……. 예."

바이스 소령도, 그란츠 중위도, 세레브랴코프 중위도, 타냐와 함께 당사자였다.

회전문을 돌리고, 공화국군 주력을 포위격멸.

격멸이다.

그 뒤로는 아무도 없는 들판을 달리는 것과 같다.

물론 잔당이 자유공화국이라는 이름으로 식민지에서 농성하며 저항을 계속하고 있지만, 실질적으로 국가로서의 공화국은 그걸로 탈락했다.

"야전군 없이 전쟁을 속행하는 것은 불가능하다."

그러니까 야전군을 온존시켜야만 한다. 그런 타냐의 이론을 제일 먼저 받아들인 것은 가장 가까운 부관이었다.

"그리고 제국군 동부 방면군은 사실상 제국 최대의 규모를 자랑하는 군 집단이지요. 이것을 상실했을 경우, 우리 군은 단기간에 재편이 가능하겠습니까?"

"무리지, 비샤. 아쉽지만 그건 일단 무리다."

군은 조직이다.

단순히 소총만 든 군중 따윈 군이라고 할 수 없다. 군대만큼 조직 구성에 반석을 기해야만 하는 집단도 드물겠지.

장교가 있고, 하사관이 있고, 징병된 예비역을 재훈련하고, 간신히 전투에 투입할 수 있을까 말까. 장교도, 하사관도, 하루아침에 육성되는 게 아니다.

하물며 이건 세계대전이다!

경험이 풍부한 장교나 하사관이 픽픽 유기물로 변해 대지에 내장을 흩뿌리고, 남은 사람들이 다대하게 고생하고, 속성 장교와 하사관이 베테랑인 것처럼 양산되었지만, 그래도 고참과 동등하게 볼 수 없다.

그런 상황에서 동부에 전개한 야전군을 상실했을 때, 기간요원의 구멍을 어디서 메울 수 있을까.

약간이나마 메울 수 있다면 기적일 것이다.

"소관은 데그레챠프 중령님의 의견이 지당하다고 봅니다."

고개를 끄덕인 부관에게 부대의 차석 지휘관은 곤혹스러운 목소리를 보냈다.

"세레브랴코프 중위?! 제정신인가?! 귀관까지!"

"군이 위험합니다. 그럼 지금 군을 구해야만 합니다."

"무슨 소릴! 군령을 위장하다니, 그게 군을 더 위태롭게 한다!"

두 사람의 대화를 가슴 벌렁대는 표정으로 지켜보는 그란츠 중위. 하지만 아무래도 대화에 개입할 마음은 없는 모양이다. 바이스 소령이 옳다고 인정하면서도 동시에 세레브랴코프 중위가 말하는 필요성이란 것도 부정하기 어렵기 때문이겠지.

그것은 즉 군령을 위조한다는 타냐의 말도 안 되는 소리에 귀를 기울이고 고려할 합리성이 있다고 인정할 수밖에 없다는 사실을 그란츠 중위가 제3자로서 인정한다는 증명임을, 본인은 깨닫고 있을까?

설득할 수 있다.

타냐가 그런 확신을 품은 순간이었다. 세레브랴코프 중위 상대로는 말이 안 통한다는 듯 바이스 소령이 거의 탄원하는 기색으로 매달렸다.

"중령님, 부디 재고해 주십시오!"

성실한 부장은 성심성의껏, 그 선량함을 목소리에 담아서 타냐에게 호소했다.

"이 사실은 제 가슴속에만 묻어두겠습니다! 무덤까지 가져가지요! 그러니까! 부디 정규 루트로!"

안 좋다고 해야 할까.

필사적인 바이스의 호소에 그란츠가 감명을 받은 모양이다.

"저, 저도 동감입니다!"

성실한 남자 둘이 함께 자신에게 재고를 탄원하고 있었다. 타냐에 대한 배려와 선의가 어중간하게 섞인 제안인 만큼 함부로 부정하기도 어렵다.

"고맙다, 바이스 소령. 그란츠 중위에게도 감사를 표하지. 그렇게까지 나를 배려해 주는 것은 매우 기쁘다."

일단은 수긍.

그리고 감사하고 신뢰하고 평가하기에 타냐는 자신의 사정에 맞춰 논리를 주물럭거렸다.

"내가 반란을 일으킬 때가 있으면 두 사람에게 크게 기대하도록 하지."

빙그레.

일부러 장난스럽게 미소를 지어서 바이스 소령과 그란츠 중위의 표정을 경련시킨 뒤에 타냐는 어깨를 으쓱였다.

"하지만 지금 현재 내가 말한 것은 반란도, 반역도 아니다."

긴급피난이라고.

말하자면 그 이상도, 그 이하도 아니라는 취지의 말.

"그냥 이웃집에 불이 났다. 그러니 호스를 끌어오려 하고 있다. 그 정도에 불과한 일이다."

"중령님, 제정신이십니까?! 이건 아무리 둘러대도!"

"나는 지극히 제정신이야. 단순히 해야 할 일을 할 수밖에 없다고 알 뿐이다."

매달리는 듯한 바이스 소령의 눈동자에 떠오른 고뇌와 갈등에 대해 타냐는 모든 것을 안다는 목소리로 사실을 속삭였다.

"거듭 말하지만. 이대로 있으면 군이 위험하다. 제국의 끝을 의미할지도 모른다."

대답은 없었다.

하지만 반발도 없었다.

그 사실을 좋게 여기며 타냐는 옆에서 묵고하는 그란츠 중위에게 말을 던졌다.

"그란츠 중위, 귀관과 나는 보았을 것이다. 비밀리에 집결하는 연방군 부대의 모습을."

"분명히, 보았습니다. 하지만……."

그렇다고 해서 모든 수단이 긍정되는 것은 아니라고 표명하는 중위는 중위 계급치고 놀랄 만큼 양식적인 견해겠지.

"모든 수단이 정당화되는 것은 아니지만, 필요한 일이라고 말하고 싶다."

"후퇴할 필요가 있습니까? 명령을 위장하면서까지?"

타냐는 그란츠 중위의 의문에 힘주어 끄덕였다.

"있다. 아쉽게도 사령부는 혼란에 빠져서 판단력을 잃었다. 정세분석이 가능할 만큼 회복했을 때는 이미 늦었다. 그리고 상부의 지시 없이도 현장에서는 진지에 틀어박혀서 적에 버티고, 반격으로 전환하면 격퇴할 수 있다고 기특하게 믿고 있겠지."

하지만, 이라고 내뱉을 수밖에 없는 게 현실이다.

"백 킬로미터 단위의 전투정면에서, 전선에서 수십 킬로미터 깊이로 적 포병의 면 제압에 의해 계속해서 제압당하고 있다. 후방의 사단 사령부 같은 거점까지 적 빨치산이나 항공부대에 습격당하고 있고, 라우돈 각하는 행방불명. 예외는 우리처럼 최근 진출한 부대뿐."

말하자면 이쪽의 상황은 거의 적에게 다 알려졌다.

적은 어디에 저항 거점이 있고, 어디에 방어선이 깔리고, 어디에 예비병력이 있는지 다 숙지했다고 생각할 수밖에 없다.

"적은 공들여 준비했다. 이번 공세로써 전쟁을 끝낼 각오로, 모든 것을 쌓았다고 해도 과언이 아니다."

이런 상황에서 거점에 틀어박히면…… 단순히 파멸을 뒤로 미루는 것뿐. 혹은 파멸을 직접 예약하는 것과 같은 우행이다.

애초에 연방군의 움직임은 이쪽이 거점에 틀어박히는 것을 전제로 한다고 생각할 수밖에 없다.

제국군 부대들은 적의 공격을 받아낸 끝에 '거점에 틀어박히는' 것이 아니다.

야전군이 연방군에 의해 '거점에 갇힌다' 는 현실이 있을 뿐.

제국군 부대들은 지원군이 온다는 전제로 농성하다가 철수 시기를 놓치고, 오지 않을 지원을 기다리다가 파멸한다.

그러니까 타냐는 단적으로 결론을 말했다.

"흘려버린다. 후퇴한다. 파멸에 대한 처방은 이것밖에 없다."

"중령님은 달리 길이 없다고 말씀하시는 겁니까?"

그란츠 중위가 일부러 거듭 확인하는 것에 대해, 타냐는 틀림없다는 듯이 답했다.

"그렇다. 파국을 피하는 유일한 방책은 조직적 후퇴가 가능한 이 순간에 군 부대를 후퇴시키는 것뿐이다."

낭비할 수 있는 시간은 없다. 설득에 쓸 시간조차 아깝다.

"하지만, 그렇다고 해도, 그럼! 정규 계통을 쓰면!"

그래도 정규 루트에 집착하는 바이스 소령의 모습은 고집스러웠다. 본래라면 그게 올바르다. 훌륭한 일이다. 인간으로서 그래야만 하겠지.

조직인으로서, 타냐는 부하의 자세에 존경심마저 들었다.

그건 그렇다고 해도, 필요성을 인정하는 유연성이 필요한 판국이라고 쓴소리를 하고 싶어지기는 하지만.

"그래선 늦는다, 소령. 정말로, 아쉽게도, 지금 여기서 결정해야만 한다."

시간적 유예는 없다. 시간만 있으면 자신도 원칙을 준수한다.

타냐는 자조 섞어서 속으로 웃었다. 정말 본심에서 나온 말이지만, 규칙을 깨는 것은 정말로 본의가 아니다. 다만 깨뜨릴 수밖에 없는 환경에 처했기에 어쩔 수 없는 결단이다.

"지금 정규 루트를 고집하며 주저했다고 하자."

잘 들으라는 듯이 타냐는 허리에 손을 짚었다.

"두 달 뒤에는 운이 좋아야 우리 군의 최전선이 여기부터 500 킬로미터 후방이다. 가장 그럴싸한 미래는 제국 본토에서 '그때 결정했으면'이라고 머리를 쥐어뜯는 거겠지."

"오, 500 킬로미터?!"

놀란 얼굴로 숫자를 외치는 바이스 소령에게는 그 숫자의 의미를 즉각 이해할 만한 지리적 감각이 있겠지.

훌륭한 감성이다.

"전략종심을 모두 상실하느냐, 충격을 받아내는 공간으로 이것을 활용하느냐의 갈림길이다. 500킬로미터의 공간을 확보하기 위해서라면 다소의 독단전행은 의무의 범주라고 나는 결론을 내리겠지."

"실례입니다만, 500킬로미터라는 건⋯⋯."

완충지대가 되기를 기대하고, 어쩌면 단순히 제국의 인원 부족을 보충하기 위한 방편으로, 제국이 함양한 우호세력, 자치평의회가 말 그대로 날아가는 거리다.

제국 본토까지 밀려들게 될 것임은 지도만 들여다봐도 너무나도 명백하다.

"믿기지 않습니다. 마치 거짓말 같은 이야기입니다."

"근거는 있다. 하루에 8~9킬로미터 정도 전진하면 보병의 다리로도 갈 수 있다. 방비에 임해야 할 야전군이 없으면 그 정도는 간단하겠지."

"그럴 수는⋯⋯."

경악하는 바이스 소령에게 마음속으로 '미안하지만, 거짓말이다.'라고 타냐는 작게 사죄하는 동시에 정정했다.

두 달에 500킬로미터라는 건 사실 거짓말이다.

타냐는 마음속으로 한탄했다.

그 정도로 끝나면 차라리 나을 테니까!

다른 지구의 이야기지만, 타냐가 아는 역사에서 소련군은……
고작 5주 만에 약 700킬로미터를 돌파했다. 극단적으로 단순화
하면 하루 평균 20킬로미터. 단순하게 봐도 배 이상의 위협.

하지만 20킬로미터! 20킬로미터라는 말을 누가 믿을까? 10킬
로미터라는 숫자조차도 너무 비관적이라고 자신의 부하조차도
반신반의하는 이 상황에서!

그 징글징글한 존재X의 엉성한 세계다. 얼마나 비슷할지는 확
실치 않다며 타냐는 최악을 확신하고 있었다.

그 망할 새끼가 타냐에게 바람직한 결과를 준비할 리가 없다.

그럼 단순하다.

주력군이 분쇄되기만 하면 제국군은 손 쓸 길이 없다. 구대륙
은 새빨갛게 물들겠지.

그것뿐이라면 다행이지만, 무엇보다 심각한 것은 타냐의 커리
어까지도 말 그대로 쓰레기통에 처박히고, 생명에 위기가 닥치
고, 재산권까지도 침해당한다.

이런 건 용서할 수 없다.

세계가 잘못되었다.

그러니까 잘못된 것을 바로잡는 것이다!

궁지에 몰린 타냐의 사고는 폭주하고 있었다. 아예 미쳤다고
해야 할 대폭주다. 하지만 합리적으로 망가진 인간의 사고란 것
은 합리적으로 생각했다고 본인의 생각을 확신하기에 한없이 계
속 비약한다.

"나는 확신하고 있다. 그러니까 동부 방면군 사령부가 낸 기정
의 방어 방침은 허용할 수 없다."

그런고로 모든 것은 처음에 꺼낸 위조 명령으로 돌아간다고 타냐는 부하에게 이해를 구하듯이 이야기를 진행했다.

"유일한 해결책은 주력을 온존하고 공간을 희생하는 것뿐. 단순한 밸런스 문제로 볼 때 그것 말고는 없다."

전략적 종심이란 것은 그런 것이다.

"이르도아인은 본토를 종심으로 삼았다. 우리도 공간을 종심으로 삼아야만 한다."

제국이 한 짓이지만, 애향심이 강하기로 유명한 이르도아 사람들조차 자국의 향토를 종심으로 삼았다. 그렇다면 제국이 그 전략적 자산인 전략적 종심을 아낄 이유는 하나도 없다.

아연실색하면서도 바이스 소령은 다음 질문을 통해 자신이 어리석음과 거리가 멀다는 사실을 타냐에게 보였다.

"우리가 이르도아의, 옛 공화국의, 말하자면 그들과 똑같은 처지다, 지금 이 말씀입니까?"

'패배가 기다리고 있는 겁니까?'라고 묻는다면 돌려줄 대답은 뻔했다.

"그렇다."

달리 할 말이 없다. 그것이 피하기 어려운 현실이라고 타냐는 장담했다.

다행이라고 해야 할까.

제국에는 아직 전략적 종심이 있다.

아직을 아무리 강조해도 부족할 정도지만, 아직, 있기는 있다.

그러니까 손을 뻗고, 일말의 여념을 떨쳐낸 눈동자로, 타냐는 부하 한 사람 한 사람에게 말했다.

"손을 빌려다오. 제국을 구하기 위해서라도."

그리고 타냐 자신을 위해서라도.

뭐, 그렇게까지 말할 의리는 타냐에게 없고, 묻지도 않은 말에 대답할 것도 없는 일이지만.

어차피 실패하면 모든 책임을 지게 된다.

그러니까 평소라면 결코 입에 담지 않을 말조차도, 지금의 타냐는 대수롭지 않게 말할 수 있었다.

"제군. 딱 하나, 제군에게 전해야만 하는 게 있다."

이왕 시작한 거면 끝까지 가봐야 한다.

"책임은 모두 내가 진다."

어차피 총살감의 금기를 저지를 거라면 이미 두려울 게 없다.

책임. 아아, 징글징글한 책임이란 말!

그게 어쨌단 말인가. 어차피 죽을지도 모른다면, 그런 건 종잇조각 하나보다도 얄팍한 존재감밖에 없지 않은가.

"제군. 이 명령도, 요청도, 지시도. 바로 나, 타냐 폰 데그레챠프 중령의 완전한 독단전행이고, 제군에게는 그 어떠한 책임도 없다."

책임자란 책임지기 위해서 있다. 이 점에서 각오한 타냐는 책임을 떠맡는 것을 전혀 아쉬워하지 않았다.

"필요하다면 내가 협박하고, 속이고, 강요했다고 증언해도 상관없을 정도다. 뭐, 그러니까 외스테만 중위는 부르지 않았다. 그까지 끌어들이는 것은 가슴 아프니까."

완전한 면책이라고 할 정도는 아니겠지.

하지만 부하가 각자 마음속으로 '그렇게까지 말한다면…….'

이라고 생각할 정도의 변명이면 된다. 거기서 타냐는 너무나도 보란 듯이 애국심에 호소하는 결정타도 시도했다.

"제군, 나는 제국을 위해 이미 독배를 들었다. 그렇다면 이제 두려울 건 없다. 필요하다면 더한 독이라도 먹어치울 각오다."

타냐는 거기서 호소했다.

"내가 믿는 제군이여. 어떤가, 제국을 구하기 위해, 제국군을 괴멸에서 구하기 위해, 나에게 힘을 빌려다오. 제군, 부탁이다. 부디 제국을 위해서."

제일 먼저 반응한 것은 그란츠 중위였다.

"함께하겠습니다."

"그란츠 중위?!"

'농담이겠지?' 라는 얼굴을 하는 바이스 소령에게 그란츠 중위는 확실히 말로 하지 않는가.

"저는 이 눈으로 봤습니다. 적의 일부를. 그것만 해도 중대한 규모입니다. 중령님의 감이 빗나갔다고는 생각되지 않습니다. 할 수밖에 없습니다."

그 말에 세레브랴코프 중위도 끄덕였다.

"동감입니다."

그저 그것뿐.

하지만 그 한마디에는 바이스 소령의 등을 떠밀 만한 무게가 실려 있었다. 무겁게 숨을 들이마셨다가 체념한 듯이 그는 쥐어 짜내는 목소리로 입을 열었다.

"알겠습니다. 중령님, 정말로 각오하신 겁니까?"

"그렇다."

"그럼 더 말씀드릴 것은 없습니다. 아니, 저는 전력을 다해 도와드릴 뿐입니다. 끝까지 함께하게 해주십시오."

자신의 마음이 통한 것을 곱씹으며 타냐는 고개를 숙였다.

고맙다? 미안하다? 어느 쪽이라고도 할 수 없는 감정이지만, 자연스럽게 머리가 숙여졌다. 어쩌면 양쪽 동시를 표현할 말이 없기 때문에 비언어적인 고개를 숙인다는 동작을 취한 것일지도 모른다. 물론 본인조차도 모르는 일이지만.

"자, 멋지게 각오했는데 눈치 없을지도 모르지만. 그란츠 중위…… 고생스럽겠지만, 귀관은 우리 모두를 구해야겠다."

"예?"

"군령을 위조하고 군을 속이고 마지막 순간에 행복을 잇기 위해서, 제투아 대장의 사후 승인이라는 면죄부가 필요하다."

자칫하다간 총살형.

하지만 해명할 수 있으면 어떻게든 된다.

브루스 매캔들리스의 선례를 봐도 그렇다. 나중에 합리적 이유가 인정받으면 용서받는다.

이번도 그런 부류라고 주장하고 싶었다.

눈에 이해의 빛이 깃든 그란츠 중위에게 타냐는 부탁한다는 말을 건넸다.

"각하께 설명만 드릴 수 있으면 말이 통한다. 이해해 주시는 분이다. 그러니까 실패할 수 없지만."

그러니까 정말로, 정말로, 중요한 역할이라는 듯이 타냐는 바이스 소령, 세레브랴코프 중위와 함께 그란츠 중위의 눈을 바라보았다.

"곧바로 초장거리 비행을 하도록. 장교전령이다. 권한은 인증받았다. 이쪽은 정규 루트다. 그러니까 참모본부로 날아가서 제투아 각하께 모든 것을 털어놔라."

"알겠습니다. 즉각 움직이겠습니다!"

결심한 대답을 듣고 타냐는 끄덕였다.

"메모를 준비했다. 최악의 경우에는 이걸 레르겐 대령님이나 우거 대령님에게 드려라."

"이쪽은?"

"최소한의 사정 설명이다. 다른 인간에게는 보여주지 마라. 최악의 경우에는 태워버려도 된다."

요점을 전하면서 타냐는 거듭해서 당부했다.

"제투아 각하에게만 사정을 설명해라. 최대한 빨리. 시간을 들이면 참모본부가 사태를 파악하려고 해서 상황이 꼬일지도 모른다."

"시간과의 싸움입니까."

그 말을 하면서 그란츠 중위는 어딘가 기막힌 듯한 얼굴로 고개를 내저었다.

"뭐랄까, 평소와 다름없다는 느낌이 들기 시작했습니다."

"맞는 말이로군."

고개를 끄덕이며 타냐는 밖으로 나가는 그란츠 중위의 뒷모습을 지켜보았다.

단독 장거리 비행이다. 지금부터 서둘러 준비하고, 최대한의 속도로 날아가겠지.

그렇다고 해도 타냐는 머릿속으로 그란츠 중위가 무사히 도달할 수 있을지를 걱정해 봤자 쓸데없는 일의 카테고리에 던져 넣고 있었다.

베테랑 마도장교가 단독이라고 해도 장교전령에서 실수한다면, 그건 심상찮은 불운에 휘말렸을 때. 그런 국면에서는 분명 타냐 자신도 살아남을 수 있을지 의심스러우니까 너무 걱정해도 소용없다.

오히려 현장에서는 이 순간 살아남기 위해 모든 노력을 집결시켜야만 했다.

"자, 마음 같아선 전투단 전력으로 전쟁을 하고 싶다만."

애석하게도 샐러맨더 전투단은 봄철까지 시간을 들여서 전쟁을 할 수 있는 상태를 준비할 생각이었다.

지금 이 순간은 안 된다.

토스판 중위는 신병을 휘하에 두고 있다.

알렌스 대위의 전차는 후방의 정비창에서 전체 정비 중.

메베르트 대위의 포병만큼은 가까스로 즉각대응이 가능한 상태지만, 다리가 느리다. 덤으로 비축한 포탄은 갓 전개한 탓도 있어서 쥐꼬리만 한 수준.

어찌해야 한단 말인가.

몇 달 뒤의 전쟁을 상정하고 있었으니 어쩔 수 없지만, 아무도, 아무도 전혀 준비가 되어 있지 않다. 타냐는 마음속으로 작게 덧붙였다.

'무엇보다도, 다른 부대도, 분명, 마찬가지다'라고.

조심성 많은 이들이라면 최소한의 비축은 했을지도 모른다.

하지만 근본적으로 잘못 판단했다. 최악이라도 연방의 반격은 일러야 봄. 최악을 잘못 예상했다면 모두가 봄이 올 때까지 전력을 비축하는 것을 최우선으로 하겠지. 지금 이 순간에 얼마나 많은 부대가 바로 행동에 들어갈 수 있을까?

참모본부 직속이며 우대받을 터인 샐러맨더 전투단조차도 즉각대응할 수 있는 것이 하필이면 마도대대 딱 하나뿐인 상황에서!

제길. 그렇게 타냐는 투덜거렸다.

생각하면 생각할수록 상황의 절망도가 이해되어서 정신건강이 위태롭기 짝이 없다.

불쾌한 현실을 직시하는 것은 정말 짜증이 난다.

하지만 경제학은 언제나 합리적이다.

이미 날린 것을 되찾으려고 더 투자했다가 모든 것을 잃고서 한탄하는 것보다도, 때로는 손해를 최소화하기 위한 손절이라는 길이 있다고 가르쳐주지 않는가.

타냐는 머리를 흔들어서 마음대로 안 되는 현황에 대한 최선의 길을 찾았다.

"발령. 메베르트 대위에게 마도대대를 제외한 모든 전투단의 지휘권을 이양. 동부 방면군의 요청은 원칙적으로 고려할 필요 없다. 다만 라우돈 각하 명의의 명령일 경우는 나에게 전달하라. 그 이외는 나 자신이나 참모본부에서 별도의 명령이 있을 때까지 동부 방면군 사령부 부근에 전개하면서 전력 온존에 힘쓸 것."

"대피하는 것입니까?"

"아니, 경호다. 사령부를 습격하는 적 공수부대의 격퇴를 상정하라. 적도 마도공수강하를 시도할 수 있다고 유념할 것. 다만 중핵인 마도대대만으로 한다."

그런 명쾌한 명령에 대해 바이스 소령은 쓴웃음을 지었다.

"괜찮겠습니까? 재편 중이긴 하지만, 이래선 마도사만으로 전쟁을 하게 됩니다."

"마도사만 있는 편이 기동력에서 더 우수하다. 이미 거점방어 따윈 바랄 수도 없는 상황에서 전력이 소모되는 것이 더 위험하다."

이어서 타냐는 작은 목소리로 바이스 소령에게 속삭였다.

"게다가 우군의 후퇴가 질서 정연할 것을 기대하기 어렵다. 우군의 혼란에 우리 전투단의 지상부대가 휘말리고 싶지 않다."

"괜찮겠습니까, 중령님?"

"뭘 걱정하는지는 안다. 그걸 알면서 나는 명령하고 있다. 우리 군에는 베테랑을 헛되이 잃을 여유가 없다. 게다가……."

사령부를 경호하라는 것은 전투단의 대다수를 남기기 위한 구실이지만, 동시에 단순한 구실만은 아니다.

"적 공수강하의 위협은 현실이다."

"믿기지 않습니다. 전선 후방 정도가 아닙니다. 우리 군의 동부 방면군 사령부쯤 되면……."

"우리가 연방에게 참수전술을 실컷 써먹었지. 조금만 더 이데올로기에 취해 주면 좋겠다만, 놈들도 전쟁이 되면 참으로 일찍 눈을 뜬다."

바이스 소령이 이해한 얼굴을 하는 것도 당연하겠지. 적의 머리를 베고, 못 움직이게 된 몸을 걷어찬다.

제국의, 마도부대의, 말하자면 자신들의 특기였다.

적이 안 할 이유가 없었다. 애초에 효과는 그들 자신이 실컷 맛봤으니까.

그러니까 대비한다.

하지만 타냐는 작게 한숨을 내쉬었다.

"무슨 일이든 대비할 수 있으면 좋겠다만. 한계가 있다는 게 괴롭군."

"실례입니다만, 적의 움직임을 예측하시는 거 아닙니까? 이보다 더한 최악이 있겠습니까?"

세레브랴코프 중위의 질문에 대해 타냐는 경련을 일으키려는 표정 근육에 애써서 평정을 유지하며 입을 움직였다.

"한 가지 문제가 있다."

연방군이 제1집단, 제2집단의 2단 구성이라고 상정하고, 타냐는 후퇴계획을 책정했다. 확실히 말하자면 제1집단만 해도 막대한 병력이다.

제1집단을 상대하여 동부 방면군이 완전히 꼼짝도 못 하게 되었을 때, 적의 제2집단이 밀려드는 것은 무섭기 짝이 없다.

그러니까 후퇴해서 적을 길게 늘어뜨리는 것으로 가까스로 받아낸다.

그런 구상을 세웠지만…….

"어쩌면, 정말 어쩌면, 이지만, 적은 3단 구성일지도 모른다."

후퇴하고, 방어선을 재구축했을 때, 그것을 제3집단이 짓밟는다면?

"그때는 어쩌시겠습니까?"

"난처하게도 어쩌면 좋을지 떠오르지 않는군."

냉전 시대의 미국인이라면 핵무기가 나설 차례라고 말할 국면
이다.

세계의 평화를 위해서 핵이 나설 차례라고 외칠 수밖에 없다.

지금의 제국은 핵을 통한 상호확증파괴에 겁먹는 것조차 할
수 없지만.

핵에 의한 인류 멸망의 위험성은 아득히 먼 이야기. 과연 그게
좋은 일인지 나쁜 일인지. 솔직히 말하자면 참으로 판단하기 어
렵다. 인류의 미래가 지금은 안전하다는 것을 선량한 개인으로
서 진심으로 기뻐해야 할까, WTO 저리 가라는 듯이 밀려드는
연방군을 저지할 궁극의 일격이 없는 것을 한탄해야 할까.

"입장이란 건 힘들군."

"중령님?"

"아무것도 아니다. 그저 지금 할 수 있는 일을 하자."

타냐는 웃었다.

"자, 우리가 제국을 구한다. 절망하기는 아직 이르다. 숨이 붙
어있는 한, 희망도 있다!"

(『유녀전기 13 – Dum spiro, spero– 上(상)』 끝)

Appendixes
부록

[실전증명이 끝난 수법으로] 동부 방면군 플랜

❶

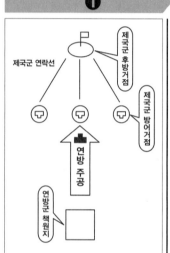

제국군 연락선

제국군 후방거점

제국군 방어거점

연방 주공

연방군 책원지

❷

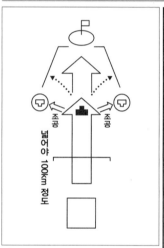

조공

조공

넓어야 100km 정도

언젠가는 연방의 주공이 제국군 방어거점을 빼앗으러 올 것이다.

연방은 방어선을 돌파한 후, 돌파의 확대를 꾀하며 제국군의 전선과 후방 거점의 분단을 꾀할 것이다.

여기서 중요한 사실이 있다. '돌파'한 시점에서 적이 확보한 돌파구는 작고, 근원을 끊으면 적 돌입부대는 고립될 수 있다.

돌파구의 확대 저지가 중요하다.

[결론]

각 방어거점은 농성하고 버텨라.

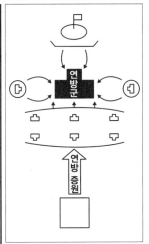

본 계획의 핵심

적의 돌파에 당황하지 말고 각 거점에서 버틸 것. 그럼으로써 연방은 돌파구를 확대하지 못하며 돌파구를 봉쇄하는 것으로 제국은 방어에 성공한다!

---

1 방어거점에서 방어하면서 제국군 기갑전력으로 연방군 연락선 공격.

2 전선의 방어거점 중 연방의 공격에 노출되지 않은 곳에서 병력을 추출. 기갑부대를 지원.

이상으로 적 주력의 고립을 꾀한다.

---

1 연방의 공격부대를 포위

2 연방군의 연락선을 절단&포위.

3 연방군의 증원을 저지.

4 유력한 연방군 주공은 되도록 포위하고 섬멸

[확실한 승리를] 전략공세 〈여명〉 200킬로미터 계획안

❶　　　　**❷**

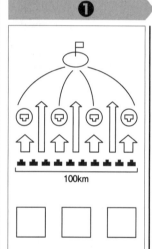

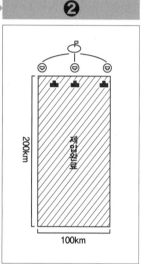

제국에 전면공세를 가한다

1 전투정면을 100km 단위로 공격 개시한다.

2 모든 제국군 거점을 공격. 제1격 담당은 제1집단. 또한 동 규모의 제2집단은 예비병력으로서 후방 대기.

3 예상되는 제국의 반격에 제2집단이 대응한다.

제국군 부대를 완봉

1 제국이 시도하려는 반격에 대해서는 예비병력으로 대기한 제2집단으로 대응한다.

2 제국의 저항을 배제하면서 밀어내고 일주일 정도의 맹진격으로 최대 200km 전진한다.

3 진출에 따른 보급 필요성 등에 의해 연방군 부대의 진격이 충격력을 잃고 제국의 방어선이 재건되는 일정 지점에서 공세를 종료한다.

본 계획의 이점

대군에는 구구한 용병술이 필요 없다

[결정적 승리를] 전략공세 〈여명〉 600킬로미터 계획안

❶

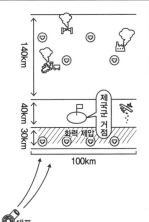

❷

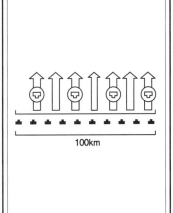

연방군이 준비 포격 등을 실시

1 제국의 방어거점을 화력 제압.

(100km × 30km)

2 제국 후방거점을 폭격.

(방어선에서 70킬로미터 지점).

3 그 후방에도 빨치산으로 최대한 공격.

(방어선에서 210킬로미터권 정도).

4 제국 사령부 등에 파괴 공작도 실시한다.

연방군에 의한 공세 상정

1 제1집단은 폭 100km의 전투정면에서 전력으로 돌진하라.

2 거점방어를 꾀하는 제국군 부대는 후속에 맡긴다. 후속은 거점을 포위하라.

3 연방의 제2집단은 언제든지 제1집단과 교대하여 돌진할 수 있도록 뒤따를 것.

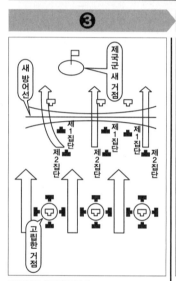

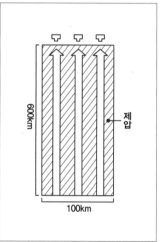

제1집단이 한계에 달하다

1 제국의 방어선을 돌파하고 전진을 계속하는 연방군 제1집단은 언젠가 한계를 맞고 보급의 필요에 직면한다.

2 그동안 제국군은 전선 안정을 기도하고 예비부대를 포함한 병력으로 대응하려고 들 공산이 크다.

3 포위된 제국군 거점 구출, 혹은 방어선 확보를 위해 재편된 제국군 부대는 정지한 연방군 제1집단에 반격할 것이다.

4 그 반격전력에 대해 제1집단과 같은 규모의 '제2집단'을 붙이는 것으로 제국군이 움직일 수 있는 병력을 말 그대로 깨부순다.

5 제2집단이 공격하는 동안 제1집단은 보급. 활력을 되찾거든 제2집단과 교대하여 파파 진격한다.

최종 단계

1 제1집단, 제2집단이 교대로 진격하는 것으로, 무정지 및 파상공격이 가능해진다. 결국 제국군은 방어선을 굳힐 시간도 병력도 상실하고 사실상 전선을 되찾을 능력을 잃는다.

2 필요에 따라 포위되어 있던 제국군 잔존부대를 토벌한다.

3 제국 본토 부근으로 진출. 드디어 제국을 무릎 꿇린다.

후퇴 후퇴 후퇴

항공 저지

역사를 아는 타냐이기에 연방의 작전을 예측할 수 있다. 그런고로 적이 싫어하는 짓을 솔선해서 한다!

보급이 끊기면 안 된다. 그리고 제국이 방어선을 재구축할 시간을 주지 마라!

1 연방군의 공세를 거점방어의 형태로 막다가 야전군이 포위되어서는 안 된다.

2 전군, 가급적 신속하게 후퇴하라.

3 신속하게 방어선을 재편하고, 연방군의 충격력을 피해야 한다.

4 이것을 위해 필요한 것은 적의 이동을 느리게 하는 것. 따라서 '연방군 각 집단에 대한 보급'을 철저히 저지해야 한다.

작가 후기

원작자 카를로 젠입니다. 별고 없으셨습니까.

평소에는 글자수를 별로 의식하지 않지만, 이번에는 지면 사정으로 엄밀한 제약이 있으니 양해해 주시기 바랍니다.

아무튼 하고 싶은 말부터 꽉꽉 채우겠습니다만, 일단 독자 여러분께 감사를.

신간을 몇 년이나 기다려주신 여러분, 정말로 고마웠습니다. 오랫동안 신간이 나오지 않는 시리즈의 속편을 기대해 주신다는 것은 정말로 무엇과도 바꾸기 어려운 제 행복입니다.

뜻하지 않은 시대의, 뜻하지 않은 전개 속입니다만, 앞으로도 여러분이 '유녀전기' 시리즈를 즐기실 수 있도록 끝까지 노력해 가자고 생각할 따름입니다.

그렇기에, 세상은 눈이 핑핑 돌 정도로 변해갑니다만, 여러분은 건강하시기를 빌고 있습니다.

그리고 이 책이 나올 때까지 많은 분께 신세를 졌습니다. 그분들께 거듭 감사드립니다.

참고로 많은 분이 걱정하시는 속권 말입니다만, 이번에 3년 정도의 시간이 걸린 것을 진지하게 반성하여 *2월 간행의 전통에 대한 존중을 잊지 않는 자세로 이번에는 '2월' 간행이 아니라 '2개월 연속 간행'이 되도록 다음 달에 하권을 낼 예정입니다.

또한 언제든지 악습을 개선한다는 의미로, 이렇게 2월에 집착하여 결과적으로 간행이 늦어진다는 주객전도 같은 사태를 피하기 위해, 저희는 항상 혁신적으로 이노베이티브하게 개선해 나가고 있습니다.

대외발표에서 곧잘 사용되는, 이런 식의 빙빙 돌리는 표현을 번역하자면 '앞으로는 되도록 빨리 내고 싶지만, 약속할 수는 없고 최대한 노력하겠습니다.'라고 할까요.

자, 슬슬 글자수가 한계에 달했습니다.

글자수 제약이란 것은 꽤나 커서, 너무 길게 말을 늘어놓을 수 없습니다만, 언젠가 글자수를 꽉꽉 초과하고 싶습니다.

그러면 여러분, 앞으로도 잘 부탁드립니다.

2023년 8월 카를로 젠 올림

---

* 2월 간행의 전통 : 『유녀전기』 시리즈는 일본 현지에서 11권(2019년 2월 간행), 12권(2020년 2월 간행)이 각각 2월에 출간된 바가 있다.

祝13巻
ありがとう
ございま

축 13권
고맙습니다

시노츠키 시노

유녀전기 13
Dum spiro, spero 上[상]

2023년 12월 15일 제1판 인쇄
2023년 12월 20일 제1판 발행

지음 카를로 젠
일러스트 시노츠키 시노부

옮김 한신남

발행 영상출판미디어(주)
등록번호 제 2002-000003호
주소 07551 서울특별시 강서구 양천로 570 NH서울타워 19층
대표전화 02-2013-5665

ISBN 979-11-380-3885-0
ISBN 979-11-319-0577-7 (세트)

YOJO SENKI Vol. 13 Dum spiro, spero JO
©Carlo Zen 2023
First published in Japan in 2023 by KADOKAWA CORPORATION, Tokyo.
Korean translation rights arranged with KADOKAWA CORPORATION, Tokyo.

리빌드 월드

1~5

옛 문명의 유산을 찾아서 수많은 유적에 헌터들이 몰리는 세계.
슬럼의 소년 아키라는 풋내기 헌터가 되어서 목숨을 걸고 구세계의 유적에 첫발을 내디딘다.
그곳에서 아키라가 마주친 것은 유령처럼 배회하는 정체불명의 미녀 〈알파〉.
알파는 아키라가 유적을 공략하게 도와주는 대신, 특별한 의뢰를 요청하는데——?

의지와 각오를 품고, 소년이여 날아올라라!
옛 문명의 유적을 둘러싼 헌터들의 뜨거운 SF 배틀 액션!

나후세 지음 / 긴, 와잇슈 일러스트

영상출판
미디어㈜

아픈 건 싫으니까
방어력에 올인하려고 합니다
1~12

게임 지식이 부족해서 스테이터스 포인트를 모조리 VIT(방어력)에 투자한 메이플.
움직임도 굼뜨고, 마법도 못 쓰고, 급기야 토끼한테도 희롱당하는 지경.
어라? 근데 하나도 안 아프네……. 그 이전에, 대미지 제로?
스테이터스를 방어력에 올인한 탓에 입수한 스킬【절대방어】.
추가로 일격필살의 카운터 스킬까지 터득하는데──?!
온갖 공격을 무효화하고, 치사급 맹독 스킬로 적을 유린해 나가는 『이동형 요새』 뉴비가
자신이 얼마나 이상한지도 모르고 나갑니다!

유우미칸 지음 / 코인 일러스트

영상출판
미디어㈜

리아데일의 대지에서

1~3

사고로 생명유지 장치 없이는 살 수 없는 소녀 '카가미 케이나'는
VRMMORPG 『리아데일』에서만 자유로울 수 있었다.
그러던 어느 날, 생명유지장치가 멈추고 정신을 잃었다 깨어난 케이나는
자신이 플레이한 게임 세계에서 200년이 지난 곳에 있었다?!

현실이 된 게임 세계, 하이엘프 캐릭터 '케나'가 된 케이나는
200년 동안 무슨 일이 있었는지 알아보면서 새로운 세계를 접해 나가는데——.

Ceez 지음 / 텐마소 일러스트

영상출판
미디어㈜

이세계 유유자적 농가

1~6

투병 끝에 젊은 나이로 세상을 떠난 청년.
신의 자비로 '건강한 몸'을 받아서 전이한 이세계에서, '만능농기구' 하나로
생전에 꿈만 꿨던 농사일을 시작하는데——
자유롭게 개척하는 대지, 개척한 농지로 하나둘 모여드는 새 가족들.
느긋하고 즐거운 삶이 여기에 있다!
게임 시나리오 라이터가 전하는
슬로 라이프×이세계 농업 판타지, 여기에 개막!

ⓒKinosuke Naito
Illustration : Yasumo
KADOKAWA CORPORATION

나이토 키노스케 지음 / 야스모 일러스트

영상출판
미디어㈜